古典文獻研究輯刊

七　編

曾永義　主編

第 2 冊

建安文學探微

施建軍　著

國家圖書館出版品預行編目資料

建安文學探微／施建軍 著 — 初版 — 新北市：花木蘭文化出
版社，2013〔民 102〕
序 4+ 目 2+254 面；19×26 公分
（古典文學研究輯刊 七編；第 2 冊）
ISBN：978-986-322-091-6（精裝）
1. 三國文學 2. 文學評論
820.8   102001624

古典文學研究輯刊
七 編 第 二 冊   ISBN：978-986-322-091-6

建安文學探微

作　　者 施建軍
主　　編 曾永義
總 編 輯 杜潔祥
出　　版 花木蘭文化出版社
發 行 所 花木蘭文化出版社
發 行 人 高小娟
聯絡地址 新北市永和區中正路五九五號七樓
　　　　　電話：02-2923-1455／傳眞：02-2923-1452
網　　址 http://www.huamulan.tw 信箱 sut81518@gmail.com
印　　刷 普羅文化出版廣告事業
初　　版 2013 年 3 月
定　　價 七編 16 冊（精裝）新台幣 26,000 元

建安文學探微

施建軍　著

作者簡介

施建軍，河南汝南人，鄭州大學文學碩士，復旦大學文學博士，先後師從俞紹初、楊明先生攻讀中國古典文獻學和中國古代文學，主要研究方向為漢魏六朝文學與文學批評，現為上海市公務員。

提　要

　　建安文學研究是中國古代文學研究的一大熱點，論著繁多，要寫出新意勢必很難。作者知難而進，抓住研究者往往不太注意，不太注重，或者論述雖多但不夠深刻，不夠準確的問題和細節，探幽發微，新見迭出。

　　本書以論題為綱，以相關批評和研究為目，對魏晉到明清的建安文學批評史料和二十世紀的建安文學研究成果進行了比較系統的梳理，實為古往今來的建安文學接受史或研究史，其間往往不乏新意。如作者認為，辭賦仍然是建安時期的主流文體，大賦創作也並不寂寞；所謂「建安體」，主要體現在「梗概而多氣」，「漸見作用之迹」，「雖浸尚華靡，而淳樸餘風，隱約尚在」。諸如此類，都有助於我們更加客觀和深入地理解建安文學的成就和特色。

　　對數量眾多但一度被忽略、評價不高的三曹遊仙詩，作者詳加探討，涉及創作淵源、地位價值、創作時間、思想意蘊、曹氏父子究竟信不信神仙等諸多問題。

　　作者重新審視了曹操與建安諸文士之間的關係，以雄辯的史實說明，曹操不會太重視、更不會重用建安諸文士，諸文士志不得伸的不平之鳴不時發乎詩文。

　　曹氏兄弟爭嗣這一歷史事件對建安文學的影響非同尋常。無論是對爭嗣經過的追尋還是對其影響的探究，本書都顯得更加細緻深入，也更接近事件的本源。

序

楊　明

　　施建軍博士曾從我問學，如今他的著作《建安文學探微》即將出版，我由衷地感到高興。這倒不僅僅是由於師生之誼，主要還是因爲這部著作具有學術價值，能帶給讀者不少啓發。

　　本書大致包括兩方面的內容：一是梳理自古迄今人們對於建安文學的論述，並且加以評說，那可以說是「批評之批評」；二是關於建安文學若干問題的再認識，主要是有關三曹遊仙詩、曹操與當時文士的關係和曹丕、曹植爭嗣三個問題。作者無意於對建安文學作全面的論述——那樣的著作已經夠多，而其所論者，都是在深入研讀原始資料的過程中有所悟解、有所創獲的內容，都是別人未曾言或言之未詳的自己的心得。

　　舉例來說，所謂風骨、建安風骨，幾乎是「言家口實」，凡談論建安文學者沒有不加以討論的。現代的學者往往着眼於那些反映社會動亂、民生疾苦的作品，如曹操的《薤露行》、《蒿里行》、《苦寒行》，王粲的《七哀》，曹植的《送應氏》、《野田黃雀行》，陳琳的《飲馬長城窟行》之類，認爲那些詩作慷慨蒼涼，是所謂建安風骨的典型表現。同時學者們多認爲風骨之有無與作品的內容密切相關，充實而富於積極意義的內容方才談得上具備風骨。但是本書的見解不同。作者注意到《文心雕龍》的作者劉勰在《明詩》篇裏對建安詩歌內容的概括，不是什麼反映動亂民瘼，而是「憐風月，狎池苑，述恩榮，敍酣宴」，其着眼點與今人頗爲不同。劉勰是稱賞建安風骨的，他所概括的這些內容的詩歌，顯然應該是他認爲具有風骨的。由此可知，劉勰心目中的風骨，與今天許多學者所說的風骨，並不一致。今人使用傳統用語時加進自己的意思，也未嘗不可，但同時應該理清古人的原意，才不至於誤讀古書。

那麼，劉勰那個時代所謂的建安風骨，究竟是何含義呢？本書有《所謂「建安體」》一節，寫得頗爲精采。作者列舉了建安作者詩文里許多言及「慷慨」的書證，聯繫《文心雕龍・時序》論建安文學所說「觀其時文，雅好慷慨」的話，發表意見道：

> 慷慨常常由悲情激發。這悲情，可以是憂世不治之悲、壯志難酬之悲，也可以是時不我待之悲、樂極哀來之悲。其實，是何種悲情，甚至是不是悲情激發了他們的慷慨都不太重要，重要的是他們騁才使氣、慷慨悲歌的狀態，這種狀態使他們的作品呈現出鮮明爽朗、剛健有力的體格風貌。這種體格風貌，劉勰《文心雕龍・時序》篇稱爲「梗概而多氣」，鍾嶸《詩品序》稱爲「建安風力」，嚴羽《滄浪詩話・詩評》稱爲「建安風骨」。稱謂不同，但意思相近。（着重點爲筆者所加）

這段話，我以爲說得很好。它啓發讀者：風骨乃是指說作品的風貌，與作品的內容並無直接的關係。也就是說，不同內容的作品都可能具有風骨。風骨是就作品的風貌而言，不是指作品的內容而言。風骨是我國古代文學批評中的重要概念。關於《文心雕龍・風骨》的涵義，我國學術界曾有漫長而日漸深入的討論。王運熙先生早在半個世紀之前，就發表了很好的意見。施建軍博士於建安詩文饋寝有年，體會真切，因此他關於風骨的理解也是正確的。

　　關於三曹遊仙詩以及曹操對諸文士的態度、曹氏兄弟的爭嗣，本書的論述也頗引人入勝。作者閱讀史料用心細密，每能讀書得間，提出與舊說不同的見解，而合情合理，令人信服。有的學者認爲丕、植兄弟立嗣之爭起自建安建安十三年，本書以爲不確。作者運用不少資料，證明至少在建安十六年之前，曹植在曹操心目中的分量，還不足以與曹丕等量齊觀；包括曹植本人在內，人們是認定了曹丕作爲繼承人的地位的，曹丕本人心中也並無危機感。作者舉出一些例子，頗有意思：曹植早期所作詩文，稱曹丕爲主人、公子、「我君」，讚美其「高義」、「仁恩」過於周公。諸文士也同樣如此。而曹丕也儼然以周公自喻。作者認爲，由此可見丕、植二人此時的關係和在人們心中的地位。這些詩文裏，曹植的《離思賦》乃建安十六年從曹操西征時憶念居鄴留守的曹丕而作，賦中有「願我君之自愛，爲皇朝而保己之語」，注家多解「我君」爲曹操。本書指出據文意應是曹丕。那麼可見此時曹植也還並無爭嗣之想。在這裡，對「我君」一語的理解頗爲關鍵。由此也可見出建軍讀書之認

眞。關於丕、植爭鬥中諸文士的態度，本書也梳理史料，敘述得細緻入微。如吳質「善處其兄弟之間」的圓滑，就令人覺得躍然紙上。

書中勝義尙多。如論歷代對建安作家作品的評價，頗具歷史的眼光，同中見異，異中見同，且多探討歷代評價變遷的思想學術、審美取向等背景狀況。又如論劉禎詩，認爲用語多重複，才思匱乏。凡此都是具有心得之言。有關曹植某些遊仙詩的寫作年代、主旨的分析，讀來也覺比舊說來得合理。

本書體現的研究方法、寫作態度也值得重視。首先，作者將文學批評與作品的鑒賞、闡釋聯繫起來，打成一片，相互印證。這是一個非常重要的方法。我國古代文學批評的實踐性很強，論者往往結合具體作品發表見解，其理論多從作品的寫作和鑒賞中來，因此若脫離對於具體作品的理解、分析，單純就理論談理論，那是很容易看似頭頭是道、其實言不及義、郢書燕說的。前輩學者強調讀《文心雕龍》須結合閱讀《文選》，便是爲此。再者，本書看起來似沒有完整的系統，那是由於作者有意要避開學界已有定論的內容，集中表述自己的心得。在我看來學術研究正當如此。說得誇張一點，一條具有眞知灼見的、能爲學術提供一些新東西的小小注釋，其價值是勝過面面俱到、看起來「體系」完整，實際上人云亦云的大部頭「著作」的。（當然，普及型讀物另作別論。）王運熙先生曾說：「我一向認爲，單篇的富有新意的論文，其學術價值往往會超過完整而有系統的書籍，因爲後者儘管也會有不少新意，但爲了照顧全面和系統，不免要講述不少陳言，這是限於書的體例，不得不然。」王先生還是就「有不少新意」、但不得不照顧全面系統的著作而言；至於時下某些爲了追求學術以外的目的而疊床架屋的「著作」，那就只能說是災梨禍棗了。

相信施建軍博士這本書的出版，對於中古文學的研究將有所裨益。

序於 2012 年初秋，黃浦江畔

目
次

引　言

　　在中國文學史上，建安文學的塊頭並不大，但響當當、沉甸甸。建安是東漢獻帝劉協的年號，而建安文學不僅涵蓋建安時期（196〜220），還至少向上追溯到漢靈帝中平元年（184），向下延續到魏明帝太和六年（232），大約有半個世紀之久，在時間斷限上比較特殊。這一點還有得比，如所謂正始（魏齊王曹芳的年號）文學，也不僅僅是限於正始時期（240〜248）。建安文學最為特殊的，是它在文學史分期上，總是被視為曹魏文學而不是東漢文學。這一點正始文學就沒得比了，它總是被視為曹魏文學而不是西晉文學。建安時期是曹氏逐漸篡漢的時期，正始時期是司馬氏逐漸篡魏的時期，二者情形相似。看來，政在曹氏並不是把建安時期的文學劃歸到曹魏文學的決定性因素。決定性因素是什麼？是文在曹氏：建安時期文學的繁榮是曹氏造就的，曹氏父子本身又是那個時期文學創作的中堅，其他重要的建安文人也大多是他們的屬下。這是正始時期主政的司馬氏或是曾經權傾朝野繼而改朝換代的其他什麼氏所望塵莫及的。

　　對建安文學的批評，從建安時期就已經開始。在長達一千六七百年的時間裏，古人給我們留下了豐富的建安文學批評資料，其中一部分收錄在河北師範學院中文系古典文學教研組編撰的《三曹資料彙編》裏。它們的涉及面很廣，有對建安文學的宏觀認識，也有對具體作家和作品的評論。在今人的論著中，它們常常出現，但常常是以隻言片語、零零星星的面目出現。王巍先生的《建安文學研究史論》則對之進行了比較系統的梳理。本書的第一章、第二章，就是在繼續進行這項梳理工作。相對於建安文學研究史論，我更願意稱之為建安文學批評史論，古人那些雖略顯感性、零碎而又往往言簡意賅

的批評大多不似現代意義上的學術研究，用批評的字眼去稱呼它們，也許更符合實際。另外，本人的做法也不太一樣。在論述的體例上，儘管也有以人為綱的，但主要是以論題為綱、以相關批評為目。例如同樣是對建安文學的批評，魏晉南北朝時期、唐宋時期和明清時期就各有側重，也各有特色。又如在對三曹的評價這個論題上，我們只要將歷代的相關批評整合在一起，就會發現不同的歷史時期對他們的評價相去甚遠。追究造成這種巨大反差的原因，有個人的因素，更有時代的因素，從中正可窺見文學審美趣味和批評標準的歷史變遷，這比簡單地去斷定孰是孰非似乎更有意味。

現代意義上的建安文學研究始於二十世紀。在這個世紀裏，古典文學研究取得了不可以道里計的長足發展。作為古典文學研究中的一大熱點，建安文學研究更是碩果累累，儘管爛果子、壞果子也是比比皆是。本書的第三章，對二十世紀的建安文學研究進行了粗淺的評述，旨在儘量全面地展示重要的、有代表性的研究成果，鑒往知來，也使自己對自己所從事的研究課題目前達到了一個什麼樣的研究高度做到心中有數。形勢上分門別類，以引述為主，間或加上自己的按斷。

三曹遊仙詩數量眾多，意義和價值其實不容小覷，但一度被忽略，評價不高。第四章對此詳加探討，涉及遊仙詩的源起和發展脈略，曹氏父子對待神仙的態度以及他們遊仙詩的創作時間、思想意蘊等諸多問題。

第五章至第七章，論述了曹操與建安諸文士的關係、曹氏兄弟爭嗣本末及其影響。之所以挑選這兩個話題，首先是因為它們的牽扯面廣，吳、蜀作家除外，幾乎所有的比較重要的建安文人的生平事迹或文學創作都會或多或少地涉及到。其次是因為它們形散神聚，合而觀之，可以看出曹氏父子與建安諸文士的關係、往來和糾葛。最關鍵的是因為個人認為這兩個話題比較重要，並且有話要說。通過前者，主要是想糾正這一話題上存在的誤解；通過後者，主要是想深化對這一話題的認識。

建安文學研究所取得的具體而巨的成就，讓試圖涉足這一研究領地的後生在歡欣鼓舞的同時，也生生不逢時、難以插足之歎。拓荒不成，只好不辭勞苦，在別人耕耘過的土地上作進一步的深耕或精耕細作，庶幾不會兩手空空。期於略有新意是本書的指導思想，因而不甚注重框架體系的系統細密，也不刻意追求面面俱到。儘管如此，對建安文學研究領域的一些重要論題，文中還是多多少少有所涉及。或述多而論少，或述少而論多，或暢其顯明，

或發其幽微，有話則長，無話則短。有一說一，不人云亦云，我遠遠沒有做到，但至少主觀上是這樣努力的。由於貪圖把平時的一些讀書心得盡可能多地穿插在正文或注釋裏，行文時不時會由此及彼，略顯臃腫和游離。

第一章　建安文學批評史論（上）

第一節　曹丕建安文學批評新探

　　所謂「建安文學批評史」中的「建安文學批評」，指的是對建安文學的批評」；中國文學批評史上的「建安文學批評」，指的是建安時期的文學批評。無論論及哪一種批評，都不能不首推曹丕，《典論・論文》賦予了他這種首屈一指的地位。

　　對《典論・論文》的探討，主要是從「建安時期的文學批評」的意義上進行的。爲了儘量將它納入現代文學理論的框架體系，今人往往將其肢解爲「文氣」說、文體論、作家論以及對文章地位和價值的看法等，這是無可非議的，但也模糊了它渾然一體的本來面目。

　　《論文》伊始，曹丕指出「文人相輕，自古而然」的現象，並對這種現象形成的緣由略加分析；接著引出孔融、陳琳、王粲、徐幹、阮瑀、應瑒、劉楨「七子」，亦即後世所謂「建安七子」〔註1〕並駕齊驅誰都不願服輸的事實；然後提出「蓋君子審己以度人，故能免於斯累，而作《論文》」。開宗明義，交代了自己寫作《論文》的動機，就是有感於古今文人容易「各以所長，相輕所短」，有「不自見之患」，而欲人去此病累。隨後，曹丕對「七子」一

〔註 1〕或以「七子」有曹植而無孔融，皎然《詩式》：「鄴中七子，陳王最高。」劉
　　　　昫《舊唐書・元稹白居易傳論》：「昔建安七子，始定霸於曹、劉。」許學夷
　　　　《詩源辨體》卷四：「（曹）植與（王）粲等六人，實稱建安七子。」方東樹
　　　　《昭昧詹言》卷二：「建安七子，除陳思，其餘略同。」丁晏《陳思王詩鈔原
　　　　序》：「（曹植）爲建安七子之冠。」

一加以評說，指出他們的優劣短長，上承「文非一體，鮮能備善」之分析，下啓「四科不同」之論述，言下之意，「七子」也是偏能而非「通才」，而「文氣」說則是對「七子」文章不同體貌風格的成因的追尋。最後，曹丕談到文章的功用，而以徐幹著《中論》「成一家言」作結，這不是偶然的，徐幹正是他所講的以「寄身於翰墨，見意於篇籍」而「不朽」、「聲名自傳於後」的例證。可見，《典論·論文》在體系上是氣脈貫通的，它本是針對「七子」之文展開的評論，從「對建安文學的批評」的意義上來探討它，更符合曹丕創作的初衷。

見解獨到的「文氣」說、文體論其實是曹丕「建安七子」論的副產品，它們得到了學術界較爲充分的研究，而和建安文學研究最爲切近的，曹丕對於「建安七子」的同樣精到的批評，還存留開掘的餘地。孔融之外，有關其他六子的批評還見於曹丕《與吳質書》中，可以與《論文》互相參證。

曹丕評徐幹之賦「時有齊氣」，《文選》李善注：「言齊俗文體舒緩，而徐幹亦有斯累」；評王粲之賦「惜其體弱，不足起其文」，李善注：「弱，謂之體弱也」；評應瑒「和而不壯」；評劉楨「壯而不密」，「有逸氣，但未遒耳」〔註2〕；評孔融「體氣高妙」；評陳琳「章表殊健，微爲繁富」。綜合這些評論，我們可以看出曹丕論文的價值取向：重氣，以壯大遒勁爲美。這對儒家正統的以舒緩和平爲上的審美趣味而言，不能不說是一個突破。

在褒揚劉楨能「壯」、陳琳能「健」的同時，曹丕也指出他們「不密」或者「繁富」的缺失。〔註3〕《文心雕龍·諧隱》篇云謎語一體，至曹丕、曹植，「約而密之」。「約而密之」，恰可借用來作爲曹丕論文旨趣的另外兩個方面。說曹丕尙「約」，比較容易理解，這是與他重氣好壯的宗旨分不開的。一般來說，文辭煩冗，易流於舒緩；簡要，則容易凸現骨力，顯得意氣駿爽。說曹丕尙「密」，則不大容易獲得人們的認同，因爲劉勰曾以「不求纖密之巧」〔註4〕來評建安詩歌。實際上，劉氏此論乃是針對劉宋以來的文體流弊有感而發，相比較而爲言。〔註5〕「密」是劉氏所欣賞的，對行文縝密的王粲，他不止一次地褒揚過：

〔註2〕 《文選》呂延濟注：「遒，盡也。言未盡美矣。」未確，今人多不從。

〔註3〕 鍾嶸《詩品》評劉楨：「氣過其文，雕潤恨少。」何焯《義門讀書記·文選》評陳琳《檄吳將校部曲文》：「文甚凡冗。」可爲曹丕之論作注腳。

〔註4〕 《文心雕龍·明詩》。

〔註5〕 參本章第二節。

《文心雕龍・詮賦》篇：「仲宣靡密。」

《論說》篇：「仲宣之《去伐》，……鋒穎精密。」

《才略》篇：「仲宣溢才，捷而能密。」

可以說，文章，尤其是書論體文章，遣詞造句要力求綿密，是漢魏之際一些文人的自覺追求之一，也是曹丕相當注意的一個評判標準，對孔融的評論也可以說明這一點。《論文》譏貶孔融「不能持論，理不勝辭，以至乎雜以嘲戲」，有人認為曹丕挾有個人私恨，因為孔融曾經幾次三番地嘲諷其父曹操。這種見解貌似有理，實則不然。檢《文心雕龍・論說》篇，亦有「孔融《孝廉》，但談嘲戲，……言不持正」云云，與曹丕之說並無二致，不知論者當作何解！曹丕若懷嫌怨，不至於在孔融死後以金帛募其文章。蓋「書論宜理」，間雜嘲戲，雖別開生面，本非正格。《漢書・東方朔傳》：「劉向言少時數問長老賢人通於事及朔時者，皆曰朔口諧倡辯，不能持論。」就已經把詼諧嘲弄與不能持論連帶而言。觀孔融《嘲曹公為子納甄氏書》、《嘲曹公討烏桓書》，有似信口開河，不過藉以泄其私憤而已。《難曹公表制酒禁書》一文，詼諧流靡，可玩而誦，而析理不「密」，有似強詞奪理，正所謂「理不勝辭」者，與曹丕論文意趣不符，因而不予首肯。孔融好發議論，《後漢書》本傳稱「每朝會訪對，融輒引正定議，公卿大夫，皆隸名而已」，而《三國志・崔琰傳》注引《續漢書》卻說「融持論經理，不及（邊）讓等」。也足徵孔融「不能持論」，絕非曹丕一己之私見。況且，對孔融書論，曹丕並沒有一筆抹殺，稱頌「及其所善，揚、班儔也」。

辭賦一體，曹丕以王粲為冠冕：「仲宣獨自善於辭賦」，「王粲長於辭賦」；以徐幹為稍次：「粲之匹也」；其餘諸子，都不置一詞。影響所及，在《文心雕龍・詮賦》篇裏，所有的建安文人，也只有王、徐二人在魏晉「賦首」之列。王粲辭賦，稱美於後世，陸雲《與兄平原書》已有「《登樓》名高，恐未可越」之歎，但畢竟詩名更甚。至於徐幹，雖詩才平平，猶有數首，如《室思》、《雜詩》、《答劉公幹詩》等，為後人所玩賞，劉勰之外，卻鮮有稱道其辭賦者。曹丕唯讚譽二子辭賦，並明言「然於他文，未能稱是」，對包括詩歌在內的其他文體，無所推許，這不僅與今人評述偏重詩歌大異其趣，就是與古人舊評相比也頗有參差。孔融難得其詳，曹丕與其他六子都相知甚深。陳琳代曹洪作書給他，一眼就被他看出。〔註6〕他的評價，我們固然不能盲從，

〔註 6〕曹丕《敘陳琳》：「上平定漢中，族父都護（按指曹洪）還書與余，盛稱彼方土地形勢，觀其詞，知陳琳所敘為也。」

也不能隨便懷疑。那麼，是什麼原因導致曹丕對王粲、徐幹的評價與後世如此不同？今傳「七子」文集，與《隋書·經籍志》的記載相比，已經亡失大半，如曹丕所舉徐幹《玄猿》、《漏卮》、《橘賦》諸賦，今皆不傳；《圓扇賦》及王粲《初征》、《槐賦》、《征思》數賦雖流傳下來，又殘缺太甚，已經不能如實地反映他們當年的創作實績，當是其中一因。更重要的當是源於詩賦二體地位的歷史變遷。「自王、揚、枚、馬之徒，詞賦競爽，而吟詠靡聞」〔註7〕，「暨建安之初，五言騰踊」〔註8〕，「彬彬之盛，大備於時」〔註9〕。今人論建安文學，大較詳於詩歌而略於辭賦，似乎詩歌在當時已經取代辭賦而成為文壇主流，這只是一種錯覺。在詩歌走向繁榮的同時，辭賦創作仍然方興未艾，仍然是以主流文體的面貌呈現。第一、曹植《前錄自序》「余少而好賦，……所著繁多，……故刪定別撰為《前錄》七十八篇」；吳質《答東阿王書》「此邦（朝歌）之人，閑習辭賦，三事大夫，莫不諷誦」，都是可以證明辭賦為時人所鍾愛的顯例。第二、據現存「七子」文集統計，詩、賦數量大致相伴。第三、鄴下文人集團經常有組織地從事文學創作活動，其最主要的形式是進行同題創作。如《公宴詩》、《周成漢昭論》，顯然是一時唱和之作，而辭賦則是他們最多採用的文體。這從現存大量的作者或少或多的同題賦作，如《大暑賦》、《車渠琬賦》、《瑪瑙勒賦》、《迷迭賦》、《鸚鵡賦》、《鶡雞賦》、《愁霖賦》、《喜霽賦》、《出婦賦》、《寡婦賦》、《浮淮賦》、《神女賦》、《蔡伯喈女賦》、《彈棋賦》、《槐賦》、《柳賦》等可以得到印證。他們之所以傾心辭賦，是承繼兩漢文人以辭賦為主要創作文體的傳統，也是由辭賦這一文體的特質所決定的。作賦不同吟詩，才氣之外，還要求具備廣博的學識，如精深的文字工夫、對典籍故實、天地山川草木等自然地理知識的熟稔等。同題作賦最能顯示個人才學之深淺高下，於是他們自然而然地選擇了辭賦作為他們之間藉以競短爭長的創作樣式。總之，正是由於辭賦創作的主流地位，甚至是在具體文事活動中的主導地位，左右著曹丕論文的興奮點，才出現了對王粲、徐幹的似乎有些不同尋常的評價。魏晉以後，詩歌日盛，辭賦日衰，品評文人，特重其詩，着眼點和着重點不同了，評價自然有異。

從曹植《與楊德祖書》中，我們可以獲知陳琳頗以辭賦自許，「自謂能

〔註7〕《詩品序》。
〔註8〕《文心雕龍·詮賦》。
〔註9〕《詩品序》。

與司馬長卿同風」，曹植很是不屑，譬之「畫虎不成反爲狗」。曹丕《論文》也沒有論及陳琳的辭賦，看來也是不太認可。《文心雕龍・練字》篇云：「陳思稱揚、馬之作，趣旨幽深，讀者非師傳不能析其辭，非博學不能綜其理。」漢大賦晦澀難懂，爲曹植和多數建安文人所不取，他們的賦作，大略通俗易懂，及至曹植《鷦雀賦》、曹丕《感離賦》等，造語淺顯，明白如話。而宋吳棫《韻補・書目》云陳琳「在建安諸子中字學最深，《大荒賦》幾三千言，用韻極奇古，尤爲難知」。陸雲《與兄平原書》亦云：「陳琳《大荒》甚極，自雲作必過之。」《方言》卷十：「極，吃也。楚語也。」陸雲自稱「音楚」，他所說的「極」意思就是「吃」。《廣雅・釋詁二》：「極，吃也。」王念孫疏證：「《說文》：『吃，言蹇難也。』」文字艱深，不同流俗，可能是陳琳以司馬相如自比的一個因素，也可能是曹氏兄弟對陳琳辭賦不以爲然的一個因素。曹植「深排孔璋」，言過其實，遭到劉勰的批評，《文心雕龍・練字》篇用它作爲曹丕所謂「文人相輕」的例子。但客觀地講，陳琳辭賦還是很值得注意的。在用字率從簡易的建安辭賦中，他獨具特色；他的記述征伐的賦作，如《武軍賦》、《神武賦》，和章表一樣「殊健」，葛洪《抱朴子・鈞世》篇甚至認爲「《武軍》之壯」要勝過《詩經》中的《出車》、《六月》。今人多以篇幅短小描述建安辭賦，是不全面的，洋洋二三千言的《大荒賦》以及徐幹《齊都賦》、劉楨《魯都賦》、楊脩《許昌宮賦》等，當日必爲巨製，它們共同表明了一個事實：在小賦創作成爲大勢所趨的時候，大賦創作並不寂寞。

陳琳、阮瑀二人的章表書記，爲曹丕所肯定，以爲當時「之雋」。劉楨也有此類作品，曹丕沒有齒及，以至於劉勰在《文心雕龍・書記》篇中爲之叫屈：「公幹箋記，麗而規益，子桓弗論，故世所共遺；若略名取實，則有美於爲詩矣。」這與《論文》的體例，一般是突出每個人最擅長的文體有關。不過，從根本上說，還是因爲曹丕、劉勰二人的主觀認識有別。曹丕並不認爲劉楨的箋記比詩歌好。

曹丕稱「古今文人，類不護細行，鮮能以名節自立。而偉長獨抱文懷質，恬淡寡欲，有箕山之志，可謂彬彬君子者矣」。「七子」文才，「自一時之雋」，論及德行，則獨許徐幹。其他六子，是否都有「不護細行」的嫌疑，曹丕不曾明言，卻可以想見。韋誕、劉勰、顏之推則毫不含糊地對王粲、阮瑀、陳琳、劉楨、孔融諸人的操行加以指摘。〔註10〕劉氏藉之說明「文士之疵」，顏

氏藉以求證文人「輕薄」。文人薄行一類說法，古人多有，而曹丕實開其端。

曹丕具有濃鬱的「懼乎時之過已」的危機感，並由此產生強烈的藉傳聲名於後以求不朽的意識。《左傳》襄公二十四年載穆叔之言：「大上有立德，其次有立功，其次有立言，雖久不廢，此之謂不朽。」「立言」，杜預注：「史佚、周任、臧文仲。」孔穎達疏：「立言謂言得其要，理足可傳。……老、莊、荀、孟、管、晏、楊、墨、孫、吳之徒製作子書，屈原、宋玉、賈逵、楊雄、馬遷、班固以後撰集史傳及製作文章，使後世學習，皆是立言者也。」杜注是正確的，孔疏則受後世重文積習的影響，釋義不盡妥帖。穆叔之意，不包括後世屈、宋之類辭章，可以斷言。曹丕《與王朗書》：「唯立德揚名，可以不朽，其次莫如著篇籍。」顯然是從《左傳》而來，雖仍置立德於前，其所注重實在後者。東漢風俗，崇尚名節，世人「好爲苟難」以沽名釣譽〔註11〕。曹丕以「文章」爲「不朽之盛事」，氣象已自不同。其所謂「文章」，差可用孔疏所謂「子書」、「史傳」、「文章」三者解之，但又不是等量齊觀。曹丕看重詩、賦之類篇章，更看重子、史之類的成一家之言的著作。他所舉出的通過「寄身於翰墨，見意於篇籍」而「聲名自傳於後」的例子，《易》也，《禮》也，都不是單文孤篇；他分外讚美徐幹，一則曰「唯幹著論，成一家言」，再則曰「著《中論》二十餘篇，成一家之言。辭義典雅，足傳於後，此子爲不朽矣」；他爲應瑒「痛惜」，也是着眼於應氏「常斐然有述作之意，其才學足以著書」而「美志不遂」，這未著之書，自然又是《中論》之類。今天看來，《中論》辭意俱是平平，曹丕讚歎非一，正由它能成一家之言。他自己的《典論》，「兼論古者經典文事」〔註12〕，也正是這樣的一部著作。據《三國志・齊王芳紀》注引《搜神記》，明帝後來將它刊石於廟門之外及太學，稱爲「不朽之格言」，可謂善解曹丕之意。特別重視成部的子、史著作是漢魏六朝的一個突出現象。在《與楊德祖書》中，曹植先說了一番似乎是貶低辭賦的話，繼而說：「若吾志未果，吾道不行，則將采史官之實錄，辨時俗之得失，定仁義之衷，成一家之言」。陸機作有《吳書》，陸雲《與兄平原書》譽之「大業」、「可垂不朽」、「眞不朽事」，而《太平御覽》卷六〇二引葛洪《抱朴子》卻稱陸機臨終云：「古人貴立言以爲不朽，吾所作子書未成，以此爲恨耳」。曹、陸二人，一爲建安之傑，一爲太康之英，文名

〔註11〕參趙翼《廿二史箚記》卷五。
〔註12〕《文選》呂向注。

冠絕一時，志意尚且如此，曹丕有所畸重，自不難理解。但曹丕雖看重成一家言的著作，並不有意無意地去貶低辭賦之類，這與曹植是有區別的，與東漢王充、東晉葛洪更有著本質的不同。

曹丕《論文》羅列「今之文人」，曹植不在其中；曹植《與楊德祖書》歷舉「今世作者」，曹丕不預其列，或以為是兄弟二人相互忌恨之故：

> 胡應麟《詩藪》外編卷一：「曹氏兄弟相忌，他不暇言，止如揚榷藝文，子桓《典論》，絕口不及陳思，臨菑書尺，隻語無關文帝，皆宇宙大缺憾事。」

> 許學夷《詩源辨體》卷四：「建安七子雖以曹、劉為首，然公幹實遜子建。子桓《與吳質書》稱公幹『五言詩之善者妙絕時倫』，正以弟兄相忌故耳。」

對《論文》沒有論及楊脩、邯鄲淳、吳質，許氏也有一套說辭：

> 考鄴中諸子，德祖聲名與文舉相亞，二子當時亦矯矯，而《典論》不及，蓋以黨翼陳思故。邯鄲淳文譽煊赫，然嘗盛稱植才，幾至奪嫡，得免殺身，斯為幸矣。濟陰吳質，雅善魏文，論復不列，豈遠出諸子下，難於曲筆耶？

曹氏兄弟列舉文士，本就當時聲名尤著者「略而言也」，吳質屬曹丕一黨，邯鄲淳屬曹植一黨，曹丕不提吳質，曹植也不提邯鄲淳，可知他們都沒有黨同伐異的用心，只是因為吳質、邯鄲淳文名稍遜。曹丕不提楊脩，曹植提及楊脩，也很自然，曹植畢竟是作書與楊脩，免不了要對他有所恭維。而楊脩也有自知之明，《答臨菑侯箋》聲稱曹植稱讚王粲諸人「斯皆然矣」，至於自己，「聽采風聲，仰德不暇，自周章於省覽，何遑高視哉」，自謙之中，也寓有自歎不如之意。至於曹氏兄弟互不稱道，可能是顧及兄弟之間，理應有所避諱，掎摭利病，難以啟齒。也可能是他們位高身顯，居高臨下、指點文人是他們的專利。至於他們自己，雖好文、能文，本不僅僅以文人自居。胡、許二人之說，想其當然耳！

第二節　劉勰建安文學批評散論

劉勰的建安文學批評，全面而深刻，不少論斷影響深遠。這裡僅選取幾個方面，加以推闡。

一、關於建安時期的文學面貌

建安時期，「俊才雲蒸」，文學繁榮。對此，劉勰作了生動的描述：

《文心雕龍‧時序》篇（以下只列篇名）：「仲宣委質於漢南，孔璋歸命於河北，偉長從宦於青土，公幹徇質於海隅，德璉綜其斐然之思，元瑜展其翩翩之樂，文蔚、休伯之儔，子叔、德祖之侶，傲雅觴豆之前，雍容衽席之上，灑筆以成酣歌，和墨以藉談笑。觀其時文，雅好慷慨，良由世積亂離，風衰俗怨，並志深而筆長，故梗概而多氣也。」

《明詩》篇：「暨建安之初，五言騰踊，文帝、陳思，縱轡以騁節；王、徐、應、劉，望路而爭驅；並憐風月，狎池苑，述恩榮，敘酣宴；慷慨以任氣，磊落以使才，造懷指事，不求纖密之巧；驅辭逐貌，唯取昭晰之能；此其所同也。」

今人論述建安時期的文學，一般是將它一分為二：建安前期，比較權威的說法是建安十三年（208）以前，諸文士歷經戰患，憫時感亂之意，發於詩文，慷慨悲涼，最有「建安風骨」；建安後期，也就是建安十三年（208）到建安二十四年（219），諸文士齊集鄴下，遊宴唱和，多悠閒頌揚之辭，風骨漸見頹靡。在今人的論述中，我們往往會看到劉勰的描述，「慷慨以任氣」或「觀其時文，……故梗概而多氣也」多被拿來說明建安前期文學的特色，「憐風月，……敘酣宴」多被拿來說明建安後期文學的特色。乍一看，古人之意今人之意一脈相承，實則大相徑庭。

其一，劉勰所突出的、所強調的，是建安文人「傲雅觴豆之前，雍容衽席之上」的作品，這類作品主要是以「憐風月，狎池苑，述恩榮，敘酣宴」為其內容的遊宴詩，在劉氏看來，它們最能代表建安文學的面貌。而在今人看來，只有憂世憫亂的作品才是建安文學的「正格」；幫閒色彩濃濃的遊宴詩變成了不和諧的變奏，向來受輕視，遭白眼。如果執意判定孰是孰非，應當檢討的理應是今人。駱鴻凱先生《文選學‧導言五》云：

此則建安時代五言之蔚起，以及遊覽之作，公宴之篇，充盈藝苑，皆由魏文、陳思所倡導，七子和之，新進復步其後塵，雷同祖構，由是丕然成一代之詩風也。

駱氏用「遊覽之作」、「公宴之篇」標誌建安「一代之詩風」，可謂愜當。建安文學經歷了建安前期的文學、建安後期的文學、黃初太和時期的文學三個階

段。在第二個階段，鄴下文人遊宴唱和，作者多，作品也多，無疑最能代表建安文學「彬彬之盛」的局面。這一階段的文學被後世傳為美談。《文心雕龍·才略》篇所謂「崇文之盛世，招才之嘉會」，顧況《宴韋庶子宅序》所謂「文雅之盛，風流之事」，元好問《論詩絕句》所謂「鄴下風流」，鍾惺《古詩歸》所謂「詞場雅事」，都是即這一階段的文學而言。當然，這並不意味著這一階段的文學成就就是最高的，但肯定是最具有文學史之所以為「史」的意義的，對此，我們不能視而不見。

　　其二，今人給予高度評價的是建安前期所謂反映戰亂和民生疾苦的作品，如曹操《薤露行》、《蒿里行》、《苦寒行》，王粲《七哀詩》，陳琳《飲馬長城窟行》，阮瑀《駕出北郭門行》等，因為它們慷慨多氣，有「建安風骨」。曹操、王粲不容置喙，陳琳、阮瑀之作是否必然作於建安十三年（208）以前，根本找不到確證。陳琳之詩，當「傷秦時役卒築城」〔註13〕，非緣事而發。阮瑀之詩，可能是緣事而發，但僅僅是擬樂府《孤兒行》，他本人並沒有親眼目睹這種事情的可能性更大；況且，這首詩的藝術水準也是一般，遠遠不能和《薤露行》諸詩相比，也並非饒有風骨之作。在漢魏六朝時期，反映民瘼時艱的作品並不受重視，王粲《七哀詩》是受重視的：

　　　　沈約《宋書·謝靈運傳論》：「至於先士茂制，諷高歷賞……仲宣『灞岸』之篇……正以音律調韻，取高前式。」

　　　　鍾嶸《詩品序》：「仲宣《七哀》……斯皆五言之警策者也。所謂篇章之珠澤，文采之鄧林。」

看得出來，它受重視是因為它的音韻和文采，而不是因為它反映了民瘼時艱。「傷羈戍」的曹操《苦寒行》，在《文心雕龍·樂府》篇中被說成「志不出於滔蕩，辭不離於哀思」，「實《韶》、《夏》之鄭曲」。

　　遊宴之類的作品，不免酒肉味濃，頌揚語多，今人指斥它們內容庸俗，這種指斥，不惟今人有之：

　　　　劉履《選詩補注》卷二：「公宴有詩尚矣。在建安間，如平原侯、王侍中、劉文學諸作，蓋所謂傑然者也，然其辭藻有餘，理義不足。」

　　　　張玉穀《古詩賞析》卷十：「魏人《公讌詩》皆累篇頌揚，開後來應酬惡派。」

〔註13〕張玉谷《古詩賞析》卷九。

但在漢魏六朝時期，含有這類內容的遊宴詩並不被視爲庸俗。劉勰是津津樂道的；謝靈運《擬魏太子鄴中集詩八首》類比的曹丕、王粲、陳琳、徐幹、劉楨、應瑒、阮瑀、曹植八人之詩，幾乎全是遊宴詩；《文選》設有「公宴」、「遊覽」二類，曹植、王粲、劉楨、應瑒、曹丕的遊宴詩，都在選錄之列。更何況遊宴詩也不總是一味「庸俗」，應瑒《侍五官中郎將建章臺集詩》、陳琳《遊覽》其二蘊涵的流離世故之悲和建功立業的情懷，正是今人所大力肯定的。今人又說遊宴之類作品風骨靡緩，但劉勰並不這樣認爲，他所說的「觀其時文，雅好慷慨，良由世積亂離，風衰俗怨，並志深而筆長，故梗概而多氣也」、「慷慨以任氣」云云，主要就是就這類作品而言。今人大多不假思索，引用劉勰這些話來說明建安前期文學，泛泛地說，也不是不可以，但嚴格說來，就是對劉勰原意的誤解，是張冠李戴。我這樣理解只是實事求是，並不是標新立異。看看許學夷《詩源辨體》卷四對劉勰「建安之初，……此其所同也」一段話是怎樣理解的：

> 按：文帝如「羅綺從風飛，長劍自低昂」、「弦歌發中流，悲響有餘音」、「樂極哀情來，寥亮摧肝心」，子建如「將騁萬里途，東路安足由。江介多悲風，淮泗馳急流」、「烈士多悲心，小人偷自閒。國仇亮不塞，甘心思喪元」、「滔蕩固大節，時俗多所拘。君子通大道，無願爲世儒」、「丈夫志四海，萬里猶比鄰。恩愛苟不虧，在遠分日親」、「驚風飄白日，光影馳西流。盛時不可再，百年忽我遒」，公幹如「永日行遊戲，歡樂猶未央。遺思在玄夜，相與復翱翔」、「賦詩連篇章，極夜不知歸。君侯多壯思，文雅縱橫飛」，仲宣如「吉日簡清時，從君出西園。方軌策良馬，並驅屬中原」、「朝發鄴都橋，暮濟白馬津。逍遙河堤上，左右望我軍」等句皆「慷慨以任氣，磊落以使才」者也。

[註14]

許氏列出的屬於「慷慨以任氣，磊落以使才」的例句，不盡妥當，但有將近一半的例句是來自諸人的遊宴詩，而不是今人掛在嘴邊的《薤露》、《七哀》之屬，還算沒有太偏離劉勰的本意。劉師培《南北文學不同論》：

〔註14〕分別出自曹丕《於譙作》、《於清河作》、《善哉行》「朝遊高臺觀」，曹植《雜詩》「僕夫早嚴駕」、《雜詩》「飛觀百餘尺」、《贈丁翼》、《贈白馬王彪》、《箜篌引》，劉楨《公宴詩》、《贈五官中郎將》其四，王粲《雜詩》「吉日簡清時」、《從軍詩》其四。

> 建安之初，詩尚五言。七子之作，雖多酬酢之章，然慷慨任氣，
> 磊落使才，造懷指事，不求纖密，隱意蓄含，餘味曲包，而悲哀剛
> 勁，洵爲北土之音。

也可以用來作爲劉勰那段話的注腳。事實上，如果今人驅逐成見，認眞研讀，就必須承認遊宴詩是有風骨的。對此，我們將在第三章第二節中作進一步的闡述。

建安時期詩歌的特色，劉勰用「造懷指事，不求纖密之巧；驅辭逐貌，唯取昭晰之能」來概括。《文心雕龍》「密」字共出現三十七次，「巧」字共出現五十四次，絕大多數用作褒義，文章的「密」與「巧」，是劉勰所肯定的，如：

> 《詮賦》篇：「至於草區禽族，庶品雜類，則觸興致情，因變取會，擬諸形容，則言務纖密；象其物宜，則理貴側附；斯又小制之區畛，奇巧之機要也。」
>
> 《才略》篇：「王襃構采，以密巧爲致，附聲測貌，泠然可觀。」
>
> 《諸子》篇：「愼到析密理之巧。」

但如果過分去追求細枝末節的精密工巧，使得文章有句無篇，那就因小失大，另當別論了。《附會》篇「夫畫者謹髮而易貌，射者儀毫而失牆，銳精細巧，必疏體統」就是這個意思。《隱秀》篇又說：「雕削取巧，雖美非秀矣。」雕鏤出來的巧妙，美歸美，卻失卻了渾厚自然。而「近代」文風，恰恰就有朝著「纖密之巧」發展的勢頭。《物色》篇：

> 自近代以來，文貴形似，窺情風景之上，鑽貌草木之中。吟詠所發，志惟深遠；體物爲妙，功在密附。故巧言切狀，如印之印泥，不加雕削，而曲寫毫芥。故能瞻言而見貌，即字而知時也。

參照《明詩》篇「宋初文詠，體有因革，莊老告退，而山水方滋，儷采百字之偶，爭價一句之奇，情必極貌以寫物，辭必窮力而追新，此近世之所競也」云云，便知劉勰此論主要是針對劉宋以後逐漸興盛的山水詩而言。在劉勰眼中，建安詩人不是這樣的，他們敘事抒情，描摹物態，務於大端，期於達意，不務「密附」之功，不求「切狀」之巧，而體格自高。張戒《歲寒堂詩話》卷上有一段議論，有助於我們認識這一點：

> 建安、陶、阮以前詩，專以言志；潘、陸以後詩，專以詠物……
> 《古詩》、蘇、李、曹、劉、陶、阮，本不期於詠物，而詠物之工卓

　　然天成，不可復及……潘、陸以後，專意詠物，雕鐫刻鏤之工日以
　　增，而詩人之本旨掃地盡矣。

看來，劉勰用「不求纖密之巧」，「唯取昭晰之能」來概括建安時期詩歌的特
色，暗寓著對「近世」詩風的針砭。建安時期的詩歌爲何會形成這樣的特色？
首先，這是建安作者「慷慨以任氣，磊落以使才」的結果，意氣慷慨，以才
使氣，以氣運筆，文風自然趨於渾厚而不流於纖巧。其次，「五言騰踊」還是
「建安之初」的事，一種文體，在它興起之初，面目常常是比較質樸的，接
下去就會走向華美，變得越來越細密精巧，詩歌、辭賦、散文在漢魏六朝的
演變都是如此。再次，鄴下文人遊宴唱和，「每至觴酌流行，絲竹並奏，酒酣
耳熱，仰而賦詩」〔註15〕，因事立題，事出倉促，加上很可能還有時間的限
制〔註16〕，使作者無暇沉思冥想，「雕削取巧」。觀阮瑀、應瑒《公宴詩》，有
似敷衍成篇，二人詩才比較一般，可能又是急就章，才以至於此。

　　話說回來，劉勰所謂建安時期詩歌「不求纖密之巧」，只是相對「近世」
來說的，並不意味著建安文人就不在作品的「密」與「巧」上下工夫，只是
不如後世之甚罷了。《文心雕龍·諧讔》篇：「謎也者……或圖象品物，纖巧
以弄思……至魏文、陳思，約而密之……雖有小巧，用乖遠大。」曹氏兄弟
造作謎語，逞「密」使「巧」，遭到劉勰的批評。曹丕《芙蓉池作》「丹霞夾
明月，華星出雲間」、曹植《公宴》「秋蘭被長阪，朱華冒綠池」等詩句，狀
物精工，常常被後人拿來說明開六朝綺靡之漸的例子。劉宋以來求「纖密之
巧」的傾向，正是建安時期求「密」求「巧」傾向的合乎邏輯的發展。

二、關於曹操的文學批評

　　《文心雕龍》多次述及曹操的文學批評，現將其分作四處，略加解析。
其一：

　　　《詔策》篇：「魏武稱作敕戒，當指事而語，勿得依違，曉治要
　　矣。」

〔註15〕曹丕《與吳質書》。

〔註16〕劉楨《瓜賦序》：「楨在曹植坐，廚人進瓜，植命爲賦，促立成。」《瓜賦》作
　　　　成，要在須臾之間。楊脩《答臨菑侯箋》：「是以對鶡而辭（按指作《鶡賦》），
　　　　作《暑賦》（按即《大暑賦》）彌日而不獻。」《大暑賦》之作，大概是以一日
　　　　爲限，而楊脩未能如期完成。作賦限以時日，是文人之間炫耀才華、爭奇鬥
　　　　豔的手段，作詩很可能也有這種情形。

《章表》篇：「昔晉文受冊，三辭從命，是以漢末讓表，以三爲斷。曹公稱爲表不必三讓，〔註17〕又勿得浮華。所以魏初表章，指事造實，求其靡麗，則未足美矣。」

《章句》篇：「又詩人以『兮』字入於句限，《楚辭》用之，字出於句外。尋『兮』字成句，乃語助餘聲。舜詠《南風》，用之久矣，而魏武弗好，豈不以無益文義耶！」

曹操是一個非常務實的人。他推行政令，只要現實需要，不惜打破常規。如「年饑兵興」，爲了節省糧食，他表制酒禁；〔註18〕爲了廣泛招攬有治國用兵之術的人，他下令唯才是舉，聲稱不仁不義也不廢棄。他不愛說假、大、空的話。沙場之上，威震四方的他，對爭相觀看他的敵人說：「汝欲觀曹公邪？亦猶人也，非有四目兩口，但多智耳！」〔註19〕他雅性節儉，不好華麗，禁防奢靡。自己的衣服都要穿十年，年年拆洗縫補；〔註20〕「後宮衣不錦繡，侍御履不二采」；他的女兒出嫁，「皆以皂帳，從婢不過十人」；〔註21〕他的兒媳衣繡，被他登臺看到，以違命賜死；〔註22〕所用之物，「帷帳屏風，壞則補納，茵蓐取溫，無有緣飾」。他頒佈法令，禁止民人厚葬，他自己也身體力行，「常以送終之制，襲稱之數，繁而無益，俗又過之，故預自制終亡衣服，四篋而已」，死後，他遺令「斂以時服，無藏金玉珠寶」。〔註23〕他厭惡虛浮的禮節。覺得「臨祭就洗」的「擬而不盥之禮」不能真正表達「盥以潔爲敬」的誠意，將其更改爲「親受水而盥」。〔註24〕他憎惡浮華的名士，

〔註17〕「必」，或作「止」。詹鍈先生《文心雕龍義證》引張立齋先生《文心雕龍注訂》云：「『止』，別本作『必』字，誤。三揖、三讓、三禮，於古爲常，『不必』云者，是爲不辭。曹操語見《藝文類聚》五十一載操建安元年上書讓增封曰：『臣雖不敏，猶知讓不過三。所以仍布腹心至於四五，上欲陛下爵不失實，下爲臣身免於苟取。』所謂『至於四五』，即『不止三讓』，『爵不失實』及『免於苟取』等意也。」按張先生之說似有可商。曹操厭抑浮華（見下文），欲受還讓，必至於三，華而不實，正其所欲革除者；如作「不止三讓」，則是虛浮更甚，與其旨趣相悖。至於曹操上書讓增封，「至於四五」，時在其執政之初，立足未穩之際，不可以尋常觀。
〔註18〕《後漢書・孔融傳》。
〔註19〕《三國志・武帝紀》注引《魏書》。
〔註20〕參曹操《內誡令》。
〔註21〕《三國志・武帝紀》注引《魏書》、《傅子》。
〔註22〕參《三國志・崔琰傳》注引《世語》。
〔註23〕《三國志・武帝紀》及注引《魏書》。
〔註24〕參曹操《春祠令》。

在路粹代筆寫給孔融的書信中，他揚言要「破浮華交會之徒」，並最終殺掉了「浮豔」的孔融。〔註25〕說來說去，就是要說，他的這些關於文章寫作的觀念：作敕戒要就事論事，不得摸棱兩可；作讓表不必三讓，又不得浮華；「兮」字無補於文意，故而不喜用，正是他黜華崇實的精神好尚在文學批評領域的體現。

魏初章表的實而不華，是曹操引領的結果。他自己的文風也是如此。鍾嶸《詩品》謂其詩「古直」，即古樸質直之意。今傳曹操敕戒教令章表等，未必篇篇質木無文，如《讓還司空印綬表》、《請爵荀彧表》等，就句式整飭，文辭也比較講究，但大多可以說是「指事造實」，「求其靡麗，則未足美矣」。如《掩獲宋金生表》：

> 臣前遣討河內、獲嘉諸屯，獲生口，辭云：「河內有一神人宋金生，令諸屯皆云鹿角不須守，吾使狗為汝守。不從其言者，即夜聞有軍兵聲，明日視屯下，但見虎迹。」臣輒部武猛都尉呂納，將兵掩獲得生，輒行軍法。

更著名的是《讓縣自明本志令》。曹操長年秉國之鈞，有人懷疑他圖謀篡漢，他寫下這道手令，用來解疑釋惑。文中內容，曹操自稱是「肝鬲之要」，是「勤勤懇懇敘心腹」，事後看來，顯然不無欺人之談。但大致說來，還是合乎情實的。如：

> 「設使國家無有孤，不知當幾人稱帝，幾人稱王。」

> 「然欲孤便爾委捐所典兵眾，以還執事，歸就武平侯國，實不可也。何者？誠恐己離兵為人所禍也。既為子孫計，又己敗則國家傾危，是以不得慕虛名而處實禍，此所不得為也。」

質實的行文，展現了曹操一貫的散文風格，也展現了他自己的文學主張。

其二：

> 《章句》篇：「昔魏武論賦〔註26〕，嫌於積韻，而善於資代。陸雲亦稱『四言轉句，以四句為佳』……然兩韻輒易，則聲韻微躁；百句不遷，則唇吻告勞。」

〔註25〕參《後漢書·孔融傳》、《三國志·崔琰傳》注引《魏氏春秋》。

〔註26〕「賦」，或作「詩」。按曹操論後，「陸雲亦稱」云云承之。陸說見《與兄平原書》，是論賦，則曹操亦當是論賦。

曹操沒有完整的賦作傳世，《文選·吳都賦》劉逵注引其《滄海賦》〔註27〕，《水經注·濁漳水》引其《登臺賦》，不過一兩句。《大觀本草》卷十九引其《鶡雞賦序》，看樣子他還作過《鶡雞賦》，但此序與曹植《鶡雞賦序》相近，或許是曹植所作，而《大觀本草》誤置他的名下亦未可知。然則曹操既有此賦論，肯定留意辭賦創作，當日賦作必不至於如此之少，可惜今天已經無由窺其大略。賦為韻文，「積韻」，意即久押一韻，為曹操所不取，而以轉韻為佳。從誦讀的角度講，誠如劉勰所言，長時間不換韻，嘴巴會受不了，曹操的意見是可取的。檢鄴下文人辭賦，實以轉韻為常；韻之轉，又以三韻四韻為常，不能說是受了曹操賦論的影響，卻是符合曹操論賦旨意的。曹操本人辭賦未可知，就其詩歌看，僅《卻東西門行》是一韻到底〔註28〕；如《薤露行》、《苦寒行》、《對酒》者，主押一韻，中間或少或多不合韻。其他或不拘聲韻，古意盎然，如《氣出唱》其一其二、《精列》、《短歌行》其二、《秋胡行》其二、《善哉行》其二、《步出夏門行》「東臨碣石」篇等；或兩韻交替使用，別有一番韻味，如《蒿里行》：

> 關東有義士，興兵討群凶。初期會盟津，乃心在咸陽。軍合力不齊，躊躇而雁行。勢利使人爭，嗣還自相戕。淮南弟稱號，刻璽於北方。鎧甲生蟣蝨，萬姓以死亡。白骨露於野，千里無雞鳴。生民百遺一，念之斷人腸。

或多轉韻，如《度關山》、《短歌行》其一、《步出夏門行》「鄉土不同」篇及「神龜雖壽」篇等，以《短歌行》為例：

> 對酒當歌，人生幾何！譬如朝露，去日苦多。慨當以慷，憂思難忘。何以解憂？唯有杜康。青青子衿，悠悠我心。但為君故，沉吟至今。呦呦鹿鳴，食野之蘋。我有嘉賓，鼓瑟吹笙。明明如月，何時可掇？憂從中來，不可斷絕。越陌度阡，枉用相存。契闊談讌，心念舊恩。月明星稀，烏鵲南飛。繞樹三匝，何枝可依？山不厭高，海不厭深。周公吐哺，天下歸心。

此詩「兩韻輒易」，而絲毫不覺「聲韻微躁」，反生跌宕頓挫之美。可以說，

〔註27〕曹操《滄海賦》所賦之「滄海」，當即詩歌《步出夏門行》所描寫的「滄海」。《曹操集譯注》謂《步出夏門行》作於建安十二年（207）曹操北征烏丸凱旋途中或以後，是。曹丕也有《滄海賦》，當為一時之作，然則曹丕當年曾從征烏丸，可為眼下的曹丕年譜補一言。

〔註28〕此詩風格流靡，殊不似曹操之作，苦無證據，誌此存疑。

曹操有關辭賦用韻的審美傾向在他的詩歌裏得到了較為充分的展現。

其三：

> 《事類》篇：「故魏武稱張子之文為拙，然學問膚淺，所見不博，專拾掇崔、杜小文，所作不可悉難，難便不知所出。斯則寡聞之病也。」

曹操好文，亦好學，載籍多有稱美：

> 曹丕《典論·自序》：「上（指曹操）雅好詩書文籍，雖在軍旅，手不釋卷，每每定省從容，常言『人少好學則思專，長則善忘，長大而能勤學者，唯吾與袁伯業（即袁遺）耳』！」

> 曹植《武帝誄》：「既總庶政，兼覽儒林，躬著雅頌，被之琴瑟。」

> 《三國志·武帝紀》注引《魏書》：「是以耕造大業，文武並施，御軍三十餘年，手不捨書，晝則講武策，夜則思經傳，登高必賦，及造新詩，被之管弦，皆成樂章。」

> 《晉書·袁瓌傳》載瓌《上書請建國學》：「昔魏武帝身親介冑，務在武功，猶尚息鞍披覽，投戈吟詠。」

「長大而能勤學」，已很難得，披堅執銳之際學而不廢，更為難得。省覽曹操文章，不難見識到他的博學，如《整齊風俗令》：

> 阿黨比周，先聖所疾也。聞冀州俗，父子異部，更相毀譽。昔直不疑無兄，世人謂之盜嫂；第五伯魚三娶孤女，謂之撾婦翁；王鳳擅權，谷永比之申伯；王商忠議，張匡謂之左道：此皆以白為黑，欺天罔君者也。吾欲整齊風俗，四者不除，吾以為羞。

典籍故實，搖筆即來。鍾嶸《詩品序》：「若乃經國文符，應資博古；撰德奏議，宜窮往烈。」章表教令之屬，用事不妨多點。而曹操詩中的用事也比以往多了起來，如《度關山》（節引）：

> 皋陶甫侯，何有失職？嗟哉後世，改制易律。勞民為君，役賦其力。舜漆食器，畔者十國。不及唐堯，采椽不斲。世歎伯夷，欲以厲俗。侈惡之大，儉為共德。許由推讓，豈有訟曲？兼愛尚同，疏者為戚。

曹丕、曹植年紀小小就已經博覽群書：

> 《典論·自序》：「上雅好詩書文籍……余是以少誦詩、論，及長而備歷《五經》、四部，《史》、《漢》、諸子百家之言，靡不畢覽。」

《三國志・文帝紀》注引《魏書》：「年八歲，能屬文，有逸才，
博貫古今經傳諸子百家之書。」

《三國志・曹植傳》：「年十餘歲，誦讀詩、論及辭賦數十萬言，
善屬文。」

這固然與他們的聰慧分不開，也與曹操的熏陶和教導分不開。觀兄弟二人詩
文，用事的情形也不稀見。徐世溥《榆溪詩話》說前漢詩不使事，後漢詩很
少使事，而「曹氏父子益張之」。〔註29〕這也是因為他們父子本身都是飽學之
士，總要在文章中有所流露。

《文心雕龍・事類》篇：「才為盟主，學為輔佐。」「張子」學問膚淺，孤
陋寡聞，缺少「輔佐」，搖筆為文，自不免捉襟見肘，能拾人牙慧，卻不能道出
其所自來。好學、勤學、博學的曹操看不起他的文章，是順理成章的事情。

曹操所稱「張子」，不知是指何人。其《為張範下令》有云：「聞張子頗欲
學之（指邴原）。」趙仲邑先生《文心雕龍譯注》據此定為張範。楊明照先生《文
心雕龍校注拾遺》同，同時又存疑。按張範，《三國志》卷十一有傳，稱道其德
行，但於其學問辭章，不載一詞，亦無詩文流傳，「張子」作張範，殊不可解。
今別尋一人以實之。趙壹《非草書》云：「夫杜、崔、張子，皆有超俗絕世之才，
博學餘暇，游手於斯（指草書）。」杜、崔，指杜度、崔瑗、崔寔；張子，指張
芝，此數人皆善草書，見《三國志・劉劭傳》注引《四體書勢》。張芝事又見《後
漢書・張奐傳》注引王愔《文志》：「以名臣子勤學，文為儒宗，武為將表……
尤好草書，學崔、杜之法……韋仲將謂之草聖也。」檢《三國志・武帝紀》注
引《博物志》：「漢世，安平崔瑗、瑗子寔、弘農張芝、芝弟昶，並善草書，而
太祖亞之。」曹操既善草書，崔、杜、張，自然為其所熟知，則「張子」似指
張芝。蓋張芝書學崔、杜，文亦學崔、杜，嚴可均《全後漢文》收其書箚佚文
四篇，都是「小文」；張芝才學，雖為趙壹、王愔之流所稱，曹操並不以為然，
是以有譏誚之言。然亦無確證，姑備一說而已。

其四：

《養氣》篇：「曹公懼為文之傷命。」

短短的一句話，知曹操「雅愛詩章」，「投戈吟詠」斷然不虛，也知曹操深知
為文之不易：勞神苦思，既傷神，又傷身。他的愛子曹植「精意著作，食欲

〔註29〕參第二章第三節。

損減，得反胃病也」〔註30〕，印證了「爲文之傷命」。他的世子曹丕也把「著篇籍」視爲「經國之大業，不朽之盛事」〔註31〕而孜孜以求。父子三人熱衷文章，直接促成了建安文學的繁榮，還不同程度地提高了文章和文士的地位，開後世重文風氣之先，更重要的，是他們用自己手中的筆，寫出了他們那個時代最燦爛的篇章。

三、關於曹植文體的「乖」與「訛」

在分論各種文體時，劉勰指出了曹植在一些文體寫作上的特異之處，值得注意。其一：

> 《樂府》篇：「凡樂辭曰詩，詠聲曰歌，聲來被辭，辭繁難節。故陳思稱『左延年閑於增損古辭，多者則宜減之』，明貴約也。觀高祖之詠《大風》，孝武之歡《來遲》，歌童被聲，莫敢不協。子建士衡，咸有佳篇，並無詔伶人，故事謝絲管，俗稱乖調，蓋未思也。」

三曹詩多樂府，樂府詩本是合樂的歌辭。曹操「登高必賦，及造新詩，被之管弦，皆成樂章」，詩成之初，就已經配樂歌唱，現存曹操詩，基本上都收錄在《宋書・樂志》中，爲魏晉樂所奏。曹丕樂府詩，也有近一半爲魏晉樂所奏。曹植樂府詩數量最多，除去《箜篌引》、〔註32〕《七哀》〔註33〕、《鞞舞歌》〔註34〕等等之外，大多不入樂，故「俗稱乖調」。對此，劉勰不認同，把它看作是沒有經過深思熟慮的說法。

〔註30〕《太平御覽》卷三七六引《魏略》。

〔註31〕曹丕《與王朗書》、《典論・自序》。

〔註32〕詩題據《文選》。《宋書・樂志》列此詩於《野田黃雀行》曲下。《樂府詩集》卷四十引王僧虔《技錄》：「《門有車馬客行》歌東阿王『置酒』一篇。」知其曾入《門有車馬客行》一曲。同書卷二十六又引《古今樂錄》：「《箜篌引》歌瑟調東阿王辭《門有車馬客行》『置酒』篇。」知其又曾爲《箜篌引》一曲歌辭。故一詩三題。朱乾《樂府正義》卷八：「樂府有一詩而三用者，如曹植『置酒』篇本《野田黃雀行》辭也……蓋取其『知命何憂』之意，爲《野田黃雀行》；取其『親交從遊』之意，爲《門有車馬客行》；取其『晦迹遠害』之意，爲《箜篌引》也。」可備一說。

〔註33〕詩題據《文選》。《玉臺新詠》卷二題作《雜詩》，《宋書・樂志》列《怨詩》曲下，《樂府詩集》卷四十一作《怨詩行》。

〔註34〕《鞞舞歌序》：「故依前曲，改作新歌五篇。不敢充之黃門，近以成下國之陋樂焉。」

　　鍾嶸《詩品序》：「三祖之詞，文或不工，而韻入歌唱。」曹操不論，曹丕、曹叡之詩，未必本來就能拿來歌唱，但他們貴爲天子，自可詔伶人樂工增損其辭，以求合樂。曹植沒有那個地位，也就沒有那個機運，即使他詩寫得再好，也可能無緣被之管弦。這是我們應當考慮的。

　　馮班《鈍吟雜錄》云：

　　　　古詩皆樂也，文士爲之辭曰詩，樂工協之於鍾呂爲樂。自後世
　　文士或不閑樂律，言志之文，乃有不可施於樂者，故詩與樂畫境。
　　文士所造樂府，如陳思王、陸士衡，於時謂之「乖調」。劉彥和以爲
　　「無詔伶人，故事謝絲管」，則是文人樂府，亦有不諧鍾呂，直自爲
　　詩者矣。

按馮氏顯然曲解了劉勰的原意，曹植也未必不嫻音律：惠皎《高僧傳》卷十五說他「深愛音律」，傳說佛教「梵唄之起」，是從他那裡來的；而道教步虛聲的製作，據說也與曹植有關。〔註35〕事實上，曹丕一半以上的樂府詩、王粲《七哀詩》、陳琳《飲馬長城窟行》、阮瑀《駕出北郭門行》等樂府詩也都是「事謝絲管」的。他們僅僅是擬寫舊作或借用古題另爲新作，創作的時候並沒有考慮到入樂的需要。而曹植走得更遠，他的一些樂府詩，連古題也不借用了，即文名篇，無復依傍，一般是取詩歌最初的兩個字命題，如《名都篇》、《白馬篇》、《驅車篇》、《僊人篇》、《遠遊篇》、《磐石篇》、《吁嗟篇》、《種葛篇》、《浮萍篇》、《美女篇》等，在形式上與一般的詩歌已經沒有多少差別。這樣一來，「詩與樂」也就「畫境」了。輕率地說曹植的樂府詩是「乖調」是不對的，但也大致不差。走向「乖調」，是樂府詩發展的必然趨勢。

　　其二：

　　　　《頌贊》篇：「及魏晉雜頌，鮮有出轍。陳思所綴，以《皇子》
　　爲標；陸機積篇，惟《功臣》最顯。其褒貶雜居，固末代之訛體也。」

　　　　《誄碑》篇：「至如崔駰誄趙，劉陶誄黃，並得憲章，工在簡要。
　　陳思叨名，而體實繁緩。《文皇誄》末，百言自陳，其乖甚矣！」

顧名思義，「頌」主頌揚，自應有褒無貶，而曹植《皇子生頌》褒貶雜居，劉勰斥爲「訛體」；「誄」尚簡要，要累列的也是誄主功德，而曹植《文帝誄》洋洋千餘言，已有繁縟疏緩之失，且篇末又多自陳之辭，劉勰斥其「乖甚」。

〔註35〕參劉敬叔《異苑》卷五、道世《法苑珠林》卷四十九。

時過境遷，文體流變，後來的面目與當初的嘴臉有差別甚至是相差甚遠，也是勢屬自然，動輒給咎，有失公允。劉師培先生《漢魏六朝專家文研究》十四《文章變化與文體遷訛》一節就譏諷劉勰過於守舊：

> 陳思王《魏文帝誄》於篇末略陳哀思，於體未爲大違，而劉彥和《文心雕龍》猶譏其「乖甚」。唐以後之作誄者，盡棄事實，專敘自己，甚至作墓誌銘，亦但敘自己之友誼而不及死者之生平，其違體之甚，彥和將謂之何耶？

曹植《皇子生頌》作於太和年間，時明帝好土工，賦役繁重，加上連年用兵吳、蜀，百姓困窘，曹植借稱頌「篤生聖嗣」、「萬國作喜」之機，暗寓諷諫之意：「喁喁萬國，岌岌群生，稟命我后，綏之則榮。」希望明帝能夠多行仁義，恩養子民。《文帝誄》也是上奏給明帝的，先是大段大段的「述德」「詠功」，末云：

> 咨遠臣之眇眇兮，感凶諱以怛驚。心孤絕而靡告兮，紛流涕而交頸。思恩榮以橫奔兮，閟關塞之嶢崢。顧衰絰以輕舉兮，念關防之我嬰。欲高飛而遙憩兮，憚天網之遠經。遙投骨於山足兮，報恩養於下庭。慨拊心而自悼兮，懼施重而命輕。嗟微軀之是效兮，甘九死而忘生。幾司命之役籍兮，先黃髮而隕零。天蓋高而察卑兮，冀神明於我聽。獨鬱伊而莫告兮，追顧景而憐形。奏斯文以寫思兮，結翰墨以敷誠。嗚呼哀哉！

此即劉勰所謂「百言自陳」者。按曹魏待諸侯法峻，諸侯「雖有王侯之號，而乃儕爲匹夫。縣隔千里之外，無朝聘之儀，鄰國無會同之制。諸侯遊獵不得過三十里，又爲設防輔監國之官以伺察之。王侯皆思爲布衣而不能得」〔註36〕。文帝崩，曹植爲骨肉至親，理應奔赴京師弔喪，而迫於「關防」，不能如願，徒自傷悲。「天蓋高而察卑兮，冀神明於我聽」，非言於天、言於神明，而是言於明帝，是後來《求自試表》、《求通親親表》的前奏。《三國志·曹植傳》稱曹植「每欲求別見獨談，論及時政，幸冀試用，終不能得」。《皇子生頌》、《文帝誄》，一「頌」一「誄」，一吉一凶，一慶一弔，正是曹植在「吉凶之問塞，慶弔之禮廢」〔註37〕的情形下，在不能朝京師、不能與明帝「別見獨談」的情形下寫就奏上的，他的「訛」與「乖」，是要借題發揮，「論及時政」，實在是用心良苦，有其不得已者在。

〔註36〕《三國志·武文世王公傳》注引《袁子》。
〔註37〕《求通親親表》。

其三：

《祝盟》篇：「至如黃帝有祝邪之文，東方朔有罵鬼之書，於是
後之譴呪，務於善罵。唯陳思《詰咎》，裁以正義矣。」

「祝」有「譴呪」一體，罵得好就算是好。曹植《詰咎文》，是念及「於時大
風，發屋拔木」，「聊假天帝之命，以詰咎祈福」的，不以謾罵爲宗，而裁以
「年登歲豐，民無餒饑」的正義。按照劉勰的標準，這一篇應該也是屬於「乖
甚」的「訛體」的，只不過它乖訛得雅正，得到了劉勰的嘉許。

第三節　唐宋時期的建安文學整體觀 [註38]

唐宋兩個時代的建安文學批評，可謂各有千秋。

一、唐代的建安「風骨」論

唐人傾心建安文學、建安作者：

陳子昂《與東方左史虬修竹篇序》：「文章道弊五百年矣！漢魏
風骨，晉宋莫傳……齊梁間詩，彩麗競繁而興寄都絕……一昨於解
三處見明公《詠孤桐篇》，骨氣端翔，音情頓挫，光明朗練，有金石
聲……不圖正始之音復睹於斯，可使建安作者相視而笑。」

李善《上文選注表》：「氣質馳建安之體。」

《文鏡秘府論》南卷《論文意》引王昌齡文論：「漢魏有曹植、
劉楨，皆氣高出於天縱，不傍經史記，卓然爲文……至晉、宋、齊、
梁，皆悉頹毀。」

李白《宣州謝朓樓餞別校書叔雲》：「蓬萊文章建安骨。」

杜甫《別李義》：「子建文筆壯。」

高適《宋中別周梁李三子》：「感激建安詩。」《淇上酬薛三據兼
寄郭少府》：「縱橫建安作。」

儲光羲《貽劉高士別》：「逸氣劉公幹。」

殷璠《丹陽集序》：「建安末，氣骨彌高。」《河嶽英靈集》集論：
「言氣骨則建安爲儔，論宮商則太康不逮。」

〔註38〕本節部分論述曾較多地參考了王運熙、楊明先生《隋唐五代文學批評史》一書。

孟雲卿《鄴城懷古》:「永懷故池館,數子連章句。逸興驅山河,雄詞變雲霧。」

于頔《釋皎然杼山集序》:「王、曹以氣盛。」

裴延翰《樊川文集後序》:「縱曹、劉之骨氣。」

不難發現,唐人津津樂道的,是建安風骨。這不是偶然的。

《文心雕龍·風骨》篇:「若風骨乏采,則鷙集翰林;采乏風骨,則雉竄文囿。唯藻耀而高翔,固文章之鳴鳳也。」《詩品序》:「幹之以風力,潤之以丹彩,使味之者無極,聞之者動心,是詩之至也。」風骨辭采兼而有之,並且達到某種意味上的平衡,是文章的一種理想狀態。然而,個人、時代往往有所偏好,這種理想狀態並不容易達到。就唐前詩歌約略言之:漢詩渾樸,風骨、辭采無迹可求;建安詩梗慨多氣,以風骨見長,而又不乏辭采;西晉詩「稍入輕綺」,「采縟於正始,力柔於建安」,已偏重辭采;東晉詩「溺乎玄風」〔註39〕,於時篇什,「理過其辭,淡乎寡味」,毋論「建安風力盡矣」〔註40〕,求其辭采亦不可得。宋齊梁陳詩,畸重辭采,風骨頹靡,雖間有劉勰、鍾嶸之屬,為之疾呼,人微言輕,流波不返,況且,他們本人也都偏重辭采。

「調入初唐,時帶六朝錦色」,〔註41〕貞觀君臣的詩作,雖略有更張,大體承襲六朝餘緒,梁、陳宮掖之風,於是乎在。高宗、武后、中宗朝的宮廷詩人,雕章琢句,以綺豔相高。有識之士,「思革其弊」,楊炯《王勃集序》:

（勃）嘗以龍朔初載,文場變體,爭構纖微,競為雕刻,糅之金玉龍鳳,亂之朱紫青黃,影帶以徇其功,假對以稱其美,骨氣都盡,剛健不聞,思革其弊,用光志業。

對高宗龍朔年間纖巧細碎的詩風,王勃很是不滿,矯以「剛健」之「骨氣」,取得了一定的成效,但並未如楊炯所說,「積年綺碎,一朝清廓」。王勃等「初唐四傑」的詩歌,在當時有些另類,但並未脫盡六朝華豔之體。——王勃在倡導骨氣的同時,並不否定「藻耀」、「丹采」,這與劉勰、鍾嶸主張「風骨」、「風力」並沒有本質的區別。

陳子昂就不同了。晉宋以後詩崇尚藻飾,被他視為「文章道弊」,而用以療救的良方,則是「漢魏風骨」(主要指建安風骨)。褒揚風骨,貶黜辭彩,

---

〔註39〕《文心雕龍·明詩》。

〔註40〕《詩品序》。

〔註41〕陸時雍《詩鏡總論》。

將漢魏詩和晉宋以後詩截然分開，陳子昂的主張是有失偏頗的。但正所謂矯枉必須過正，在當時積病難返的情形下，在綺巧纖弱詩風籠罩詩壇之際，陳子昂高舉復古大旗，以「建安作者」爲標格，痛斥「五百年」綺靡文風，不啻於振聾發聵之舉。在創作上，陳子昂也很好地實踐了自己的主張。他的詩，剛健、質樸、明快，一掃浮靡輕豔之習，成爲唐代文體革新的一大功臣。對此，時人、後人讚賞有加：

　　　　盧藏用《左拾遺陳子昂文集序》：「道喪五百年而得陳君……崛起江、漢，虎視函夏，卓立千古，橫制頹波，天下翕然，質文一變。」

　　　　杜甫《陳拾遺故宅》：「有才繼騷雅，哲匠不比肩。公生揚馬後，名與日月懸。」

　　　　韓愈《薦士》：「國朝文章盛，子昂始高蹈。」

　　　　劉克莊《後村詩話》前集卷一：「唐初王、楊、沈、宋擅名，然不脫齊、梁之體。獨陳拾遺首唱高雅沖淡之音，一掃六代之纖弱，趨於黃初、建安矣。」

　　　　沈德潛《唐詩別裁》卷一：「追建安之風骨，變齊、梁之綺靡，寄興無端，別有天地。」

如果說初唐的陳子昂高揚建安風骨，主要是從理論上爲唐詩的健康發展指明了方向，但在當時並沒有造就「橫制頹波」的歷史事實的話，到了盛唐諸公那裡，建安風骨則在創作上得到了實實在在的發揚，真正形成了「天下翕然」的格局。皮日休《郢州孟亭記》「明皇世，章句風大得建安體」，就是一個準確的描述。這種格局的出現，一是因爲玄宗「惡華」「黜浮」的好尚對文風轉變起了一定的作用：

　　　　殷璠《河嶽英靈集序》：「開元十五年後，聲律風骨始備矣。始由主上惡華好樸，去僞從眞，使海內詞場，翕然尊古，有周風雅，再闡今日。」

　　　　杜確《岑嘉州集序》：「開元之際，王綱復舉，淺薄之風，茲焉漸革」，「作者凡數十輩」，「近建安之遺範」。

　　　　《新唐書·文藝傳》：「玄宗好經術，群臣稍厭雕琢，索理致，崇雅黜浮，氣益雄渾。」

一般來說，文章浮華，容易無風骨；質樸，則容易有風骨。二是因為盛唐詩人對建安風骨的有意識的繼承和追摹，這從前引王昌齡、李白、杜甫、高適、儲光羲、孟雲卿等人的言論中可以看出來。同時，盛唐詩人還矯正了陳子昂的偏激，對六朝乃至沈、宋以來逐步發展和完善起來的在詩歌聲律、辭藻等方面取得的藝術經驗和技巧進行了充分的吸取，追步建安，而又超越建安。王維《別綦毋潛》「盛得江左風，彌工建安體」，殷璠「言氣骨則建安為儔，論宮商則太康不逮」，都可用來概括盛唐詩歌所達到的既饒風骨，又饒辭采，文質彬彬，盡善盡美的藝術境界。

殷璠《河嶽英靈集》選錄了二十四個盛唐詩人的詩歌並加以評論。他評詩很注重風骨。對風骨多的，予以讚美，如評陶翰：「既多興象，復備風骨。」評高適：「適詩多胸臆語，兼有氣骨，故朝野通賞其文。」評岑參：「參詩語奇體峻。」評崔顥：「顥年少為詩，名陷輕薄，晚節忽變常體，風骨凜然。」評薛據：「據為人骨鯁有氣魄，其文亦而。」評王昌齡：「元嘉以還，四百年內，曹、劉、陸、謝，風骨頓盡。傾有太原王昌齡、魯國儲光羲，頗從厥迹。」風骨少的，則表示遺憾和惋惜，如評劉眘虛：「傾東南高唱者數人，然聲律宛態，無出其右，唯氣骨不逮諸公。」評綦毋潛：「藉使若人加氣質，減雕飾，則高視三百年以外也。」評祖詠：「氣雖不高，調頗凌俗。」殷氏的詩評，是建安風骨充盈盛唐詩壇的現狀在文學批評領域中的反映。

胡應麟《詩藪》：「錢（起）、劉（長卿）以降，篇什雖盛，氣骨頓衰。」《四庫全書總目・錢仲文集提要》：「大曆以還，詩格初變，開、寶渾厚之氣，漸遠漸離，風調相高，稍趨浮響。」大約中唐以後，文章變體，或以工巧相尚，或以綺麗相高，或入淺俗一途，或開奇險一派，成績斐然，但無論是在創作上還是在批評上，建安風骨都漸漸被邊緣化了。高仲武《中興間氣集》選錄肅、代兩朝詩人的作品，以「體狀風雅，理致清新」者為高，姚合《極玄集》所選，也多此類作品。對於這種變化，胡震亨《唐音癸籤》卷三一在論唐人選唐詩時有過一段精闢的分析：

> 詩自蕭氏《選》後，豔藻日富，律體因開，非專重風骨裁甄，將何淨滌餘疵，肇成一代雅體？逮乎肄習既一，多乃徵賤，自復華碩謝旺，閒婉代興，不得不移風骨之賞於情致，衡韻調為去取，此《間氣》與《極玄》視《英靈》所載，各一選法，雖氣體斥兩，大難相追，亦時運為之，非高、姚兩氏過也。

總之，由於各種各樣的原因，使得建安風骨在經過初唐的大力提倡，盛唐的極度高漲後，於中唐以後轉入低潮。儘管如此，中、晚唐人在論及建安文學時，仍多以風骨爲口實，于頔、裴延翰即是如此。就風骨而論建安文學，是唐人一以貫之的主流。

二、宋代的「詩宗建安」論

宋人稱道建安文學，也會道及建安風骨，但終究是淡淡出之，沒有了唐人的熱情，他們有了新的興奮點。

范溫《潛溪詩眼》「詩宗建安」條：「建安詩，辯而不華，質而不俚，風調高雅，格力遒壯。其言直致而少對偶，指事情而綺麗，得《風》、《雅》、《騷》人之氣骨，最爲近古者也……前輩皆留意於此，近來學者遂不講耳。」

張表臣《珊瑚鈎詩話》卷一：「斯文盛於漢、魏之前，而衰於齊、梁之後。」

張戒《歲寒堂詩話》卷上：「建安、陶、阮以前詩，專以言志；潘、陸以後詩，專以詠物；兼而有之者，李、杜也。言志乃詩人之本意，詠物特詩人之餘事。《古詩》、蘇、李、曹、劉、陶、阮，本不期於詠物，而詠物之工卓然天成，不可復及……潘、陸以後，專意詠物，雕鐫刻鏤之工日以增，而詩人之本旨掃地盡矣。」又：「國朝諸人詩爲一等，唐人詩爲一等，六朝詩爲一等，陶、阮、建安七子、兩漢爲一等，《風》、《騷》爲一等，學者須以次參究，盈科而後進可也……魯直云太白詩與漢、魏樂府爭衡，此語乃眞知太白者……子美詩奄有千古，學者能識《國風》、《騷》人之旨，然後知子美遣詞處……後有作者出，必欲與李、杜爭衡，當復從漢、魏詩中出爾。」又：「乙卯冬，陳去非見余詩，曰：『奇語甚多，只欠建安、六朝詩耳。』余以爲然。及後見去非詩全集，求似六朝者尚不可得，況建安乎！」

《苕溪漁隱叢話》前集卷二引闕名《雪浪齋日記》：「欲知詩之源流，當看《三百篇》及《楚辭》、漢、魏等詩。前輩云：建安才六七子，開元數兩三人。前輩所取，其難如此。」

曾季貍《艇齋詩話》:「東坡《黃子思詩序》:『論詩至李、杜……無遺巧矣……魏、晉詩人高風遠韻,至李、杜而亦衰。』此說大妙,大抵一盛則一衰,後世之爲盛,則古意必已衰。」

郭茂倩《樂府詩集》卷六十一:「如司馬相如、曹植之徒,所爲文章,深厚爾雅,猶有古之遺風焉。」

嚴羽《滄浪詩話・詩辯》:「夫學詩以識爲主,入門須正,立志須高,以漢、魏、晉、盛唐爲師,不作開元、天寶以下人物。」又:「漢、魏、晉與盛唐詩者,則第一義也。」《詩評》:「詩有詞、理、意、興。南朝人尚詞而病於理;本朝人尚理而病於意、興;唐人尚意、興而理在其中;漢魏之詩,詞、理、意、興,無迹可求。」又:「漢、魏古詩,氣象渾沌,難以句摘。」又:「黃初之後,惟阮籍《詠懷》之作,極爲高古,有建安風骨。」又:「建安之作,全在氣象,不可尋枝摘葉。」又:「少陵詩,憲章漢、魏,而取材於六朝,至其自得之妙,則前輩所謂集大成者也。」

綜合以上評論,可以看到:

第一、建安文學/建安詩歌之「古」被宋人凸現出來。范溫說建安詩「最爲近古」;曾季貍言外之意是說魏詩/建安詩〔註42〕有「古意」;郭茂倩說曹植之徒「猶有古之遺風」;嚴羽沒有直說,但也是建安之作「極爲高古」之意。隨著歲月的流逝,朝代的更迭,新轉爲舊,今化作古,是很正常的。鍾嶸《詩品序》:「次有輕薄之徒,笑曹、劉爲古拙,謂鮑照羲皇上人,謝朓今古獨步。」曹植、劉楨的詩歌,早在蕭梁時代就已經被目爲「古拙」。詩至趙宋,完全成熟、格律嚴謹的近體詩也已經有了二三百年的歷史,並且一直在詩壇佔據統治地位,爲人所習見,再回頭去看「其言直致而少對偶」、在聲律上也不大講究的建安詩,自然是古色古香——建安詩也就被目爲「古詩」。

第二、建安文學/建安詩歌的渾厚自然被宋人凸現出來。張戒說其「卓然天成」;蘇軾道其「高風遠韻」,郭茂倩稱其「深厚爾雅」,嚴羽言其「詞、理、意、興,無迹可求」,「氣象渾沌,難以句摘」,「全在氣象,不可尋枝摘葉」。

〔註42〕一般情況下,古人所謂魏詩,和建安詩的內涵差不多,詳見第二章第三節。爲了論述的方便,本文對二者不作有效區分,或將魏詩直接看作建安詩,或將建安詩直接看作魏詩。

第三、宋人對建安詩歌很是推崇。張表臣以爲「斯文」之盛，張戒以爲「不可復及」。甚而，他們倡言要師法建安詩或漢詩、建安詩：范溫「詩宗建安」；嚴羽「憲章漢魏」；於時「前輩」所取，盛唐不過兩三人，而建安有六七子；《雪浪齋日記》「欲知詩之源流，當看《三百篇》及《楚辭》、漢、魏等詩」。按在六朝人眼裏，《詩經》、《楚辭》，是包括詩歌在內的各體文章之源，漢代文學、建安文學不過是這個源所生成的流。《世說新語·文學》篇劉孝標注引檀道鸞《續晉陽秋》云漢世賦頌「皆體則《詩》、《騷》」；沈約《宋書·謝靈運傳論》云「自漢至魏，四百餘年，辭人才子，文體三變」，「原其飆流所始，莫不同祖《風》、《騷》」；劉勰《文心雕龍·辨騷》篇云若能「憑軾以倚《雅》、《頌》，懸轡以馭楚篇」，也就無須再去「乞靈」、「假寵」於漢代的司馬相如、王褒之流；鍾嶸《詩品》以《詩經》、《楚辭》爲後世詩人所自出，並分《詩經》爲《國風》、《小雅》二系，直接源出《國風》、《楚辭》的，都是漢、魏詩人。在《雪浪齋日記》裏，漢詩、建安詩與《詩經》、《楚辭》並列，地位就不一樣了。雖然看起來，《詩經》、《楚辭》還是源，漢詩、建安詩還是流；但《詩經》、《楚辭》貴爲經典，高高在上，是不可不尊奉者，緊隨其後的漢詩、建安詩，實際上是被賦予了某種源的意味和色彩。

宋人如此推崇建安詩歌，也不是偶然的。詩至李、杜，「無遺巧矣」，唐人在近體詩創作上取得的輝煌成就，讓宋人歎爲觀止。宋人意識到，李、杜詩「奄有千古」，是汲取了漢詩、建安詩的養分，「後有作者出，必欲與李、杜爭衡，當復從漢、魏詩中出」。他們的「詩宗建安」，一定程度上出於與前代一較高下的自覺。

三、唐、宋時期對建安文學的非議

對建安文學的肯定和讚揚是唐宋時期的主流，而帶有輕視、批評甚或是否定意味的非議也不罕見，特別是在唐代。這裡將其大致分作兩類。

（一）從文學與政治關係角度出發的

楊炯《王勃集序》：「曹、王傑起，更失於《風》、《騷》……或苟求蟲篆，未盡力於邱墳；或獨狗波瀾，不尋源於禮樂。」

薛登《論選舉疏》：「若其文擅清奇，便充甲第；藻思微減，便即告歸，以此取人，恐乖事實……子建筆麗於荀彧……曹植題章，虛飛麗藻。」

賈至《工部侍郎李公集序》：「洎騷人怨靡，揚、馬詭麗；班、張、崔、蔡，曹、王、潘、陸，揚波扇颮，大變《風》、《雅》；宋、齊、梁、隋，蕩而不返。昔延陵聽樂，知諸侯之興亡，覽數代述作，固足驗夫理亂之源也。」

柳冕《與徐給事論文書》：「雖揚、馬形似，曹、劉骨氣，潘陸麗藻，文多用寡，則是一技，君子不爲也。」

中國是一個政治的國度，政治籠罩一切，文學「在劫難逃」。一些漢儒把《詩三百》說成對政教善惡的「美」與「刺」，文學與政治被捆綁在一起，形成功利主義的文學觀，無益政教的文學就是無用的文學，寫得再漂亮，也不過是雕蟲小技。是故揚雄《法言·吾子》篇云賦爲「童子雕蟲篆刻」，「壯夫不爲」，云「辭人之賦麗以淫」；王充《論衡·佚文》篇云「文豈徒調筆弄墨爲美麗之觀哉……然則文人之筆，勸善懲惡也」，《定賢》篇云「文麗而務巨，言眇而趨深，然而不能處定是非，辨然否之實，雖文如錦繡，深如河漢，民不覺是非之分，無益於彌爲崇實之化」。魏晉南北朝，儒學式微，文學力圖甩掉沉重的政治包袱，曹丕《典論·論文》云「蓋文章，經國之大業，不朽之盛事」；楊脩《與臨菑侯書》云「脩家子雲，老不曉事，強著一書，悔其少作……銘功景鍾，書名竹帛……豈與文章相妨害哉」；沈約《梁武帝集序》云「雕蟲小藝，無累大道」；王筠《昭明太子哀冊文》云「吟詠性靈，豈惟薄伎」，展示出文學的獨立和自覺。

南朝有重文積習，《詩品序》云：「今之士俗，斯風熾矣。才能勝衣，甫就小學，必甘心而馳騖焉。於是庸音雜體，各各爲容。至使膏腴子弟，恥文不逮，終朝點綴，分夜呻吟。」又：「觀王公縉紳之士，每博論之餘，何嘗不以詩爲口實。」則於時情狀，可見一斑，而宋、齊、梁、陳，享國日淺。陳亡，天下一統，歷時二三百年的分裂和紛爭宣告結束。其後隋文帝下詔遏制「浮華」文風，將爲文「淫麗」者交付有司治罪：《隋書·文學傳序》：「高祖初統萬機，每念斷雕爲樸。發號施令，咸去浮華。然時俗詞藻，猶多淫麗，故憲臺執法，屢飛霜簡。」政治對文學進行了粗暴干涉，一度淡化的文學與政治的關係被悍然強化。對此，李諤衷心擁護，《上書正文體》：

臣聞古先哲王之化民也……其有上書獻賦，制誄鐫銘……苟非懲勸，義不徒然。降及後代，風教漸落。魏之三祖，更尚文詞，忽

君人之大道，好雕蟲之小藝。下之從上，有同影響，競騁文華，遂成風俗。江左齊、梁，其弊彌甚，貴賤賢愚，唯務吟詠。遂復遺理存異，尋虛逐微，競一韻之奇，爭一字之巧……世俗以此相高，朝廷據茲擢士，祿利之路既開，愛尚之情愈篤。於是閭里童昏，貴遊總丱，未窺六甲，先制五言。至如羲皇、舜、禹之典，伊、傅、周、孔之說，不復關心，何嘗入耳。以傲誕為清虛，以緣情為勳績，指儒素為古拙，用詞賦為君子。故文筆日繁，其政日亂，良由棄大聖之軌模，構無用以為用也……如聞外州遠縣，仍踵敝風，選吏舉人，未遵典則。至有宗黨稱孝，鄉曲歸仁，學必典謨，交不苟合，則擯落私門，不加收齒；其學不稽古，逐俗隨時，作輕薄之篇章，結朋黨而求譽，則選充吏職，舉送天朝……臣既忝憲司，職當糾察。

他的看法，可以抽繹成以下幾點：

一、人主不可「尚文詞」而忽治道，以致上行下效，成「競騁文華」、「唯務吟詠」之風俗，「文筆日繁，其政日亂」。

二、世俗重文，世人唯文是務，便會「遺理存異，尋虛逐微」，不肯研習儒經，憤修德行，以致世風敗壞。在此之前，有沈約《宋書·臧燾傳論》：「自魏氏膺命，主愛雕蟲，家棄章句，人重異術。」裴子野《雕蟲論》：「自是閭閻年少，貴遊總角，罔不擯落六藝，吟詠情性，學者以博依為急務，謂章句為專魯。」明確把習文與讀經對立起來。曹丕《與吳質書》：「觀古今文人，類不護細行，鮮能以名節自立。」顏之推《顏氏家訓·文章》篇：「自古文人，多陷輕薄。」隱約把文章與德行對立起來。

三、文章如「棄大聖之軌模」，義非「懲勸」，無論多麼「奇」「巧」，都是「構無用以為用」。

四、以「輕薄之篇章」「選吏舉人」，是「未遵典則」的「敝風」。文章寫得好，未必有政治才幹，不可以文章取士，前人早有說辭，而且是文士的說辭。《後漢書·蔡邕傳》載邕上封事：「書畫辭賦，才之小者，匡國理政，未有其能。」「觀省篇章，聊以遊意，當代博奕，非以教化取士之本。」《通典·選舉四》載沈約上疏：「假使秀才對五問可稱，孝廉答一策能過，此乃雕蟲小道，非關理功得失。以此求才，徒虛語耳。」兩漢以德選，文人頗類俳優，魏晉有所改善，南朝開始走俏：世俗以文相高，朝廷據文擢士，文人多有顯達者，而弊端也就應運而生。隋人進行了反省，除去李諤，還有房彥謙等，《隋

書》本傳載謙求賢之論曰：「夫賢才者，非尙膂力，豈繫文華，唯須正身負戴，確乎不動。」如牛弘者，則以實際行動力革其弊，《隋書・牛弘傳》載其任吏部尙書時，「選舉先德行而後文才，務在審甚」。

南朝梁武帝、簡文帝、元帝、陳後主都好文能文，偏巧他們都成了亡國之君，李諤拿文學與政治大作文章，目的正在於以史爲鑒，免蹈覆轍。有趣的是隋也是一個短命王朝，熱衷文學的隋煬帝步了陳後主的後塵。文學與政治的話題，自然也就牽動了唐人的神經。楊炯、薛登、賈至、柳冕對建安文學的輕視、批評和否定，或是着眼於其「不尋源於禮樂」；或是念及以文取人，「恐乖事實」；或是鄙薄其「文多用寡」，都是從文學與政治的角度出發的，都不外乎李諤所指稱的範圍。事實上，唐人的這類言論還有很多，只是和建安文學沒有直接的關聯。略舉其著者：

王勃《上吏部裴侍郎啓》：「自微言旣絕，斯文不振。屈、宋導澆源於前，枚、馬張淫風於後……故魏文用之而中國衰，宋武貴之而江東亂。」又：「伏見銓擢之次，每以詩賦爲先……果未足以採取英秀，斟酌高賢也。」《平臺秘略》：「文章經國之大業，不朽之能事。而君子所役心勞神，宜於大者遠者，非緣情體物、雕蟲小技而已。」楊炯《王勃集序》亦云：「君以爲摛藻雕章，研幾之餘事；知來藏往，探賾之所宗。」

駱賓王《上程將軍書》：「將使詞翰爲行己之外篇，文章是立身歧路耳，又何足道哉！」

陳子昂《上薛令文章啓》：「文章薄伎，固棄於高賢；刀筆小能，不容於先達，豈非大人君子以爲道德之薄哉！」

劉知幾《史通・雜說下》：「著述之功，其力大矣，豈與夫詩賦小技校其優劣哉！」

李華《崔沔集序》：「屈平、宋玉哀而傷，靡而不返，《六經》之道遁矣。論及後世，力足者不能知之，知之者力或不足，則文義寢以微矣。」

劉嶢《取士先德行而後才藝疏》：「今之末學，不近典謨，勞心於卉木之間，極筆於煙雲之際，以此成俗，斯大謬也……溫柔敦厚，詩教也，豈主於淫文哉！」

楊綰《條奏貢舉疏》：「古人比文章於鄭、衛，蓋有由也……朝之公卿，以此待士；家之長老，以此垂訓，欲其返淳樸，懷禮讓，守忠信，識廉隅，何可得也！」

呂溫《人文化成論》：「必以章句翰墨爲人文，則陳後主、隋煬帝，雍容綺靡，洋溢編簡，可曰文思安安矣，何滅亡之速也？」

（二）從文學自身角度出發的

盧藏用《左拾遺陳子昂文集序》：「孔子歿後二百歲而騷人作，於是婉麗浮侈之法行焉……漢興二百年……惜其王公大人之言溺於流辭而不顧。其後班、張、崔、蔡、曹、劉、潘、陸，隨波而作，雖大雅不足，其遺風餘烈，尚有典型。」

李白《古風》其一：「大雅久不作，吾衰竟誰陳……自從建安來，綺麗不足珍。」

韓愈《送孟東野序》：「漢之時，司馬遷、相如、揚雄，最其善鳴者也，其下魏、晉氏，鳴者不及於古，然亦未嘗絕也。就其善者，其聲清以浮，其節數以急，其詞淫以哀，其志弛以肆，其爲言也亂雜而無章，將天醜其德，莫之顧邪！何爲乎不鳴其善鳴者也。」

李漢《唐吏部侍郎昌黎先生諱愈文集序》：「秦、漢以前，其氣渾然，迨乎司馬遷、相如、董生、揚雄、劉向之徒，尤所謂傑然者也。至後漢、曹魏，氣象萎薾，司馬氏以來，規模蕩盡。」

皮日休《松陵集序》：「而後盛於建安以降，江左君臣得其浮豔。然詩之六藝微矣。」

張戒《歲寒堂詩話》卷上：「自建安七子、六朝、有唐及近世諸人，思無邪者，惟陶淵明、杜子美耳，餘皆不免落邪思也。」

葛立方《韻語陽秋》卷三：「李太白、杜子美詩，皆掣鯨手也……李之所得在《雅》……杜之所得在《騷》。然李不取建安七子，而杜獨取垂拱四傑，何邪？南皮之韻固不足取，而王、楊、盧、駱亦詩人之小巧者爾。至有『不廢江河萬古流』之句褒之，豈不太甚乎？」

較之前代，建安文學仍不失其渾厚，同時也始見作用之迹〔註43〕，表現出「溺於流辭」、「綺麗」、「小巧」的傾向，開六朝「浮豔」之漸，盧藏用、李白、皮日休、葛立方對建安文學有所非議，都是有鑒於此，這是一種情形。

東漢以後，駢儷文風日盛，韓愈提倡古文，反對駢文，故而推尊先秦、兩漢（主要是西漢）文學。《答李翊書》稱其「始者非三代兩漢之書不敢觀」，《進學解》借生徒之口述其「沉浸醲鬱，含英咀華。作爲文章，其書滿家。上規姚、姒，渾渾無涯；周《誥》殷《盤》，佶屈聱牙；《春秋》謹嚴，《左氏》浮誇；《易》奇而法，《詩》正而葩；下逮《莊》、《騷》，太史所錄；子雲、相如，同工異曲」。建安文學承漢之後，言其「鳴」有「不善」，實所難免。在《送孟東野序》中，韓愈渾言魏晉，將二者歸爲一類，而在《薦士》詩中，他又將二者區別對待：「建安能者七，卓犖變風操。逶迤抵晉宋，氣象日凋耗。」對建安文學的氣格風貌，尚予首肯，晉宋以下方有微詞。李漢則比他更偏激。秦、漢以前，謂之「其氣渾然」；「後漢、曹魏」，謂之「氣象萎薾」，晉以後，謂之「規模蕩盡」。韓愈、李漢對建安文學的非議，源自個人好惡，非出於公心。這是一種情形。

至於張戒非議建安和六朝、唐、宋文學都「落邪思」，乃是抑此揚彼，是要突出強調陶淵明、杜甫的「思無邪」。

最後要說的是，唐、宋時期對建安文學的種種非議，往往不是僅僅針對建安文學，還有其他時代的文學。而且，無論是從文學與政治關係角度出發的還是從文學自身角度出發的，有不少是在特定的場合或情勢下說的，未必代表論者的眞心實意，有時只是作一作姿態，說一說門面話。在這裡，他說建安文學不好，換個地方，他可能又說建安文學好。如皮日休、張戒，就都是推重建安文學的，前面已經作過引述。李白稱「蓬萊文章建安骨」，他也是擊賞建安文學的，他的詩，受建安詩滋潤良多，而悍言「自從建安來，綺麗不足珍」。對此，後世論議紛紛：

> 葛立方《韻語陽秋》卷三：「李（白）不取建安七子。」
>
> 許學夷《詩源辨體》卷四：「李太白詩：『自從建安來，綺麗不足珍。』蓋傷大雅不作，正聲微茫，故遂言建安以來辭賦綺麗已不足珍，猶韓退之《石鼓歌》云『羲之俗書趁姿媚』是也。此豪士放言耳。蕭士贇引公幹語注釋李詩，指以爲實，非癡人說夢者。」

〔註43〕參第二章第三節。

　　　　陸時雍《詩鏡總論》：「魏人精力標格，去漢自遠，而始影之華，
　　　中不足者外有餘，道所以日漓也。李太白云：『自從建安來，綺麗不
　　　足珍。』此豪傑閱世語。」

　　　　恒仁《月山詩話》：「太白詩：『自從建安來，綺麗不足珍。』太
　　　白五言，未必突過建安，此特一時誇詡之言耳……太白又云『蓬萊
　　　文章建安骨，中間小謝又清發』，此語得之。」

葛立方、陸時雍等「指以爲實」，是不解風情；恒仁以「誇詡之言」目之，又
言之太過，相比之下，還是許學夷「豪士放言」說較近情實。

第四節　明清時期建安文學批評的特色

　　明清時期的建安文學批評，沿襲南朝以來以詩歌批評爲重心的傳統，並
大致形成了自己的特色，茲從詩文評〔註44〕、詩歌選本兩個方面略加評述。

一、明清詩文評所體現的建安文學批評特色

　　明清兩代，詩文評，特別是詩話類著述繁多。明代李東陽《懷麓堂詩話》、
都穆《南濠詩話》、徐禎卿《談藝錄》、楊愼《升菴詩話》、謝榛《四溟詩話》、
王世貞《藝苑卮言》、王世懋《藝圃擷餘》、胡應麟《詩藪》、許學夷《詩源辨
體》、俞弁《逸老堂詩話》、王會昌《詩話類編》、陸時雍《詩鏡總論》、周履
靖《騷壇秘語》、徐世溥《榆溪詩話》等，清代王夫之《薑齋詩話》、馮班《鈍
吟雜錄》、吳喬《圍爐詩話》、吳景旭《歷代詩話》、施閏章《蠖齋詩話》、葉
燮《原詩》、宋大樽《茗香詩論》、王士禎《帶經堂詩話》、郎廷槐編《師友詩
傳錄》、宋長白《柳亭詩話》、何世璂《然燈記聞》、何焯《義門讀書記》、徐
增《而菴詩話》、沈德潛《說詩晬語》、姚範《援鶉堂筆記》、恒仁《月山詩話》、
袁枚《隨園詩話》、薛雪《一瓢詩話》、費錫璜《漢詩總說》、李重華《貞一齋
詩話》、馬位《秋窗隨筆》、李沂《秋星閣詩話》、黃子雲《野鴻詩的》、錢泳
《履園譚詩》、李調元《雨村詩話》、翁方綱《石洲詩話》、方東樹《昭昧詹言》、
洪亮吉《北江詩話》、潘德輿《養一齋詩話》、張文虎《舒藝室隨筆》、劉熙載

〔註44〕本文所謂的詩文評，含義較爲寬泛，如何焯《義門讀書記》，《四庫全書總目》
　　　　入子部雜家類，不入集部詩文評類，但因爲其中詩文評論的内容較多，也將
　　　　其視爲詩文評。

《藝概》、施補華《峴傭說詩》等，或多或少，都有對建安文學的批評，統而觀之，大致有以下特色：

第一，同前代相比，明清人的建安文學批評要多得多，論及的範圍也廣泛得多，其中有不少是爲前人所忽略或較少注意的。如關於曹操四言詩的特質，前人較少言及，明清人就比較關注：

> 徐禎卿《談藝錄》：「韋仲、班、傅輩，四言詩僒縛不蕩。曹公《短歌行》……工堪爲則矣……緣不受《雅》、《頌》困耳。」

> 楊慎《升菴詩話》卷三：「（或）曰：『然則曹孟德「月明星稀」……何如？』曰：『此直後世四言耳，工則工矣，比之《三百篇》，尚隔尋丈也。』」

> 胡應麟《詩藪》內編卷二：「曹公『月明星稀』，四言之變也。」又外編卷二：「曹公『月明星稀』……雖精工華爽，而風雅典刑幾盡……實四言之一變也。」

> 許學夷《詩源辨體》卷四：「魏人樂府，四言如孟德《短歌行》……軼蕩自如，正是樂府之體，不當於《風》、《雅》求之。」

> 吳喬《圍爐詩話》卷二：「作四字詩，多受束於《三百篇》句法，不受束者，惟曹孟德耳。」

詩文評以外的其他著作，也有此類說法。如：

> 鍾惺《韻詩序》：「夫《風》、《雅》後，四言法亡矣。然彼法中有兩派：韋孟和，去《三百篇》近，而韋有韋之失；曹公壯，去《三百篇》遠，而曹有曹之得。」

> 鍾惺、譚元春《古詩歸》卷七論曹操《短歌行》：「鍾云：『四言至此，出脫《三百篇》殆盡。此其心手不粘帶處。『青青子衿』二句，『呦呦鹿鳴』四句，全寫《三百篇》，而畢竟一毫不似，其妙難言。』」

> 沈德潛《古詩源》卷五：「曹公四言，於《三百篇》外，自開奇響。」

> 陳祚明《采菽堂古詩選》卷五：「孟德能於《三百篇》外，獨闢四言聲調，故是絕唱。」

按詩至「建安之初，五言騰踊」，〔註45〕今傳建安詩歌，以五言詩居多，四言詩也有一些。四言詩脫胎於《詩經》，以往的四言詩作，往往極力追摹《詩經》格調，如韋孟《諷諫詩》、《在鄒詩》，韋玄成《自劾詩》、《戒子孫詩》，傅毅《迪志詩》，蔡邕《答對元式詩》、《答卜元嗣詩》等。今傳曹操的四言詩，有《短歌行》二首、《善哉行》其一和《步出夏門行》「東臨碣石」、「孟冬十月」、「鄉土不同」、「神龜雖壽」四首。這些四言詩，完全「不受束」於「《三百篇》句法」，也就是說，四言詩到了曹操手裏，僅僅就是一種每句四言的詩體。曹操的「軼蕩自如」，「自開奇響」，「實四言之一變」。再看其他建安作者的四言詩，如曹丕《秋胡行》「堯任舜禹」篇及「泛泛綠池」篇、《善哉行》「上山采薇」篇及「有美一人」篇、《丹霞蔽日行》、《煌煌京洛行》，曹植《元會》、《矯志》、《丹霞蔽日行》，應瑒《報趙淑麗》，不能說都是「出脫《三百篇》殆盡」，也是出脫得差不多了。但另外一些四言詩，如王粲《贈蔡子篤詩》、《贈士孫文始》、《贈文叔良》、《思親詩》，邯鄲淳《贈吳處玄詩》，曹丕《短歌行》和《黎陽作》其一、其二，曹植《責躬詩》、《應詔詩》，也還是近乎亦步亦趨地追隨著《詩三百》，也許他們是故意如此。無論如何，四言詩體是被建安作者從《詩經》中解放出來的，而曹操是立下首功的——這是明清人給我們的啟示。

第二，明清以前的建安文學批評，側重於宏觀把握，明清人也不乏宏觀把握，但能夠較多地結合具體作品發表自己的意見，顯得比較細緻深入，看起來也是有理有據，在一定程度上避免了過於空泛的毛病。如：

楊慎《升菴詩話》卷十：「曹孟德樂府，如《苦寒行》、《猛虎行》、《短歌行》，膾炙人口久矣。其稀僻罕傳者，如『不戚年往，憂世不治。存亡有命，慮之為蚩』，又云『壯盛智慧，殊不再來。愛時進取，將以惠誰』，不特文法高邁，而識趣近於有道，可謂文奸也已。」

沈德潛《說詩晬語》卷上：「陳思極工起調，如『驚風飄白日，忽然歸西山』，如『明月照高樓，流光正徘徊』，如『高臺多悲風，朝日照北林』，皆高唱也。後謝玄暉『大江流日夜，客心悲未央』，極蒼蒼莽莽之致。」

〔註45〕《文心雕龍·明詩》。

曹操詩「識趣近於有道」，曹植詩「極工起調」，都是具體而微的結論，從中可以看出明清人用心的細密。

第三，在不少問題上，明清人能夠不爲成見舊說所囿，大膽質疑，提出新的見解。如鍾嶸《詩品》論劉楨詩，云「氣過其文，雕潤恨少」；論王粲詩，云「文秀而質羸」，後世稱述，幾成定論，陳祚明、何焯就不這麼看：

> 陳祚明《采菽堂古詩選》卷七：「公幹詩筆氣雋逸，善於琢句，古而有韻。比漢多姿，多姿故近；比晉有氣，有氣故高。如翠峰插空，高雲曳壁，秀而不近。本無浩蕩之勢，頗饒顧盼之姿。《詩品》以爲『氣過其文』，此言未允。」

> 何焯《義門讀書記・文選》卷二：「仲宣之詩，最爲沉鬱頓挫，而鍾記室以爲文秀而質羸，殆所未喻。」

他們的看法是有道理的，有助於我們更全面、更準確地理解劉楨、王粲詩歌的特色。

第四，明清人的文學批評，頗有史的意識和眼光，他們常把批評對象放在文學史的鏈條中去考察，進行縱向比較，探索其因革、源流、正變。如：

> 徐禎卿《談藝錄》：「七言沿起，咸曰《柏梁》，然寧戚扣牛，已肇《南山》之篇矣。其爲則也，聲長字縱，易以成文，故蘊氣琱詞，與五言略異。要而論之，《滄浪》擅其奇，《柏梁》宏其質，《四愁》墜其雋，《燕歌》開其靡。他或雜見於樂篇，或援格於賦系，妍醜之間，可以類推矣。」

> 葉燮《原詩》內篇上：「建安、黃初之詩，因於蘇、李與《十九首》者也。然《十九首》止自言其情，建安、黃初之詩，乃有獻酬、紀行、頌德諸體，遂開後世種種應酬等類，則因而實爲創，此變之始也。《三百篇》一變而爲蘇、李，再變而爲建安、黃初。建安、黃初之詩，大約敦厚而渾璞，中正而達情，一變而爲晉，如陸機之纏綿鋪麗，左思之卓犖磅礴，各不同也。」

或論七言詩的沿起，或論漢詩、建安詩、晉詩的嬗變，個別論點或有可商，而簡明扼要，頗具史鑒。

第五，明清人，特別是明人，論詩論文，喜言格調，或不明言格調，而實就格調立論。如：

胡應麟《詩藪》內編卷一：「《國風》、《雅》、《頌》，溫厚和平；《離騷》、《九章》，愴惻濃至；東、西二京，神奇渾璞；建安諸子，雄贍高華；六朝俳偶，靡曼精工；唐人律調，清圓秀朗，此聲歌之各擅也。」

陸時雍《詩鏡總論》：「魏人精力標格，去漢自遠，而始影之華，中不足者外有餘，道所以日漓也。」

明清人苦心揣摩前代詩文，研味既深，對不同時代乃至不同作者的作品格調了然於心，他們甚至很自信地，其實是武斷地依據它來論斷一些詩歌的歸屬問題。如：

胡應麟《詩藪》內編卷一：「漢《古八變歌》，文繁於質，景富於情，恐是曹氏兄弟作。漢人詩亦有甚麗者，然文蘊質中，情溢景外，非後世可及也。」卷二：「《怨歌行》舊謂古詞，《文章正宗》作子建。今觀前『為君既不易』十餘語，誠然。至『皇靈大動變』等，不類子建，恐是漢末人作。」

徐世溥《榆溪詩話》：「相和歌辭《長歌》『僊人騎白鹿』、『岧岧山上亭』二首，氣味絕是魏音，尤似曹氏兄弟作，比子建稍平矣。閱《藝文類聚》，為子桓《盟津篇》之前半。歐去魏近，故當從《類聚》為正，得此頓豁宿疑。」

第六，明清時期，特別是在清代，理學浸染士人頗深，催生不少腐重的議論。最顯著的是對「漢賊」曹操的口誅筆伐，如：

謝榛《四溟詩話》卷一：「魏武帝曰：『周公吐哺，天下歸心。』既以周公自任，又曰：『天命在吾，吾為周文王矣。』老瞞如此欺人！」

方東樹《昭昧詹言》卷二：「余謂曹操淩逼君上，天下不知有帝，其惡塞於天地。」

王粲、劉楨追隨、稱頌曹操，也在誅伐之列。〔註46〕孔融忠於漢室，不滿曹操把持國柄，被捧得很高。如：

宋長白《柳亭詩話》卷十：「孔北海《雜詩》：『呂望老匹夫，苟為因世故。管仲小囚臣，獨能建功祚。』李天生曰：『太公滅殷，管仲尊周，先生取捨如此，知其懷忠於漢室也。』端明云：『使操不殺公，公必殺操。』千載知己之言。」

〔註46〕參第二章第二節。

諸如此類，都充盈著道學氣。

　　第七，明代中期，復古思潮盛行，前、後七子，迭相扇揚，格古調逸的漢魏詩備受青睞，成爲古體詩創作效法和類比的對象；清人沒有明人的剽襲之風，但對漢魏詩的推崇，並不下於明人。〔註47〕他們進一步加強了宋以來的在某種程度上以漢魏詩爲詩歌源頭的意向，把對漢魏詩的學習和領悟作爲學詩的門徑：

　　　　謝榛《四溟詩話》卷一：「范德機曰：『詩當取材於漢、魏，而音律以唐爲宗。』此近體之法。」

　　　　胡應麟《詩藪》內編卷一：「取樂府之格於兩漢，取樂府之材於三曹，以三曹語入兩漢調，會於《騷》、《雅》。」

　　　　何世璂《然燈記聞》：「師云：『學詩須有根柢。如《三百篇》、《楚辭》、漢、魏，細細熟玩，方可入古。』」

　　　　方東樹《昭昧詹言》卷二：「五言詩以漢、魏爲宗，用意古厚，氣體高渾。」

明清人論詩，往往漢、魏並稱，無所軒輊，而亦有魏不如漢之說。如：

　　　　謝榛《四溟詩話》卷一：「詩以漢、魏並言，魏不逮漢也……」

　　　　胡應麟《詩藪》內編卷二：「漢，品之神也；魏，品之妙也……」

　　　　許學夷《詩源辨體》卷四：「謝茂秦云：『詩以漢、魏並言，魏不逮漢也。』斯言當矣。」

對此，今人很難接受，但他們對漢魏詩格調所作的細緻入微的辨析，〔註48〕對我們的詩歌史研究還是大有裨益的。

二、明清詩歌選本所體現的建安文學批評特色

　　明清兩代也是詩歌選本的多產期，明代鍾惺、譚元春《古詩歸》，清代王夫之《古詩評選》、王堯衢《古唐詩合解》、沈德潛《古詩源》、陳祚明《采菽堂古詩選》、朱乾《樂府正義》、張玉穀《古詩賞析》、陳沆《詩比興箋》、吳汝綸《古詩鈔》等，都選有建安詩歌，並附有評論。清吳淇《六朝選詩定論》只是就《文選》選錄的建安詩人和詩歌發表評論，因爲和詩歌選本比較相像，又比較重要，這裡也將其附入。

〔註47〕參第二章第三節。
〔註48〕參第二章第三節。

關於這些詩歌選本，有幾點要首先做個交代：

其一、所選建安詩有多有少。《詩比興箋》、《古詩鈔》不過寥寥數首，《采菽堂古詩選》則多達一百多首，《古唐詩合解》、《古詩歸》、《古詩源》、《古詩評選》、《古詩賞析》、《樂府正義》則從十餘首到六七十首不等。由於這些詩歌選本的選詩體例和選詩總量不同，入選數量並不能夠說明實質性的問題，但也大體反映了選詩者對建安文學重視和愛好的程度差異。

其二、在選錄的建安詩歌中，都是以三曹詩歌爲主，至於他們各自所佔的比重，由於選詩者賞好情異，差別較大。《古詩鈔》只錄曹植詩歌，可謂唯植獨尊。沈德潛《說詩晬語》卷上、《古詩源‧例言》俱云「陳思繼起，父兄多才，渠尤獨步」，最重曹植；《古詩源》錄曹植詩十七首、曹操詩六首、曹丕詩七首。陳祚明一邊說「三曹固各成絕技，使後人攀仰莫及」，一邊又說「陳思王詩如大成合樂」、「如天馬飛行」，也是以曹植爲最；《采菽堂古詩選》錄曹植、曹丕、曹操詩依次爲六十六首、三十二首、十九首。《古詩賞析》錄曹植詩二十八首、曹丕詩七首、曹操詩七首，則其意趣可以想見。《詩比興箋》不錄曹丕詩歌，對曹丕最是輕視。王夫之則對曹丕擊節歎賞，目之以「詩聖」，而置曹植於「陳琳、阮瑀之下」；《古詩評選》錄曹丕詩二十七首，曹植詩七首。《古唐詩合解》錄曹操詩五首、曹丕詩二首、曹植詩四首，曹操凌駕於曹植之上。《古詩歸》錄曹操詩八首、曹丕詩五首、曹植詩八首，曹操與曹植並駕齊驅。

其三、同一個詩人，從入選篇目看，既有驚人的相似，也有驚人的差別。如曹丕詩，《古詩源》、《古詩賞析》所選都是七首，都是《短歌行》、《善哉行》「上山采薇」篇、《雜詩》二首、《至廣陵於馬上作》、《寡婦》、《燕歌行》，一般無二；曹植詩，《古唐詩合解》、《古詩鈔》所選都是四首，分別爲《朔風詩》、《箜篌引》、《名都篇》、《美女篇》和《薤露行》、《惟漢行》、《野田黃雀行》、《當欲遊南山行》，無一雷同。選詩的同和異，是選詩者選詩意旨和審美趣味或同或異的折射。

其四、所附評論，主要是配合入選詩歌的，不同的選本，側重點也有所不同。約略言之，《古詩歸》偏重對詩人精神的拈引，《樂府正義》偏重對詩歌義理的發揮，《詩比興箋》、《古詩鈔》偏重對詩歌意旨的發明，《六朝選詩定論》、《古唐詩合解》、《古詩賞析》偏重對詩歌的疏解和賞析，《古詩評選》、《古詩源》、《采菽堂古詩選》偏重對詩歌特色的感悟。此外，《古詩歸》、《六

朝選詩定論》、《古唐詩合解》、《古詩源》、《采菽堂古詩選》、《古詩賞析》都
還有一些總結性質的評論，或置於卷首，或置於凡例、例言中，或置於入選
詩人的首篇作品之前。這些評論要受到選本這一著書體式的制約，無法像詩
文評著作的評論那樣海闊天空，自由揮灑，但仍和後者有不少相似之處。因
此，明清詩文評所體現的建安文學批評的特色，這些詩歌選本也往往有之。
如勇於破除舊說之例：

> 《古詩歸》卷七論《短歌行》其一：「譚云：『人知曹公慘刻，
> 不知大英雄以厚道為意氣。』鍾云：『慘刻處慘刻，厚道處厚道，各
> 不相妨，各不相諱，而又皆不出於假，所以為英雄。』」

> 《六朝選詩定論》卷五論曹植《贈丁儀王粲》：「諸子在魏，猶
> 孟子在齊，不治事而議論。魏武看諸子，俱是書生無濟，然不收之，
> 則失人望，故用之以充文學。」

常以格調論詩之例：

> 《采菽堂古詩選》卷五總論：「細揣格調，孟德全是漢音，丕、
> 植便多魏響。」

> 《古唐詩合解》卷三論曹操《苦寒行》：「格調古樸，開唐五言
> 之端。」

議論迂腐之例：

> 《六朝選詩定論》卷五論曹植《責躬詩》：「即如陳壽之《三國
> 志》，直書伐蜀，甚至指蜀為寇，名實顛置……詩雖專治性情，而兼
> 治名實。」

> 《樂府正義》卷六論曹操《短歌行》其二：「操躬自篡漢之實，
> 昭昭若此，其奸詐之心，果可以欺天下後世乎？吁！」

以下略述這些詩歌選本在配合入選詩歌的評論中所體現出來的建安文學批評
特色。

第一，對詩歌主旨的提煉是常有的內容，切合原意的多，信口開河的也
不少。如：

> 《采菽堂古詩選》卷六論曹植《三良詩》：「此子建自鳴中懷，
> 非詠三良也……文帝之嫌猜起於武帝之鍾愛，此時相遇不堪，生不
> 如死，慨然欲相從於地下……」

《詩比興箋》卷一論曹植《三良詩》：「何焯謂此詩即秦公子上書請葬驪山足之旨也。〔註49〕魏文忌刻，骨肉寒心，乖薄若是，魏祚其得延乎⋯⋯」

按曹植《三良詩》，作於建安十六年（211）隨軍西征馬超之際，與王粲《詠史詩》、阮瑀《詠史詩》其一爲一時唱和之作。因爲爭嗣，曹植後期深受曹丕迫害，論詩者每每矚目於此，其實多有失實處。然陳祚明、陳沆之說尚可認作是承襲《文選》劉良注之誤。吳淇之說可就是原創了：

《六朝選詩定論》卷六論王粲《從軍詩》「從軍有苦樂」篇：「從來以仲宣此詩爲頌美⋯⋯古人意至微，心至苦，後人無讀書論世之識，又不肯耐心，將古人之詩，草草一讀，輕肆議論，眞冤殺古人也。按當時武帝將有事於吳，故先西魯。『從軍』四句，似美征西之不久之勞師，然已暗刺征東之勞師也。『相公』六句，似美之，已有黷武意，且暗伏三舉之失。『陳賞』云云，明是貪獲，非王者秋毫無犯之師。『拓地』云云，見幸博一捷，便已志盈氣驕。『晝日』四句，見中日營營，只是外攬權內營私，非古大臣國而忘家，公而忘私之意⋯⋯」

明明就是頌美曹操的詩，經吳氏這麼耐心一讀，搖身一變，變成了諷刺曹操的詩。諸如此類的對古人苦心微意的發掘，實在是過於迂曲、深刻，讓人啼笑皆非。

第二，對全詩作印象式的批評，比較習見。如：

《古詩評選》卷一論曹操《苦寒行》：「絕好。」卷二論曹丕《煌煌京洛行》：「詠古詩，下語善秀，乃可歌可弦，而不犯史壘。足知以詩史稱杜陵，定罰而非賞。」

《古詩源》卷五論曹操《觀滄海》：「有吞吐宇宙氣象。」論《土不同》：「寫得蒼勁蕭瑟。」

這是一種很有中國特色的批評方式，不作縝密的解析，將一首詩的風格或不同尋常之處，三言兩語道出。好的批評，往往見出論者的識鑒，給人以省警。如：

《古詩歸》卷七論曹丕《陌上桑》：「譚云：『奇調、奇思、奇語，無所不有。』鍾云：『他篇和雅，此作思路嶔崎，有武帝節奏。』」

〔註49〕何焯說見《義門讀書記》卷二。

按曹丕《陌上桑》一詩，雜言，或兩字一句，或三字、四字、五字、七字一句，音節錯落有致；荊棘、阡陌、虎豹、雞禽、山石、樹木、蒿草、松柏、枕席、落日，意象叢沓而從容不迫；悲而壯，深而婉，確有奇致，不同凡響，展示出曹丕詩風的多樣性。

第三，或摘句批評，或逐句疏通，前者簡略，後者詳盡，而略有略之得，詳有詳之失。如：

《古詩評選》卷一論曹植《野田黃雀行》：「『羅家得雀喜』二語，偷勢設色，尤妙在平敘中入轉一結，悠然如春風之微歇。」

《采菽堂古詩選》卷七論阮瑀《七哀詩》：「『身盡』二句矯健。結句奇，使鬼若出跳。」

《古唐詩合解》卷三論曹操《碣石篇》「神龜雖壽」篇：「此蓋孟德晚年所作。前傷大化之有盡，而後冀天年之可延也。神龜之壽，而有盡時，騰蛇能興霧，而其沒也，亦為土灰，天下安有靈長之物乎哉！惟英雄氣概，老當益壯，不肯與物同盡，故以驥老伏櫪之志，興烈士暮年之心，因思壯心不已，而年華有限。然盈虛消息，雖曰天定，而善自怡養，庶可永年，則由此以建功業，而期大器之晚成，幸甚矣。」

第四，字法、句法、章法，也是用意處。唐代詩格出，宋代詩話作，款款以法式教人，明清更多、更甚，有的還沾染上了八股習氣。如：

《采菽堂古詩選》卷五論曹操《陌上桑》：「句法變宕。」論曹丕《黎陽作》「千騎隨風靡」篇：「起六語句法，自非晉人可及。」卷六論曹植《白馬篇》：「『參差』，字活。『左的』、『右發』，變宕不板。『仰手』、『俯身』，狀貌生動如睹，而『俯身』句尤佳。『散馬蹄』，『散』字活甚，有聲有勢，歷亂而去，而馬上人身容飄忽，輕捷可知。綴詞序景，須於此等字法盡心體究，方不重滯。」

《古詩賞析》卷八論曹植《贈白馬王彪》：「與白馬王生離，正意也；與任城王死別，旁意也；以死別醒生離，總意也。作者以此三意，位置第二第四第六三章，而以挈領、過峽、開拓三意，虛實相間出之，謀篇最為盡善。」卷九論《棄婦篇》：「首十意述己之容顏美好，不幸無子也……亦用晚獲良實比喻作收，章法與篇首相配。」

諸如此類，良莠不齊，其上者，畫龍點睛，可以助讀者一臂之力；其下者，主觀、生硬、強人就己，徒生紛擾而已。

　　第五，以比興說詩，是一道並不美麗的風景。漢儒攀附政教，用比興之法說《詩》，《詩》旨扭曲，《詩》味寡淡，後世說詩，襲用此法，代代有之，明清兩代，特別是清代尤為盛行。如：

　　　　《古詩源》卷五論曹植《美女篇》：「美女者，以喻君子，言君
　　　　子有美行，願得賢君而事之，若不遇時，雖見徵求，終不屈也。」
　　　　論《七哀詩》：「此種大抵思君之辭。」

　　　　《樂府正義》卷十二論曹植《種葛篇》：「此托夫婦之好不終，
　　　　以比君臣。」

如果說托男女以比君臣還有影迹可尋，還勉勉強強可以成立的話，下面這些句句「詳實」的比附，就太不可思議了：

　　　　《六朝選詩定論》卷五論曹植《情詩》：「『陽景』，喻武帝。『微
　　　　陰』，喻文帝。『清風』，即涼風，喻群小見凌之漸也……」論《贈
　　　　徐幹》：「『白日』，喻己也。『驚風飄日，忽歸西山』，喻時難再也。
　　　　月未圓，喻己未得志。『眾星』，喻群小也。『夜行遊』，承『光未滿』。
　　　　『文昌』二句，喻下情不得通也。『鳩鳴飛棟』，喻小人得志居高也。
　　　　『風』，喻號令。『激楹軒』，從下起而犯上也。『良田』，喻有德也。
　　　　『無晚歲』、『多豐年』，喻必榮也。」

　　　　《古詩鈔》論曹植《野田黃雀行》：「『高樹』句，言在高位者
　　　　競為不善也；『海水』句，言天下騷動也；『利劍』句，言己無權柄，
　　　　不能去惡人也。」

說起來，如風喻號令之類，也是淵源有自。但是，个管怎樣，這種猜迷似的解釋詩歌的方式是違背詩性精神的，產生謬誤也是不可避免的。

　　第六，考辨時有粗疏。清代盛行考據之風，論詩者也時不時引經據典，考辨一番，精審者固有之，而流於粗淺、輕率者也往往而有。如：

　　　　《采菽堂古詩選》卷五論曹丕《秋胡行》「泛泛綠池」篇：「『有
　　　　美一人』，豈卞太后所見侍御者耶？」〔註50〕論《善哉行》「有美一

────────────

〔註50〕《世說新語·賢媛》：「魏武帝崩，文帝悉取武帝宮人自侍。及帝病困，卞后出看
　　　　疾。太后入戶，見直侍並是昔日所愛幸者。太后問：『何時來邪？』云：『正伏魄
　　　　時過。』因不復前而歎曰：『狗鼠不食汝餘，死故應爾。』至山陵，亦竟不臨。」

人」篇:「即《秋胡行》次首(按即「泛泛綠池」篇)之旨而申暢之。」

　　《樂府正義》卷八論曹丕《善哉行》「有美一人」篇:「按魏文《答繁欽書》云:『守(宮)士孫世,有女曰瑣,年十五,素顏玄髮,皓齒丹唇,云善歌舞,芳聲清激,逸足橫集,可謂聲協鍾石,氣應風律。吾鍊色和聲,雅應此選,謹卜良日,納之閨房。』詩當指此。『離鳥夕宿』以下,乃其納之閨房之意也。」

同一個美人,一個說是卞太后所見侍御者,一個說是孫世女孫瑣,其實都是主觀臆斷。

第二章　建安文學批評史論（下）

第一節　三曹評價的歷史變遷

不同的歷史時期給了三曹不同的評價。

一、魏晉南北朝時期

建安時期文人薈萃，文學繁榮，是與曹操「以相王之尊，雅愛詩章」分不開的。〔註1〕至於「相王」本身之「詩章」，卻並不被看好。《三國志・武帝紀》注引《魏書》、曹丕《典論・自序》、曹植《武帝誄》、袁瓌《上書請建國學》都稱美曹操務在武功而不廢吟詠，〔註2〕但都是對事不對文，稱美的並不是他所吟詠之詩。他所吟詠之詩，有不少為魏晉樂所奏，但那並不意味著它們寫得好。《世說新語・豪爽》篇：

> 王處仲每酒後，輒詠「老驥伏櫪，志在千里。烈士暮年，壯心不已」。以如意打唾壺，壺口盡缺。

王敦所詠，出自曹操《步出夏門行・龜雖壽》一詩。這裡，與其說他是激賞曹操之詩，還不如說他是激賞曹操之人，激賞曹操老當益壯的英雄氣。沈約《宋書・謝靈運傳論》云：「至於建安，曹氏基命，二祖陳王，咸蓄盛藻，甫乃以情緯文，以文被質。」很難得，曹操也在被讚譽之列，雖說只是一筆帶過，雅非所重。江淹《雜體詩》三十首類比歷代著名文人有代表性的五言詩作，曹丕「遊

〔註 1〕　《文心雕龍・時序》篇。
〔註 2〕　詳見第一章第二節。

宴」詩、曹植「贈友」詩、劉楨「感遇」詩、王粲「懷德」詩都是被類比的對象，而曹操不預其流。《文選》、《玉臺新詠》是魏晉南北朝時期流傳至今的僅有的兩部文章總集。《玉臺新詠》不錄曹操詩，錄曹丕詩四首，曹植詩十首，這還有得說，因爲此集「撰錄豔歌」，而曹操不曾染指此類詩歌。《文選》錄曹操詩二首，曹丕詩五首、文四篇，曹植詩二十五首、賦一篇、文七篇，王粲詩十三首、賦一篇，劉楨詩十首，相形之下，曹操作品少得可憐，這就沒得說了。《文心雕龍》、《詩品》是魏晉南北朝時期的兩部文學批評巨著。《文心雕龍》曾多次述及曹操的文學批評，關於他本人的文學作品，只在《樂府》篇裏論及過：

> 至於魏之三祖，氣爽才麗，宰割辭調，音靡節平。觀其「北上」
> 眾引，「秋風」列篇，或述酣宴，或傷羈戍，志不出於滔蕩，辭不離
> 於哀思。雖三調之正聲，實《韶》、《夏》之鄭曲也。

「北上」眾引，指曹操《苦寒行》等詩，劉勰以其意旨不雅，嚴辭切責，重貶之下，使他在此之前的對包括了曹操在內的魏之三祖樂府仗才使氣、音韻流靡的肯定流於蒼白。《詩品》以三品論詩，置曹操於下品，論曰：「曹公古直，甚有悲涼之句。」一些明清論者，指稱鍾嶸品第失當。《詩品序》云：「至斯三品升降，差非定制，方申變裁，請寄知者爾。」鍾嶸本未視其品第爲千秋定論。《詩品序》又云：「預此宗流者，便稱才子。」魏晉南北朝，歷時三四百年，曹操之詩，頗受冷遇，很少有人賞識，甚至很少有人提及。鍾嶸視曹操爲「才子」，美言其「甚有悲涼之句」，算是對他比較認可的了——曹丕、曹植可都沒有像鍾嶸這樣認可過他們老子的詩。

曹丕能文、好文，史稱他「年八歲，能屬文」，「以著述爲務，自所勒成垂百篇」。〔註3〕其文章，同時人已多頌揚：

> 劉楨《贈五官中郎將》其四：「君侯多壯思，文雅縱橫飛。小臣
> 信頑鹵，僶俛安能追？」

> 吳質《答魏太子箋》：「伏維所天，優遊典籍之場，休息篇章之
> 囿，發言抗論，窮理盡微，摛藻下筆，鸞龍之文奮矣。雖年齊蕭王，
> 才實百之。此眾議所以歸高，遠近所以同聲。」

> 曹植《魏德論》：「抗思乎文藻之場圃，容與乎道術之疆畔。超
> 天路而高峙，階清云以妙觀。」《文帝誄》：「才秀藻朗，如玉之瑩。」

〔註3〕 《三國志・文帝紀》及注引《魏書》。

卞蘭《讚述太子賦》：「伏維太子，研精典籍，留意篇章，覽照幽微，才不世出……竊見所作《典論》及諸賦頌，逸句爛然，沈思泉湧，華藻雲浮……著典憲之高論，作敘歡之麗詩，越文章之常檢，揚不學之妙辭。」

這些頌揚來自臣僚，未免揚之太過，但也並非不根之談。蕭子顯《南齊書·文學傳論》：「飛館麗池，魏文之華篆，七言之作，非此誰先？」七言詩體，首推曹丕，「華篆」者，即卞蘭所謂「華藻」也。謝靈運有《擬魏太子鄴中集詩》八首，江淹有《雜體詩》三十首，曹丕詩歌，都在追摹之列。《文選》、《玉臺新詠》選錄的曹丕詩文也不算少。

曹丕之文，《文心雕龍》屢有稱及：

《銘箴》篇：「魏文《九寶》，器利辭鈍。」

《諧隱》篇：「至於魏文因俳說以著笑書……雖抃推席，而無益時用矣……謎也者……至魏文、陳思，約而密之……雖有小巧，用乖遠大。」

《詔策》篇：「魏文帝下詔，辭義多偉，至於『作威作福』，其萬慮之一弊乎？」

建安二十四年（219），曹丕命國工鍛造寶器：劍三，刀三，匕首三，為之作銘，即《九寶銘》，基本上只是說明它們各自的長度、重量和命名之由，很質實，簡直不能算作文，劉勰謂之「辭鈍」，誠然。〔註4〕曹丕所著「笑書」，不詳；和曹植所作謎語，也是靡有孑遺。從功利主義的文學觀出發，劉勰說它們無益時用，但同時也承認它們寫得比較好。曹丕的詔令，更為劉勰所首肯。劉勰對曹丕頗為欣賞，《才略》篇：

魏文之才，洋洋清綺。舊談抑之，謂去植千里，然子建思捷而才儁，詩麗而表逸；子桓慮詳而力緩，故不競於先鳴。而樂府清越，《典論》辯要，迭用短長，亦無懵焉。但俗情抑揚，雷同一響，遂令文帝以位尊減才，思王以勢窘益價，未為篤論也。

對曹丕遠遜曹植的「舊談」，劉勰予以駁斥，認為曹丕是吃了勢位尊顯的虧，曹植是沾了境遇困窘的光；曹丕並不在曹植之下；曹丕樂府、《典論》足以與曹植詩、表媲美。按《樂府》篇對曹丕樂府有褒有貶，這裡則有褒無貶。劉

〔註4〕參曹丕《劍銘並序》。

勰論樂府，以雅正爲本，曹丕「秋風」列篇，即《燕歌行》等，在立意上不「根紅苗正」，他不能不予以貶斥，事實上，他對風清調越的曹丕樂府很讚賞。至於《典論》，那就更讚賞了。《典論》雄辯扼要，符合《文心雕龍》對「論」體文的審美需求；《典論》「兼論古者經典文事」〔註5〕，與《文心雕龍》有類同互通之處。《典論·論文》一篇，人所稱述：

> 陸厥《與沈約書》：「自魏文屬論，深以清、濁爲言。」又：「王粲《初征》，『他文未能稱是』（按此《典論·論文》語）。」

> 蕭子顯《南齊書·文學傳論》：「若子桓之品藻人才……各任懷抱，共爲權衡。」又：「建安一體，《典論》短長互出。」

> 鍾嶸《詩品》：「不然，何以銓衡群彥，對揚厥弟者耶？」

《文心雕龍》稱述更多：

> 《風骨》篇：「故魏文稱『文以氣爲主，氣之清濁有體，不可力強而致。』故其論孔融，則云『體氣高妙』；論徐幹，則云『時有齊氣』……並重氣之旨也。」

> 《總術》篇：「魏文比篇章於音樂，蓋有徵矣。」

> 《知音》篇：「至於班固、傅毅，文在伯仲，而固嗤毅，云『下筆不能自休』……故魏文稱『文人相輕』，非虛談也。」

劉勰論建安文人，也深受《典論·論文》影響。如《典論·論文》：「孔融體氣高妙，有過人者，然不能持論，理不勝辭，以至乎雜以嘲戲。」《文心雕龍·才略》篇：「孔融氣盛於爲筆。」《論說》篇：「孔融《孝廉》，但談嘲戲。」兩相比照，祖述痕迹明顯。又如《典論·論文》只稱道王粲、徐幹辭賦，以爲「雖張、蔡不過也」；《文心雕龍·詮賦》篇裏，備位「魏晉之賦首」的建安作者，亦唯有王粲、徐幹二人。當然，在《文心雕龍·序志》篇裏，劉勰也說過「至於魏文述典……各照隅隙，鮮觀衢路……魏典密而不周」那樣的似乎是貶低曹丕《典論》的話，但那只是出於他高自標置、崇己抑人的需要。魏晉南北朝人看重成部的子、史著作，何況《典論》又特別合乎劉勰的口味，我們有理由推定，劉勰對曹丕的推重，主要是出於對《典論》的推重。

《詩品》置曹丕於中品，論曰：

> 其源出於李陵，頗有仲宣之體則。新歌百許篇，率皆鄙直如偶

〔註5〕《文選》呂向注。

語。惟「西北有浮雲」十餘首，殊美贍可玩，始見其工矣。

曹丕之詩，鍾嶸以為大多鄙俗質直，像是用口語對話，嘲弄之意，溢於言表。幸而曹丕尚有少數詩篇，如《雜詩》其二等，文辭富麗，見出工巧來，所以品第高於曹操。

曹植「言出為論，下筆成章」，「文章絕倫」。〔註6〕當世人已是高山仰止，心服口服：

> 陳琳《答東阿王箋》：「昨加恩辱命，並示《龜賦》，披覽粲然。君侯體高世之才，秉青萍干將之器，拂鐘無聲，應機立斷，此乃天然異稟，非鑽仰者所庶幾也。音義既遠，清辭妙句，焱絕煥炳，譬猶飛兔流星，超山越海，龍驥所不敢追，況於駑馬，可得齊足！夫聽《白雪》之音，觀《綠水》之節，然後東野《巴人》蚩鄙益著。載歡載笑，欲罷不能。謹韞櫝玩耽，以為吟頌。」

> 吳質《答東阿王書》：「質白：信到，奉所惠貺，發函伸紙，是何文采之巨麗，而慰喻之綢繆乎！夫登東嶽者，然後知眾山之邐迤也；奉至尊者，然後知百里之卑微也……還治諷采所著，觀省英瑋，實賦頌之宗，作者之師也。」

> 楊脩《答臨菑侯箋》：「損辱嘉命，蔚矣其文。誦讀反覆，雖諷《雅》、《頌》，不復過此……觀者駭視而拭目，聽者傾首而竦耳……又嘗親見執事握牘持筆，有所造作，若成誦在心，借書於手，曾不斯須少留思慮。仲尼日月，無得逾焉。脩之仰望，殆如此矣。」

> 《三國志·曹植傳》注引《魏略》：「余（按指魚豢）每覽植之華采，思若有神。」

陳琳諸人所專注的、所折服的，是曹植「高世」的文才、「巨麗」的文采，此二者，也是曹植最令後世傾耳注目處：

> 左思《魏都賦》：「才若東阿……摛翰則華縱春葩。」

> 謝靈運：「天下才有一石，曹子建獨佔八斗，我得一斗，天下共分一斗。」〔註7〕

> 沈炯《太尉始興昭烈王碑》：「……陳思之麗藻，實聞之也。」

〔註6〕《三國志·曹植傳》及注引《文士傳》。
〔註7〕趙宋無名氏《釋常談》卷中引。

李充取曹植之表爲法，《翰林論》云「若曹子建之表，可謂成文矣」。顏延之以曹植兼善四言、五言，《庭誥》云「至於五言流靡，則劉楨、張華；四言側密，則張衡、王粲。若夫陳思王，可謂兼之矣」。沈約《宋書‧謝靈運傳論》、蕭子顯《南齊書‧文學傳論》或以「子建『函京』之作」（按指《贈丁儀王粲》）爲「先士茂制」，或以「陳思『代馬』群章」（按指《朔風詩》）爲「四言之美」。裴子野《雕蟲論》所舉「五言詩家」、蕭綱《與湘東王書》所舉「古之才人」，寥寥無幾，而曹植不可或缺。謝靈運《擬魏太子鄴中集詩》八首、江淹《雜體詩》三十首都擬寫曹植詩歌。《文選》、《玉臺新詠》選錄的曹植詩文，在建安作者中也是數量最多的。

　　《文心雕龍》給了曹植不少篇幅，上文已有涉及，第一章第二節引述了一些，這裡再引述一些：

　　　　《明詩》篇：「（四言、五言）兼善則子建、仲宣。」

　　　　《雜文》篇：「至於陳思《客問》，辭高而理疏……陳思《七啓》，取美於宏壯。」

　　　　《論說》篇：「曹植《辨道》，體同書抄，言不持正，論如其已。」

　　　　《封禪》篇：「陳思《魏德》，假論客主，問答迂緩，且已千言，勞深勣寡，飆焰缺焉。」

　　　　《章表》篇：「陳思之表，獨冠群才……」

　　　　《神思》篇：「子建援牘如口誦。」

　　　　《聲律》篇：「龠含定管，故無往而不一。陳思、潘岳，吹龠之調也。」

　　　　《事類》篇：「陳思，群才之英也……夫以子建明練，士衡沈密，而不免於謬。」

　　　　《指瑕》篇：「陳思之文，群才之俊也，而《武帝誄》云『尊靈永蟄』，《明帝頌》云『聖體浮輕』……豈其當乎？」

　　　　《知音》篇：「陳思論才，亦深排孔璋……崇己抑人者，班、曹是也。」

　　　　《序志》篇：「陳書（按指《與楊德祖書》）辯而無當。」

合而觀之，劉勰論曹植，是短長互出，不掩其長，亦不避其短。但短處似乎揭得多了一點，給人以吹毛求疵的嫌疑，舉例來說，說曹植《辨道論》「體同書抄」，就是言過其實。這可能與劉勰推重曹丕有關。所謂厚此薄彼，劉勰要擡高曹丕，就免不了要壓一壓曹植，同時仍給曹植高度評價，一則曰「群才之英」，再則曰「群才之俊」。

對曹植最爲推崇的是鍾嶸。《詩品》置曹植於上品，論曰：

其源出於《國風》。骨氣奇高，詞采華茂，情兼雅怨，體被文質，粲溢今古，卓爾不群。嗟乎！陳思之於文章也，譬人倫之有周、孔，鱗羽之有龍鳳，音樂之有琴笙，女工之有黼黻。俾爾懷鉛吮墨者，抱篇章而景慕，映餘暉以自燭。故孔氏之門如用詩，則公幹升堂，思王入室，景陽、潘、陸，自可坐於廊廡之間矣。

鍾嶸論上品其他詩人，如劉楨、王粲、陸機、謝靈運，都不免譏彈之言；論曹植，則毫無微詞，傾慕之，歎賞之，以周孔、龍鳳、琴笙、黼黻譬喻之，曹植不折不扣地成爲《詩品》中首屈一指的詩人。《詩品序》對曹植也是讚歎非一：

「故知陳思爲建安之傑，公幹、仲宣爲輔……斯皆五言之冠冕，文詞之命世也。」又：「次又輕薄之徒，笑曹、劉爲古拙……徒自棄於高明，無涉於文流矣。」又：「至於吟詠情性，亦何貴於用事……『高臺多北風』（按出自曹植《雜詩》），亦惟所見……觀古今勝語，多非補假，皆由直尋。」又：「昔曹、劉殆文章之聖……銳精研思，千百年中，而不聞宮商之辨，四聲之論……若『置酒高殿上』（按出自曹植《箜篌引》）、『明月照高樓』（按出自曹植《七哀》），爲韻之首。」又：「陳思贈弟（按指曹植《贈白馬王彪》）……斯皆五言之警策者也。所謂篇章之珠澤，文采之鄧林。」

一云「建安之傑」，再云「文章之聖」，再看「太康之英」陸機、「元嘉之雄」謝靈運，都是「源出陳思」，曹植被鍾嶸奉若神明，高高在上。對時人作詩堆砌典故、拘泥聲律的風氣，鍾嶸很是厭惡，而曹植則被他拉出來，作爲「移風易俗」的一面旗幟。

總之，魏晉南北朝時期對曹操的評價相當低，曹丕要高一些，曹植備受尊崇，差可謂其一枝獨秀。這一時期的文學批評，很注重辭采。曹丕《典論·論文》云「詩賦欲麗」；陸機《文賦》云「其遣言也貴妍。暨音聲之迭代，若五色

之相宣」；鍾嶸《詩品序》稱「詩之至也」，須「潤之以丹彩」；蕭統《文選序》稱入選篇章，須「綜緝辭采，錯比文華」；蕭繹《金樓子・立言》謂「至如文者，惟須綺縠紛披，宮徵靡曼」；劉勰《文心雕龍・聲律》、《麗辭》、《事類》等篇更是系統地去探討聲律、對偶、用典等文辭的聲、色之美。以辭采標準論高下，文風「古直」的曹操，自然不會受青睞；曹丕之文，「華贍」者固有之，而「鄙直」者居多，身價也不容易上去；唯有曹植文才富豔，故而好評如潮。

二、隋唐五代宋金元時期

　　本時期的曹操，仍舊較少進入文學批評的視野。肯定他的言論很少：

　　　　《晉書・樂志》：「三祖紛倫，咸工篇什。」《文苑傳敘》：「逮乎當塗基命，文宗蔚起，三祖叶其高韻。」

　　　　元稹《唐故工部員外郎杜君墓係銘序》：「曹氏父子鞍馬間為文，往往橫槊賦詩，故其抑揚冤哀存離之作，尤極於古。」

　　　　敖陶孫《詩評》：「魏武帝如幽燕老將，氣韻沉雄。」

《晉書》非獨謂曹操一人，又沒有什麼特別之處，可不論。元稹也非獨謂曹操一人，但重點是在曹操身上。曹操詩有古氣，鍾嶸業已指出，但鍾嶸的「古直」，不是什麼好字眼，元稹則不同，「尤極於古」，顯然是誇讚之言。明以前論者，言及建安風骨，多以曹植、劉楨為口實，〔註8〕敖陶孫看出曹操詩歌「氣韻沉雄」，可謂獨具隻眼。明清人每每論道曹操詩歌之「古」、之氣骨，元稹、敖陶孫實開風氣之先。

　　魏晉南北朝人對曹操少有垂青，也少有詆訶。本時期就不同了：

　　　　宋祁《宋景文公筆記》卷中：「古人語自有椎拙不可掩者，樂府曰：『何以銷憂，惟有杜康。』……雖有意緒，辭亦鈍樸矣。」

宋氏批評曹操《短歌行》其一過於樸拙，還是就詩論詩。再看下面的：

　　　　朱熹《朱子語類》卷一百四十《論文下》：「曹操作詩必說周公，如云『山不厭高，水不厭深。周公吐哺，天下歸心。』又《苦寒行》云：『悲彼東山詩。』他也是做得個賊起，不惟竊國之柄，和聖人之法也竊了。」又：「詩見得人。如曹操雖作酒令，亦說從周公上去，可見是賊。」

〔註 8〕參本章第二節。

劉克莊《後村詩話》：「曹公《短歌行》末云：『山不厭高，水不
厭深。周公吐哺，天下歸心。』且孔融、楊脩俱斃其手，操之『高』
『深』安在？身為漢相，而時人目以漢賊，乃以周公自擬，謬矣。」

一個道學家，一個文學家，異口同聲，對曹操進行口誅筆伐。「漢賊」的帽子，
本是周瑜製作的，被死死地扣在曹操的頭上，則是這些人的「功勞」。又：

劉履《選詩補注》卷二論《苦寒行》：「然昭明所選，此篇之外，
惟《短歌》而已，而西山眞氏《文章正宗》又不取焉。且曰：『杜康，
始釀者也。今云「惟有杜康」，則幾於謔矣。「周公吐哺」，為王室致
士也，若操之致士，特為傾漢計耳。獨《苦寒》一篇，猶有憫勞恤
下之意，故錄之。』吁，詩豈易為者哉！」

《文選》所錄曹操詩歌，唯《短歌行》其一和《苦寒行》二首。眞德秀《文
章正宗》，連《短歌行》其一也棄而不錄，究其原因，詩句近乎戲謔事小，詩
人是個「漢賊」事大。眞氏因人廢詩，本是荒唐之舉，劉履反倒諾諾稱是，
反映出宋代道學轉盛、聲口轉嚴的文學批評風氣。明清人論曹氏父子，亦往
往由詩而及人，正是對這種批評風氣的發揚光大。

本時期的曹丕，要比前一時期落寞一些，肯定他的言論也很少：

《晉書‧文苑傳敘》：「《典論》詳其藻絢，彬蔚之美，競爽當年。」

《隋書‧文學傳論》：「魏文有言：『古今文人，類不護細行，鮮
能以名節自立。』信矣！」

李德裕《文章論》：「魏文《典論》稱：『文以氣為主，氣之清濁
有體。』斯言盡之矣。」

稱道曹丕《典論》、《與吳質書》。宋代的詩話、筆記，也有論及曹丕作品的，
如王直方《王直方詩話》引其《迷迭賦》考證「迷迭香」；吳开《優古堂詩話》
引其《柳賦》言「睹木興歎」；吳曾《能改齋漫錄》卷二引其《與鍾繇書》說
「舍弟之稱」；范晞文《對床夜語》卷一引其《雜詩》「西北有浮雲」明結句
換韻之始；吳子良《吳氏詩話》卷上引其《秋胡行》「朝與佳人期」論後之作
者蹈襲前語等，內容比較駁雜，目的也不在於稱道曹丕，但多少也能說明時
人對曹丕作品的熟悉。

詆訶也降臨到曹丕的頭上。如：

呂溫《裴氏海昏集序》：「魏公子為南皮之遊，以浮華相高……
魏祚焉得不短！」

劉履《選詩補注》卷二論《善哉行》:「愚按《芙蓉池》一篇,
首言『乘輦夜行遊,逍遙步西園』,末云『遨遊快心意,保己終百年』,
則是缺人君弘濟之度,縱一己流連之情。」

也都是矜莊可畏的道學面目,高言讜論,「義正辭嚴」。

本時期的曹植,依然大紅大紫,受矚目的程度、受讚揚的程度,都是曹操、曹丕不能望其項背的。如:

王通《文中子‧事君》篇:「君子哉,思王也!其文深以典。」

《晉書‧文苑傳敘》:「獨彼陳王,思風遒舉,備乎典奧,懸諸日月。」

駱賓王《和道士閨情詩啓》:「若乃子建之牢籠群彥……並文苑之羽儀,詩人之龜鏡。」

杜甫《奉贈韋左丞丈二十二韻》:「詩看子建親。」《別李義》:「子建文章壯。」《追酬故高蜀州人日見寄》:「文章曹植波瀾闊。」

韋莊《又玄集序》:「曹子建詩名冠古。」

呂本中《與曾吉甫論詩第二帖》:「曹子建《七哀詩》之類,宏大深遠,非復作詩者所能及。」

張戒《歲寒堂詩話》卷上:「古今詩人推陳王及古詩第一,此乃不易之論。」又:「韻有不可及者,曹子建是也……鍾嶸《詩品》以古詩第一,子建次之,此論誠然。」又:「詩妙於子建。」

郭茂倩《樂府詩集》卷六十一:「如司馬相如、曹植之徒,所爲文章,深厚爾雅,猶有古之遺風焉。」

敖陶孫《詩評》:「曹子建如三河少年,風流自賞。」

陳繹曾《詩譜》:「(陳思王詩)斷削精潔,自然沉健。」

魏晉南北朝人讚美曹植,多就辭采言;隋唐五代宋金元人讚美曹植,如「深以典」、「思風遒舉」、「壯」、「波瀾闊」、「宏大深遠」、「韻有不可及」、「深厚爾雅」、「斷削精潔,自然沉健」云云,多就體格言,華藻麗辭已經不再是重心所在——兩個時期的審美趣味有著顯著的差別。

曹植的崇高地位,還表現在這一時期的人在評論歷代文學時,幾乎都少不了曹植,或與劉楨並稱「曹、劉」,或與王粲並稱「曹、王」。「曹、劉」或「曹、王」成爲建安或曹魏作者的形象代言人。

　　對曹植的指摘也不稀見，如楊炯《王勃集序》、薛登《論選舉疏》、賈至《工部侍郎李公集序》、柳冕《與徐給事論文書》、盧藏用《左拾遺陳子昂文集序》等文中所示。﹝註9﹞又如：

　　　　《新唐書・文藝傳》：「（蕭）穎士數稱班彪、皇甫謐、張華、劉
　　　　琨、潘尼能尚古，而混流俗不自振，曹植、陸機所不逮也。」又：「（閻）
　　　　士和字伯均，著《蘭陵先生誄》、《蕭夫子集論》，因榷歷世文章，而
　　　　盛推穎士所長，以爲『聞蕭氏風者，五尺童子羞稱曹、陸』。」

蕭穎士重視文章的教化功能﹝註10﹞，因有疵鄙曹植之言，閻士和乃蕭穎士門人，因有鼓吹師說之事。實際上，其師倒未嘗羞稱曹植。李華《揚州功曹蕭穎士文集序》云：「君（按指蕭穎士）以爲⋯⋯曹植豐贍⋯⋯此外皆金相玉質，所尙或殊，不能備舉。」曹植其實是爲蕭穎士所肯定的少數文人之一。指摘曹植的言論，大多是特定情勢下的產物，大多當不得眞，它們無損於曹植大家的地位和形象，相反，正是由於曹植大家的地位和形象，才使他有幸成爲被指摘的對象。

　　與曹操、曹丕恰恰相反，曹植人品在這一時期得到提升和美化，王通說他「以天下讓」，劉克莊遙相呼應，曹植因得成就謙讓仁厚之性。明清人承之，又另外提出曹植忠於漢室之說——曹植被打造得越來越「完美」。﹝註11﹞

　　總之，隋唐五代宋金元時期對三曹的評價，同魏晉南北朝時期相比，有不變，也有新變。在對三曹的定位上，依然保持低、中、高的序列，這是不變的。在對曹操、曹植的批評中體現出審美趣味的變遷，是爲新變之一；在文學批評中滲入了人格批評的因素，曹操、曹丕和曹植，任由道學宰割，被貼上了截然不同的標籤，是爲新變之二。

三、明清時期

　　明清時期，對曹操爲人的責罵更多、更猛。﹝註12﹞也有人站出來爲他申辯一二，但動作都不大，不敢跨越雷池。鍾惺、譚元春《古詩歸》卷七一邊說「人知曹公慘刻，不知大英雄以厚道爲意氣」，「慘刻處慘刻，厚道處厚道，各不相妨，各不相諱，而又皆不出於假，所以爲英雄」，「眞英雄無欺人語」，稱之英雄、

﹝註9﹞　見第一章第三節。
﹝註10﹞　參王運熙、楊明先生《隋唐五代文學批評史》第二編第四章第一節。
﹝註11﹞　參第七章第四節。
﹝註12﹞　參第一章第四節。

大英雄、眞英雄；一邊仍一再稱之爲「奸雄」。吳淇《六朝選詩定論》卷五在論曹操《短歌行》時，一邊說「從來眞英雄，雖極刻薄，亦定有幾分吉凶與民同患意……觀魏武此作，及後《苦寒行》，何等深！何等眞」，一邊又說「但此兩詩，定要攀附周公，未免逼露其假耳」，和朱熹、劉克莊等，終究是小異大同。

但是，作爲一個詩人，曹操的命運此時又有了很大的轉機。對他的詩歌的評價，已經不能和往日同日而語。如：

王世貞《藝苑卮言》卷三：「曹公莽莽，古直悲涼。子桓小藻，自是樂府本色。子建天才流麗，雖譽冠千古，而實遜父兄。何以故？材太高，辭太華。」又：「吾覽鍾記室《詩品》，折衷情文，裁量事代，可謂允矣……至魏文不列乎上，曹公屈第乎下，尤爲不公，少損連城之價。」

徐世溥《榆溪詩話》：「子建詩雖獨步七子，東坡文雖雄視百代，然終不似孟德、明允蒼茫渾健，自有開創之象。此非以父子觀之論之，殆實亦氣候使然，具眼自得之耳。」

張溥《漢魏六朝百三家集·陳思王集題辭》：「自然深致，稍遜其父，而才大思麗，兄似不如。」

王夫之《古詩評選》卷一：「孟德樂府，固卓舉驚人，而意抱淵永，動人以聲不以言。彼七子者，臣僕之有餘矣。陳思氣短，尤不堪瞠望阿翁。」

馮班《鈍吟雜錄》：「魏祖慷慨悲涼，自是此公文體如斯，非樂府應爾。文、明二帝，仰而不迨，大略古直。」

吳喬《圍爐詩話》卷二：「魏武終身攻戰，何暇學詩，而精能老健，建安才子所不及。」

王士禎《帶經堂詩話》卷二：「下品之魏武，宜在上品……而位置顛錯，黑白淆僞，千秋定論，謂之何哉？」

陳祚明《采菽堂古詩選》卷五：「筆調高古，正非子桓兄弟所及。」又：「孟德詩乃使人不知爲佳，此體所以高。子桓兄弟詩非不甚佳，然固已遜乃父一格矣。」

陳沆《詩比興箋》卷一：「子建美秀而文，語多綺靡，大有文士習氣。以此風骨不及乃翁，然超出子桓之上。」

　　　　劉熙載《藝概》卷二《詩概》：「曹公詩氣雄力堅，足以籠罩一
　　　切，建安諸子，未有其匹也。」
王世貞、王士禎對鍾嶸將曹操置於下品表示不滿。被鍾嶸目爲「古直」的曹
操詩，又以其「古直」、「高古」以及「蒼茫渾健」、「慷慨悲涼」、「氣雄力堅」
等種種品質受到愛戴，一些論者甚至將其凌駕於曹丕、曹植詩歌之上。眞可
謂此一時也，彼一時也。

　　明清時期，對曹丕的責備也多了起來。如：

　　　　何焯《義門讀書記・文選》卷三論曹丕《善哉行》「上山采薇」
　　　篇：「丕他日詩云：『壽命非松喬，誰能得神仙。遨遊快心意，保己
　　　終百年。』其言皆如此，豈復存子孫黎民之遠圖哉？詩以言志，文
　　　帝之志荒矣。風俗衰敝，不待何晏、王弼之徒出也。」

　　　　方東樹《昭昧詹言》卷二論曹丕《芙蓉池作》：「收四句義意亦
　　　本前人習語，然足以窺其全無整躬經遠之志，但極荒樂而已。」
說他但極荒樂，胸無遠略，與劉履一脈相承。此外，曹丕還爲他篡漢、對甄
后的寡情、尤其是對曹植的刻薄付出了「歷史代價」。如：

　　　　張溥《漢魏六朝百三家集・魏文帝集題辭》：「甄后《塘上》、陳
　　　王《豆歌》，損德非一，崇華、首陽，有遺恨焉。」

　　　　李孟陽《曹子建集十卷本序》：「丕席父業，逼禪據尊……有弟
　　　如植，俾之危疑禁錮，睹事扼腕，至於長歎流涕，轉徙悲歌，不能
　　　自已。嗟乎！余於是知魏之不競矣。」

　　　　陳祚明《采菽堂古詩選》卷六：「子桓既以奪嫡爲嫌，其待陳思，
　　　誠有生人所不能忍者。」

　　　　陳沆《詩比興箋》卷一：「魏文忌刻，骨肉寒心，乖薄若是，魏
　　　祚其得延乎？」
值得曹丕欣慰的是，他的詩歌也在此時行情看漲。如：

　　　　胡應麟《詩藪》外編卷一：「子桓『去去勿復陳，客子常畏人』
　　　等句，詩流率短其才，然此實漢人語也。他如《黎陽》、《於譙》、《孟
　　　津》、《廣陵》、《玄武》諸作，殊有人主氣象。高古不如魏武，宏瞻
　　　不及陳思，而斟酌二者，政得其中，過仲宣、公幹遠甚，惜昭明皆
　　　置不錄。」

明清以前，對王粲、劉楨的評價要高於曹丕，胡應麟說曹丕詩歌「過仲宣、公幹遠甚」，令人耳目一新。而王世貞《藝苑卮言》（上引）說鍾嶸應該列曹丕於上品，連曹植都比他遜色。王夫之更甚：

> 《古詩評選》卷一論曹丕《釣竿行》：「讀子桓樂府，即如引人於張樂之野，冷風善月，人世陵囂之氣，淘汰俱盡。」論《猛虎行》：「端際密宦，微情正爾動人，於藝苑詎不稱聖！鍾嶸莽許陳思以入室，取子桓此許篇製與相頡頏，則彼之爲行尸視肉，寧顧問哉！」論《秋胡行》「朝與佳人期」篇：「總以靈府爲遠徑，絕不從文字問津渡，宜乎迄今二千年，人間了無知者。」論《善哉行》「上山采薇」篇：「其獨至之清從可知已。藉以此篇所命之意，假手植、粲，窮酸極苦，礫毛豎角之色，一引氣而早已不禁……但此已空千古……」論《丹霞蔽日行》：「謀篇之潔，蔑以加矣。遂爾前有萬年，後有百世。」論《黎陽作》「殷殷其雷」篇：「此公子者，豈不允爲詩聖！」論《雜詩》「西北有浮雲」篇：「夫大氣之行，於虛有力，於實無影，其清者密微獨往，益非嘘呵之所得。及乎世人，茫昧於斯，乃以飛沙之風，破石之雷當之。究得十指如搗衣捶，眞不堪令三世長者見也。鍾記室伸子建以抑子桓，亦坐此爾。」又《薑齋詩話》卷下：「建立門庭，自建安始。曹子建鋪排整飾，立階級以賺人升堂，用此致諸趨赴之客，容易成名，伸紙揮毫，雷同一律。子桓精思逸韻，以絕人攀躋，故人不樂從，反爲所掩。子建以是壓倒阿兄，奪其名譽。實則子桓天才駿發，豈子建所能壓倒耶？故嗣是而興者，如郭景純、阮嗣宗、謝客、陶公，乃至左太沖、張景陽，皆不屑染指建安之羹鼎，視子建蔑如矣。」又：「曹子建之於子桓，有仙凡之隔，而人稱子建，不知有子桓，俗論大抵如此。」

力揚曹丕，力抑曹植，把曹丕譽爲與曹植「有仙凡之隔」的「詩聖」，近乎意氣用事。雖然這只是王夫之的一己之見，人間了無和者，畢竟是曹丕的榮幸，享譽如此之高，明清以前是難以想像的。

與曹操、曹丕恰恰相反，明清時期的曹植，人品是上去了，一向在建安文壇獨佔鰲頭的地位卻發生了動搖。從前面的引述中，可以看到，論者在大力扶持、拔高曹操或曹丕的同時，往往會拆曹植的臺，而王夫之尤其不遺餘力：

　　　　《古詩評選》卷一論曹丕《芙蓉池作》：「子建『朱華冒綠池』，
如雕金堆碧作佛舍莊嚴爾，天上五雲宮殿，自無彼位。」論曹植《野
田黃雀行》：「子建樂府見於集者四十三篇，所可讀者此二首（按指
《當來日大難》、《野田黃雀行》）耳。餘皆纍垂郎當，如蠹桃苦李，
繁然滿枝，雖朵頤人，食指不能為之一動。」卷二論《朔風詩》：「子
建詩排當沓合，了無生氣，鍾嶸所謂『琴笙』、『黼黻』，皆彼物耳……
每於結撰處作迴波止弩不力之力，違人自欺，《應詔》、《責躬》、《矯
志》、《元會》如注水漏卮，不竭不止，陋矣……故舉世推高子建，
恨不十指如槌。」卷四論《贈王粲》：「子建橫得大名，酌其定品，
正在陳琳、阮瑀之下。《公宴》、《侍坐》拖沓如肥人度暑，一令旁觀
者眉重，而識趣卑下，往往以流俗語入吟詠，幾為方干、杜荀鶴一
流人作俑，而潘尼、沈約、駱賓王、李欣，皆其嫡系，如『良田無
晚歲，膏澤多豐年』、『亮懷璠璵美，積久德彌宣』，以腐重之辭，寫
鄙穢之情，風雅至此，掃地盡矣。又如『積善有餘慶，榮枯立可須』，
居然一鄉約老叟壁上語。至云『看來不虛歸，觴至反無餘』，則饞涎
噴人，止堪為悲田院作譜耳。古今人瞳矓雙眼，生為此兒埋沒。其
父篡祚，其子篡名，無將之誅，當不下於阿瞞。」論《七哀詩》：「『入
室』之譽，以此當之，庶幾無愧。乃以植駔才，奈何一旦頓造斯品，
意其謫冒家傳，豪華固有，門多賦客，或代其庖。如曹洪託筆孔璋，
以欺子桓，則未卜斯篇之定為植作也。不然，陶皆苦窳，忽成佳器，
亦物之不祥矣。」

謂曹植「定品」，「正在陳琳、阮瑀之下」，《七哀》一詩獨絕，疑為他人代作，
如此等等，可謂極盡醜化、詆毀之能事。又：

　　　　葉燮《原詩》外篇下：「謝靈運高自位置，而推曹植之才獨得八
斗，殊不可解。植詩獨《美女篇》可為漢、魏壓卷，《箜篌引》次之，
餘者語意俱平，無警絕處……若靈運名篇，較植他作，固已優矣，
而自遜一斗，何也？」

兩篇獨絕，其餘俱是平平，葉燮對曹植之詩，也頗不以為然。

　　然而，曹植畢竟不是「橫得大名」。尊崇曹植者，較之曹操、曹丕，仍然
是大有人在。茲擇其要者，鋪排如下：

　　　　徐禎卿《談藝錄》：「曹丕質近美媛，遠不逮植。」

胡應麟《詩藪》內編卷二：「三曹：魏武太質，子桓樂府、雜詩十餘篇佳，餘皆非陳思比。」又：「《巵言》謂子建『譽冠千古，實遜父兄』，論樂府也，讀者不可偏泥。」又：「（左思、郭璞、阮籍、陸機）諸子皆六朝巨擘，無能出其範圍，陳思所以獨擅八斗也。」又：「子建華贍精工。」又：「古今專門大家，吾得三人：陳思之古，拾遺之律，翰林之絕，皆天授，非人力也。」又：「陳王精金粹璧，無施不可⋯⋯第其才藻宏富，骨氣雄高，八斗之稱，良非溢美。」外編卷一：「建安中，三、四、五、六、七言、樂府、文、賦俱工者，獨陳思耳。」卷二：「陳王在魏，自當獨步。」卷四：「大家名家之目，前古無之，然謝靈運謂東阿王才擅八斗⋯⋯斯義已昉。故記室詩評，推陳王聖域。」續編卷一：「陳思藻麗，絕世無雙。」

徐伯虬《曹子建集序》：「鍾參軍曰：『曹、劉文章之聖，陸、謝體貳之才。』今集中五言詩及賦、表等作，是為建安之冠也。」

許學夷《詩源辨體》卷四：「愚按元美嘗謂『子桓之《雜詩》二首、子建之《雜詩》六首，可入《十九首》』，而此謂子建『才太高，詞太華，而實遜父兄』。胡元瑞謂論樂府也。然子建樂府、五言較漢人雖多失體，實足冠冕一代。若孟德《薤露》、《蒿里》，是過於質野。子桓『西山』、『彭祖』、『朝日』、『朝遊』四篇，雖若合作，然《雜詩》而外，去弟實遠。謂子建『實遜父兄』，豈為定論？」又：「鍾嶸謂『陳思之於文章，譬人倫之有周、孔，鱗羽之有龍、鳳』，信矣！」

張炎《曹子建集七卷本序》：「今之學詩者超近體而上之，且必首思王⋯⋯殆詩家之隋珠，詞林之和璧。」

陳朝輔《陳思王集本序》：「適南仲因舉教器之評云：『子建如三河少年，風流自賞。』余曰：『雖復幽燕老將，氣韻沉雄，何以如此？』」

吳淇《六朝選詩定論》卷五：「子建之詩，鱗括《風》、《雅》，組織屈、宋，洵為一代宗匠，高踞諸子之上。然其渾雄蒼老，有時或不及乃父；清瑩悲涼，有時或不及乃兄。然不能不推子建為極者，蓋有得於詩家之正派的宗也。」又：「《選》詩有子建，唐詩有子美，各際中集大成之詩人也。」

吳喬《圍爐詩話》卷一：「五言盛於建安，陳思王爲之冠冕……今之論詩者，但當祖述子建，憲章少陵。」卷二引馮班云：「敦陶孫器之評詩，如農村看市，都不知物價貴賤。其論子建云：『如三河少年，風流自賞。』只此一語，知其未曾讀書也。」「千古詩人，惟子美可配陳思王。」

王士禎《帶經堂詩話》卷四：「……鍾記室之評韙矣。愚嘗論之，當塗之世，思王爲宗。」卷五：「漢、魏以來，二千餘年間，以詩名其家者眾矣。顧所號爲仙才者，唯曹子建、李太白、蘇子瞻三人而已。」

徐增《而菴詩話》：「曹子建何等才調，當時無有出其右者。」

沈德潛《古詩源·例言》（又略見《說詩晬語》卷上）：「蘇、李以後，陳思繼起，父兄多才，渠尤獨步，故應爲一大宗。」

李重華《貞一齋詩話》：「魏詩以陳思作主，餘子輔之。五言自漢迄魏，得思王始稱大成。」

黃子雲《野鴻詩的》：「康樂謂『世間才共一石，子建八斗，我居一斗，餘則散之天下。』今也不然，子建、子山、子美各得三斗，餘以散之大曆以上諸公，下此不得染指。」又：「余謂孟德霸則有餘，而子桓王則不足，若子建則駸駸乎有三代之隆焉。」

陳祚明《采菽堂古詩選》卷六：「子建既擅淩厲之才，兼饒藻組之學，故風雅獨絕，不甚法孟德之健筆，而窮態盡變，魄力厚於子桓。要之三曹固各成絕技，使後人攀仰莫及。陳思王詩如大成合樂……又如天馬飛行……」又：「其驅役繢采，若把河取燧，此孟德、子桓所不能也。」

方東樹《昭昧詹言》卷二：「獨有千古，不虛耳。」

潘德輿《養一齋詩話》卷一：「嶸謂『孔門用詩，陳思入室』，雖推挹微過，然子建眞《風》、《雅》之苗裔，非陶公、李、杜，則無媲美之人矣。」卷三：「兩漢以後，必求詩聖，得四人焉：子建……陶公……太白……子美……」《養一齋李杜詩話》卷二：「三代以下之詩聖，子建、元亮、太白、子美而已……鍾記室曰：『子建之詩，如人倫之有周、孔，羽毛之有鱗、鳳。孔門用詩，陳思入室。』胡

氏應麟曰：『兼六代者陳思，兼唐人者杜。鍾氏以周、孔屬子建，實不料後世有子美。』胡氏以子美爲祗兼唐人，似不甚確。然藉此可知子建、子美無優劣也。」

嚴可均《曹子建集校輯敍錄》：「文則兩京具體，詩爲百代宗工。」

丁晏《魏陳思王年譜序》：「梁鍾記室品其詩，譬以『人倫之有周、孔』，可云知言。」《陳思王詩鈔原序》：「詩自《三百篇》、《十九首》以來，漢以後正軌顓門，首推子建，洵詩人之冠冕，樂府之津源也……惟梁《文選》甄錄頗富，攬其精英。梁《詩品》謂『人倫之有周、孔，羽群之有鸞、鳳』，又謂『孔門用賦，陳思入室』。蕭、鍾二君，允爲知己。」

明代的王世貞，堪稱一代宗師，其影響力不可低估，而有曹植「雖譽冠千古，而實遜父兄」之說。對此，胡應麟進行曲解，說只是論樂府，提醒讀者「不可偏泥」；許學夷則直言不諱，說即使就樂府論，曹植也勝過父兄。鍾嶸之論曹植，爲王夫之等所垢病，而擁護者更多。「陳王在魏，自當獨步」、「是爲建安之冠」、「實足冠冕一代」、「洵爲一代宗匠」、「陳思王爲之冠冕」、「當塗之世，思王爲宗」、「當時無有出其右」、「渠尤獨步」、「魏詩以陳思作主」等殊言同歸，都在維護著曹植「建安之傑」的地位。不僅如此，曹植還進一步被奉爲能和李白、杜甫等並駕齊驅的「古今專門大家」、「仙才」、「詩聖」，被奉爲「百代宗工」、「詩人之冠冕」，被奉爲「集大成之詩人」。

總之，在明清時期，獨斷專行千餘年的三曹評價的格局被打破。曹操、曹丕，特別是曹操，揚眉吐氣，被一些人擡得很高；曹植遭到了前所未有的攻擊，獨步建安的地位受到嚴峻挑戰，儘管如此，捧他的依然是人多勢眾，以至於被捧得更高。

明清時期是中國文學批評史上的復古期和總結期，古樸、自然、渾厚、壯闊的格調被普遍宗尚，麗靡雕琢之習，則人所厭薄。用這樣的眼光去審視古直雄渾的曹操詩歌，自然是不同凡響。曹丕文風質實，麗而能清，自然也不差。曹植「辭太華」、「如雕金堆碧」，有所譏貶，在所難免。許學夷《詩源辨體》卷四云：「按嶸《詩品》以丕處中品，曹公及睿居下品。今或推曹公而劣子桓兄弟者，蓋鍾嶸兼文質，而後人專氣格也。」評價的變遷，正是審美趣味變遷的結果。而曹植地位之所以仍能居高不下，一是因爲辭章的「華贍精工」仍爲人所希慕，而曹植之詩不惟「才藻宏富」，特能「骨氣雄高」。二

是因為有「詩家之正派的宗」在。三是因為「建安中，三、四、五、六、七言、樂府、文、賦俱工者，獨陳思耳」。

第二節　劉楨、王粲之論

江淹《雜體詩序》云：「公幹、仲宣之論，家有曲直。」劉、王二人，孰優孰劣，其時人言人殊，莫衷一是。而統觀歷代的劉楨、王粲之論，不惟家有曲直的情形有之，代有曲直的情形亦有之。

一、魏晉南北朝時期

建安中，曹丕、曹植與劉楨、王粲、陳琳、阮瑀、徐幹、應瑒、丁儀、丁廙、楊脩、吳質、邯鄲淳等同遊鄴下，既入曹丕《典論·論文》所列「今之文人」之選，又充曹植《與楊德祖書》所舉「今世作者」之數者，不過劉楨、王粲、陳琳、徐幹、應瑒五人。劉、王二人之文，為曹氏兄弟所共賞。曹植不得而知，就辭賦言，曹丕更欣賞王粲，《典論·論文》謂其《初征》、《登樓》、《槐賦》、《征思》諸賦，「雖張、蔡不過也」；就詩歌言，曹丕更欣賞劉楨，《與吳質書》謂「其五言詩之善者，妙絕時人」，整體上則無所軒輊。

劉勰和鍾嶸則有所軒輊。《文心雕龍·才略》篇：「仲宣溢才，捷而能密。文多兼善，辭少瑕累，摘其詩賦，則七子之冠冕乎？」「建安七子」，劉勰首推王粲。《明詩》篇：「（四言、五言）兼善則子建、仲宣，偏美則太沖、公幹。」王粲之「兼善」，劉楨之「偏美」，自然又有高下之別。《詮賦》篇：「及仲宣靡密，發端必遒……亦魏晉之賦首也。」魏晉辭賦之翹楚，有王粲而無劉楨。對王粲弔、七、論各體文章，劉勰都有讚美：

> 《哀弔》篇：「仲宣所制，譏呵實工。」
>
> 《雜文》篇：「仲宣《七釋》，致辨於事理。」
>
> 《論說》篇：「仲宣之《去伐》……並師心獨見，鋒穎精密，蓋
> 人倫之英也。」

王粲才思敏捷，劉勰再三稱道，《才略》篇外，又有《神思》篇：「仲宣舉筆似宿構。」《體性》篇：「仲宣躁競，故穎出而才果。」至於劉楨，《文心雕龍》也曾數次稱及，但少有稱讚。《比興》篇：「至於揚、班之倫，曹、劉以下，圖狀山川，影寫雲物，莫不纖綜比義，以敷其華，驚聽回視，資此效績。」

劉楨寫景狀物，善用譬喻，爲劉勰所稱讚。《書記》篇：「公幹箋記，麗而規益，子桓弗論，故世所共遺；若略名取實，則有美於爲詩矣。」劉楨箋記，曹丕不加評論，幾乎就被埋沒掉了，劉勰爲之鳴不平，稱讚它們寫得好，可謂有眼有珠。但玩味「略名取實」云云，劉勰似乎覺得劉楨之詩名不副實。對曹丕作出的劉楨詩「妙絕時人」的評價，劉勰想必不以爲然，至少，他並不認爲劉楨的詩比王粲好。

鍾嶸對劉楨、王粲詩歌的評價，超過曹植以外的包括曹操、曹丕在內的其他建安詩人：兩人都位居《詩品》上品；《詩品序》云「陳思爲建安之傑，公幹、仲宣爲輔」；「仲宣《七哀》、公幹思友（即《贈徐幹》）」又都在其「所謂篇章之珠澤，文采之鄧林」之列。及至二子之間，則更推崇劉楨：

論劉楨：「其源出於《古詩》。仗氣愛奇，動多振絕。眞骨凌霜，高風跨俗。但氣過其文，雕潤恨少。然自陳思已下，楨稱獨步。」

論王粲：「其源出於李陵。發愀愴之詞，文秀而質羸。在曹、劉間別構一體。方陳思不足，比魏文有餘。」

論曹植：「孔氏之門如用詩，則公幹升堂，思王入室。」

《詩品序》：「次有輕薄之徒，笑曹、劉爲古拙……徒自棄於高明，無涉於文流矣。」又：「昔曹、劉殆文章之聖。」

劉楨的地位，正是「亞聖」的地位，在曹植一人之下，眾人之上，王粲只能靠點邊站了。

論及王粲，曹植《王仲宣誄》云「文若春華」；曹丕《與吳質書》云「惜其體弱，不足起其文」；鍾嶸《詩品》云「文秀而質羸」；王僧儒《太常敬子任府君傳》云「病於弱」，據說是多辭采而少風骨。劉楨尚氣，《文心雕龍·風骨》篇：「公幹亦云：『孔氏卓卓，信含異氣；筆墨之性，殆不可勝。』並重氣之旨也。」《定勢》篇：「劉楨云：『文之體指實強弱，使其辭已盡而勢有餘，天下一人耳，不可得也。』公幹所談，頗亦兼氣。」論及劉楨，曹丕《與吳質書》云「有逸氣」；謝靈運《擬魏太子鄴中集詩序》云「卓犖偏人，而文最有氣，所得頗經奇」；裴子野《雕蟲論》云「偉其風力」；《文心雕龍·體性》篇云「氣褊，故言壯而情駭」；《詩品》云「氣過其文，雕潤恨少」，據說是多風骨而少辭采。劉勰、鍾嶸論文，都兼取風骨、辭采，而根據實際情況看，劉勰更看重的是辭采，鍾嶸更看重的是風骨，這當是導致他們或更尊王、或更崇劉的一個重要因素。

　　晉代陸雲，在《與兄平原書》中多次拿王粲的作品和其兄陸機的作品相比，或言「兄詩多勝其《思親》耳」，或言「《登樓》名高，恐未可越爾」，如此等等，互有短長；劉楨則不曾言及。摯虞《文章流別論》：「後世以來，器銘之佳者，有……王粲《硯銘》，咸以表顯功德。」又：「王粲所與蔡子篤及文叔良、士孫文始、楊德祖詩，及所爲潘文則作《思親詩》，其文當而整，皆近於《雅》矣。」王粲作品，多見稱揚。劉楨哀辭也曾齒及，而無所稱揚：「建安中，文帝與臨菑侯各失稚子，命徐幹、劉楨等爲之哀辭。」晉人好像更看好王粲。

　　南朝人大體上也是如此：

　　　　沈約《宋書・謝靈運傳論》：「自漢至魏，四百餘年，辭人才子，文體三變。相如巧爲形似之言，班固長於情理之說，子建、仲宣以氣質爲體，並標能擅美，獨映當時……至於先士茂製，諷高歷賞。子建函京之作，仲宣灞岸之篇，子荊零雨之章，正長朔風之句，並直舉胸情，非傍詩史，正以音律調韻，取高前式……（聲律之秘，）張、蔡、曹、王，曾無先覺；潘、陸、顏、謝，去之彌遠。」

　　　　蕭綱《與湘東王書》：「但以當世之作，歷方古之才人，遠則揚、馬、曹、王，近則潘、陸、顏、謝。」

　　　　劉孝標《廣絕交論》：「近世有樂安任昉，……道文麗藻，方駕曹、王。」

沈約、蕭綱都是給南朝文風以重大影響的著名文人和文論家，他們都選曹植、王粲作爲建安或者說曹魏作者的代表。劉孝標稱譽任昉文章，也是以曹、王作比。又蕭繹《金樓子・捷對》篇：「宋武帝登灞陵，乃眺西京。使傅亮等各詠古詩名句。亮誦王仲宣詩曰：『南登灞陵岸，回首望長安。』」傅亮所詠之詩，即沈約所言「仲宣灞岸之篇」、鍾嶸所言「仲宣《七哀》」，晉宋之際已經是膾炙人口的古詩名作。又：

　　　　劉孝綽《酬陸長史倕詩》：「王粲始一別，猶且歎風雲。」

　　　　庾肩吾《過建章故臺詩》：「仲宣原隰滿，子建悲風來。」

　　　　蕭繹《謝東宮賚花釵啓》：「王粲之詠，惡此乘蓮。」

王粲之文，被劉孝綽等人用作典故。「始一別」、「歎風雲」，當用其《贈蔡子篤詩》；「原隰滿」，當用其《從軍詩》其五；蕭繹所謂「仲宣之詠」，不詳，可能是其《瑪瑙勒賦》、《車渠碗賦》之類。由此可見，對於王粲作品，南朝

文人相當熟悉。當然，劉楨也不寂寞。顏延之《庭誥》：「至於五言流靡，則劉楨、張華；四言側密，則張衡、王粲。」推許劉楨的五言詩。裴子野《雕蟲論》：「其五言爲詩家，則蘇、李自出，曹、劉偉其風力，潘、陸固其枝柯。爰及江左，稱彼顏、謝。」亦以劉楨爲五言詩大家。鮑照有《學劉公幹體詩》五首；徐陵《在北齊與宗室書》云「求我漳濱，幸問劉楨之疾」，用劉楨《贈五官中郎將》其二之典，對劉楨五言詩，南朝文人也相當熟悉。但比較起來，劉楨之文受關注的程度還是不如王粲，又往往局限於五言詩。再從《文選》選錄的情況看，王粲詩十三首、賦一篇，劉楨詩十首，入選數量雖說差別並不大，也還是能夠體現出他們在選家心目中的分量輕重。

總之，魏晉南北朝時期對劉楨、王粲的評價都比較高，其地位雖不如曹植，卻遠過曹操，也較曹丕爲優。二人之中，王粲更爲人所重，這大概是因爲：一、王粲文采勝過劉楨，而文采特爲其時所重〔註13〕。二、王粲「文多兼善」。

二、隋唐五代宋金元時期

本時期涉及劉楨、王粲的言論是不少的，但一般都是泛泛而論，不具體，更不深刻。以下涉及劉楨：

（唐）白居易：「詩推公幹才。」（見裴度《度自到洛中，與樂天爲文酒之會……因爲聯句》）

耿湋《送李端》：「世上許劉楨。」

（宋）蘇軾《次韻劉景文西湖席上》：「將辭鄴下劉公幹。」

黃庭堅《以梅饋晁深道戲贈二首》其二：「前身鄴下劉公幹。」

陳與義《寄季申》：「舊時鄴下劉公幹。」

（元）趙孟頫《次韻端父和鮮于伯機所寄詩》：「只今賴有劉公幹。」

楊宏道《留別劉伯成王景伯》：「公幹文無敵。」

錢惟善《送張小山之桐廬典史》：「公幹才名傾鄴下。」

以下涉及王粲：

（唐）沈佺期《哭蘇眉州、崔司業二公》：「文章王仲宣。」

〔註13〕參本章第一節。

　　　　盧綸《送史兵曹判官赴樓煩》：「仲宣能賦亦能詩。」

　　　　權德輿《酬穆七侍郎早登使院西樓感懷》：「賦擬王仲宣。」

　　　　楊巨源《早春即事呈劉員外》：「鄴中爭唱仲宣詩。」

　　　　劉禹錫《奉和中書崔舍人八月十五日夜玩月二十韻》：「詞勝命仲宣。」

　　　　（宋）楊萬里《次李倅子壽郡集詩韻》：「能賦如公是仲宣。」

　　　　陸游《贈徑山銓書記》：「奕奕揮毫王粲詩。」

　　　　（元）王沂《送學錄永年》：「能賦推王粲。」

劉楨、王粲以大家、名家的姿態頻頻現身在這一時期的詩歌中，這種榮耀，是曹操、曹丕望塵莫及的。

　　劉楨《贈五官中郎將四首》其二（首二句爲「余嬰沈痼疾，竄身清漳濱」），王粲《七哀詩》、《從軍詩》、《登樓賦》，尤其是王粲《登樓賦》，成爲這一時期詩文創作中經常使用的濫熟的典故。以劉楨詩爲例：

　　　　李百藥《賦得魏都》：「還惜劉公幹，疲病清漳隈。」

　　　　錢起《再得華侍御書，聞巴中臥病》：「更聞公幹病。」

　　　　白居易《江州赴忠州……》：「漳浦臥劉楨。」《酬牛相公宮城早秋……》：「劉楨病未平。」《病中辱崔宣城長句見寄……》：「劉楨病發經春臥。」

　　　　李商隱《楚澤》：「劉楨元抱病。」

　　　　賈島《題劉華書齋》：「機清公幹族，也莫臥漳濱。」

　　　　皮日休《李處士郊居》：「劉楨失卻病心情。」

這還僅僅是唐詩中的一部分。

　　作爲建安/曹魏文人的代表，或者作爲著名文人的代表，魏晉南北朝時期，曹（植）、王（粲）並稱的頻率要多於曹（植）、劉（楨）。隋乏用例，可置而不論。唐代稱曹、劉者，除了盧藏用《左拾遺陳子昂文集序》、殷璠《河嶽英靈集》、柳冕《與徐給事論文書》，〔註14〕尚有：

　　　　杜甫《解悶》其四：「曹劉不待薛郎中。」《奉寄高常侍》：「方駕曹劉不啻過。」《壯遊》：「目短曹劉牆。」《秋述》：「賦詩時或如曹劉。」

─────────────

〔註14〕見第一章第三節。

任華《寄杜拾遺》:「曹劉俯仰慚大敵。」

武元衡《酬嚴維秋夜見寄》:「詞賦謝曹劉。」

獨孤及《唐故左補闕安定皇甫公集序》:「五言詩之源,生於《國風》,廣於《離騷》,著於李、蘇,盛於曹、劉,其所自遠矣。」

元稹《樂府古題序》:「尚不如寓意古題,刺美見事,猶有詩人引古以諷之義焉。曹、劉、沈、鮑之徒,時得如此,亦復稀少。」《唐故工部員外郎杜君墓係銘序》:「至於子美,蓋所謂⋯⋯古傍蘇、李,氣奪曹、劉,掩顏、謝之孤高,雜徐、庾之流麗⋯⋯」

孟郊《招文士飲》:「曹劉不免死。」《贈蘇州韋郎中使君》:「金玉曹劉名。」

杜牧《酬張祜處士見寄長句四韻》:「曹劉須在指揮中。」

李商隱《為裴懿無私祭薛郎中袞文》:「王、謝標格,曹、劉才調。」

裴延翰《樊川文集後序》:「包詩人之軌憲,整揚、馬之衝陣,聳曹、劉之骨氣,掇顏、謝之物色。」

陸龜蒙《紀夢遊甘露寺》:「乃是曹劉格。」

稱曹、王者,除了楊炯《王勃集序》、賈至《工部侍郎李公集序》、于頔《釋皎然杼山集序》,尚有:

《周書·王褒庾信傳論》:「曹、王、陳、阮,負宏衍之思,挺棟幹於鄧林;潘、陸、張、左,擅侈麗之才,飾羽翼於鳳穴。斯並高視當世,連衡孔門。」

《隋書·文學傳序》:「暨永明、天監之際,太和、天保之間,洛陽、江左,文雅猶勝。於時作者⋯⋯方諸張、蔡、曹、王,亦各一時之選也。」

這是不完全的舉例,但已經能夠說明問題了:唐人稱說曹、劉,遠較曹、王為多。到了宋、金、元時期,這種反差有增無減。稱曹、劉者不勝枚舉,稱曹、王者為數不多。這裡選錄一些。前者:

（宋）司馬光《再乞資蔭人試經義劄子》:「就使自作詩得如曹、劉、沈、宋,其於立身治民有何所用?」《答齊州司法張秘校正彥書》:

「況近世之詩，大抵華而不實，雖壯麗如曹、劉、鮑、謝，亦無益於用。」

彭汝礪《君時與董君佐以鄉薦相次登甲科，……》：「金玉曹、劉初並價。」

歐陽修《書梅聖俞稿後》：「蓋詩者，樂之苗裔與？漢之蘇、李，魏之曹、劉，得其正始；宋、齊而下，得其浮淫流佚。」

黃庭堅《再次韻四首》其三：「更覺曹劉不足吞。」《次韻章禹直、魏道輔贈答之詩》：「賦詩如曹劉。」《再作答徐天隱》：「乃可泣曹劉。」《和世弼中秋月詠懷》：「慷慨悲壯如曹劉。」《跋柳枝詞書紙扇》：「劉賓客《柳枝詞》雖乏曹、劉、陸機、左思之豪壯，自爲齊、梁樂府之將帥也。」《與元聿聖庚書》：「今觀公詩，恨曹劉不相待爾。」

晁説之《謝邵三十五郎博詩卷》：「曹劉鮑謝輩。」又：「上下曹劉來。」《伏蒙二十二叔俯和親字韻詩，不勝欽歎，輒復用韻上呈》：「五言自發曹劉興。」《和陶引辨》：「曹、劉、鮑、謝、李、杜者，岩廊詩人之宗也。竊嘗譬之，曹、劉、鮑、謝、李、杜之詩，五經也。」

洪朋《讀吳天章詩集歌》：「不覺曹劉名獨擅。」

洪芻《還張閎道文編》：「卓犖曹劉不啻過。」

陳與義《蒙賜佳什，欽歎不足，不揆淺陋，輒次元韻》：「方駕曹劉蓋餘力。」《次韻家弟所賦》：「曹劉方駕信優爲。」

朱熹《王氏續經説》：「曹、劉、顏、謝之詩，是豈有物則秉彝之訓？」《黃子厚詩序》：「其詩學屈、宋、曹、劉而下及於韋應物。」《朱子語類》卷一百三十七：「曹、劉、沈、謝之詩，又那得一篇如《鹿鳴》、《四牡》、《大明》、《文王》、《關雎》、《鵲巢》？」

嚴羽《滄浪詩話‧詩體》：「以人而論，則有蘇李體（原注：「李陵、蘇武也。」）、曹劉體（原注：「子建、公幹也。」）……」

（金）元好問《論詩絕句三十首》其二：「曹劉坐嘯虎生風，四海無人角兩雄。」《自題中州集後五首》其一：「鄴下曹劉氣盡豪。」《益都宣撫田侯……》：「暗認曹劉可是難。」

　　（元）方回《學詩吟十首》其二：「魏興起曹劉。」其六：「曹
劉與陶謝，五柳擅正音。」《詩思十首》其一：「步仰曹劉獨。」《唐
長孺藝圃小集序》：「自騷人以來，至漢蘇、李，魏曹、劉，亦無格
卑者。」《恢大山西山小薰序》：「五言古，漢蘇、李，魏曹、劉，晉
陶、謝。」

　　趙孟頫《劉孟質文集序》：「豈止軋屈、賈之壘，短曹、劉之牆
而已哉！」

　　劉因《呈保定諸公》：「徑入曹劉鄉。」《敍學》：「魏晉而降，詩
學日盛，曹、劉、陶、謝，其至者也……故作詩者不能三百篇，則
曹、劉、陶、謝；不能曹、劉、陶、謝，則李、杜、韓；不能李、
杜、韓，則歐、蘇、黃。」

　　楊維楨《金信詩集序》：「屈、賈、蘇、李、司馬、揚雄尚矣，
其次爲曹、劉、阮、謝、陶、韋、李、杜之迭自名家。」

後者：

　　（宋）宋祁《座主侍郎書》：「然而大方之家，往往披華於沈、
宋之林，收實乎曹、王之圃。」

　　陳襄《送鄭洙赴舉》：「談天辭藻駕曹王，炙地聲華壓元白。」

　　（元）袁桷《七觀》：「登能賦，……昔吳州來觀詩東魯，言有
度，徵有據，屬階於枚生，濫觴於曹、王。」

這能夠在一定程度上說明，隋唐五代宋金元時期的劉楨，較之王粲，更多地
進入文學批評的視野，他的名聲更甚，身價更高。個中原因比較複雜，有三
點是比較重要的：一、較之魏晉南北朝，這一時期的文學批評更偏重詩歌，
當然又是五言詩歌，王粲四言、五言、辭賦、散文「文多兼善」的優勢顯示
不出來；而劉楨五言，向來爲論者所推。二、劉楨詩歌以風骨著稱。唐初文
風，承六朝餘緒，崇尚辭采，所以史家論文，如《周書·王褒庾信傳論》、《隋
書·文學傳序》，仍標榜王粲。自陳子昂等標舉風骨，至盛唐蔚成風尚，劉楨
自然超出。中唐以後，雖不再那樣講求風骨，而遒文壯采，仍爲人所贊許，
事實上，不少言論本不是直接贊許劉楨，而只是以劉楨作比，贊許某某人的
遒文壯采。三、杜甫、元稹、孟郊、杜牧、李商隱等唐代大詩人，對後世影
響深遠，而都有推獎劉楨之言，劉楨聲名藉甚，不可謂與此無關。

看看上面的用例，彭汝礪就是在化用孟郊語，而黃庭堅、洪芻、陳與義、魏了翁、趙孟頫都曾把杜甫詩句當作典故來用。

宋代，隨著理學的興盛，文學批評也浸染了道學氣，對劉楨、王粲品行的責難撲面而來：

> 葛立方《韻語陽秋》卷四：「至於王仲宣作《從軍詩》，則曰：『從軍有苦樂，但問所從誰。所從神且武，焉得久勞師！』謂從曹操也。其詩有『昔人從公旦，一徂輒三齡。今我神武師，暫往必速平』，似非擬人必於其倫之義。蓋仲宣時爲操軍謀祭酒，則亦無所不至矣。」
>
> 又卷八：「《文選》載王粲《公宴詩》，注云：『此侍曹操宴也。操未爲天子，故云「公宴」耳。』操以建安十八年春受魏公九錫之命，公知眾情未順，終身不敢稱尊。而粲詩已有『願我賢主人，與天享巍巍』之語，則粲豈復有心於漢邪？」
>
> 嚴羽《滄浪詩話·詩評》：「劉公幹《贈五官中郎將詩》：『昔我從元后，整駕至南鄉。過彼豐沛都，與君共翱翔。』『元后』，蓋指曹操也。『至南鄉』，謂伐劉表之時。『豐沛都』，喻操譙郡也。王仲宣《從軍詩》云：『籌策運帷幄，一由我聖君。』『聖君』，亦指曹操也。又曰：『竊慕負鼎翁，願屬朽鈍姿。』是欲效伊尹負鼎干湯以伐桀也。是時，漢帝尚存，而二子之言如此，一曰『元后』，一曰『聖君』，正與荀彧比曹操爲高、光同科。或以公幹平視美人爲不屈，是未爲知人之論。《春秋》誅心之法，二子其何逃？」
>
> 劉履《選詩補注》卷二：「考之仲宣《從軍詩》云：『籌策運帷幄，一由我聖君。』劉公幹詩亦云：『昔我從元后，整駕至南鄉。』是時漢尚存，其尊太祖皆已如此。」

按下之諛上，本在情理之中，審配、郭圖之於袁紹，周瑜、魯肅之於孫權，都曾贊以「神武」。〔註15〕曹操雄略過人，南征北戰，鮮有敗績，謂其「神武」者多有，而未必不發自內心：

> 《三國志·武帝紀》注引《九州春秋》：「參軍傅幹諫曰：『……公神武震於四海……』」

《袁術傳》：「（陳）珪答書曰：『……曹將軍神武應期……』」

《夏侯惇傳》注引《魏書》：「（韓）浩曰：『……且公神武……』」

《程昱傳》：「昱曰：『……以將軍之神武……』」

《張遼傳》：「遼爲説『太祖神武……』」

《杜襲傳》：「襲曰：『……何足以勞神武哉？』」

陳琳《神武賦序》：「可謂神武奕奕……」《柳賦》：「匪神武之勤
恪……」

荀彧以不贊同曹操稱公致死，差可謂忠於漢室者，亦有此言。《武帝紀》：「（荀）彧以爲『……夫以公之神武……』」以漢獻帝語氣下達的詔書也是如此。《武帝紀》注引《獻帝傳》載詔曰：「……俾君秉義奮身，震迅神武……」葛氏以王粲謂曹操「神武」爲疵，極爲可笑。

曹操詩文，屢屢以忠於王室的周公自擬：

《短歌行》其一：「周公吐哺，天下歸心。」

《苦寒行》：「悲彼《東山詩》，悠悠令我哀。」

《讓縣自明本志令》：「所以勤勤懇懇敘心腹者，見周公有《金
滕》之書以自明，恐人不信之故。」

宋元明清之時，不少人對此憤憤不平。其實，以周公比況曹操者，不惟曹操本人，荀彧和絕對忠於漢室的孔融，都曾如此：

《三國志·荀彧傳》注引《彧別傳》：「彧嘗言於太祖曰：『……
今公……此姬旦宰周之所以速平也。』」

《崔琰傳》注引《續漢書》：「融曰：『假使成王欲殺召公，則周
公可得言不知邪？』」

獻帝下詔給曹操，也曾「喻以伊、周」〔註16〕。葛氏指責王粲擬非其倫，強人所難。

王粲《公宴詩》，非侍曹操宴，「賢主人」也不是指曹操。〔註17〕劉楨「元后」、王粲「聖君」，確實是指曹操，他們儼然把曹操當作了天子，從維護封建倫理的角度出發，嚴羽、劉履即此發難，是可以理解的，奈何冤殺古人！

〔註16〕曹操《讓九賜表》。
〔註17〕參第六章第一節。

其一、「后」固然可以用來稱謂天子，也可以用來稱謂諸侯，曹操名分上正是諸侯，稱他爲「后」未嘗不可。孔融《難曹公表制酒禁書》：「公當初來，邦人咸抃舞踊躍，以望我后。」「后」即是謂曹操。曹植《登臺賦》：「從明后之嬉遊兮，登層臺以娛情。見天府之廣開兮，觀聖德之所營……揚仁化於宇內兮，盡肅恭於上京。雖桓、文之爲盛兮，豈足方乎聖明……翼佐我皇家兮，寧彼四方。」《寶刀賦》：「有皇漢之明后，思明達而玄通……實眞人之攸御，永天祿而是荷。」《槐賦》：「暢沈陰以博覆，似明后之垂恩。」《車渠碗賦》：「於時乃有篤厚神后，廣被仁聲。」《節遊賦》：「亮靈后之所處，非吾人之所廬。」「明后」、「靈后」、「神后」，也都是謂曹操。但曹植並沒有把曹操視爲天子的意思，無論稱他爲什麼「后」，都還是翼佐皇家的皇漢的「后」。曹丕《鶯賦》：「升華堂而進御，奉明后之威神。」劉楨《遂志賦》：「幸遇明后，因志東傾。」《射鳶》：「我后橫怒起，意氣凌神仙。」曹丕的「明后」，劉楨的「我后」、「明后」還有爲人所指稱的「元后」，也還是謂曹操，應當也沒有把曹操視爲天子的意思。

其二、東漢時，爲掾吏者，與其太守郡將舉主，本有君臣名分。〔註18〕公孫瓚爲郡吏，太守劉君因罪徙日南，瓚欲隨行，祭辭先人，酹觴祝曰：「昔爲人子，今爲人臣，當詣日南……」〔註19〕劉楨爲五官中郎將文學，《贈五官中郎將》其四云：「君侯多壯思，文雅縱橫飛。小臣信頑鹵，僶俛安能追？」像公孫瓚、劉楨這般向劉太守、曹丕稱臣，在宋元明清人看來，當然是敗倫亂理，但在當時不算越禮。王粲身爲曹操僚屬，稱其爲「我君」，《柳賦》：「昔我君之定武，致天屆而徂征。」《從軍詩》其二：「我君順時發，桓桓東南征。」或是爲人所指稱的「聖君」，都不算越禮。更何況，「君」和「后」一樣，固然可以用來稱謂天子，也可以用來稱謂諸侯。其三、曹操有元首之勢、「神武」之性，對他的「美其名曰」，其時多有，不足爲奇。如陳琳之「大人」，《神武賦序》：「大人之量，固非說者之可所識也。」徐幹之「明辟」，《西征賦》：「奉明辟之渥德，與遊軫而西伐。」曹植最多，除了以上列舉的，還有「至尊」、「大人」，《槐賦》「羨良木之華麗，爰獲貴於至尊。」《大暑賦》：「於是大人遷居宅幽，緩神育靈。」《節遊賦》：「覽宮宇之顯麗，實大人之攸居。」

〔註18〕參趙翼《廿二史箚記》卷五。
〔註19〕《後漢書・公孫瓚傳》。

　　總之，隋唐五代宋金元時期的劉楨、王粲，仍舊享有較高的身價，而劉楨更爲人所稱賞。在人品上，他們都受到了不公正的指責。

三、明清時期

　　涉及劉楨、王粲的言論，以明清時期爲最多。他們仍然不失爲名流；他們的作品仍然經常地被當作典故使用；曹、劉或曹王，特別是前者仍然爲人所樂道，但已經不能再據此簡單地推定劉楨在這一時期佔據上風。更推重王粲的不一而足：

>　　吳淇《六朝選詩定論》卷六：「仲宣詩清而麗，在建安中子建而下應宜首推。」

>　　姚範《援鶉堂筆記》卷四十四：「公幹之詩氣較緊而狹，仲宣局面闊大。」又：「仲宣之詩過公幹。」

>　　方東樹《昭昧詹言》卷二：「建安七子，除陳思，其餘略同，而仲宣爲偉，局面闊大；公幹氣緊，不如仲宣。」

更推重劉楨的則不多見：

>　　許學夷《詩源辨體》卷四：「公幹、仲宣一時未易優劣，鍾嶸以公幹爲勝，劉勰以仲宣爲優。予嘗爲二家品評：公幹氣勝於才，仲宣才優於氣。鍾嶸謂『陳思以下，楨稱獨步』，元美謂『二曹龍奮，公幹角力』，是也。」

這一時期產生了爲數不少的詩歌選本，從入選數量看，二人互有勝負。劉、王優劣，一時難以斷定。

　　有一點是很好斷定的，明清時期的劉楨、王粲，地位已經下降，已經不能和以往相提並論。表現之一，是他們相對於曹操、曹丕的優勢喪失了，甚至還處於劣勢。如：

>　　徐禎卿《談藝錄》：「樂府《烏生八九子》、《東門行》等篇，如淮南小山之賦，氣韻絕峻，止可與孟德道之，王、劉文學，皆當袖手。」

>　　王世貞《藝苑卮言》卷三：「……子桓『西北有浮雲』、『秋風蕭瑟』，非鄴下諸子可及。仲宣、公幹，遠在下風。」又：「子桓之《雜詩》二首……可入十九首，不能辨也。若仲宣、公幹，便自覺遠。」

　　胡應麟《詩藪》外編卷一：「（子桓）高古不如魏武，宏贍不及
陳思，而斟酌二者，政得其中，過仲宣、公幹遠甚。」又：「《詩品》
曰：『陳思，魏邦之傑，公幹、仲宣爲輔……』亦頗得之。然公幹、
仲宣非魏文比……錯綜諸集，參伍群言，鍾所剖裁，似難僉允。」

　　方東樹《昭昧詹言》卷二：「此詩（指曹丕《芙蓉池作》）氣體
用意，正聲中鋒，渾穆沈厚，精深華妙，似勝仲宣、公幹諸人。」

表現之二，是對劉楨、王粲的評價大打折扣。如：

　　胡應麟《詩藪》內編卷二：「王、劉以降，敷衍成篇。仲宣之淳，
公幹之峭，似有可稱。然所得漢人氣象音節耳，精言妙解，求之邈如。」

　　鍾惺、譚元春《古詩歸》卷七：「鄴下西園，詞場雅事，惜無蔡中
郎、孔文舉、禰正平以應之者。仲宣諸人，氣骨文藻，事事不敢相敵。」

劉楨更是受到重創：

　　張溥《漢魏六朝百三名家集‧劉公幹集題辭》：「《詩品》亦云：
『其詩出《古詩》，思王以下，楨稱獨步。』豈緣本魏文爲之申譽乎？」

　　王士禎《帶經堂詩話》卷二：「鍾嶸《詩品》……乃以劉楨與陳
思並稱，以爲文章之聖。夫楨之視植，豈但斥鷃之與鯤鵬耶！」又：
「古人同調齊名，大抵不甚相遠。獨劉楨與曹植並稱，予所不解……
唯楨詩無一語可采。而自古在昔，並稱曹、劉，未有駁正其非者。
鍾嶸又謂其『仗氣愛奇，動多振絕，思王已下，楨爲獨步』，殊似囈
語。豈佳處今不傳耶？」又：「建安諸子，偉長實勝公幹，而嶸譏其
以莛扣鐘，乖反彌甚。」

張、王二人，都不認同鍾嶸對劉楨的尊崇，雖然語氣上有著溫和和淩厲的區
別。王士禎疑其佳處不傳，非是。根據《隋書‧經籍志》的記載，《劉楨集》
只有四卷，在三曹、七子之中，卷帙本來就最少，作品本來就不多。《舊唐書‧
經籍志》、《新唐書‧藝文志》著錄二卷，《劉楨集》之散失亡佚，蓋在宋時。
南朝人所見，當是足本，而鮑照《學劉公幹體詩》五首，所學劉楨詩雖不便
一一確指〔註 20〕，大較在《文選》所錄範圍之內；唐人用典，多取《贈五官
中郎將四首》其二，亦見《文選》。可見劉楨好詩，基本上被《文選》一網打

〔註20〕 「欲宦乏王事」殆學《雜詩》，「瞳瞳寒野霧」殆學《贈從弟》，「胡風吹朔雪」
　　　　殆學《贈五官中郎將四首》其四，「荷生綠池中」所學不詳，「白日正中時」
　　　　殆學《贈徐幹》。

盡，並不是還有其他好詩沒有流傳下來。劉楨當然不是浪得虛名，王士禎放言他連徐幹也不如，難以令人信服，而盛名之下，其實難副，也是實情。對此，劉勰早已察覺，儘管話說得比較婉轉，但直到明清，這個問題才凸現出來。平心而論，劉楨的文學成就確實不如曹操、曹丕，也不如王粲，而享譽之高、之久，卻非諸人可及。從這個意義上說，在建安乃至歷代文人中，劉楨是個幸運兒。劉楨的幸運，主要在於建安文學崇尚氣骨而後世又崇尚建安文學；亦緣曹丕，以及後來的鍾嶸、杜甫等人為之申譽。張溥的揣測，是有見地的。當然，也有維護劉楨、王粲地位的。如：

> 許學夷《詩源辨體》卷四：「子桓五言，在公幹、仲宣之亞。鍾嶸《詩品》以公幹、仲宣處上品，子桓居中品，得之。元瑞謂子桓過仲宣、公幹遠甚，予未敢信。」

> 方東樹《昭昧詹言》卷二：「觀公幹等作，清綺緊健，曹、劉並稱，有以哉！」

但頹敗的命運，已經是無法挽回了。

劉楨「氣過其文」，王粲「文秀而質羸」之類的看法，相沿已久。對此，明清人有繼承的：

> 胡應麟《詩藪》內編卷二：「……仲宣……以詞勝者也；公幹……以氣勝者也。」又：「公幹才偏，氣過詞；仲宣才弱，肉勝骨。」

> 許學夷《詩源辨體》卷四：「公幹詩聲詠常勁，仲宣詩聲韻常緩……鍾嶸稱公幹『氣過其文』，仲宣『文秀而質羸』，是也。」

> 吳淇《六朝選詩定論》卷五：「……而劉楨氣最勁逸……而王粲詞益清麗。」

> 劉熙載《藝概·詩概》：「公幹氣勝，仲宣情勝。」

也有提出異議的：

> 宋長白《柳亭詩話》卷二十六：「鍾嶸謂粲『文秀而質羸，在曹、劉間別構一體』。余謂羸莫甚於公幹，如《贈從弟三首》，一曰「豈無園中葵，懿此出深澤」，二曰「豈不罹凝寒，松柏有本性」，三曰「豈不常勤苦，羞與黃雀群」。一時一事，句法重複至此，回視仲宣之《雜詩》、《七哀》，有慚德已。」

　　　　陳祚明《采菽堂古詩選》卷七：「公幹詩筆氣儁逸，善於琢句，
　　古而有韻。……《詩品》以爲氣過其文，此言未允。」

　　　　何焯《義門讀書記・文選》卷二：「仲宣之詩，最爲沉鬱頓挫，
　　而鍾記室以爲文秀而質羸，殆所未喻。」

　　　　方東樹《昭昧詹言》卷二：「何屺瞻曰：『仲宣最爲沈鬱頓挫，
　　而鍾記室以爲文秀而質羸，殆所未喻。』蒼涼悲慨，才力豪健，陳
　　思而下，一人而已。」

按鍾嶸謂王粲「文秀而質羸」，即王粲詩風力緩弱而爲言；宋長白不滿鍾嶸抑
王崇劉，「謂羸莫甚於公幹」，由劉楨《贈從弟三首》「句法重複」引出，雖同
謂之「羸」，意趣迥乎不同，於破除成見其實並無裨益。儘管如此，指出劉楨
《贈從弟三首》在句法上的重複，並視其爲缺失，仍是宋長白的獨到之處。
其實何止是《贈從弟三首》，又何止是句法，重複簡直就是劉楨詩歌的一大缺
陷。劉楨之詩，完整流傳下來的不過十餘首，另有《失題》詩和佚句若干，
而字句復出者絕非偶然。茲錄其要者：

　　　　《贈五官中郎將四首》其一：「四節相推斥。」其三：「四節相
　　推斥。」

　　　　《公宴詩》：「歡樂猶未央。」《贈五官中郎將四首》其一：「歡
　　悅誠未央。」

　　　　《贈五官中郎將四首》其二：「素葉隨風起。」《贈徐幹》：「輕
　　葉隨風轉。」

　　　　《贈徐幹》：「方塘含清源。」《雜詩》：「方塘含白水。」

　　　　《失題》：「玄雲起西山。」佚句：「玄雲起高嶽。」

　　　　《贈徐幹》：「飛鳥何翩翩。」佚句：「素蓋何翩翩。」

完全一樣或大體一樣的大量的重複，給人的不僅僅是似曾相似的感覺，它們
所傳達的，還有劉楨才思的匱乏，與曹植、王粲相比，不能不說是相形見絀。

　　劉楨詩，鍾嶸以爲「氣過其文，雕潤恨少」；陳祚明則針鋒相對，言其「善
於琢句」，「古而有韻」。詩至建安，漸以華美相尚，漸見雕鏤之迹，劉楨自然
不能免俗，以《公讌詩》爲例：

　　　　永日行遊戲，歡樂猶未央。遺思在玄夜，相與復翱翔。輦車飛
　　素蓋，從者盈路傍。月出照園中，珍木鬱蒼蒼。清川過石渠，流波

爲魚防。芙蓉散其華，菡萏溢金塘。靈鳥宿水裔，仁獸遊飛梁。華
館寄流波，豁達來風涼。生平未始聞，歌之安能詳？投翰長歎息，
綺麗不可忘。

此詩風貌，正可用詩中「綺麗」二字概括。觀其遣辭用心，如「玄夜」、「素蓋」、
「珍木」、「清川」、「金塘」、「靈鳥」、「仁獸」、「華館」等，無不着力渲染；一
「散」、一「溢」，煉得何等精峭！而聲韻之諧、對偶之工，亦非率意而爲者。
它如《贈五官中郎將四首》其一「金罍含甘醴，羽觴行無方」，其三「白露塗前
庭，應門重其關」，其四「明月照緹幕，華燈散炎輝」，《贈徐幹》「細柳夾道生，
方塘含清源」，《鬥雞》「利爪探玉除，瞋目含火光」等句，亦皆錘煉精工，「含」、
「塗」、「散」、「探」，用字尤尖新，顯示出「仗氣愛奇、動多振絕」的特色。可
見劉楨詩確有善於雕琢、秀麗可喜的一面，陳祚明突出了這一面，是他的獨到
之處，只是他對這一面作了片面的強調和誇大。因爲劉楨大部分詩歌、大部分
詩句並非如此，而是多多少少流於質實，和曹植、王粲的華藻爛然相比，仍不
能不說是相形見絀。以著名的《贈五官中郎將四首》其二而論：

余嬰沈痼疾，竄身清漳濱。自夏涉玄冬，彌曠十餘旬。常恐遊
岱宗，不復見故人。所親一何篤，步趾慰我身。清談同日夕，情眄敘
憂勤。便復爲別辭，遊車歸西鄰。素葉隨風起，廣路揚埃塵。逝者
如流水，哀此遂離分。追問何時會，要我以陽春。望慕結不解，貽
爾新詩文。勉哉修令德，北面自寵珍。

敘事詳贍，情詞感切，似有可稱，而語言質直平淡，高之者亦不妨謂之自然，
而終究難讓人心服口服。總的說來，鍾嶸「氣過其文」的評價，還是允當的。
從根本上說，劉楨不是不慕文采，也不是不樂雕潤，他的詩，遠不似曹植詩
那樣既「骨氣奇高」，又「辭采華茂」，仍主要是受其才具的局限。

關於王粲之詩，何焯、方東樹力矯鍾嶸「文秀而質羸」之說。鍾嶸的論
點，可能是由曹丕而來，至少也曾受其影響。但曹丕「惜其體弱，不足起其
文」乃是就王粲辭賦而言，本無關於詩歌。而鍾嶸以爲王粲詩歌「質羸」，的
確有「殆所未喻」的嫌疑。今傳王粲五言，完整者充其量不過十五首，而《從
軍詩五首》、《詠史詩》、《七哀詩三首》「質」都不「羸」，名篇《七哀詩》其
一絕對稱得上是「沉鬱頓挫」之作。今錄其三：

邊城使心悲，昔吾親更之。冰雪截肌膚，風飄無止期。百里不
見人，草木誰當遲。登城望亭燧，翩翩飛戍旗。行者不顧反，出門

與家辭。子弟多俘虜，哭泣無已時。天下盡樂土，何爲久留茲？蓼蟲不知辛，去來勿與諮。

場面壯闊，曲盡悲苦，知方東樹「蒼涼悲慨」之謂，並非虛談。再試將王粲《公讌詩》、《雜詩》「日暮遊西園」與劉楨同題之作相比較，也看不出王粲之「質」「羸」在哪裏。事實上，王粲詩並不缺乏風骨，不同時期的文學批評對此都有所體現：

> 沈約《宋書·謝靈運傳論》：「子建、仲宣以氣質爲體。」

> 李華《揚州功曹蕭穎士文集序》：「王粲超逸。」

> 于頔《釋皎然杼山集序》：「王、曹以氣盛。」

> 徐禎卿《談藝錄》：「曹、王數子，才氣慷慨。」

> 王夫之《古詩評選》卷四：「若世推尚王仲宣之作，率以淩厲爲體，此正當時諸子氣偏所累，子桓、元瑜即不爾矣。」

如果說曹丕對王粲賦「體弱」的評論還值得商榷的話，鍾嶸對王粲詩「質羸」的評論就距離事實更遠了。而後世多不察，陳陳相因，以至王粲含冤莫白，直到何焯、方東樹之流爲之辯白。從這個意義上說，王粲是不幸的。

明清時期的劉楨、王粲，不得不繼續爲他們擁戴曹操、「心敢無漢」，「犯義而不顧」的「無恥」行徑負責：

> 鍾惺、譚元春《古詩歸》卷七：「鍾云：『聖君』二字，擁戴得無品。」

> 張溥《漢魏六朝百三名家集·劉公幹集題辭》：「……嚴滄浪黜之，謂『元后』、『聖君』並指曹操，心敢無漢，大義批引，二子固當叩頭伏罪。然詩頌鋪張，詞每過實，文人之言，豈必由中情哉。」

> 宋長白《柳亭詩話》卷五：「……此嚴儀卿語也，立論甚正。而張天如題辭，乃曲爲之諱，何耶？」

> 何焯《義門讀書記·文選》卷二：「『元后』、『豐沛』之語，殊傷詩教。」

> 薛雪《一瓢詩話》：「……嚴滄浪云『元后』、『聖君』皆指曹操也。是則二子全無心肝者。當相戒此等詩斷不可讀，讀之恐壞人心術。」

方東樹《昭昧詹言》卷二：「仲宣工於干謁，凡媚操無不極口頌揚，犯義而不顧，余平生最惡其人……然粲以周公文王聖武等語稱曹操，不一而足，豈非媚子哉！」又：「余嘗論曹操凌逼君上……而王粲、劉楨輩，當此亂世，饗其豢養，昵比私門，諂媚竊容，苟以志士潔身守道之義如寵公諸人衡之，則羞役賤行也。」

「大義批引」，與前一時期無異，而「全無心肝」、「余平生最惡其人」云云，聲色更厲，更讓人觸目驚心。張溥意欲從詩頌每每言過其實，文人每每言不由衷的角度為二子辯解一二，宋長白即責其「曲為之諱」。想必是因為「元后」、「聖君」言之鑿鑿，不容再辯，立論上喜歡標新立異的清人就另闢蹊徑，借助其他詩句去挖掘劉楨、王粲「非忘漢」的「忠心」：

吳淇《六朝選詩定論》卷六：「徐元直以母故從魏，終身不為畫一策，公幹之詩（按指劉楨《贈五官中郎將四首》），正是此義。」又：「北面自珍，此言對武帝說得，對文帝說不得，可見公幹忠心勁骨。」

何焯《義門讀書記·文選》卷二：「『守分豈能違』（見王粲《公讌詩》），守分則猶以漢臣自處也。結處頌之以同符周公，則猶以北面事之也。」

朱乾《樂府正義》卷二：「於此二句（指王粲《行辭新福歌》「漢國保長慶，垂祚延萬世」二句），見仲宣非忘漢者。」

主題還是那個主題，實質上也不免「曲為之諱」，但吳淇等背離了宋元以來設定的大方向，往劉楨、王粲臉上貼金，唾罵聲中的劉、王二人，倘若地下有知，一定會感激涕零的。

總之，在明清時期，劉楨、王粲「一時未易優劣」，但對二人的評價總體上已不如往日之高；對劉楨詩「氣過其文」、王粲詩「文秀而質羸」的傳統看法，有附和的，有反駁的；關於二人人品，有痛加呵斥的，也有為之辯護的。

第三節　所謂「建安體」——兼及「漢音」、「魏響」

建安文學/建安詩歌，有著自己鮮明的特色，古人或謂之「建安體」。如：

蕭子顯《南齊書·文學傳論》：「建安一體，《典論》短長互出。」

王維《別綦毋潛》：「彌工建安體。」

　　劉昫《舊唐書・元稹白居易傳論》：「文章新體，建安、永明。」

　　嚴羽《滄浪詩話・詩體》：「以時而論，則有建安體（原注：漢末年號。曹氏父子及鄴中七子之詩）。」

　　宋大樽《茗香詩論》：「蘇、李贈答、《古詩十九首》外有樂府，後有建安體。」

至於什麼是「建安體」，並沒有人對它進行確切的描述，由於不同的人、不同的時代對建安詩歌或建安文學的看法並不怎麼一致，要對「建安體」作出一個確切的描述是不太現實的。不過，撮合歷代批評，還是可以儘量地將它的內涵具體化，儘管這裡所說的「建安體」已經是被抽象化了的、不再受某個歷史語境所限定的「建安體」。

一、「建安風骨」

　　建安作者喜言「慷慨」：

　　曹操《短歌行》其一：「慨當以慷，憂思難忘。」《爵封田疇令》：「慷慨守志，以徼真主。」

　　曹丕《於譙作》：「餘音赴迅節，慷慨時激揚。」

　　曹植《薤露行》：「懷此王佐才，慷慨獨不群。」《箜篌引》：「秦箏何慷慨。」《贈徐幹》：「慷慨有悲心，興文自成篇。」《棄婦篇》：「慷慨有餘音，要妙悲且清。」《雜詩》「飛觀百餘尺」篇：「弦急悲聲發，聆我慷慨言。」《情詩》：「慷慨對嘉賓，悽愴內傷悲。」《幽思賦》：「搦素箏而慷慨，揚《大雅》之哀吟。」《七啟》：「慷慨則氣成虹霓。」《前錄自序》：「余少而好賦，其所尚也，雅好慷慨。」《求自試表》：「何況巍巍大魏多士之朝，而無慷慨死難之臣乎！」

　　孔融《薦禰衡表》：「弱冠慷慨，前世美之。」

　　陳琳《遊覽》其二：「收念還房寢，慷慨詠墳經。」

　　阮瑀《箏賦》：「慷慨磊落，卓礫盤紆，壯士之節也。」

　　吳質《思慕詩》：「慷慨自俛仰，庶幾烈丈夫。」《在元城與魏太子箋》：「都人士女，服習禮教，皆懷慷慨之節。」

　　繁欽《與魏太子書》：「莫不泫泣殞涕，悲懷慷慨。」

這和劉勰所說的「觀其時文，雅好慷慨」當然不是一碼事，但劉勰所說的「雅好慷慨」很可能就是承曹植《前錄自序》中的「雅好慷慨」而來。正所謂「慷慨有悲心」，「悲懷慷慨」，慷慨常常由悲情激發。這悲情，可以是憂世不治之悲、壯志難酬之悲，也可以是時不我待之悲、樂極哀來之悲。其實，是何種悲情，甚至是不是悲情激發了他們的慷慨都不太重要，重要的是他們騁才使氣、慷慨悲歌的狀態，這種狀態使他們的作品呈現出鮮明爽朗、剛健有力的體格風貌。這種體格風貌，劉勰《文心雕龍‧時序》篇稱爲「梗概而多氣」，鍾嶸《詩品序》稱爲「建安風力」，嚴羽《滄浪詩話‧詩評》稱爲「建安風骨」，稱謂不同，但意思相近。因爲「建安風骨」具有高度的概括性，至今仍爲我們所襲用。

沈約最早用近似風骨的「氣質」來標誌「建安體」，《宋書‧謝靈運傳論》：「自漢至魏，四百餘年，辭人才子，文體三變。……子建、仲宣，以氣質爲體，並標能擅美，獨映當時。」後人承之，如李善《上文選注表》：「氣質馳建安之體。」在唐代，「建安風骨」得到大力張揚，第一章第三節論之詳矣。對於建安詩歌的「多氣」，也可以大致地說對於「建安風骨」，讚賞有加者多矣，但也不盡然：

徐禎卿《談藝錄》：「氣本尚壯，亦忌銳逸。魏祖云：『老驥伏櫪，志在千里。烈士暮年，雄心不已。』猶曖曖也。思王《野田黃雀行》，譬如錐出囊中，太索露矣。」又：「陳琳意氣鏗鏗，非風人度也。」

胡應麟《詩藪》內編卷二：「魏之氣雄於漢，然不及漢者，以其氣也。」又：「古詩降魏，雖加雄贍，溫厚漸衰。」卷三：「陳琳《飲馬長城窟》一章，格調頗古，而文義多乖。昌谷謂『意氣鏗鏗，非風人度』，其以是乎？」

許學夷《詩源辨體》卷四：「……等句皆『慷慨以任氣，磊落以使才』者也。胡元瑞云：『魏之氣雄於漢，然不及漢者，以其氣也。』馮元成亦言：『詩至建安而溫柔乖。』其以是夫？」

陸時雍《詩鏡總論》：「子建任氣憑材，一往不制，是以有過中之病。」

王夫之《古詩評選》卷四：「古今有異詞而無異氣。氣之異者爲囂、爲淩、爲茌苒、爲脫絕，皆失理者也。……若世推尚王仲宣之作，率以淩屬爲體，此正當時諸子氣偏所累，子桓、元瑜即不爾矣。」

這些明清論者指責一些建安詩人詩作「一往不制」、「太索露」，太「淩厲」。他們的論斷，是從儒家傳統的溫柔敦厚的詩教說出發的，用這個僵硬的尺規去衡量，「建安風骨」難免會患上「過中之病」。此前，顏之推在《顏氏家訓‧文章》篇中云：「凡為文章，猶人乘騏驥，雖有逸氣，當以銜勒制之，勿使流亂軌躅，放意墳坑岸也。」楊炯《王勃集序》亦云：「壯而不虛，剛而能潤，……徒縱橫以取勢，非鼓怒以為資。」為文不可放任自流、鼓怒叫囂的論調，與徐禎卿等人比較相像。實際上，顏、楊二人是倡導文章要有逸氣或者剛健的骨氣的，只是要避免肆無忌憚，魯莽滅裂，與斤斤於詩教者形聚神散。

二、「天成」、「作用」

漢魏詩在宋代就已經很受推崇，被賦予某種程度上的詩歌源頭的意味，一些論詩者將其奉為學詩的門徑和揣摩效法的對象〔註21〕。這種勢頭在明清時期有了進一步的發展。徐伯虹《曹子建集序》：「究原作者，未有不祖漢氏之風，而不本之魏也者。」就是一個集中的體現。他們論下的漢詩，多指無名氏《古詩》和所謂的李陵、蘇武詩，有時也連帶漢樂府詩；至於魏詩，偶爾也包括正始詩歌，但絕大多數情況下僅僅是指建安詩歌。

古人論文，多重自然、輕雕琢，儘管在不同的歷史時期，認定自然和雕琢的尺度可能相去甚遠。建安之作，一般被認為是自然的、不雕琢的。如：

　　　　盧照鄰《南陽公集序》：「鄴中新體，共許音韻天成。」

　　　　釋皎然《詩式》卷一：「鄴中七子，……不由作意，氣格自高。」

　　　　嚴羽《滄浪詩話‧詩評》：「建安之作，全在氣象，不可尋枝摘葉。」

鑒於此，建安詩與漢詩常常被相提並論、「一視同仁」：

　　　　嚴羽《滄浪詩話‧詩評》：「南朝人尚辭而病於理；本朝人尚理而病於意、興；唐人尚意、興而理在其中；漢、魏之詩，詞、理、意、興，無迹可求。」又：「漢、魏古詩，氣象渾沌，難以句摘。」

　　　　王世貞《藝苑卮言》卷一：「西京、建安，似非琢磨可到，要在專習、凝領之久，神與境會，忽然而來，渾然而就，無岐級可尋，無聲色可指。」

〔註21〕參第一章第三節。

　　宋大樽《茗香詩論》:「漢、魏之詩,所謂天下之馬者,若滅若沒,若亡若失。」

　　《師友詩傳錄》(郎廷槐編):「蕭亭(張實居)答:『漢、魏古詩,如天衣無縫。』」

　　王堯衢《古唐詩合解》凡例:「漢魏古詩,渾樸古雅,以理勝,不屑於字句計工拙,或於拙處反見其工。

　　方東樹《昭昧詹言》卷一:「漢、魏人大抵皆草蛇灰線,神化不測,不令人見。苟尋繹而通之,無不血脈貫注生氣,天成如鑄,不容分毫移動。」

而分化漢詩、建安詩的言論也不稀見。如:

　　沈德潛《古詩源》卷五:「孟德詩猶是漢音,子桓以下,純乎魏響。子桓詩有文士氣,一變乃父悲壯之習矣。要其便娟婉約,能移人情。」

　　陳祚明《采菽堂古詩選》卷五:「細揣格調,孟德全是漢音,丕、植便多魏響。」

　　張玉穀《古詩賞析》卷首:「老瞞詩格極雄深,開魏猶然殿漢音。文帝便饒文士氣,《短歌》試個百回吟。」

「魏響」,意近「建安體」。在沈氏等人論下,「漢音」、「魏響」,丁是丁,卯是卯,不能等量齊觀。對於何者為「漢音」,何者為「魏響」,他們並沒有說明。當代學者有說明〔註22〕,卻又難以令人信服。曹操詩「悲壯」、「雄深」,

---

〔註22〕如曹文心、劉傳增《漢音‧魏響──論曹丕與建安文學》:「沈德潛把建安文學分為兩個階段:曹操為代表的『漢音』階段;曹丕肇始的『魏響』階段。」「所謂『漢音』,是說曹操、蔡琰等人的文學作品,以通俗、質樸的語言,繼承漢樂府現實主義精神,摹寫當時的社會動亂給人民帶來的深重苦難;並抒發渴望天下統一的理想和建功立業的雄心。」「『子桓以下』的『魏響』,魯迅曾經指出:『曹丕的一個時代可以說是文學的自覺時代』,『是向「文以載道」說進攻的』。換句話說,此一階段的文學,就內容而言,不再是政治功利的簡單附庸和工具,它無拘無束、大膽抒寫個人的情性,從建安文學初期側重現實生活的鋪陳寫實,轉向個人內心世界的生動抒發。就形式而言,則是追求『純』文學,探索文學反映現實的特殊形式。具體來說,就是文學語言從質樸走向華美;新的文學體裁,被廣泛嘗試和採用;『以情動人』的藝術方法,被充分運用和發揮。」郁賢皓、張采民《建安七子詩箋注》前言:「所謂『漢音』與『魏響』,是指建安詩歌的兩個不同的階段。『漢音』,慷慨悲歌,質樸渾厚;『魏響』,以情動人,華美壯大。這正是『建安風骨』的兩種不同的表現形式。」

曹丕詩「便娟婉約」，自然是前者更有風骨，而曹操「猶是漢音」，曹丕「純乎魏響」。看來，「建安風骨」肯定不是構成「魏響」的主導性因素。關於「漢音」、「魏響」之別，我們不妨從其他人的論說中去尋找答案。如胡應麟：

> 《詩藪》內編卷二：「漢人詩，無句可摘，無瑕可指；魏人詩，間有瑕，然尚無句也；六朝詩較無瑕，然有句也。」又：「嚴（羽）謂『建安以前，氣象渾淪，難以句摘』，此但可論漢古詩。若『高臺多悲風』、『明月照高樓』、『思君如流水』，皆建安語也。子建、子桓，工語甚多，如『丹霞夾明月，華星出雲間』、『秋蘭被長阪，朱華冒綠池』之類，句法字法，稍稍透露。仲宣、公幹以下寂寥，自是其才不及，非以渾淪難摘故也。」又：「漢人詩不可句摘者，章法混成，句意聯屬，通篇高妙，無一蕪蔓，不著浮靡故耳。子桓兄弟，努力前規，章法句意，頓自懸殊，平調頗多，麗語錯出。王、劉以降，敷衍成篇，仲宣之淳、公幹之峭，似有可稱，然所得漢人氣象音節耳，精言妙解，求之邈如。嚴氏往往漢、魏並稱，非篤論也。」又：「漢詩自然，魏詩造作，優劣俱見。」卷六：「漢樂府雜詩，自《郊祀》、《鐃歌》、李陵、蘇武外，大率里巷風謠，如上古《擊壤》、《南山》，矢口成言，絕無文飾，故渾樸真至，獨擅古今。自曹氏父子以文章自命，賓寮綴屬，雲集建安。然薦紳之體，既異民間；擬議之詞，又乖天造，華藻既盛，真樸漸漓。」

胡氏不贊同嚴羽「往往漢、魏並稱」，着力辨析漢、魏詩歌的不同之處，有關言論甚多，遠不止上面引述的這些。而上面引述的這些言論，又可以一言以蔽之，曰：「漢詩自然，魏詩造作。」此後的許學夷，又有針對性地推出了自己的論點。《詩源辨體》卷四：

> 漢、魏五言，滄浪見其同而不見其異，元瑞見其異而不見其同。愚按：魏之於漢，同者十之三，異者十之七。同者為正，而異者始變矣。漢、魏同者，情興所至，以不意得之，故其體皆委婉，而語皆悠圓，有天成之妙。魏人異者，情興未至，始着意為之，故其體多敷敘，而語多構結，漸見作用之迹。故漢人篇章不越四五，而魏人多至於成什矣。此漢人潛流而為建安，乃五言之初變也。謝茂秦云：「詩以漢、魏並言，魏不逮漢也。」斯言當矣。

許氏的按斷是嚴羽、胡應麟之間的有傾向性的折中。他用七三開劃定漢詩、建安詩的異同，言下之意，二者「有天成之妙」的共同之處是次要的，後者相較於前者的「漸見作用之迹」才是主要的。他的觀點實際上和胡應麟差不多，只不過語更悠圓。所謂「作用」，是指刻意的經營、雕琢，它是天成的反面，與自然相悖。「漸見作用之迹」道出了「漢音」與「魏響」之別，也是「建安體」的一個重要內涵。

三、「作用之迹」

梳理明清人的論述，可以搜尋到建安詩的種種「作用之迹」。

其一，借用前引胡應麟的話說就是「句法字法」乃至章法「稍稍透露」。

> 謝榛《四溟詩話》卷四：「陳思王《白馬篇》：『俯身散馬蹄。』此能盡馳馬之狀；《鬥雞詩》：『觜落輕毛散。』善形容鬥雞之勢。『俯』、『落』二字有力，一『散』字相應，然造語太工，六朝之漸也。」

此建安詩講究字法之例。按煉字的痕迹，在建安文人，尤其是曹植、曹丕、王粲、劉楨的詩作中委實不罕見。即以王粲為例，諸如《公讌詩》「涼風撤蒸暑」之「撤」，《雜詩》「列樹敷丹榮」之「敷」，《七哀詩》其三「冰雪截肌膚」之「截」，都給人以用字尖新的感覺。

> 許學夷《詩源辨體》卷四：「（魏人五言）構結者略摘以見：文帝如『野田廣開闢，川渠互相經』、『弦歌奏新曲，遊響拂丹梁』、『白旄若素霓，丹旗發朱光』、『齊倡發東舞，秦箏奏西音』，子建如『山岑高無極，涇渭揚濁清』、『亮懷璵璠美，積久德逾宣』、『肴來不虛歸，觴至返無餘』、『行徒用息駕，休者以忘餐』、『鳴儔嘯匹侶，列坐竟長筵』、『仰手接飛猱，俯身散馬蹄』，公幹如『華館寄流波，豁達來風涼』、『乖人易感動，涕下與衿連』、『清歌製妙聲，萬舞在中堂』、『自夏涉玄冬，彌曠十餘句』、『白露塗前庭，應門重其關』，仲宣如『涼風撤蒸暑，清雲却炎暉』、『陳賞越丘山，酒肉踰川坻』、『泛舟蓋長川，陳卒被隰坰』、『日月不安處，人誰獲恒寧』、『菅蒲竟廣澤，葭葦夾長流』等句，語皆構結，較之西京，迥然自別矣。」

按建安詩偶句漸多，觀許學夷所摘詩句，大多對偶工整。如「白旄若素霓，丹旗發朱光」、「肴來不虛歸，觴至返無餘」之類，一個意思，割剝為兩句，就是為對偶而對偶的「構結」之語了。此差可用作建安詩講究「句法」之例。

陳祚明《采菽堂古詩選》卷五論曹丕《善哉行》「上山采薇」
篇：「章法條遞……」論《秋胡行》「朝與佳人期」篇：「前後屢呼
應，章法圓警……」論《大牆上蒿行》：「……此皆先秦、《史記》
作古文妙法，非韓、柳以後可知。詩家長篇定須得此結構方妙。
蓋長篇須有章法……」論《豔歌何嘗行》：「……此亦章法反正之
妙。」

此建安詩講究章法之例。

其二，借用前引許學夷的話說就是「體多敷敘」。以下是他給出的例證：

《詩源辨體》卷四：「至如子桓『觀兵臨江水』、子建『名都多
妖女』、『白馬飾金羈』、『九州不足步』、『仙人攬六箸』、『驅車揮孥
馬』、『盤盤山巔石』，仲宣『從軍有苦樂』、『涼風厲秋節』、『悠悠涉
荒路』，體皆敷敘，而語皆構結，益見作用之迹矣。」

按「敷敘」者，敷衍鋪陳之謂。如王粲《從軍詩》其五，即許氏列出的「悠
悠涉荒路」一詩，先是極寫沿途的荒涼，然後筆鋒一轉，再極寫譙郡的富庶：
「朝入譙郡界，曠然消人憂。雞鳴達四境，黍稷盈原疇。館宅充廛里，士女
滿莊馗。自非賢聖國，誰能享斯休？詩人美樂土，雖客猶願留。」這首詩是
出於歌頌曹操的需要製作的，此類「情興未至」而「着意」所為之詩，不一
定不是好詩，但也不能不留下矯揉造作的痕迹。

其三，開「聲律之漸」。

謝榛《四溟詩話》卷一：「詩以漢、魏並言，魏不逮漢也。建安
之作，率多平仄穩貼，此聲律之漸。而後流於六朝，千變萬化，至
盛唐極矣。」卷三：「若陳思王『遊魚潛綠水，翔鳥薄天飛』、『始出
嚴霜結，今來白露晞』是也。此作平仄妥帖，聲調鏗鏘，誦之不免
腔子出焉。」

按建安作者加意於聲韻的和諧，這是事實，他們詩中甚至出現了比較合乎後
世聲律的句子，曹植最多，除了謝氏舉出的以外，還有《公宴詩》中的「秋
蘭被長阪，朱華冒綠池。潛魚躍清波，好鳥鳴高枝」等。曹丕等人的詩中也
有一些，如《猛虎行》「梧桐攀鳳翼，雲雨散洪池」，《十五》「雉雛山雞鳴，
虎嘯谷風起」等，但這只能說是「暗與理合，匪由思至」〔註23〕，謝氏謂「建
安之作，率多平仄穩貼」，是不適當的誇大其詞。

〔註23〕沈約《宋書‧謝靈運傳論》。

其四，「益張」使事之風。

> 徐世溥《榆溪詩話》云：「前漢詩不使事，至後漢酈炎《見志詩》
> 始有『陳平教里社，韓信釣河曲』及『抱玉乘龍驥，不逢樂與和。
> 安得孔仲尼，爲世陳四科』之句；孔北海『呂望』、『管仲』兩言耳，
> 曹氏父子益張之。」

按徐氏所言不虛。在曹氏父子的詩中，使事的情況確實比以前大爲增多。曹
操《苦寒行》「悲彼東山詩」，《短歌行》其一「青青子衿，悠悠我心」、「呦呦
鹿鳴」、「周公吐哺」，《秋胡行》其一「正而不譎」等，都使用了典籍故實，《度
關山》使用更多，至如《短歌行》其二、《善哉行》其一，歌詠古人古事，幾
乎就是典籍故實的堆垛。類似的堆垛，曹丕、曹植都有，如曹丕《煌煌京洛
行》、《秋胡行》「堯任舜禹」篇，曹植《怨歌行》、《丹霞蔽日行》等。茲錄曹
丕《秋胡行》：

> 堯任舜禹，當復何爲？百獸率舞，鳳凰來儀。得人則安，失人
> 則危。唯賢知賢，人不易知。歌以詠言，誠不易移。鳴條之役，萬
> 舉必全。明德通靈，降福自天。

其五，「敘景已多」。

> 吳喬《答萬季野詩問》：「《十九首》言情者十之八，敘景者十之
> 二。建安之詩，敘景已多，日甚一日，至晚唐有清空如話之說。」

按在建安詩歌中，寫景的成分是逐漸多了起來，表現最顯著的是鄴下文人的
遊宴詩，如曹丕《芙蓉池作》、《於玄武陂作詩》，曹植《公宴詩》，劉楨《公
宴詩》等。茲錄曹丕《於玄武陂作詩》：

> 兄弟共行遊，驅車出西城。野田廣開闢，川渠互相經。黍稷何
> 鬱鬱，流波激悲聲。菱芡覆綠水，芙蓉發丹榮。柳垂重陰綠，向我
> 池邊生。乘渚望長洲，群鳥讙譁鳴。萍藻泛濫浮，澹澹隨風傾。忘
> 憂共容與，暢此千秋情。

諸如此類的「作用」，使建安詩顯示出與漢詩不同的格調，而逐漸朝著做作華
靡工巧的態勢發展，晉、宋、齊、梁，愈演愈烈。對唐前詩歌的評論，胡應
麟的看法是比較具有典型性的。《詩藪》內編卷二：

> 五言盛於漢，暢於魏，衰於晉、宋，亡於齊、梁。漢，品之神
> 也；魏，品之妙也；晉、宋，品之能也；齊、梁、陳、隋，品之雜
> 也。漢人詩，質中有文，文中有質，渾然天成，絕無痕迹，所以冠

　　絕古今；魏人贍而不俳，華而不弱，然文與質始離矣；晉與宋，文
　　盛而質衰；齊與梁，文盛而質滅；陳、隋，無論其質，即文無足論
　　者。

在漢魏六朝詩歌由質趨文的演變中，建安詩歌承前啓後，開重文風氣之先。
隋、唐以後，人們在追查文體訛濫之源時，往往追究到建安，建安詩歌因此
受過，不一而足。李白《古風》其一「大雅久不作，吾衰竟誰陳。……自從
建安來，綺麗不足珍」云云，就是盡人皆知的例子。

四、淳樸餘風，隱約尚在

　　建安詩歌有「作用」、「綺麗」的成分，但就總體而言仍不失其古樸自然，
否則釋皎然、嚴羽、王世貞、方東樹之流「作不由意」、「氣象渾沌」、「渾然
而就」、「天成如鑄」之類的評價就無從談起。

　　關於建安詩的種種「作用之迹」，也可以找到一些相反的說法：

　　釋皎然《詩式》卷一：「鄴中七子，……不拘對屬，偶或有之。」

　　范溫《潛溪詩眼》：「建安詩，……其言直致而少對偶。」

　　殷璠《河嶽英靈集》序：「至如曹、劉，詩多直語，少切對。」

說建安詩偶句漸多，是和前代相比，和後代相比，就只能說少了。

　　　許學夷《詩源辨體》卷四：「謝茂秦云：『詩以漢、魏並言，魏
　　不逮漢也。』斯言當矣。又云：『建安率多平仄穩貼，此聲律之漸。』
　　則謬言耳。蓋魏人雖見作用，實有渾成之氣，雖變猶正也，況於平
　　仄之間乎！魏詩惟曹子建『遊魚潛綠水，翔鳥薄天飛』、『始出嚴霜
　　結，今來白露晞』，似若平仄穩貼，實偶然耳。」

　　　范晞文《對床夜語》卷一：「子建：『明月照高樓，流光正徘徊。
　　上有愁思婦，感歎有餘哀。』結句云：『願爲西南風，長逝入君懷。
　　君懷良不開，賤妾當何依？』解韻者謂『哀』叶於希反，且引《毛
　　詩》：『山有蕨薇，隰有杞桋。君子作歌，維以告哀。』又謂『懷』
　　叶胡威反，及引《離騷》『載雲旗兮委蛇』、『心低徊兮疲懷』等語爲
　　證。辨則辨矣，如不通何！且子建此篇，既押『徊』，又押『哀』，
　　乃一韻耳。及『懷』字之上，亦有『會合何時諧』，『諧』、『懷』亦
　　一韻也，何必強爲引證！蓋古未拘音韻，旁入他韻者，亦奚疑焉？

　　若文帝《漫漫秋夜長》，皆押十陽，獨一句云『三五正縱橫』。……不知解者又當如何？」

　　　　王觀國《學林》卷八：「曹子建《美女篇》曰：『明珠交玉體，珊瑚間木難。』又曰：『佳人慕高義，求賢良獨難。』一篇押二『難』字。」

　　　　沈德潛《古詩源》卷五論曹植《棄婦篇》：「篇中用韻，二『庭』字，二『靈』字，二『鳴』字，二『成』字，二『寧』字。」

許學夷指名道姓地指斥了謝臻的「謬言」。從范、王、沈三人所舉之例看，建安詩有一篇之中旁入它韻，甚至是重韻的，則其不甚拘於聲韻可知矣。

　　　　許學夷《詩源辨體》卷七：「漢、魏人詩，但引事而不用事。……曹子建『思慕延陵子，寶劍非所惜』，王仲宣『竊慕負鼎翁，願屬朽鈍姿』等句，皆引事也。至顏、謝諸子，則語既雕刻，而用事實繁，故多有難明矣。」

許氏說建安詩只是引事不是用事，是不大能夠說過去的。只是建安詩的用事還只能算是個別現象，不多，也不生僻，淺顯易懂。與鍾嶸《詩品序》提到的劉宋大明、泰始中「文章殆同書抄」，「競須新事」，索解為難的風氣不可同日而語。

　　在劉勰眼下，建安詩「造懷指事，不求纖密之巧；驅辭逐貌，唯取昭晰之能」〔註24〕，談不上「綺麗」；在潘德輿眼下，建安詩是「質實」的，《養一齋詩話》卷三：「漢、魏以性情時事為詩，故質實而有餘味。」陳祚明《采菽堂古詩選》一則云「建安正格，以秀逸為長」，一則云「漢、魏詩，質而雅者也」，其論建安詩，時而說文，時而說質。對建安詩「文與質始離」頗有微辭的胡應麟，在《詩藪》外編卷二又聲稱「魏承漢後，雖浸尚華靡，而淳樸餘風，隱約尚在」。不同的人、甚至同一個人之所以參差如此，就是因為建安詩本身就存在著既文又質、既質又文的二重性。事實上，像沈約諸人，用類似文質彬彬的意義來概括建安詩是再妥當不過的：

　　　　沈約《宋書・謝靈運傳論》：「至於建安，曹氏基命，二祖、陳王，咸蓄盛藻，甫乃以情緯文，以文被質。」

　　　　杜確《岑嘉州集序》：「開元之際，……其時作者，凡十數輩，頗能以雅參麗，以古雜今，彬彬然，燦燦然，近建安之遺範矣。」

〔註24〕《文心雕龍・明詩》篇。

范溫《潛溪詩眼》：「建安詩，辯而不華，質而不俚。」

陳繹曾《詩譜》：「凡讀建安詩，於文華中取真實。」

五、結語

最後對古人所謂「建安體」作一小結：一、「梗概而多氣」，或謂之「建安風骨」。二、「漸見作用之迹」。具體表現為「句法字法」乃至章法「稍稍透露」、「體多敷敘」、開「聲律之漸」、「益張」使事之風、「敘景已多」等，這也是「魏響」與「漢音」的區別所在。三、「雖浸尚華靡，而淳樸餘風，隱約尚在」。藉此，既可以豐富和深化我們對建安文學/建安詩歌特色的認識，也可以糾正在「漢音」、「魏響」問題認識上存在的偏差。

第三章 二十世紀建安文學研究述略

第一節 百年研究概述

　　同以往任何一個世紀一樣，二十世紀不過是飄忽而過的一百年，但對於中國而言，這一百年太不同尋常了，社會變化之大，發展之快，是史無前例的，儘管這中間也有過波折。回顧百年歷程，作爲人文科學一個分支的文學研究，作爲中國古代文學研究一個片段的建安文學研究，也展示出這種發展變化。

　　在二十世紀的中國，時代風氣在很大程度上左右著文學研究的走向，據此，可以將這一百年的建安文學研究大略劃分爲三個階段：

　　1901 年到 1949 年爲第一階段。文學研究逐步從文史哲不分的傳統學問中剝離出來，演變成一門具有獨立品格的現代人文科學。這一時期的建安文學研究論著不是很多，並且是以宏觀研究爲主。在表述上，或使用文言，或使用白話；在研究方法上，或偏重考訂、評注等傳統的方法，或偏重綜合、歸納等現代的方法，顯示出新舊轉型、交替時期特有的景觀。一批被世人推重的大師級的學者們，有著深厚的舊學根柢，又或多或少地受到新的研究觀念和研究思路的影響。他們的論述，往往簡明、精到，既有傳統的紮實，又有現代的品質。魯迅《魏晉風度及文章與藥及酒之關係》〔註1〕，黃節《曹子建詩注》〔註2〕、《魏武帝魏文帝詩注》〔註3〕，陸侃如《建安文學繫年》〔註4〕

〔註 1〕 《魯迅全集》第 3 卷，人民文學出版社，1981 年。
〔註 2〕 人民文學出版社，1957 年。
〔註 3〕 人民文學出版社，1958 年。
〔註 4〕 《清華學報》第 13 卷第 1 期，1941 年。

等，都在建安文學研究方面卓有建樹。二十世紀前半葉還出產了數量可觀的文學史類著作，對建安文學都會論及，但掇拾舊文者多，有些不免流於浮泛和簡略。劉師培《中國中古文學史》〔註5〕、羅根澤《樂府文學史》〔註6〕、蕭滌非《漢魏六朝樂府文學史》〔註7〕、鄭振鐸《插圖本中國文學史》〔註8〕等是其出色者。1932年，沈達材的《建安文學概論》由北平樸社出版，這是一部比較早也是比較系統地研究建安文學的專著。

1949年到1978年的第二階段，文學研究深受政治氣候和意識形態等因素的干擾，唯物史觀往往被曲解爲機械唯物論和庸俗社會學，政治標準第一、藝術標準第二，階級分析方法和勞動人民的階級立場等經典性法則主宰著古代文學研究領域。特殊的時代氛圍，一時間也曾促動了對建安文學的研究。如果說五十年代有關曹植評價問題的討論還只是三三兩兩、局限在小範圍的話，五十年代末、六十年代初對曹操的評價和對蔡琰《胡笳十八拍》真僞問題的大討論則無疑是大規模的、轟轟烈烈的，很多著名學者都參與進來。儘管論爭本身程度不同地存在著這樣那樣的弊端，其學術含量仍然不容忽視，但這並不能掩蓋建安文學研究在這一時期相當貧弱的事實。十年浩劫中，除了被劃定爲法家的曹操、諸葛亮得益於「評法批儒」運動，產生了一些談不上有太多學術價值的研究成果外，建安文學研究領地近乎荒蕪。需要特別提及的是1956年出版的余冠英的《三曹詩選》〔註9〕，這是一個具有較高水準的三曹詩歌注本，對三曹詩歌的普及立下了汗馬功勞。而1962出版的由中國科學院文學研究所中國文學史編寫組編寫的《中國文學史》〔註10〕和1963年出版的由游國恩等主編的《中國文學史》〔註11〕中的建安文學部分，則代表了這一階段建安文學研究所達到的高度，它們所設定的框架結構，它們所提出和努力解決的問題，給以後的研究奠定了堅實的基礎，雖然今天看起來，它們被深深打上了時代的烙印，帶著它們那個時代共有的缺憾。

1978年以後，學術環境大爲改善，隨著文學研究領域的撥亂反正，建安

〔註5〕人民文學出版社，1959年。
〔註6〕北平文化學社，1931年。
〔註7〕上海文化服務社，1944年。
〔註8〕人民文學出版社，1957年。
〔註9〕作家出版社。
〔註10〕人民文學出版社。
〔註11〕人民文學出版社。

文學研究呈現出前所未有的繁榮景象。思想禁錮逐漸被打破了，觀念更新了，
視野開闊了，方法優化了，一些長期以來被有意無意忽略的問題得到了重視，
一些長期以來爲人們所接受所認可的成見舊說得到了重新審視。這一階段的
建安文學研究，無論是在宏觀上還是微觀上，在廣度上還是深度上，在論著
的數量上還是質量上，都是過去任何時期所無法比擬的。安徽亳縣《曹操集》
譯注小組編寫的《曹操集譯注》〔註12〕，夏傳才《曹操集注》〔註13〕，夏傳
才、唐紹忠《曹丕集校注》〔註14〕，趙幼文《曹植集校注》〔註15〕，傅亞庶
《三曹詩文全集譯注》〔註16〕，俞紹初《王粲集》〔註17〕，吳雲、唐紹忠《王
粲集注》〔註18〕，俞紹初《建安七子集》〔註19〕，郁賢皓、張采民《建安七
子詩箋注》〔註20〕，韓格平《建安七子詩文集注譯析》〔註21〕，吳雲等《建
安七子集校注》〔註22〕等詩文整理校注類著作，爲建安文學研究提供了較爲
理想的文本。徐公持《曹操評傳》、《曹丕評傳》、《曹植評傳》，沈玉成《王粲
評傳》，陳祖美《蔡琰評傳》〔註23〕，章映閣《曹操新傳》〔註24〕，張亞新《曹
操大傳》〔註25〕，余桂元《曹操評傳：亂世英雄的足迹》〔註26〕，張作耀《曹
操傳》〔註27〕，章新建《曹丕》〔註28〕等評傳類著作，爲建安文學研究提供
了較爲豐富的作家生平、思想乃至創作等方面的資料。河北師範學院中文系
古典文學教研組編定的《三曹資料彙編》〔註29〕及所附錄《建安文學總論資

〔註12〕中華書局，1979年。
〔註13〕中州古籍出版社，1986年。
〔註14〕中州古籍出版社，1992年。
〔註15〕人民文學出版社，1984年。
〔註16〕吉林文史出版社，1997年。
〔註17〕中華書局，1980年。
〔註18〕中州書畫社，1984年。
〔註19〕中華書局，1989年。
〔註20〕巴蜀書社，1990年。
〔註21〕吉林文史出版社，1991年。
〔註22〕天津古籍出版社，1991年。
〔註23〕均見《中國歷代著名文學家評傳》第1卷，山東教育出版社，1983年。
〔註24〕上海人民出版社，1989年。
〔註25〕中國文學出版社，1994年。
〔註26〕廣西教育出版社，1995年。
〔註27〕人民出版社，2000年。
〔註28〕安徽人民出版社，1982年。
〔註29〕中華書局，1980年。

料彙編》、《建安七子資料彙編》，使研究者對古人有關建安文學的論述大致上
一目了然。顧農《建安文學史》〔註30〕，劉知漸《建安文學編年史》〔註31〕，
張可禮《建安文學論稿》〔註32〕、《三曹年譜》〔註33〕，王巍《建安文學概論》
〔註34〕、《建安文學研究史論》〔註35〕，李景華《建安文學述評》〔註36〕，孫
明君《漢末士風與建安詩風》〔註37〕、《三曹與中國詩史》〔註38〕，鍾優民《曹
植新探》〔註39〕，韓格平《建安七子綜論》〔註40〕等建安文學研究專著，都
有創獲和獨到之處。王鍾陵《中國中古詩歌史》〔註41〕，葛曉音《八代詩史》
〔註42〕，鍾優民《魏晉南北朝詩歌史》〔註43〕，錢志熙《魏晉詩歌藝術原論》
〔註44〕，程章燦《魏晉南北朝賦史》〔註45〕，馬積高《賦史》〔註46〕，郭預
衡《中國散文史》〔註47〕，胡國瑞《魏晉南北朝文學史》〔註48〕，徐公持《魏
晉文學史》〔註49〕，章培恒、駱玉明《中國文學史》〔註50〕等（分體）斷代
文學史或文學通史的建安文學部分，也不乏新穎精到的見解。以上羅列的，
還僅僅是部分專著，至於在此期間發表的單篇論文，更是數以千計。1983 年
5 月，首屆建安文學學術討論會在安徽亳州（時稱亳縣）舉行，1988 年 11 月、
1991 年 4 月，第二屆、第三屆又分別在河南許昌、河北邯鄲相次召開；1993

〔註30〕湖南教育出版社，2000 年。
〔註31〕重慶出版社，1985 年。
〔註32〕山東教育出版社，1986 年。
〔註33〕齊魯書社，1983 年。
〔註34〕遼寧教育出版社，1991 年。
〔註35〕吉林大學出版社，1994 年。
〔註36〕首都師範大學出版社，1994 年。
〔註37〕臺北：文津出版社，1995 年。
〔註38〕清華大學出版社，1999 年。
〔註39〕黃山書社，1984 年。
〔註40〕東北師範大學出版社，1998 年。
〔註41〕江蘇教育出版社，1988 年。
〔註42〕陝西人民出版社，1989 年。
〔註43〕吉林大學出版社，1989 年。
〔註44〕北京大學出版社，1993 年。
〔註45〕江蘇古籍出版社，1992 年。
〔註46〕上海古籍出版社，1987 年。
〔註47〕上海古籍出版社，1993 年。
〔註48〕上海文藝出版社，1980 年。
〔註49〕人民文學出版社，1999 年。
〔註50〕復旦大學出版社，1996 年。

年 5 月，亳州又召開了首屆三曹學術討論會。這些學術會議的召開，對建安文學研究起到了進一步的推波助瀾作用。總之，本時期建安文學研究的形勢是喜人的，成果是豐碩的。同時，也應當承認，不足之處也是顯而易見的。其一，不少次要的作家，如邯鄲淳、繁欽、路粹、丁儀、丁廙、楊脩、荀緯等曹魏作家以及一些吳、蜀作家，還沒有引起足夠的關注，即便是像曹丕、七子這樣的大家、名家，探討還是顯得不夠；對曹操、曹植的研究雖多，卻又畸重詩歌，輕忽辭賦和散文。這種研究上的不均衡狀態的出現，是有著它的合理性和必然性的，在世紀末的最後幾年，還顯示出一定程度上的改良迹象，畢竟還需要進一步扭轉。其二，急功近利的思想和浮躁的學風影響著建安文學研究的質量。有些研究者缺乏對文本、史料的全面、細緻的解讀，不顧及全篇和作者的全人以及他所處的社會狀態，以偏蓋全，得出的結論乍看起來似乎也不無道理，其實根本站不住腳。又有一些研究者，忽略已有的研究成果，閉門造車，造成論述內容上的大量的無謂的重複，幾乎沒有什麼新意可言。與此相反，另外一些研究者，尤其是八十年代中期以後，熱心於求新求異，或採用新方法，或推出新觀點。倘若言之成理，持之有據，理應大力肯定，即使結論還有可商榷之處，至少能夠啟發人們的思考，不失為一種有益的嘗試。但如果一味去標新立異，削足適履，強人就己，就另當別論了。

　　以上和以下的論述，僅局限於大陸地區的建安文學研究。事實上，臺灣學者在建安文學研究方面也是成績斐然。據粗略統計，七十年代以來，僅在臺灣正式出版的專著就有柯金虎《建安文學研究》〔註51〕，曾為惠《建安文學研究》〔註52〕，游信利《建安文學的管窺》〔註53〕，廖國棟《建安辭賦之傳承與拓新：以題材及主題為範圍》〔註54〕，邱鎮京《曹氏父子詩論》〔註55〕，周錦《曹氏父子的文學成就》〔註56〕，鍾京鐸《曹氏父子詩研究》〔註57〕，方北辰《曹丕新傳》〔註58〕，趙維國《曹子建詩研究》〔註59〕，劉維崇《曹植評傳》〔註60〕，

〔註51〕臺北：文史哲出版社，1976 年。
〔註52〕臺北：文史哲出版社，1982 年。
〔註53〕臺北：天馬出版社，1982 年。
〔註54〕臺北：文津出版社，2000 年。
〔註55〕臺北：文津出版社，1973 年。
〔註56〕臺北：智燕出版社，1975 年。
〔註57〕臺北：學海出版社，1977 年。
〔註58〕臺北：國際文化公司出版社，1990 年。
〔註59〕臺北：大中國圖書公司，1974 年。

鄧永康《魏曹子建先生植年譜》〔註61〕，毛炳生《曹子建詩的詩經淵源研究》〔註62〕，黃守誠《曹子建評傳》〔註63〕、《曹子建新探》〔註64〕，江建俊《建安七子學述》〔註65〕，陳斐民《孔北海集及其年譜》〔註66〕等數十種以上。香港出版的建安文學研究論著相對較少，有李宗為《建安風骨》〔註67〕、潘兆賢《魏文帝曹丕評傳》〔註68〕等，香港中文大學中國文化研究所推出的由劉殿爵、陳方正、何志華主編的《曹操集逐字索引》、《曹丕集逐字索引》〔註69〕，可以為研究者在文字檢索方面提供方便。至於日本、韓國、歐美國家等在建安文學研究上的成果，被翻譯過來的比較有限，這裡就不述及了。

第二節　建安文學通論

一、建安文學的特色與成就

在《中國中古文學史》中，劉師培將建安文學「革易前型」的特色概括為「清峻」、「通脫」、「騁詞」、「華靡」四者，並陳述其「遷蛻之由」：

> 兩漢之世，戶習《七經》，雖及子家，必緣經術。魏武治國，頗雜刑名，文體因之，漸趨清峻。一也。建武以還，士民秉禮。迨及建安，漸尚通脫。脫則侈陳哀樂，通則漸藻玄思。二也。獻帝之初，諸方棋峙，乘時之士，頗慕縱橫，騁詞之風，肇端於此。三也。又漢之靈帝，頗好俳詞，下習其風，益尚華靡，雖迄魏初，其風未革。四也。

他還對各體文章在漢、魏之際的變遷加以總結：

> 書檄之文，騁詞以張勢，一也；論說之文，漸事校練名理，二也；奏疏之文，質直而屏華，三也；詩賦之文，益事華靡，多慷慨

〔註60〕臺北：黎明文化公司，1977年。
〔註61〕臺北：臺灣商務印書館，1978年。
〔註62〕臺北：文史哲出版社，1985年。
〔註63〕臺北：水牛圖書出版事業有限公司，1987年。
〔註64〕臺北：雲龍出版社，1998年。
〔註65〕臺北：文史哲出版社，1982年。
〔註66〕臺北：維新書局，1975年。
〔註67〕香港：中華書局（香港）有限公司，1991年。
〔註68〕香港：向日葵出版社，2000年。
〔註69〕香港：香港中文大學出版社，2000年。

之音，四也。

劉師培的觀點，為魯迅所借鑒。1927 年，他在廣州發表了題為《魏晉風度及文章與藥及酒之關係》的著名演講，用「清峻」、「通脫」、「華麗」、「壯大」來歸納漢末魏初文學所具有的「異彩」。以為「清峻」、「通脫」得力於曹操的改造；而「華麗」、「壯大」緣於曹丕的提倡。此外，他還提到「慷慨」，說「就因當天下大亂之際，親戚朋友死於亂者特多，於是為文就不免帶著悲涼，激昂和『慷慨』了」。劉、魯兩位先生都是從當時詩文創作的整體立論，言簡意賅。後人論及相關問題，往往在他們論述的基礎上加以引申和發揮。王達津《建安文學的特色》〔註 70〕一文，將建安文學的特色歸結為六點：「一是清峻」，「二是慷慨尚氣」，「三是漸尚通脫」，「四是文中產生詼諧嘲戲的言語」，「五是文人依靠割據雄主，氣揚采飛，很有戰國縱橫家風氣」，「六是建安文學質性自然、華麗壯大、音調協和」。就是典型的例子。

　　相對於其他文體，對建安詩歌特色和成就的探討一向是最多的。鄭振鐸《插圖本中國文學史》用富有詩意的語言對建安詩歌進行了描述：

> 　　建安時代是五言詩的成熟時期。作家的馳騖，作品的美富，有如秋天田野中的黃金色的稻禾，垂頭迎風，穀實豐滿；又如果園中的嘉樹，枝頭累累皆為晶瑩多漿的甜果。五言詩雖已有幾百年的歷史，卻只是無名詩人的東西，民間的東西，還不曾上過文壇的最高角。偶然有幾位文人試手去寫五言詩，也不過是試試而已，並不見得有多大的成績。五言詩到了建安時代，剛是蹞過了文人學士潤改的時代，而到了成為文人學士的主要的詩體的一個時期。

> 　　屈原之後，詩思消歇者幾五六百年，到了這時，詩人們才由長久的熟睡中蘇醒過來。不僅五言，連四言詩也都照射出夕陽似的血紅的恬美的光亮出來。

他由衷讚美建安文人的才思，突出他們在五言詩創作上所取得的高度成就和在五言詩體發展史上的獨特貢獻。蕭滌非《漢魏六朝樂府文學史》論述了曹魏時期的樂府詩：

> 　　一、文人樂府之全盛　　樂府自東漢以來，文士始多仿製，然大都不過一二篇，其風未盛也。至魏……故前此文人所斥為鄭聲淫

〔註70〕《建安文學研究文集》，黃山書社，1984 年。

曲者，今則適爲唯一之表現工具。前此所不甚著意經營者，今則竭全力以赴之。三祖陳王，所作皆多至數十篇，文人樂府，斯爲極盛。故其作品，亦遂與漢大異。以風格言，則變而爲高雅，且時出以寄託，如曹植《美女》等篇，無復兩漢樸鄙之風。以文字言，則變而爲綺麗，……蓋已下開六朝雕琢之風。以內容言，則類不出乎個人生活之範圍。

二、聲調之類比 ……故魏世樂府，絕少創調，大抵皆不過「依前曲作新歌」而已。……此種聲調之類比，其格式亦有不同。有用舊曲而不用舊題者，……有用舊曲而兼用舊題者，此類最多。……此外亦有自出新題者，……唐人新題樂府，實濫觴於此。

三、體裁之大備 ……漢樂府多雜言及五言，四言甚少，至六言七言，則更絕無其作。魏則諸體畢備，吾國千百年來之詩歌，雖古近不同，律絕或異，要其大體，蓋莫不導源於此時矣。

將對魏樂府特色和成就的分析放在樂府文學史的大背景下進行，細緻而周詳。

建國以後的相當長的時間裏，詩歌研究在建安文學研究中的重心地位，使得對建安文學特色的探討幾乎成了對建安詩歌特色的探討；對於建安詩歌的特色，比較常見的，又是用「建安風骨」來概括。

關於「建安風骨」的確切內涵，學術界迄今難有定論。數十年來，爲數眾多的學者對「建安風骨」作出了林林總總的闡釋。有側重從思想內容方面理解「建安風骨」的：

游國恩等《中國文學史》：「他們的創作一方面反映了社會的動亂和民生的疾苦，一方面表現了統一天下的理想和壯志，悲涼慷慨，有著鮮明的時代特色。……建安詩歌這種傑出成就形成了後來稱爲『建安風骨』的傳統，爲五言詩的發展奠定了堅實的基礎。」

徐公持《魏晉文學史》：「尚氣，慷慨，悲情，是建安文學情感取向方面的特徵，它與文學內容的眞、高、剛、直特徵，構成建安風骨的重要兩翼。」

有側重從藝術特色方面理解「建安風骨」的：

　　王運熙《從〈文心雕龍・風骨〉談到建安風骨》〔註71〕：「有些研究者認為……建安風骨的特色，首先表現為具有充實健康的思想內容：反映了當時社會的動亂和人民的苦難，表現了作家要求乘時建功立業的雄心壯志。這種說法貌似有理，實則難以成立。」「建安文人意氣的慷慨激昂，只是構成作品具有明朗剛健的文風（即風骨）的思想感情基礎，建安風骨不是直接指慷慨激昂的思想感情本身。」「建安風骨是指建安文學（特別是五言詩）所具有的鮮明爽朗、剛健有力的文風，它是以作家慷慨飽滿的思想感情為基礎所表現出來的藝術風貌，不是指什麼充實健康的思想內容。」「必須把我們今天對建安文學的評價和對建安風骨這一概念的理解區別開來。」「建安風骨是南朝批評家所創立的一個批評概念，它同我們今天肯定建安文學的標準並不相等，僅是部分內涵相通。我們必須客觀地實事求是地考察劉勰、鍾嶸的理論，還風骨和建安風骨這些概念以本來的面貌，而不要把我們今天對建安文學肯定讚美的意見加進建安風骨這個概念之內。」

有從內容、形式兩方面理解「建安風骨」的：

　　胡國瑞《魏晉南北朝文學史》：「直抒對現實的激情，而以準確、樸素、明朗的言辭表達出來，使內容和形式有諧美的統一性，這也就是後世所稱道的『建安風骨』的實質。」

　　傅生文《「建安風骨」淺嘗》〔註72〕：「『建安風骨』的『風骨』已不是劉勰所論的『風骨』的本義，它的含義要更寬泛些，是對整個建安時代文學的面貌的概括，是對這一時期文學優良傳統的比喻性的總結。當然，任何時代的文學面貌，都是與具體作家和具體作品風格、內容、形式等密切相關的。從這個意義上講，有濃鬱的社會氣息，樸素明朗的語言，鮮明的時代共性和多樣的創作個性，並能直抒對現實的真情和體現敢於創造精神的文學，就是我們所稱道的『建安風骨』的基本含義。」

有將「建安風骨」視為一種審美感受的：

〔註71〕　《文史》第九輯，1980年。
〔註72〕　《建安文學研究文集》。

　　　　唐躍《「建安風骨」是對建安文學美感特徵的概括》〔註73〕：「『風骨』不是具有邏輯性質的文學批評概念，而是具有直覺性質的審美判斷概念。『風骨』的提出，是劉勰把他從某些文學作品中得到的審美感受上升爲對文學作品的一般審美要求，即要求文學作品中應該體現『力』的要素。細察《風骨》全文，『風』偏重指的一種飛動之力，『骨』偏重指的一種端實之力，『風骨』就是飛動之力和端實之力的融合，就是指的一種以飛動而不浮豔，端實而不凝滯爲主要內涵的審美要求。」「『建安風骨』就是指建安文學包含了巨大力量而呈現出的崇高的美感。」

有將「建安風骨」視爲一個歷史的、具體的、含義不一的概念的：

　　　　張可禮《如何理解「建安風骨」》〔註74〕：「劉勰有關『風骨』和建安文學的論述，同後來人們提出的『建安風骨』還不能簡單地等同起來。」「古代所說的『建安風力』、『漢魏風骨』、『建安骨』等概念，雖然用語有所不同，但基本上都是『建安風骨』的意思。同時還可以看到，古代的文人使用『建安風骨』這一概念時，有共同的方面，也有各自不同的方面。」「應當吸收古人用『建安風骨』評價建安文學得到的有益的東西，而不應當像過去那樣簡單地沿用含義本來就不統一，而且也無法統一的『建安風骨』來評價建安文學，更不應當像有些論者那樣繼續給『建安風骨』增加這樣或那樣的含義，那就會混淆古今的界限，就會把問題搞得越來越複雜，而且最後也很難解決。」「『建安風骨』是一個歷史的、具體的概念……我們今天不應當像過去那樣繼續簡單地使用『建安風骨』這一概念。這就是本文最後要說的粗淺的結論。」

此外還有各種各樣的說法，上面列舉的，或是比較有代表性的，或是比較有個性的。

　　按中國古代文學批評中所使用的一些概念和術語，如「氣」、「意境」、「格調」、「神韻」等，很形象，內涵也很豐富，但同時又具有模糊性和不確定性，給人一種可以意會、難以言傳的感覺。「建安風骨」正屬此類。儘管它的含義說不清、道不明，或者說得清、道得明又難以被普遍認可，今人還是使用，後人

〔註73〕《建安文學研究文集》。
〔註74〕《建安文學論稿》。

也必將繼續使用這個古人早已使用的概念來論述建安文學，可見這個概念是有它的基本的、人人都能感知的含義的。劉大櫆《論文偶記》有一段著名的話：

> 神氣者，文之最精處也；音節者，文之稍粗處也；字句者，文之最粗處也。……神氣不可見，於音節見之；音節無可準，以字句準之。

無論是文是詩，神氣、音節、字句都是重要的構成性因素。古人也好，今人也罷，說建安詩歌某一首有風骨，某一首沒有風骨，這種結論是怎麼得出來的？簡單點說，是讀出來的；複雜點說，是通過吟誦「字句」去感受它的「音節」，進而感受它的「神氣」，進而判斷它有沒有風骨。反映社會動亂和民生疾苦，表現統一天下和建功立業的雄心壯志的內容，容易具有「真、高、剛、直」的特徵，容易具有慷慨、悲涼的情感取向，因而也就容易顯得有風骨，這是事實。但也只是容易而已，並不一定。陳琳《飲馬長城窟行》、阮瑀《駕出北郭門行》一向被說成是反映民生疾苦的，被說成是具備「建安風骨」的代表作。我們不妨再讀一讀，再感受感受：

> 陳琳《飲馬長城窟行》：「飲馬長城窟，水寒傷馬骨。往謂長城吏：『慎莫稽留太原卒。』『官作自有程，舉築諧汝聲。』『男兒寧當格鬥死，何能怫鬱築長城？』長城何連連，連連三千里。邊城多健少，內舍多寡婦。作書與內舍：『便嫁莫留住！善侍新姑嫜，時時念我故夫子。』報書往邊地：『君今出語一何鄙！身在禍難中，何為稽留他家子！生男慎莫舉，生女哺用脯。君獨不見長城下，死人骸骨相撐拄！』『結髮行事君，慊慊心意關。明知邊地苦，賤妾何能久自全！』」

> 阮瑀《駕出北郭門行》：「駕出北郭門，馬樊不肯馳。下車步踟躕，仰折枯楊枝。顧聞丘林中，噭噭有悲啼。借問啼者出，『何為乃如斯？』『親母舍我歿，後母憎孤兒。饑寒無衣食，舉動鞭捶施。骨消肌肉盡，體若枯樹皮。藏我空室中，父還不能知。上塚察故處，存亡永別離。親母何可見，淚下聲正嘶。棄我於此間，窮厄豈有貲。』傳告後代人，以此為明規。」

陳琳之詩既悲且壯，確實是饒有風骨；阮瑀之詩悲而不壯，確實是缺少風骨，徐禎卿《談藝錄》就說它「太緩弱」。遊宴詩被普遍地說成沒風骨，如王拾遺

《略論「建安風骨」》〔註75〕：

　　人們通常所讚賞的「建安風骨」，是指那些反映現實深刻，風格
剛健清新的詩篇，並不是指建安時期的所有詩歌。因爲其中還有占
比重不小的「憐風月，狎池苑，述恩榮，敍酣宴」之作……

我們不妨選一首遊宴詩再讀一讀，再感受感受：

　　劉楨《公讌詩》：「永日行遊戲，歡樂猶未央。遺思在玄夜，相
與復翺翔。輦車飛素蓋，從者盈路傍。月出照園中，珍木鬱蒼蒼。
清川過石渠，流波爲魚防。芙蓉散其華，菡萏溢金塘。靈鳥宿水裔，
仁獸遊飛梁。華館寄流波，豁達來風涼。生平未始聞，歌之安能詳？
投翰長歎息，綺麗不可忘。」

如果我們承認劉楨《贈從弟》三首是有風骨的，就應當承認這首《公讌詩》也
是有風骨的，陸時雍《古詩鏡》就說它「清勁」。也就是說，一首詩是不是有風
骨，是我們在閱讀中感知出來的，起決定作用的歸根結底是形式因素，和內容
並沒有必然的聯繫。從這個意義上說，唐躍將風骨看作是一個「具有直覺性質
的審美判斷概念」的提法，是很有新意的，是有其合理性成分的。只是他過分
強調「力」的要素，將「建安風骨」詮釋爲「包含了巨大力量而呈現出的崇高
的美感」，似乎片面了一些。因爲它無法涵蓋劉勰「風骨」論中「述情必顯」〔註
76〕的一面。只要認爲「建安風骨」這個術語的提出與劉勰的「風骨」論和建安
文學論干係甚大，這一面就不容忽視。而否認「建安風骨」與劉勰論述的必然
聯繫，顯然缺乏足夠的說服力。相比之下，還是王運熙的解釋比較客觀、全面。
不過我還想畫蛇添足般地在他的解釋後再加上一句，亦即：「建安風骨是指建安
文學（特別是五言詩）所具有的鮮明爽朗、剛健有力的文風，是人們在誦讀中
由字句到音節到神氣逐步感受出來的審美體驗。」

　　拋開對「建安風骨」的解說不談，進入新時期以來，越來越多的學者認
識到，「建安風骨」是不能用來概括建安文學、哪怕是建安詩歌的全部的。王
運熙《論建安文學的新面貌》〔註77〕就不對建安文學進行全面的分析和評價，
而是從詩歌、辭賦、散文、小說等幾個方面，着重論述其不同於過去時代的
新面貌。他認爲：「建安詩歌的顯著特色，是文人五言詩的成熟與繁榮。」具

〔註75〕《建安文學研究文集》。
〔註76〕《文心雕龍·風骨》。
〔註77〕《鄭州大學學報》1979年第4期。

體說來，「輕視通俗樂曲和五言詩的傳統觀念，到了建安時代，在曹操、曹丕等的倡導下，有了徹底的改變。」「從此，五言詩成為詩歌創作的一種重要樣式，在詩壇佔據了主要地位，而且在以後一千多年中一直影響深遠，源遠流長。」和漢樂府民歌中的敘事詩相比，「建安詩歌中，數量更多，代表性更大的還是抒情詩。」「這類詩，以《文選》所選錄的來說，……都寫得較好。《文心雕龍・明詩》評建安詩有云：『並憐風月，狎池苑，述恩榮，敘酣宴，慷慨以任氣，磊落以使才。』指的正是『公宴』、『遊覽』、『贈答』、『雜詩』各類上述這些詩篇的重要內容，它們反映了當時曹氏兄弟和建安七子（孔融除外）等文人聚會在一起互相酬贈的風氣，也反映了他們經歷社會動亂，希冀乘時建功立業的慷慨情懷。」「建安詩歌一方面保持民歌清新剛健的特色，一方面又緣於雅詞，頗有文采，達到文質彬彬的境界。」本文作於 1979 年，指出建安詩歌的抒情性特色，是其貢獻之一。而尤其值得稱道的，是它對於建安詩歌中游宴之類的詩歌從思想性到藝術性都給予了較高評價，而這類詩，多數是與當時依舊籠罩學術研究領域的政治性、人民性的價值評判體系相悖的，是受非議的對象。進入八十年代，所謂頹廢的、消極的遊仙詩逐漸被重新認識，甚至成為研究的熱點。而對游宴之類詩歌的較為集中的研究和再評價，則要到八十年代中期以後。陳慶元《建安遊宴詩略論》〔註 78〕認為「遊宴詩反映了當時文學盛況的一斑。建安詩人開拓了詩歌的題材，在詩歌發展史上有一定的意義」。他用「秀麗」來概括遊宴詩的風格，用「寫景真切」、「狀物入微」、「煉詞煉字」來概括遊宴詩的藝術表現手法。而「建安遊宴詩在藝術風格和藝術表現手法上的特色，對兩晉南北朝詩歌藝術的發展有著比較大的影響」：「衍至兩晉南北朝，便有應詔、應教、應命之類（大多不出歌功頌德）的詩篇出現。」「建安詩人於憐風月，狎池苑，敘榮述宴之際，對於池苑園林多有描摹。……由池苑園林風景詩擴大而及山川，因而形成山水詩；兩晉之後的山水詩的源頭，應追溯到建安的遊宴之作。」「建安諸子的遊宴詩詞采華茂，這在詩歌發展史上有一定的意義。」「建安詩人煉字煉句，也常被兩晉南北朝詩人效法。」「文學集團的形成，在我國文學發展史上也有一定的意義。」應該說，陳慶元對建安遊宴詩特色和成就的認識是比較深刻的，是具有刷新意義的。但他認為，「不能把建安遊宴詩捧得過高」，「慷慨悲涼之作，在建安詩壇占多數，這一點是毫無疑義的。但是，遊宴詩的存在，也是一種事實。」

〔註78〕《建安文學研究文集》。

在他心目中，建安遊宴詩當不屬於「慷慨悲涼之作」，而「慷慨悲涼，是建安詩壇的主要風格」。在最後的結論中，他又說：「總的說來，建安遊宴詩思想性並不高，但也不宜一概否定。」僅從思想性上看，他對建安時期的遊宴詩也是持否定的態度。王利鎖《試論建安時期的宴遊詩》〔註79〕也看到了建安時期的宴遊詩「在我國山水詩的發展中佔有不可忽視的地位」，並從構思角度和描寫上的相似性來發明建安宴遊詩與其後所謂山水詩的密切關係。他還認爲：

> 建安時期的宴遊生活及宴遊詩中所表現出來的逞才盡性、曠放爽朗、才藻豔逸的精神風貌，雖然不能與作爲建安詩歌主流的悲涼哀怨，剛健豪放之作完全合拍，但它卻是建安文人後期的心理意識的反映，是建安文人精神世界感性的現象存在，二者相輔相承地統一於建安文人的內在世界之中。如果我們只看到了建安文人慷慨悲涼的一面，而忽視了這一面，不但不能全面認識建安文人，也是對他們作爲「人」的形象的扭曲，更何況這種精神風貌直接影響了魏晉文人的放達之風。

從才性的角度透視建安時期的宴遊生活及宴遊詩中表現出來的建安文人的精神風貌，是獨到的，同時，他也沒有把宴遊詩劃入「慷慨悲涼」的建安詩歌的主流。

　　按所謂作爲建安詩歌主流的「慷慨悲涼」之作，當仍然是指那些反映社會動亂和民生疾苦，表現統一天下和建功立業的雄心壯志的作品。遊宴詩被排斥在這類作品之外，主要是因爲它們的思想性不高，思想性不高是因爲它們不符合既定的思想性標準。思想性標準，古今不同，古今有之，這種標準的指定，往往是根據在社會上佔據統治地位的主流意識形態製定的。特定的時期或特定的個人，用這種至高無上的標準去審視顯然是與這個標準不甚合拍的文學作品，得出的往往是一個強有力的但又是粗略的、缺乏細緻分析的否定性的價值判斷。試圖在思想性上對這類文學作品給予肯定，哪怕只是局部肯定的人，往往是去從中搜尋其合乎標準的成分，實在搜尋不出來時，或不惜曲解原意爲之開脫，或轉而從藝術性上對其加以肯定。實際上，眞正優秀的文學作品，多半是靠藝術性而不是思想性取勝的，不在於它們表現了什麼樣的思想內容，而在於他們在表現這種思想內

〔註79〕《江漢論壇》1990年第11期。

容時所達到的藝術高度。思想性的標準有其存在的理由，但是，當我們乾脆把這種標準放在一邊，用文學的而不是道學的眼光，用理解的而不是批判的態度去重新審視一些遭受訾議的文學作品時，常常會得出一個嶄新的價值判斷。這裡還是保守一點，暫不放棄這種思想性標準。其實，建安時期的遊宴詩，還是能夠輕鬆地搜尋出順應這種標準的思想內容的。如應瑒《侍五官中郎將建章臺集詩》：

> 朝雁鳴雲中，音響一何哀。問子遊何鄉，戢翼正徘徊。言我塞門來，將就衡陽棲。往春翔北土，今冬客南淮。遠行蒙霜雪，毛羽日摧頹。常恐傷肌骨，身隕沈黃泥。簡珠墮沙石，何能中自諧？欲因雲雨會，濯翼陵高梯。良遇不可值，伸眉路何階？公子敬愛客，樂飲不知疲。和顏既已暢，乃肯顧細微。贈詩見存慰，小子非所宜。
> 且為極歡情，不醉其無歸。凡百敬爾位，以副饑渴懷。

這首詩，表現了作者要求建功立業的願望，其中還蘊藏著社會動亂的投影；而且，從風格上看，它也是「慷慨悲涼」的，沒有理由不打入建安詩歌的主流。倘若放棄這種思想性標準，歷史地去考察建安時期的遊宴詩，就會發現，對於建安詩歌中那些反映民瘼時艱的作品，南朝人並不怎麼重視，受重視的反倒是曾被我們批來批去的遊宴詩。劉勰《文心雕龍・明詩》篇「慷慨以任氣」云云，也主要是就遊宴詩而言。細加品讀，不少游宴詩，如陳琳《遊覽》二首，曹丕《善哉行》「朝遊高臺觀」、《大牆上蒿行》、《芙蓉池作》，曹植《箜篌引》、《贈丁廙》等，著實是「慷慨任氣」的，而且還滲透著悲涼，或是有志不獲騁的悲涼，或是樂極哀來的悲涼，或是人生苦短的悲涼，或是難以言說的悲涼。實事求是地講，最能代表建安詩歌乃至建安文學當時的風貌和格局的，其實是遊宴詩。〔註80〕

關於辭賦，王運熙《論建安文學的新面貌》謂「建安時代，辭賦受到重視，地位比過去大為提高；在創作上，則表現為抒情狀物小賦的發展」。高光復《建安時期賦風的轉變》〔註81〕謂「建安時期，辭賦創作既承兩漢傳統，而又發生了一系列具有重要意義的轉變」：「建安辭賦打破了『勸百諷一』的賦頌傳統，更為廣闊地接近社會生活」；「具有很強烈的抒情性」；「打破了千篇一律、千人

〔註80〕 參第一章第二節。
〔註81〕 《光明日報》1985 年 2 月 5 日。

一面的公式化創作，顯示出鮮明的個性風格」。張可禮《建安時期的辭賦》〔註82〕從內容上把建安辭賦大致分成「以抒情爲主」和「以體物爲主」兩類，從表現形式上把建安辭賦比較突出的特點概括爲四點：「篇幅比較短小」，「語言比較通俗」，「句式比較自由，騷體賦較多」，「駢儷的現象有所發展」。章滄授《建安辭賦的新風貌》〔註83〕用「體制的短篇化」、「內容的抒情化」、「題材的多樣化」、「形式的詩歌化」、「風格的個性化」、「語言的通俗化」來描述建安辭賦的新風貌。阮忠《論建安賦風》〔註84〕將建安賦「藝術創作的基本格調」大體分爲「悲愁」與「欣悅」兩類，「前者主要是抒情賦，後者主要是詠物及校獵武功之作」，在表現上「一者較爲婉轉，一者較爲直露」；將建安賦「同題創作的審美特徵」歸納爲「悲愁的求眞與欣悅的求美求壯」；此外，他還論及建安賦在「傳統社會功能的淡化」和「語言表現的因革」。程章燦《魏晉南北朝賦史》，超越作家、作品論鋪排的著書模式，將建安賦放在魏晉南北朝賦史的大背景下加以宏觀把握，用四節的篇幅，詳細闡述了建安賦的「創作繁榮之因緣」、「創作繁榮之現象」、「斑斕的情感世界」、「形式與體裁」，在深度上有前人不及之處。如關於蔡邕賦對建安賦的直接影響的考察，用「自然」、「社會」、「人」三種「基色」涵蓋建安賦「斑斕的情感世界」，對建安時期詩與賦密切關係的論證等。總的說來，學術界對建安辭賦特色和成就的論述，儘管有著詳略、深淺的區別，切入的角度也不盡相同，在結論上還是比較一致的，不存在什麼大的爭議和分歧。

關於散文，王運熙《論建安文學的新面貌》認爲「建安散文，表現爲文學性有所增強，其突出現象則是抒情散文的發展」。張可禮《建安時期的散文》〔註85〕認爲「建安時期的散文，就內容來看，大致可以分爲兩類：一類是以敘事爲主的敘事性散文。一類是以議論爲主的議論性散文」。「建安散文在其發展過程中，形成了自己的一些特點，主要表現有以下幾方面」：「第一、具有鮮明的時代特色」，「第二、直抒胸臆，飽含眞情實感」，「第三、建安散文在語言方面出現了兩種傾向：一是重視騁詞摛采、駢儷偶句，駢化有所發展；一是清峻通脫、質樸無華，散體比較明顯」。

〔註82〕《建安文學論稿》。
〔註83〕《安慶師院學報》1991 年第 1 期。
〔註84〕《許昌師專學報》1992 年第 4 期。
〔註85〕《建安文學論稿》。

　　王巍《建安時期的散文》〔註86〕認爲建安時期的散文「最突出的特點是自由灑脫」，其次是「具有濃厚的抒情氣息」，「逐漸由質樸趨向於華麗」也是一個顯著的特點。總體上看，認識也差不多。

　　王運熙《論建安文學的新面貌》還指出，建安時期「小說和小說一類的作品，也有所發展」。張可禮《建安時期的小說》〔註87〕對應劭《風俗通義》、曹丕《列異傳》、邯鄲淳《笑林》在思想內容和藝術表現上的特點進行了比較詳細的闡述，並揭示了建安時期小說創作「比較活躍」的「複雜的、多方面的原因」，建安小說在我國古代小說發展史上的「比較重要的地位」和對後代小說，特別是對兩晉南北朝小說產生的「不可忽視的影響」。顧農《小說新潮》〔註88〕除了論述上面提到的三部小說，更將範圍擴大到《燕丹子》、《漢武故事》、《漢武內傳》與《十洲記》，雖然作者的推論不無道理，將《燕丹子》等書的成書時間定爲建安時代，仍顯得證據不足。

　　更爲細密的是分階段論述建安詩歌或建安文學的特色。陳祖美《建安詩風的衍變》〔註89〕：「第一階段從漢靈帝中平年間（西元 185 至 189 年）開始」，以曹操爲代表，詩風「雄壯古直」；「建安十三年（西元 208 年）冬，赤壁之戰後，三國鼎立。建安詩歌也隨之發展到第二階段」，以曹丕爲代表，詩風「嬿婉委移」；「隨著『七子』的零落、曹操的死、曹丕的稱帝，建安詩歌繼往開來的任務便落到了曹植的肩上，第三個階段（從黃初元年到太和七年，西元 220 至 233 年）的代表人物，只能是曹植」，詩風「骨氣奇高，辭采華茂」。張可禮《建安文學的發展階段》〔註90〕：「第一階段從漢靈帝中平元年到漢獻帝建安九年（西元一八四年至二〇四年），前後約二十年。這一階段是建安文學的形成期」，「以悲痛感傷爲基調是這一階段文學在內容方面的主要特點」；「從文學體裁來看，這一階段的重要作品幾乎都是五言詩」；「在語言風格方面，這一階段作品的突出特點是古樸質直」。「第二階段從建安十年到二十二年（西元二〇五年至二一七年），前後約十二年。這十二年是建安文學全面發展的階段，也可以說是建安文學繁榮昌盛的一個階段」。「首先，作家視野開闊，題材多種多樣」，如「戰爭給人們帶來的深重災難」，「社會相對地安定」，人民

〔註86〕　《建安文學概論》。
〔註87〕　《建安文學論稿》。
〔註88〕　《建安文學史》。
〔註89〕　《建安文學研究文集》。
〔註90〕　《建安文學論稿》。

「生活仍然貧困不堪」,「婦女生活」題材和「在文學史上的主要影響是消極的」「對曹氏父子的歌頌」;「其次,創作中的理想成分有明顯的增強,不少作品具有浪漫主義的激情」;「再次,注重文采」。「建安文學發展的第三階段是從建安二十三年到魏明帝景初三年(西元二一八年至二四○年),前後約二十二年。這一階段是建安文學的衰落階段」。「反映人民的生活、謳歌時代精神的優秀作品急劇地、大量地減少,而為封建統治者服務的貴族文學卻得到迅速的發展」;「其中比較突出的是曹植」,他的不幸的遭遇在創作中有深刻的反映,並常常「和為國立功、統一天下的理想融合在一起」;「從藝術表現來看,這階段那些貴族化傾向比較明顯的作品如同它們的內容一樣,沒有多少可取之處」,而「曹植這階段的作品,除了『辭采華茂』」,「特別突出的是大量地運用比興手法」。徐公持《魏晉文學史》認為「第一階段為建安十三年(208)之前,第二階段為建安十三年至二十四年(208～219),第三階段為黃初元年至太和六年(220～232)」。「第一階段(建安前期)作者們身歷戰亂,散處各地,他們關心國運民瘼,各自發為愍亂憂世之篇,所作詩賦,以慷慨悲涼為基本情調,產生一批『詩史』式作品,具有衰世文學特點。第二階段(建安後期)作者們紛聚鄴城曹氏幕中,激發出追求功名強烈願望,所作篇章,數量大增,或寫軍國大事,或敘私情瑣事,要皆透露樂觀向上情緒,表現出盛世文學氣質。他們或作公子貴遊,或為幕僚頌聖,難免庸俗氣息,然無傷其大雅。第三階段(黃初、太和)曹操及多數文士辭世,丕、植兄弟尚存,然曹丕登極後,皇帝角色突出,文士身份隱去,唯有曹植一人在不斷哀吟著他的悲歌。困頓危殆生活,使曹植脫胎換骨,脫去浮華,轉入深沉,由此進入『情兼雅怨,體披文質』(鍾嶸語)境界,成為『粲溢古今,卓而不群』(同上)的一代大詩人」。按以上都是把建安詩歌或看上去也是以詩歌為主的建安文學分為三個階段,對於各階段時限的裁定或有不同,描述也不無差別。比較起來,徐公持的觀點最後出,也最為愜當。

關於建安文學中詩歌一體的特色,再略微發表一點自己的感想,即:既有整體性,又有階段性。這種整體性,也就是劉勰《文心雕龍‧時序》篇所謂的「梗慨而多氣」,和「建安風骨」相比,這個概括意義上比較明確,也較少限定,它使建安詩歌與後世種種或追求工巧新奇或追求意境圓融等等的詩歌表現出顯著的差別。在建安詩歌演變的第一階段,以那些憂時憫亂之作為代表,這是由動蕩紛爭的社會現實激發的「梗慨而多氣」,以悲涼為基調。第

二階段，以鄴下文人的遊宴詩爲代表，這是由希冀乘時立功的願望和時不我待的宿命感觸發的「梗慨而多氣」，基調是歡快的，又不時夾帶著感傷。第三階段，以曹植那些敘寫遭遇、自鳴懷抱的詩篇爲代表，這是由憂生之嗟和志不得伸的苦悶引發的「梗慨而多氣」，以憂憤爲基調。當然，關於這樣的三個階段的劃分，同一切文學史上的分期一樣，都是人爲的割裂的結果，都不是絕對的，都存在著交叉和例外，甚至是比較明顯的交叉和例外。

二、建安文學的成因、影響及其它

　　我國文學，特別是詩歌，發展到建安時期，出現了文學史上少有的繁榮昌盛的局面，並形成了自己鮮明的特色，這是學術界早已達成的共識。對造就這種局面和特色的原因的追尋，也是建安文學研究中的熱門話題之一。不少論述建安文學特色和成就的論著，對此往往有所涉及，如劉師培、魯迅等，前面已經作了引述。撰寫專文，從一個或多個方面深入、全面論述這個問題的，也有不少，如羅莘田《論漢魏文學變遷之原因》〔註91〕，鍾優民《建安文學繁榮興盛的原因》〔註92〕，張亞新《試論〈古詩十九首〉對建安詩歌的影響》〔註93〕，秋楓《試論樂府民歌與建安文學的關係》〔註94〕，張可禮《建安文學的時代風格及其形成的原因》、《建安時期思想解放與文學的發展》、《建安作家的修養》、《建安文學和它以前的文學傳統》〔註95〕，詹福瑞《建安時期士人的政治地位、社會意識與文學思潮》〔註96〕，潘嘯龍《激蕩千秋的慷慨悲壯之詠──略談「建安文學」興起的原因》〔註97〕等。撮其大要，主要有以下幾個方面：

　　第一，時代的影響。比較常見的，是對劉勰《文心雕龍‧時序》篇「世積亂離，風衰俗怨」的成說加以強調和引申，以爲建安文學的興盛首先是決定於當時動亂的社會現實和文人們生活於其中的慘痛經歷，這種現實、這種經歷既爲他們提供了豐富而又眞實生動的創作素材，又激發了他們不吐不快

〔註91〕　《南開季刊》1922 年第 1 期。
〔註92〕　《學術研究叢刊》1980 年第 2 期。
〔註93〕　《延安大學學報》1981 年第 1 期。
〔註94〕　《貴州民族學院學報》1986 年第 2 期。
〔註95〕　《建安文學論稿》。
〔註96〕　《天府新論》1991 年第 4 期。
〔註97〕　《文史知識》1993 年第 12 期。

的創作激情。後來有些學者漸漸意識到這種說法存在著一定的局限性，因為「世積亂離，風衰俗怨」只代表了建安〔註98〕前期，而建安後期，「區宇方輯」，在曹操統治的北方，社會相對起來比較安定，而這時恰恰正是鄴下文人創作比較活躍的時期。以往的說法於是便不斷地被修改或補充，以為建安後期比較安定的社會環境，為文人們提供了較為優裕的物質生活條件，為他們進行文學創作提供了較為充裕的時間等。按聯繫上下文，劉勰的「世積亂離，風衰俗怨」，是解釋建安時文「雅好慷慨」之由，是對建安時期社會狀態的總概括，不僅用來指「獻帝播遷」的社會動亂的前期，也用來指「區宇方輯」的社會比較安定的後期。事實也是如此，一直到建安文人紛紛離世，基本還是爭戰不休，還是「世積亂離，風衰俗怨」，這在他們後期的創作中多有體現。

第二，社會思潮的影響。一般認為，漢末的社會動亂促成了儒學的衰微和思想的大解放，文學擺脫了經學的附庸地位而獲得了獨立，文人們對文學的功能有了新的認識，文學創作進入了一個自覺的時代。有些學者更進一步認為，思想解放還使建安文人不同程度地破除了天命、天道、神仙方術等兩漢神學迷信思想，使創作更加植根於活生生的現實，使之具有真切動人的情感力量；另外，它還使人們在很多方面擺脫了封建禮教的縻繫，使得曹氏父子和文人們能夠建立起比較友好的關係，形成比較好的文學批評風氣，加上他們創作時較少顧忌，從而擴大了文學的題材，促進了文學的抒情化和個性化。按從邏輯上來講，對迷信思想的破除和創作上的現實主義特色之間並沒有什麼必然的聯繫。曹氏父子都沒有對神仙思想的迷信，但都寫下了為數不少的非現實主義的遊仙詩，就是顯著的例子。

第三，曹氏父子的提倡和獎掖。此說並不新鮮，古人早有稱述，而今人又生異議。原因是建安文人被曹操網羅到鄴下之後，寫出了一些歌功頌德、流連宴遊之作，而這被認為是不具備或者缺乏「建安風骨」的，是建安文學不光彩的一面。否定曹操者就此大做文章；肯定曹操者說到這裡，也無法再理直氣壯，只好用上「也有消極影響」之類的字眼。不過，肯定曹氏父子對繁榮建安文學的功績的還是占絕大多數。而曹操對文人的重用，作為肯定性意見中的一個方面，又被廣泛接受。按曹操對建安文學的積極影響是不容置疑的，但他並沒有重用文人，也是實情。對此，我們將在第五章中加以論述。

〔註98〕這裡的「建安」基本上是指獻帝「建安」時期。

　　第四，對以往文學傳統的繼承和發展。建國後的一個時期，曾經重點強調建安文人對《詩經》以來，尤其是漢樂府民歌現實主義傳統的繼承。以後不斷有人提出新說，認爲《楚辭》、漢賦、《古詩十九首》等也給建安文人以有益的借鑒甚至是很重要的影響。

　　第五，建安文人一般都有著良好的文學修養和藝術修養，又比較留心向社會生活學習，這爲他們取得豐碩成果奠定了堅實的基礎。以上五個方面，前三者大致可以看作是起促動作用的外部因素，後二者則是文學自身發展的內部因素。對建安文學成因的探討，可以說是比較充分和全面了。

　　至於建安文學對後世的影響，則是泛泛論及者多，深入論述者少。一般會突出「建安風骨」和建安文人用樂府寫時事的現實主義傳統對盛唐詩歌和中唐「新樂府運動」的積極影響。也有談到建安文學的消極影響的。如李寶鈞《曹氏父子和建安文學》〔註99〕就認爲「建安詩歌中對於人生無常的詠歎，特別是以歌詠蓬萊、崑崙、赤松、王喬爲內容的遊仙詩，對於後代文學的影響就主要是消極的。」「建安以後，『儷采百字之偶，爭價一字之奇』的形式主義文風逐漸擡頭，忽視思想內容，刻意雕琢，追求辭藻的華麗，對偶的工穩，成爲文人的共同風尙。這種風尙的形成，和建安文學也有關係。」這種認識有它產生的歷史原因，顯然不夠妥當，遭到後來學者的批評。劉文忠《建安文學對六朝文學的影響》〔註100〕「主要從詩歌方面探討了建安文學對六朝文學的影響」，先是重點談了阮籍、左思、鮑照對「建安風骨」的繼承，又從詩歌體裁、題材、形式美方面考察了「建安詩歌與六朝詩歌一脈相承的繼承關係」：「以五、七言爲主的古詩」，「是建安時代奠定的基礎」；《文選》所載的「獻詩」、「公宴」、「祖餞」、「詠史」、「遊覽」、「贈答」、「軍戎」等類「都曾首標建安作家」，「『七哀』、『雜詩』之題也始於建安詩人」；「山水詩，實際上是濫觴於建安詩人」，「他們在自然景色的描寫上已採用對偶句法，並且注意到文字的雕琢，可以看出一些用功的字面和在煉字上的斧鑿痕迹，這對晉宋以後的山水詩的表現手法，影響是很大的」，「遊仙之作，建安已肇其端」。張可禮《建安文學的影響》〔註101〕更爲詳盡，於六朝之外，還依次論述了建安文學在唐代和宋元明清時期的影響。在唐代，主要是就當時的創作立論。

〔註99〕中華書局，1962年。
〔註100〕《建安文學研究文集》。
〔註101〕《建安文學論稿》。

在宋元明清時期，主要是就當時對建安文學的批評立論。例如，作者認爲，「建安文學對唐詩的影響是貫穿始終的，但有三個比較突出的高峰：一是初唐時期，可以陳子昂爲代表；二是盛唐時期，可以李白和杜甫爲代表；三是中唐時期，可以白居易和元稹爲代表」。從以上評述看，無論是論述建安文學對前代文學傳統的繼承，還是對後代文學的影響，基本上只是就詩歌一體立論，辭賦、散文基本上被隔絕在視野之外。而只要翻閱一下《文選》辭賦、散文部分的目錄，就足以看出建安文學承前啓後的重要地位，決不是詩歌一體所能支撐的。但以詩歌爲軸心論述建安文學，本有其方便之處，而且自古以來就是如此。儘管如此，如此這般，畢竟還是缺乏一種科學意義上的嚴密性。這方面的缺憾，有待彌補。

第三節　三曹、七子及其他作家研究

一、曹操研究

　　三曹研究是建安作家研究中的重點和亮點。位居三曹之首的曹操，作爲一個叱咤風雲的政治家，歷來毀譽不一，有人視之爲英雄豪傑，也有人視之爲竊國大盜。自宋代起，形勢急劇惡化，讚揚他的人少，討伐他的人多。小說《三國演義》的盛行和一些三國戲的上演，有似雪上加霜，曹操形象糟得一塌糊塗。進入二十世紀，胡適、章炳麟、魯迅等有識之士，都曾爲之申辯，如魯迅《魏晉風度及文章與藥及酒之關係》：

　　　　不過我們講到曹操，很容易就聯想起《三國志演義》，更而想起戲臺上那一位花面的奸臣，但這不是觀察曹操的眞正方法。……其實，曹操是一個很有本事的人，至少是一個英雄，我雖不是曹操一黨，但無論如何，總是非常佩服他。

一些建國前出版的文學史，也持類似看法，如鄭振鐸《插圖本中國文學史》：

　　　　操頗受後人的唾罵。其實也未見得比劉裕、蕭道成、蕭衍、李淵、趙匡胤他們更卑鄙。然而他卻獨受惡名！

但在當時，影響有限。1959 年 1 月 25 日，郭沫若在《光明日報》上發表《談蔡文姬的〈胡笳十八拍〉》一文，稱「曹操對於民族的貢獻是應該作高度評價的，他應該被稱爲一位民族英雄」。2 月 19 日，《光明日報》又刊出了翦伯贊

的《應該替曹操恢復名譽——從〈赤壁之戰〉說到曹操》，也「替曹操說好話」。
對於曹操的評價問題由此引起全國史學界、文學界、戲劇界的熱烈討論。截
止同年八月，各地報刊刊載的討論文章已達二百多篇，三聯書店編輯部曾將
七月底之前發表的能夠涵蓋各種不同意見的代表性文章集結爲《曹操論集》，
於 1960 年 1 月出版。這次討論牽涉的主要問題有：黃巾起義的目的是什麼？
中國農民起義的發展規律是怎樣的？曹操是否繼承了黃巾運動？曹操與黃巾
的關係如何？曹操的屯田政策在歷史上起到了什麼作用？曹操對三郡烏桓戰
爭的性質是怎樣的？作用是什麼？曹操是什麼政治力量的代表？東漢三國間
歷史的轉變是什麼性質的轉變？曹操的思想屬於哪一家？在思想史上的作用
怎樣？曹操在歷史上的作用怎樣？應該如何正確評價歷史人物等，文學方面
偶爾也會有所涉及，但比較少，這裡就不再一一引述了。這場史無前例的大
討論是在特殊的時代背景下進行的，自然免不了偏激和意氣用事，把曹操誇
得完美無缺者有之，把曹操貶得一無是處者亦有之。總的說來，大討論過後
的曹操，政治面貌是煥然一新了：臉也洗了，衣服也換了，案也翻了，名譽
也恢復了。在文化大革命期間掀起的「評法批儒」運動中，曹操更上一層樓，
以「大法家」、「徹底反對儒家思想」的鬥士的姿態出現在眾多的評論當中，
形象熠熠生輝。此一時，彼一時，在一種意識形態籠罩下充當犧牲品的曹操，
在另一種意識形態的籠罩下，又成了幸運兒。《曹操集》〔註 102〕先於其他建安
作者的集子被整理出版，介紹他的生平、思想或作品等的普及性讀物也是數
量最多。不料，到了 1983 年，劉知漸又發表《重評郭沫若先生的〈替曹操翻
案〉》〔註 103〕一文，又對曹操進行了全面否定。次年，胡世厚、夏煒撰寫《曹
操與建安文學——兼與劉知漸同志商榷》〔註 104〕，就若干問題對劉知漸的說
法進行了反駁。緊接著，又有柳軒的《從曹操詩文看他的政治思想》〔註 105〕，
聲援劉知漸。看來，曹操還是不能太風光，總有喜歡不上他的人。

　　作爲文學家的曹操，也曾長期遭受冷遇，但明、清以後，形勢大體上是
一片大好。魯迅《魏晉風度及文章與藥及酒之關係》許之爲「改造文章的祖
師」，說曹操「尚刑名」，「影響到文章方面，成了清峻的風格」；此外又「尚

〔註 102〕中華書局，1959 年。
〔註 103〕《重慶師院學報》1983 年第 1 期。
〔註 104〕《重慶師院學報》1984 年第 1 期。
〔註 105〕《重慶師院學報》1983 年第 2 期。

通脫」,「影響到文壇,便產生多量想說甚麼便說甚麼的文章」。游國恩等《中國文學史》謂「曹操的詩不僅對建安文學有開風氣的作用,由於創造性較大,對後代文學也有重要的影響。他的以樂府古題寫時事的作法對後來的新樂府詩有很大的啓示。……另外,《詩經》以後,四言詩很少佳篇,曹操繼承了『國風』和『小雅』的抒情的傳統,創造出一些動人的篇章,使四言詩再一次放出光采。後來嵇康、陶淵明等人有成就的四言詩都是沿著這條路走下去的」。郭預衡《八代文風與曹操》〔註106〕稱「曹操生當漢末,正是文風面臨變化時期。……尚刑名,屬法禁,反固執,尚通脫,破格用人,網羅文士,目的雖然不在於改變文風,而文風卻由此大變。自漢末建安至隋,八代之中產生了不少爲文通脫的作者。曹操提倡通脫而竟影響了幾代文風,極不容易」。如此等等,都把他看作是影響當時以及後世的一代詩風、文風的開創者。

詩歌研究是曹操研究的大端。對其名作,如《薤露行》、《蒿里行》、《苦寒行》、《短歌行》(其二)、《步出夏門行》等的賞析,是曹操詩歌研究領域的一片沃土。關於曹操詩歌的思想內容,游國恩等《中國文學史》說是一部分「反映了漢末動亂的現實」,另一部分則「表現了他的統一天下的雄心和頑強的進取精神」;蔡厚示《曹操詩歌藝術剖析》〔註107〕說是「鮮明地表達了他的哲學思想」,「充分地體現出他的政治主張」,「眞實地描繪了現實生活,創作了許多富有時代精神的詩篇」;徐公持《魏晉文學史》說「曹操今存詩歌,自題材內容看,基本可分四大類,即紀事、述志、遊仙、詠史」,概括越來越全面。關於曹操詩歌的藝術特色和成就,吳雲《論曹操詩歌的藝術風格》〔註108〕謂「曹操詩歌的鮮明特點是悲涼慷慨」,「雄勁又是曹操詩歌風格的另一特色」,「曹操詩歌的另一特色是質樸」。陳飛之《論曹操詩歌的藝術成就》〔註109〕謂:「一、深化了《詩經》以來的憂時憫亂的現實主義傳統」,「二、發展了《離騷》以來的浪漫主義精神」,「三、吸取了兩漢樂府古詩中敘事、抒情、寫景、議論之所長」,「四、他是借樂府寫時事的開創者」,「五、他豐富了詩歌中的想像、比興、使事和情景交融等多項藝術手段」。秦效成《論曹操詩歌的現實主義精神》〔註110〕謂:「一、重大題材的選擇和提煉」,「二、雄渾壯闊

〔註106〕《光明日報》1984年2月28日。
〔註107〕《建安文學研究文集》。
〔註108〕《遼寧大學學報》1982年第4期。
〔註109〕《文學評論》1983年第5期。
〔註110〕《建安文學研究文集》。

意境的開拓」、「三、起伏跌宕的筆勢」、「四、沉雄質樸的語言」。合而觀之，論述也是比較全面的了。

　　比較特殊的是對曹操遊仙詩的認識。遊仙詩在曹操詩歌中佔有相當比重，建國後的二三十年，或對其加以否定，或避而不談，因為它們被看作是逃避現實的消極思想的體現，與所謂悲涼慷慨的現實主義的時代精神不符。八十年代以後，對曹操遊仙詩的研究突然熱了起來，儘管大家在認識上還存在著較大分歧，簡單否定的論調是沒有了。〔註111〕

　　關於曹操詩歌，有些學者還認為，曹操詩歌悲涼慷慨、剛健爽朗，對「建安風骨」這一時代風格的形成起著顯著的或是主導性的作用，是「建安風骨」的代表作，並對後代詩歌評論產生了深遠影響，劉勰、鍾嶸、陳子昂、李白、杜甫、嚴羽等人對「建安風骨」直接或間接的提倡，都說明了他們對曹操詩風的重視。按如果說「建安風骨」的造就有一個主導性因素，那也應當是曹操和其他建安文人共同生活的那個時代，而不是曹操本人。重視曹操，說曹操詩歌最能體現「建安風骨」固然是可以的，但又須知這只是今人的認識，倘若移植到劉勰諸人，就不妥當了。明代以前，曹操詩歌基本上是不受重視的，有資格代表建安詩風、「建安風骨」的，往往是曹植、劉楨或曹植、王粲，而不是曹操。說劉勰等重視曹操詩風，是想當然，是不合乎實際的。〔註112〕

　　對曹操散文的研究，遠不像詩歌研究那樣火，劉師培、魯迅的研究成果，奠定了這一研究區域的基石。高光復《簡論曹操的散文》〔註113〕認為「曹操的散文在思想內容方面是與他在軍國事業方面的建樹相聯繫相統一的」。「從表現方面說」，「首先是簡約嚴明的風格」，「第二個特點是真切感人的抒情」，第三個特點是「在語言和結構上也很有特色」，具體表現為：「語言鏗鏘有力，具有鮮明的節奏感和暢達的氣勢；句勢駢散兼行，以散帶駢，在簡約自然中有一種整齊嚴明的美；結構也嚴整勻稱，然而又修短隨勢，不拘一格，流貫著一股活潑新鮮的生氣」，而「上述幾方面的特點具體表現了曹操散文清峻通脫的風格特色」。張亞新《曹操散文的藝術特色》〔註114〕等文也持類似的意見。許善述《曹操文章的藝術特色》〔註115〕則認為曹操文章具有「尚理、重情、

〔註111〕關於曹氏父子的遊仙詩，參第四章。
〔註112〕參第二章第一節、第二節。
〔註113〕《求是學刊》1981 年第 4 期。
〔註114〕《求索》，1983 年第 5 期。
〔註115〕《安慶師院社會科學學報》1996 年第 1 期。

主氣等藝術特色」：一是「曉人以理」，或「據理直言」，或「借喻明理」，或「徵引爲斷」。二是「移人以情」，或「析理顯情」，或「指事見情」，或「述志陳情」。三是「鼓人以氣」，或「一氣直下」，或「迴腸蕩氣」，或「駢散兼行」，或「短篇皆具長篇氣力」。

二、曹丕研究

　　三曹之中，以曹丕研究最爲薄弱。和他父親相仿，曹丕的名聲也不怎麼好，代漢自立，已經招來篡臣賊子的惡名；即位後對曾經和他爭嗣的曹植的一系列打擊報復，更使他的爲人以陰險、刻薄、狹隘著稱。1952 年，郭沫若《論曹植》〔註 116〕修訂再版，文中一反成見，爲曹丕平反和鳴不平。說「曹丕這個人並不如一般所想像的那麼可惡」，「在政治見解上也比乃弟高明得多，而在政治家的風度上有時還可以勝過他的父親」，「他是一位舊式明君的典型」，把曹丕拔得頗高。對郭沫若的看法，擁護者有之，反對者亦有之，而褒貶失度，在所難免。再後來，就是以折衷性意見居多，曹丕的形象漸漸被刷新，評價也趨向於客觀公允。

　　二十世紀上半葉，對於文學家曹丕的研究主要體現在文學史著作當中，專門的研究論著較少。魯迅《魏晉風度及文章與藥及酒之關係》：

　　　　他說詩賦不必寓教訓，反對當時那些寓訓勉於詩賦的見解，用
　　　　近代的文學眼光看來，曹丕的一個時代可說是「文學的自覺時代」，
　　　　或如近代所說是爲藝術而藝術的一派。所以曹丕做的詩賦很好，更
　　　　因他以「氣」爲主，故於華麗以外，加上壯大。

用「很好」稱讚曹丕的詩賦，並認爲他的文學見解影響了他那個時代的文學風氣和風格。鄭振鐸《插圖本中國文學史》：

　　　　他的詩，與（曹）操詩風格大不相同。操的詩始終是政治家的
　　　　詩，丕的詩則完全是詩人的詩，情思婉約悱惻，能移人意，卻缺乏
　　　　著剛勁猛健的局調。五言詩到了他的時代，方才開始脫離樂府的束
　　　　縛。……子桓的四言調，其情調也很婉曲。……孟德雄莽，雜言無
　　　　端，僅以壯氣貫串之而已，子桓則結構精審，一意到底；這確是大
　　　　爲進步之作品。……子桓更有數詩，與當時流行的詩體不大相類；

〔註 116〕《郭沫若全集》歷史編第四卷，人民出版社，1982 年。

如《燕歌行》則爲七言,《寡婦》則爲楚歌體。但其風調則始終是娟娟媚媚的。像《燕歌行》……這一首是很可以占一個地位的。

對曹丕詩歌風格特色的把握相當準確,評價也比較高。

建國後,余冠英在《三曹詩選·前言》中說:

當許多文士被曹操收羅,集中在鄴下之後,公宴唱和,形成一個文學集團。當時曹操的地位不免高高在上,曹植比較年輕,這個集團的眞正中心和主要領導人物乃是曹丕。……曹操的「體貌英逸」是提拔文士們做官,曹丕曹植是和他們結爲朋友,而曹丕最能重視他們的創作事業,提倡鼓勵的作用更大。

突出曹丕鄴下文學集團領袖的地位和倡導文學之功。至於曹丕本人的詩作,他說:

曹丕自己作詩更明顯地傾向民歌化。在歌謠各體的仿作和通俗語言的運用上他比曹操更努力。他的最出名的《燕歌行》是現存的最古的七言詩……《令詩》和《黎陽作》是六言詩,也是新體……《陌上桑》以三三七句式爲主,這個形式也是出於歌謠,在當時同樣是少見的。曹丕的五言詩更多……在他的許多雜言詩中,《大牆上蒿行》長到三百六十四字,氣魄很大。……這些例子都能說明他在各種新形式上的大膽嘗試。……再從內容考察,曹丕往往取材於「閭里小事」,或歌詠勞人思婦的感情。同於民歌「感於哀樂,緣事而發」的精神。

從形式到內容都是肯定的。其後風向逆轉,對曹丕詩歌的評價一度跌入低谷。

中國科學院文學研究所中國文學史編寫組《中國文學史》稱:

由於曹丕在思想上與大貴族官僚地主們的接近,以及他後來大半生都過著宮廷遊宴的生活,因此,他的詩歌反映的生活面就比較狹窄,藝術風格不免流於纖弱。

這是當時典型的認識。之所以會有這種認識,是因爲曹丕詩歌被認爲是描寫男女愛情和游子思婦題材的作品很多,直接反映現實和描寫人民苦難的作品很少,而且缺乏像他父親曹操那樣的遠大抱負和積極進取精神,給人以缺乏現實主義精神的感覺,風格又偏於柔弱。

新時期以後,情況又不同了。徐定祥《論曹丕詩歌的現實主義精神》[註117]一反舊說,將曹丕詩歌分爲「憫征戍、悲行役,抒寫勞人思婦的感情」,「描寫男女情愛和表現婦女不幸命運」,「記敘飲宴、遊樂、狩獵情景」,「描述出師征

〔註117〕《建安文學研究文集》。

戰」、「提倡積極用世，反映自己的政治主張」、「揭露貧富不均、諷刺貴族子弟」、「其他方面」幾類。在此基礎上，他認爲「曹丕詩歌涉及社會生活的許多方面，題材是相當廣泛豐富的」，「曹丕的詩歌不僅題材不狹窄，而且有的直接地、較爲深刻地反映了當時的社會現實」；「那些描寫游子思婦和男女愛情的篇章」「從側面反映了動盪亂離的現實」，表現了「生活於那動亂現實之中的人的思想、心理情緒和精神狀態」；那些「以飲宴遊樂爲題材的作品」，「對我們瞭解曹魏統治者與眾文士的關係，瞭解那個時代由動亂走向安定的發展趨勢，也是不無認識意義的」，而且「從另一側面反映了那一歷史轉折時期的社會心理」；「曹丕和他的父親、弟弟及其他建安文人一樣，都具有渴望天下統一的理想和建功立業的雄心，並在一部分詩篇中表達了這種積極的政治態度和豪邁的情懷」，一句話，「曹丕詩歌並不像人們所理解的那樣缺乏現實主義精神」。曹文心、劉傳增《漢音·魏響——論曹丕與建安文學》援引沈德潛《古詩源》「孟德詩猶是漢音，子桓以下，純乎魏響」的論斷，認爲「曹丕作品反映了社會戰亂這一建安文學的共同主題」，「具有民歌化、通俗化的特點」，因而是「『漢音』的繼承者、發揚者」。曹丕從理論上「倡導『純文學』的寫作」，「又以政治和文壇領袖的身份，實行區分『諸儒、文學』的分化措施，保證並促進了『文學的自覺』」；「在創作中，注重華美的文學語言，廣泛嘗試新的文學體裁；充分運用和發揮『以情動人』的藝術方法，抒寫個人的內心世界」，因而又是「『魏響』新風的開拓者」。「上述事實表明，在建安文學發展的歷程中，曹丕處於承前啓後的中心位置，他的文學作品，兼備著『漢音』與『魏響』的特色，最全面、最集中地體現著建安文學的總體特徵，因而也最富有代表性」，「毫無疑問，從建安時代總的文學成就來看，曹丕當爲最爲出色的文學家」。按以上兩篇文章，還有與此或多或少類似的文章，論述的角度雖然不同，目的都在於提高曹丕的文學地位，合理之處是顯而易見的，而牽強、誇大和失實之處也是顯而易見的。最重要的是，徐定祥所努力證明的曹丕詩歌具有的「現實主義精神」和「人們所理解的」曹丕詩歌所缺乏的「現實主義精神」的內涵要寬泛得多，按照前者，則幾乎任何一首詩歌都可以被說成是具有「現實主義精神」的，而後者只是和狹隘的人民性標準相聯繫的，主要是指那些直接反映社會動亂和民生疾苦的內容。而曹文心、劉傳增所理解的「漢音」、「魏響」和沈德潛所說的「漢音」、「魏響」之間也存在著不小的差距。〔註118〕

〔註118〕參第二章第三節。

　　對曹丕辭賦或散文的專題研究少得可憐。章新建《曹丕的散文》〔註119〕所謂的「散文」，是包括辭賦在內的，他將曹丕的「散文」從內容上分為「反映出征」、「反映羈旅行役、離別痛苦」、「反映將士校獵」、「反映帝王生活」、「描寫自然景物」、「詠物」、「敘述友情，反映歷史面貌」、「揭示某種哲理」、「寓意禽鳥，歌頌帝王」九類；用「反映現實直接，具有真實性」、「題材豐富，形式多樣」、「緊扣事物特徵，形象鮮明具體」、「細針密線，結構嚴謹」、「語言明白如話、簡潔、遒勁有力」來概括曹丕「散文」的藝術特色。郭預衡《中國散文史》從四個方面論述曹丕「文章」的成就：「其一是自敘身世之文，寫得通脫、隨便，生動、活潑」；「其二是書箚之文，也寫得親切有味，娓娓動聽」；「其三是專門論文之作」；「其四是史論文章。議論古今，頗有識見。而且行文自然，很有氣勢」。「總之，曹丕的文章特點不少，這對於當時和後代的影響也是不小的」。這種概括較為簡明切實。此書體例，也是兼論散文、辭賦的，但對曹丕辭賦，他並沒有齒及。徐公持《魏晉文學史》說：與詩相比較，曹丕賦中「擬作作品不算多，因曹丕詩中同類作品幾占半數，所以實際上曹丕之賦比詩更多地擔當著抒寫本人情志的功能。他在賦中更多地坦露著自己的心迹，記錄著自己的心路。作為抒情載體，他比曹丕的詩更充實、更豐滿」。「曹丕之文，其地位不在詩、賦之下。除了後期所撰的若干詔、令文字，具有官方公文性質，無多藝術價值外，他的書、論文章，則有不少精品。其優點在於：第一，文中批瀝思緒，頗見真情，悲喜個性，躍然紙上。第二，敘述敷演，事貫理暢，既富變化，又饒興味，文字優雅，甚得記述之美」。這是頗有見地的認識。

　　二十世紀，作為文學批評家的曹丕備受矚目，有關他的研究論文，大部分是談論他的文學批評力作《典論‧論文》的。對曹丕的文學批評以及他在文學批評史上的貢獻，研究者一般都給予高度評價。但在對一些具體詞句和內容的認識上，見仁見智，眾說紛紜。如對「齊氣」的理解，就有范甯《魏文帝〈典論‧論文〉「齊氣」解》〔註120〕，志洋《釋「齊氣」》〔註121〕，柳文英《〈典論‧論文〉「齊氣」辯》〔註122〕，李華年《魏文帝〈典論‧論文〉「齊

〔註119〕《曹丕》。
〔註120〕《國文月刊》第63期，1948年。
〔註121〕《光明日報》，1960年11月20日。
〔註122〕《江海學刊》，1961年第9期。

氣」說》〔註123〕、《再說「齊氣」〔註124〕，黃曉令《〈典論‧論文〉中的「齊
氣」一解》〔註125〕，曹道衡《〈典論‧論文〉「齊氣」試解》〔註126〕等文。曹
丕的文學批評，體現在「文氣」說、文體論、作家論、文章價值觀、文學批
評態度等方面。眾多的論文和文學批評史專著，或面面俱到，或側重就其中
的幾個或一個方面展開分析和評價，產生了不少精闢的見解，這裡僅以王運
熙、楊明《魏晉南北朝文學批評史》〔註127〕為例。此書以規模宏大、資料宏
富、態度嚴謹著稱學術界，是這一研究領域的集大成式的著作，對曹丕文學
批評的論述正充分展現出這些特點。不唯如此，作者往往將要論述的對象放
在它發生發展的歷史情境中去做綜合的、立體的考察，而不是孤立地看問題，
因而往往有一得之見。而這些見解，又是實事求是的，有說服力的，有的對
一些匆匆忙忙出臺的結論具有澄清作用。如：一、「在曹丕以前，專篇文學論
文如《詩大序》、班固《離騷序》和《兩都賦序》、王逸《楚辭章句序》等，
或就一部書、一篇文章立論，或就一種文體立論，而《典論‧論文》則論及
多位作家和多種文體，還論述了作家與作品的關係、文章的作用和地位以及
文學批評的態度等問題。全文雖篇幅不長，對不少問題僅僅是引其端緒，但
對後世影響很大。」二、曹丕評論作家，「以簡括的語言概括作家的創作特點；
往往既指出其長處，亦指出其短處；並將作家放在一起評論，具有相互對照
比較的意味。這種做法，對於後世的文學批評頗有影響。而這其實與東漢以
來的人物評論風氣有非常密切的關係。」三、「在中國文學批評史上具有悠久
傳統的文氣說，就是從《典論‧論文》和《與吳質書》開始的。但其說雖始
於曹丕，卻又不是他個人的偶然的創造。」「早在先秦時代，人們便已用『氣』
來解釋宇宙萬物的生成，也用『氣』來說明人體。說明人體時，既有從物質、
生理角度加以說明的，也有偏於從精神方面說明的。到了漢代，用『氣』解
釋人的品格、氣質、才能的說法已經相當普遍。」「在曹丕的時代，人們已用
『氣』評述人物，還用『氣』說明與文有關的樂和言辭。正是在這樣的情況
下，曹丕又進而用『氣』論文，提出『文以氣為主』，並以『氣』評述作家。」
四、「在曹丕以前，人們在長期寫作實踐中，已經對個別文體的特點進行過一

〔註123〕《社會科學戰線》，1978 年第 3 期。
〔註124〕《貴州民族學院學報》，1984 年第 4 期。
〔註125〕《文學評論》，1982 年第 6 期。
〔註126〕《文學評論》，1983 年第 5 期。
〔註127〕上海古籍出版社，1989 年。

些概括。」「但是像《典論・論文》那樣綜合地說明各種文體的風格特點或寫作要求的，以前還不曾有過。曹丕之所以能作出這樣的概括，與長時期內尤其是東漢以來各種文體的蓬勃發展、各體文章的大量積纍是分不開的。」五、「各體文章在封建國家的政治生活中，確實具有重要的作用，因此曹丕稱之爲『經國之大業』。」「評價如此之高，確是前所未有。不過他主要是指諸體文章如上述（例如詔、策、章、表、奏、議等類文字）的實用價值而言，未必是強調詩文反映社會現實以供統治者瞭解民生疾苦的作用。」「從文章對於作者個人的作用來說，它又是『不朽之盛事』。」「在此以前著書以求不朽，一般均是寫作所謂成一家之言的子書，其作者對於賦一類『美文』，常表現出一定程度的輕視，甚至持否定態度。揚雄、王充便是其中較有代表性者。而曹丕固然對子書仍然非常重視，但同時也很重視詩賦。」「而且曹丕並不如同傳統的看法那樣片面強調詩賦的諷諭教化作用。」「這表明當時人對文學功能的理解，已擺脫了漢人那種狹隘的觀點」，「是文學自覺性的表現」，「從此詩文辭賦一類文學作品進一步受到人們的重視，文人的社會地位有所提高，這些都是文學趨於獨立發展的標誌」。

三、曹植研究

　　曹植研究是建安文學研究的重鎮。對其生平事迹的考辨是曹植研究中相當重要的一環，僅年譜先後就有古直《曹子建年譜》〔註 128〕、閔孝吉《曹子建年譜》〔註 129〕、俞紹初《曹植年譜》〔註 130〕、張可禮《三曹年譜》曹植譜等多種。徐公持《曹植生平八考》〔註 131〕就曹植生平中的一些細節問題闡幽發微，詳加考證。俞紹初《曹植生平若干事迹考辨》〔註 132〕則就建安末年曹植行蹤中的一些疑點詳加考辨，得出的結論，雄辯而又出人意料，例如：一、曹植私開之司馬門是在洛陽而非鄴城，「事件是建安二十三年（218）曹操西征劉備道經洛陽停留之時發生的」。二、曹操派遣曹植解救曹仁關羽之圍事大約發生在建安二十四年十月曹操自洛陽南下期間，時曹植不在鄴城，而在曹操身邊。三、《魏氏春秋》「植將行，太子（曹丕）飲焉，逼而醉之。王（曹

〔註 128〕上海：中華書局，1929 年。
〔註 129〕《新民月刊》第 2 卷第 4 期，1936 年。
〔註 130〕《鄭州大學學報》1963 年第 3 期。
〔註 131〕《文史》第 10 輯，1980 年。
〔註 132〕《鄭州大學學報》1982 年第 3 期。

操）召植，植不能受王命，故王怒也」的記載不足爲據。四、曹植《述行賦》作於建安十六年的定論是錯誤的，實際上是建安二十四年。《關於曹植初次就國的問題》〔註133〕也是如此，在對相關史料進行周密分析的基礎上，作者斷定：曹植初次就國是在延康元年四月十五日左右；《贈丁儀》詩作於延康元年之秋；丁儀兄弟被殺在曹植就國之後，可能在是年秋冬之際，《三國志》曹植本傳「文帝即王位，誅丁儀、丁廙並其男口。植與諸侯並就國」的記載與事實有出入，不足憑信；曹植雖以臨菑侯就國，然而卻寄地而治，實際居處在鄄城，而不是被一般人所認定的臨菑。另外，如楊栩生《曹植事迹舉疑》〔註134〕、顧農《曹植生平中的三個問題》〔註135〕等也各自就一些問題得出了自己的結論。

對曹植文學創作，特別是詩歌創作的研究是曹植研究的重點。建國前，已有李開先《論曹子建詩》〔註136〕、蕭滌非《讀曹子建詩箚記》〔註137〕、錢振東《曹子建的文學研究》〔註138〕、陸而恭《曹子建文學之研究》〔註139〕、楊樹達《曹植詩研究》〔註140〕、游國恩《陳思王植詩》〔註141〕等論文，各種文學史著作也都用較多的筆墨來論述曹植的文學創作，這爲以後的研究打下了良好的基礎。仍以鄭振鐸《插圖本中國文學史》爲例：

> 他的詩雖無（曹）操之壯烈自喜，卻較操更爲蒼勁；無（曹）丕之嫵媚可喜，卻較丕更爲婉曲深入。孟德、子桓於文學只是副業，爲之固工，卻不專。仲宣、公幹諸人，爲之固專，而才有所限，造詣未能深遠。植則專過父兄，才高七子。此便是他能夠獨步當時，無與抗手的原因。……他的詩可劃成前後二期。前期是他做公子哥兒，無憂無慮的時代的所作；其情調是從容不迫的，其題材是宴會，是贈答；別無什麼深意，只是爲作詩而作詩罷了。……到了後期，植已飽嘗了煮豆然萁之痛，受盡了憂讒畏譏之苦，他的情調便深入

〔註133〕《鄭州大學學報》1984 年第 3 期。
〔註134〕《許昌師專學報》1986 年第 1 期。
〔註135〕《揚州師院學報》1993 年第 1 期。
〔註136〕《覺悟》，1923 年 7 月 26 日～8 月 5 日。
〔註137〕《學衡》第 70 期，1929 年。
〔註138〕《新晨報副刊》1929 年 7 月 17 日。
〔註139〕《約翰聲》1931 年第 42 期。
〔註140〕《協大藝文》第 5 期，1937 年。
〔註141〕《國文月刊》第 38 期，1943 年。

　　了，峭幽了，無復歡愉之音，惟見哀愁之歎。他的文筆也更精練，
　　更蒼勁了，不再是表面上的浮豔，而是骨子裏的充實。他的精光，
　　愈是內斂，他的文彩，愈是迫人。

對曹植詩風的總體把握，對曹植「獨步當時」的原因的分析，對曹植前後期詩風變化的描述，都是比較準確的。建國後，對曹植作品思想性和藝術性的評價一般是比較高的，但也不無微詞。如游國恩等《中國文學史》：

　　曹植前期的詩歌主要是表現他的壯志，很少反映社會現實，只
　　有《送應氏》第一首因送友人而連帶寫到友人所居的洛陽的殘破。
　　後期由於自己生活的不幸，逐漸能體會到一些下層人民的痛苦，才
　　寫出了個別反映人民疾苦的詩篇。如《泰山梁甫行》給我們描繪了
　　一幅當時邊海人民貧困生活的畫面……

按曹植前期的詩歌，鄭振鐸說「其題材是宴會，是贈答」，此處說「主要是表現他的壯志」，兩相比較，前者顯然更合乎實際。《送應氏》第一首寫到的「殘破的洛陽」，並非「友人所居」；《泰山梁甫行》也未必是「反映人民疾苦」〔註142〕。曹植前期詩歌「很少反映社會現實」，成為他的不足之處，自然是用當時通行的思想性標準進行觀照的結果。關於曹植詩歌的藝術風格，該書說道：

　　《詩品》說曹植的詩「骨氣奇高，詞采華茂」，很能概括曹植詩
　　歌的藝術風格。曹植一生熱衷功名，追求理想，遭遇挫折後，壯志
　　不衰，轉多憤激之情，所以詩歌內容充滿追求和反抗，富有氣勢和
　　力量，這就形成了「骨氣奇高」的一面。……在建安詩人中，曹植
　　要算是最講究藝術表現的。他的詩歌雖然也脫胎於漢樂府，但同時
　　吸收了漢末文人古詩的成就，並努力在藝術上加以創造和發展。建
　　安詩歌從樂府出來逐漸文人化，到了曹植手裏就具有明顯的文人詩
　　的面目了。……曹植的這種努力造成了他的「詞采華茂」的一面。
　　他的詩善用比喻，不只多而貼切，並且常常以全篇為比……他的詩
　　又注意對偶、煉字和聲色。……此外曹植的詩還工於起調，善為警
　　句……曹植這方面的成就提高了詩歌的藝術性，但也開了雕琢詞藻
　　的風氣。

既肯定曹植「提高了詩歌的藝術性」，又不得不指出他「開了雕琢詞藻的風氣」的美中不足。論者對曹植詩「詞采華茂」的具體表現的論述，應該說是相當

〔註142〕參俞紹初、王曉東《曹植選集》，人民文學出版社，1997年。

到位的。但用曹植功名心切,「詩歌內容充滿追求和反抗」來解釋曹植「骨氣奇高」的藝術風格的形成,就不太恰當了。八十年代,徐公持在《曹植政治表現及創作風格的特點》〔註143〕一文中說:「關於曹植的創作風格,曾經有各種各樣的說法。不過我認為最突出的特點還是這樣兩點:一、雅好慷慨;二、詞采華茂。」

所謂「雅好慷慨」,按照徐公持自己的意思,和「骨氣奇高」的意思大體上是一致的。他認為「構成其慷慨格調的主要因素」,也就是形成曹植「骨氣奇高」的藝術風格的主要因素,「就是一個悲情、一個任氣」。這種「悲情」,既表現在《送應氏》、《贈白馬王彪》等「贈別及感慨時艱的作品」,也表現在《公宴》、《箜篌引》之類的「宴飲歡娛之作」和《仙人篇》、《遊仙》之類的「遊仙題材」等。這種解釋,表現出新時期的新氣象,也更為合理。

曹植也寫下了不少遊仙詩,對這些詩歌的再認識和系統深入的研究,也是新時期以後的事,也有將它們和曹操的遊仙詩放在一起加以研究的。

對曹植辭賦的研究,以對《洛神賦》主旨的探討最為熱鬧。「感甄」說源遠流長,古人多責其悖情亂理,不予取信,或代之以「寄心君王」說。今人則不然。譚正璧《曹子建痛賦感甄文》〔註144〕、郭沫若《論曹植》、周勳初《魏氏「三世立賤」的分析》〔註145〕等都持「感甄」說。陳祖美《〈洛神賦〉主旨尋繹——為「感甄」說一辯兼駁「寄心君王」說》〔註146〕更是力主此說。不同的是,他對「感甄」說又作出了比較靈活的解釋:「洛神的形象可以、而且可能是以甄后為模特的;作者對於人物原型的某種隱情,也可能滲透到作品的形象之中。但宓妃不是甄后,它是甄后和許多似曾相識的美人儀容的綜合和昇華。」但駁斥「感甄」說的也是大有人在。周明《怨與戀的情結:〈洛神賦〉寓意解說》〔註147〕肯定「寄心君王」說,但他的說法又和傳統的說法不同。按照傳統的說法,洛神是曹丕的化身,而作者認為曹植「在賦的中部搞了人稱換位,以洛神自喻,向『君王』(曹丕)寄心,抒發了怨與戀的複雜感情」。此外,還有於「感甄」、「寄心君王」之外另闢新說的。張亞新《略論洛

〔註143〕《建安文學研究文集》。
〔註144〕《青年界》第8卷第2期,1935年。
〔註145〕《建安文學研究文集》。
〔註146〕《北方論叢》1983年第6期。
〔註147〕《南京大學學報》1994年第1期。

神形象的象徵意義》〔註148〕認爲「洛神是作者抽象的理想抱負的形象化身，《洛神賦》是表現作者對於美好理想的熱烈追求，以及追求失敗、理想破滅後悲憤凄苦心情的作品」。張文勳《苦悶的象徵——〈洛神賦〉新議》〔註149〕認爲洛神是「可望而不可及」的「理想的象徵」，「曹植藉這篇賦以寄託自己的種種失意情懷，說它是苦悶的象徵也是可以理解的」。吳光興《釋夢：〈洛神賦〉的一個原型》〔註150〕運用現代西方心理學家弗洛伊德、榮格的理論，將《洛神賦》解析成「一次幻覺經驗」的記錄。徐公持《魏晉文學史》則稱「哀愁就是它的主旨」，這哀愁「即來自作者與曹丕的隔閡和不能相互溝通」。綜合考察曹植辭賦的論著也有一些。鍾優民《曹植的辭賦》〔註151〕將曹植辭賦從內容上大體分爲「紀功序志、哀離述怨、感時詠物、描寫男女戀情四類」，認爲它們「反映現實生活面廣闊，藝術上也達到很高的造詣」，具體爲：「交替運用浪漫主義和現實主義兩種創作方法」；「多小巧玲瓏之作，以清麗見長，也有少數結構恢宏的篇章」；語言「生動活潑，通俗易懂」。「總之，曹植的辭賦和他的詩歌一樣，已成爲一種反映社會現實和抒情寫志的重要文體，結束了兩漢頌揚功德、鋪陳誇麗的舊賦體制，反映了賦體文學劃時代的變革與進步，並對後代有著深遠的影響，他在賦體文學史上的開拓之功是應該予以充分肯定的。」周建忠《曹植對屈賦繼承與創新的動態過程》〔註152〕將曹植一生分爲建安、黃初、太和三個階段，探求了曹植賦對屈原賦繼承和創新的動態過程。崔軍紅《曹植辭賦藝術特徵簡論》〔註153〕認爲曹植辭賦具有以下藝術特徵：「一、以纖小爲美，以陰柔爲美，以哀怨爲美的美學風格」，「二、個性鮮明，動人心魄的抒情方式」，「三、華美生動的語言，自由活潑的形式」。

　　對曹植散文的研究也是比較薄弱。鍾優民《曹植的散文》〔註154〕認爲「抒情色彩濃厚純眞」，「聯想巧妙，想像豐富」，「語言流暢，樂調和諧，詞句工致，比喻繁多」是曹植散文的重要特色。周建國《文章曹植波瀾闊：曹植散文初探》〔註155〕等也對曹植散文進行了可貴的探索。

〔註148〕《建安文學研究文集》。
〔註149〕《社會科學戰線》1985 年第 1 期。
〔註150〕《北京大學研究生學刊》1991 年第 2 期。
〔註151〕《曹植新探》。
〔註152〕《江西社科》1989 年第 4 期。
〔註153〕《殷都學刊》2000 年第 1 期。
〔註154〕《曹植新探》。
〔註155〕《安慶師院學報》1989 年第 2 期。

　　曹植的文學批評，主要見於《與楊德祖書》，因其中有「辭賦小道」之類的話，一些論者便指稱曹植的文學觀是保守的、退步的。其實，魯迅《魏晉風度及文章與藥及酒之關係》就早已辯明那只不過是「違心之論」。隨著文學批評研究工作的深入，這種誤解已經被澄清。張可禮《曹植文學思想述評》，王運熙、楊明《魏晉南北朝文學批評史》等，對曹植的文學批評都作出了中肯細緻的闡釋和評價。

　　巨大的文學成就成就了曹植在文學史上的崇高地位。鍾嶸奉其為「建安之傑」，明、清以前無異詞。明、清始有唱反調者，又多與對曹操或曹丕的大力推崇相聯繫，而唱正調、擡舉曹植者更多。二十世紀也曾出現過類似的情形。郭沫若《論曹植》一文，竭力迴護曹丕，對曹植的道德文章多有貶抑之辭，如：「認眞說，曹子建在文學史上的地位，一大半是封建意識湊成了他」；「好模仿，好修飾，便開出了六朝駢儷文字的先河」。賈斯榮《關於〈論曹植〉》〔註156〕與之針鋒相對，說曹植在文學方面的成就，和曹丕相比，「更不可同日而語了，數千年來已有定評」。之後又有張德鈞《關於曹植的評價問題》〔註157〕、廖仲安《關於曹植的幾個問題》〔註158〕二文支持郭沫若的看法。二十多年後，徐公持《關於曹植的評價問題》〔註159〕對這場討論進行了回顧和分析，並提出了自己的意見，在如何評價曹植文學成就的問題上，他說：「無論從思想內容還是藝術形式看，曹植在創作上的成就不應低估。他在生前就取得了很大的名聲，死後更長久地受到推崇，決非偶然。」意見不溫不火，代表了對曹植文學成就評價的一般看法。郭沫若等人，抑植揚丕，但還沒有把曹丕的文學成就擡得很高，曹文心、劉傳增則奉曹丕為建安時代「最為出色的文學家」，對此，前面已有評述。此外，還有尊崇曹操的少數派，劉文忠《建安文學的兩個問題》〔註160〕、黃昌年《曹植是建安時期最傑出的詩人嗎？》〔註161〕等都以曹操為「建安之傑」，認為曹操勝過曹植。姜海峰《詩苑曹操曹植高低論綱》〔註162〕則試圖在二者之間進行調和，他說：「從詩歌發展的成就、

〔註156〕《文史哲》1955年第6期。
〔註157〕《歷史研究》1957年第2期。
〔註158〕《文學遺產》增刊第7輯，1959年。
〔註159〕《文學遺產》1983年第1期。
〔註160〕《藝譚》1982年第2期。
〔註161〕《荊州師專學報》1983年第3期。
〔註162〕《建安文學研究文集》。

一代詩歌地位看，曹操高於曹植」；「從詩歌影響看，曹植大於曹操」；「曹操、曹植在詩歌創作的藝術成就上俱高，從一定意義上說，後者或略高於前者」。

不少研究者將三曹詩歌放在一起進行比照，也時有好的見解。如王昌猷《論三曹詩「氣」及其風格差異》〔註163〕：「曹操多正面取材描述生活，結構疏朗，行意脈絡如巉崖無階，加上語言的質樸，故前人稱『曹公古直』。曹丕多側面取材反映生活，結構細密，意脈勾連掩映，加上語言的華麗，故前人稱『子桓雅秀』。曹植更多浪漫氣習，淩空取材反映生活，結構疏密錯落，意脈飛走流動，加上『辭采華茂』，故前人稱為『贍麗』。」「曹操氣雄而古直，是一種以剛為主，剛中有柔的風格美；曹丕氣緩而清秀，是一種以柔為主、柔中有剛的風格美；曹植氣逸而流麗，是一種剛柔相濟的風格美。」李洲良《三曹詩歌的意象與風格》〔註164〕：「曹操詩歌意象的特徵是大、壯、古、樸」，「曹丕詩的意象卻是小、弱、柔、麗」，「曹植詩中的意象急驟、緊密，增加了詩的力量和容量」。

四、建安七子和其他作家研究

較之三曹，建安七子只能屬於二三流作家，對他們的研究，自然要冷淡得多。諸文學史著作，一般都會給予他們一定的篇幅，只是多處於陪襯的地位，不作為論述的重點；研究論文也比較少，其中又有相當一部分是對他們的代表作進行賞析。儘管如此，二十世紀的建安七子研究仍然取得了相當可觀的成就。

有關建安七子生平、作品繫年的研究，建國前有繆荃孫《孔北海年譜》〔註165〕、龔道耕《孔北海年譜》〔註166〕、孫至誠《孔北海集評注》〔註167〕附錄《孔北海年譜》、譚其鬶《王粲年譜》〔註168〕、繆鉞《王粲行年考》〔註169〕、段淩辰《王粲卒年駁議》〔註170〕、陸侃如《建安文學繫年》的相關部分等。新

〔註163〕《安徽師大學報》1984 年第 2 期。
〔註164〕《北方論叢》1991 年第 4 期。
〔註165〕南陵徐氏煙畫東堂四譜本。
〔註166〕鉛印本。
〔註167〕商務印書館，1935 年。
〔註168〕《文藝會刊》1921 年第 4 期。
〔註169〕《責善半月刊》第 2 卷第 21 期，1942 年。
〔註170〕《儒效月刊》第 2 卷第 5 期，1946 年。

時期以後產生的標誌性成果，一是徐公持的《建安七子詩文繫年考證》〔註171〕，該文將建安七子今存詩文有年可考者，共七十二篇，按照年代的先後編次，並加以考證，甚見功力。二是俞紹初《建安七子集》附錄的《建安七子年譜》，作者鈎沉索隱，考證精審，多所發明和補正。如王粲離長安往荊州依劉表，《三國志》本傳謂時年十七，經考訂，「年十七」當是「年十六」之誤。陳琳、阮瑀、劉楨、應瑒四人生年無確考，作者鈎稽史料，也都推論出一個大致的生年。對研究建安七子生平、創作年代而言，年譜具有重要的參考價值。

徐公持的《建安七子論》〔註172〕就建安七子的政治態度、創作傾向、在文學史上的貢獻等論題發表了自己的看法，時有新見，是一篇對建安七子進行綜合研究的較高水準的論文。如孔融，一般被看作是曹操的反對派，作者認為，「從孔融的全部生涯來看，他固然曾經反對過曹操，但也曾擁戴過曹操；而且細考起來，擁曹的時間比反曹的時間長得多」。又如，作者認為，「要確切描述『七子』的創作，必須分前後兩個時期來談。劃分前後期，以他們歸附曹操作為標誌」；「憂國憂民和感歎身世」是七子前期創作的基本傾向，「對功名的追求和對曹氏父子的頌揚」是七子後期創作的基本傾向。

建安七子的創作，有共性，也有個性。魯迅《魏晉風度及文章與藥及酒之關係》「七人的文章很少流傳，現在我們很難判斷；但，大概都不外是『慷慨』，『華麗』罷」云云，說的就是共性。徐公持《建安七子論》、張可禮《建安作家的藝術個性特點》〔註173〕、俞紹初《建安七子集》和吳雲《建安七子集校注》的前言等也都談到了這種共性，並着重談了建安七子創作的個性。

郁賢皓、張采民《建安七子詩箋・前言》用精練的語言概括了建安七子詩歌的鮮明的個性特色：「王粲才情橫溢，辭藻華美；劉楨剛正遒勁，高風跨俗；陳琳雄健氣盛，磊落不平；阮瑀悲慨多氣，平易質樸；徐幹清新流麗，平和自然；應瑒辭采斐然，婉轉深至；孔融文氣豪宕，剛健質直。」桑學英《建安七子賦論》〔註174〕則着眼於「建安七子對賦體的自覺」，對建安七子賦作內容和形式方面的特徵作了分析。

〔註171〕《文學遺產增刊》第 14 輯，1982 年。
〔註172〕《文學評論》1981 年第 4 期。
〔註173〕《建安文學論稿》。
〔註174〕《濟寧師專學報》1994 年第 1 期。

　　七子之中，以王粲的文學成就爲最高，研究的論文也最多。其他諸子，少者只有寥寥數篇。才女蔡琰還是比較受研究者重視的。歸屬其名下的共有三首詩：五言《悲憤詩》、騷體《悲憤詩》和《胡笳十八拍》。這三首詩，尤其是《胡笳十八拍》的真偽是蔡琰研究的焦點，也是學術界一直爭論不休的話題。五十年代末到六十年代初，曾經有一次大規模的討論，中華書局 1959 年出版的《〈胡笳十八拍〉討論集》，收錄了參與這場論爭的部分有代表性的文章。就總的趨勢來看，五言《悲憤詩》是被信以爲真的，騷體《悲憤詩》半信半疑，《胡笳十八拍》則傾向於定爲偽作。

　　諸葛亮也是一個受到廣泛注意的人物，僅二十世紀出版的傳記類著作就有數十種。建國以後，被奉爲法家人物的諸葛亮，深受史學界和文學各界的青睞，關於他的研究和討論相當多。但諸葛亮主要是個政治家和軍事家，令他在文學史上佔據一席之地的，主要是他的《出師表》。文學界所看重的和著重研究的，也主要在於此。

　　上述之外，對建安時期其他作家的研究，就越發冷清了。陸侃如《中古文學繫年》〔註175〕對不少次要作家的生平事迹、著作篇目、著作年代進行了縝密的繫年考證，可謂勞苦功高。顧農《建安文學史》論述了吳質、應璩、禰衡、繁欽、繆襲，徐公持《魏晉文學史》論述了禰衡、楊脩、繁欽、左延年、仲長統，此外又都論及一些吳、蜀作家，都是比較難得的。

〔註175〕人民文學出版社，1985 年。

第四章　曹氏父子的遊仙詩

第一節　三曹之前的神仙思想和遊仙詩作

就現存文獻看，以「遊仙詩」標目者，始於曹植。然檢《隋書‧經籍志》，集部總集類干寶《百志詩》下原注：「梁又有《古遊仙詩》一卷，亡。」可見遊仙詩由來已久，且數量不少，曾彙編成書。及至梁昭明太子蕭統編纂《文選》，便特立「遊仙」一類，收錄晉代何劭、郭璞詩作八首，表明遊仙詩自成一體，世所公認。其後遊仙詩作者代不乏人，近代的王國維尚有《遊仙》四首。〔註1〕

《文選》李善注郭璞《遊仙詩》曰：「凡遊仙之篇，皆所以滓穢塵網，錙銖纓紱，餐霞倒景，餌玉玄都。而璞之制，文多自敘，雖志狹中區，而辭無俗累〔註2〕，見非前識，良有以哉！」李善所謂「前識」，當本自鍾嶸《詩品》。其評郭璞云：「但《遊仙》之作，辭多慷慨，乖遠玄宗，而云『奈何虎豹姿』，又云『戢翼棲榛梗』，乃是坎壈詠懷，非列仙之趣也。」〔註3〕合鍾、李二人

〔註1〕　見《王國維遺書‧觀堂集林》卷二十四。

〔註2〕　「辭無俗累」，與上下文意旨乖忤。清胡克家《文選考異》以爲「無」當作「兼」，可從。

〔註3〕　據曹旭先生《詩品集注》所引眾家之說，清人方東樹、沈德潛、何焯皆以「非列仙之趣」爲譏貶之辭，係誤解《詩品》原意。古直《鍾記室詩品箋》駁正其說，以爲『『乖遠玄宗』、『非列仙之趣』，言其名雖遊仙，實則詠懷，非貶辭也」。實爲鍾氏解人。而又云「乃李善不寤，而有『見非前識』之言」，則失解矣。李善所謂「見非前識」，是承鍾嶸「乃是坎壈詠懷，非列仙之趣也」而言，指出郭璞遊仙詩已被前人認定爲非遊仙詩之正格，並非是對郭璞有所指摘。

之意而解之，遊仙詩自當以睥睨世俗，脫略仕宦，嚮往神仙境界，企求神仙長生爲其主要內容，亦即表現「列仙之趣」，方爲正格；而郭璞遊仙詩則未能超塵拔俗，只不過借遊仙來自敘懷抱，亦即「坎壈詠懷」，和通常意義上的遊仙詩相比，已自不同，可稱作遊仙詩之變體。這裡所要討論的遊仙詩，係指凡是以描摹仙人、遊歷仙境爲其主要內容的詩歌，無論是否以「遊仙」命題，無論是表現「列仙之趣」還是「坎壈詠懷」，都在此限。

　　三曹遊仙詩不僅數量眾多，且成就突出，但在建國後的二三十年中，由於遊仙詩被定性爲消極逃避現實的產物，曹氏父子的遊仙詩，也罕爲論者所矚目。即使偶爾齒及，也存在不加分析，簡單否定的傾向。八十年代初，陳飛之、何若熊先生撰寫《曹操的遊仙詩》一文，率先肯定了曹操的遊仙詩作。〔註4〕其後三曹遊仙詩漸漸受到學術界的關注和重視。遊仙詩到了三曹，可視爲第一個創作高潮，探究曹氏父子的遊仙詩，對於把握源遠流長的遊仙詩作的發展脈絡具有不容忽視的意義和價值。本文在吸收前賢研究成果的基礎上，嘗試就三曹遊仙詩的創作時間、動因、內涵等進行進一步的探求和發掘。首先追溯一下神仙思想和遊仙詩的起源和發展，爲深入理解三曹遊仙詩之一助。

　　神仙思想，由來已久。《詩經》中多有「祈黃耇」、「介眉壽」、「萬壽無疆」、「永錫難老」之類用語〔註5〕，不少學者認爲這種對長生不死的祈望和祝願是促使神仙觀念產生的濫觴。又因神仙之說於齊地尤盛，而齊地濱海，多見海市蜃樓之類的怪異，遂以齊地爲神仙意識的發祥地。聞一多先生不贊同此說，認爲神仙思想源自西羌〔註6〕。《墨子·節葬下》：「秦之西有儀渠之國者，其親戚死，聚柴薪而焚之，燻上，謂之登遐。」「儀渠」即「義渠」，清孫詒讓《墨子閒詁》證之爲「氏羌之屬」。《呂氏春秋·首時篇》：「氏羌之民，其虜也，不憂其繫累，而憂其死不焚也。」〔註7〕《荀子·大略篇》亦有此說。以柴薪焚尸，實際上就是火葬。大概西羌人信奉一種古老的宗教，認定肉體乃是束縛靈魂的桎梏，所以死後不惜焚尸，使靈魂得以藉火光赤氣飛衝上天，獲得自由、長存和飛升。

〔註4〕見《學術月刊》1980年第5期。
〔註5〕分別見《大雅·行葦》、《豳風·七月》、《小雅·南山有臺》、《魯頌·泮水》等篇。
〔註6〕見《聞一多全集·神話與詩·神仙考》。
〔註7〕「首時篇」，孫詒讓《墨子閒詁》誤引作「義賞篇」，聞一多先生《神仙考》踵其誤。

　　神仙思想的產生與西羌人的火葬有著直接的淵源關係，這可以從《列仙傳》對早期仙人或仙人成仙的描述中找到不少遺證。如：「甯封子者，……世傳爲黃帝陶正。有神人過之，爲其掌火，能出五色煙，久則以教封子。封子積火自燒，而隨煙氣上下。視其灰燼，猶有其骨，時人共葬於甯北山中，故謂之甯封子焉。」其他如嘯父、師門、赤松子等，也都是通過「入火自燒」才隸身仙籍的。後世傳述列仙，喜談尸解，其名目繁多，有火解、水解、兵解、杖解、劍解等等，也都應該是古老成仙之道的遺傳和變異。

　　居住於今甘肅一代的姜戎，即屬西羌，與周世爲婚姻，而與殷商爲敵。太公姜尚當就是西羌中的英傑，因克商之功封於齊，必然會有一部分羌人移居過來，神仙觀念也就有了東漸的機遇。至於後來爲何神仙思想於齊地尤盛，也就不難理解了。

　　作爲舶來品的神仙思想在挺進中土之後，也經歷了一個本土化的過程。仙在性徵上是自由自在、無拘無束、長存不滅的靈魂，這和華夏土生土長的「神」（與『鬼』同類而地位又高於鬼）頗有相似之處，「神仙」（仙字後起，秦漢舊籍多作「僊」字）因此得以相提並論。而仙的地位又是高於神的，在後世描寫神仙的作品中，仙往往役使鬼神，一向爲國民敬畏的風伯、雨師、雷公、電母等眾神尊名曰麾，成了爲仙開道護駕的先鋒翼衛。此外，仙的人格化特徵愈來愈突出，形象也愈來愈具體鮮明，與捉摸不定的神相差日遠，而與明朗生動的人日相接近，後遂以「仙人」並稱。《莊子·逍遙遊》：「藐姑射之山，有神人居焉。肌膚若冰雪，綽約若處子。不食五穀，吸風飲露，乘雲氣，御飛龍，而遊於四海之外。」這裡所謂「神人」及其他篇中所謂「眞人」等等即是羌人神仙的變種。在莊子的生花妙筆下，仙人不再是一種朦朧抽象的理念，而是變得鮮活可感。他似人，也需要飲食充饑，也需要腳力以助遊歷。他又不同於人，以風露爲看糧，以雲龍爲駕御。莊子的描述奠定了神仙的基本形象設置，其後的《淮南子》、《列子》〔註8〕、《抱朴子》、《列仙傳》、《神仙傳》等等，對神仙的刻畫愈發細膩精微，但也不過是對莊子描繪的進一步拓展、豐富和演變而已。

　　好生惡死乃人之常情，永生不死當然爲人所希冀，何況神仙又有諸般妙處，頗令人嚮往和憧憬，自然激發起世人的求仙欲望來。然華夏人尤重喪葬

〔註8〕　《漢書·藝文志》錄有《列子》八篇，列禦寇撰，較《莊子》爲早。但學者多以今本《列子》爲魏晉人偽作，今從之。

之事，至若烈火焚尸以求靈魂登仙，對一般人而言簡直不可思議，西羌人的神仙說因而也就有了進一步改良的必要。唯死方能成仙，何若生而可致？唯靈魂不死，何若靈肉皆能永存？後來的神仙說也正是朝著這個日臻完美的目標奮進的。這個任務歷史地落在了一些富有開拓精神和天才設想的戰國秦漢之際的方士們的身上。他們經過不懈努力，探索出了醮祠、服食、辟穀、行氣、導引、房中等等據說是行之有效的神仙方術來。一方面用於自身修煉，另一方面他們也積極地向當權者兜售以期先在人間開創飛黃騰達的機遇。方士們不遺餘力地鼓吹神仙的美妙和自己方術的神效，享盡了人間富貴、耳朵裏灌滿了神仙神妙的君王們也倍受鼓舞，有了向天上尋求發展的奢望，因爲他們深知人壽有終，自己終究一天也會撒手人寰。也許有些對天上的神仙並不十分期羨，人間已經足夠美好，但若想永保世間榮華，也非得長生不死則可，這是一個十分緊迫而現實的事情。於是他們對求仙、對聲稱致仙有術的方士們逐漸產生了濃厚的興趣。

早在齊威王、齊宣王之時，騶衍之徒論著五德終始之說，「而宋毋忌、正伯僑、充尙、羨門高最後皆燕人，爲方仙道，形解銷化，依於鬼神之事。騶衍以陰陽主運顯於諸侯，而燕齊海上之方士傳其術不能通，然則怪迂阿諛苟合之徒自此興，不可勝數也。」方士們盛傳勃海中有蓬萊、方丈、瀛洲三神山，「諸僊人及不死之藥皆在焉。其物禽獸盡白，而黃金銀爲宮闕。」齊威王、宣王和燕昭王使人入海求之而不果。〔註9〕始皇即位，對此亦頗爲熱心。二十八年（前219）遣徐巿發童男童女數千人入海求仙。三十二年（前215）又使燕人盧生求羨門、高誓，使韓終、侯公、石生求仙人不死之藥。三十五年（前212）又遵從盧生之言，密其所居以求會晤眞人。而「韓眾去不報；徐巿等費以鉅萬計，終不得藥」；侯生、盧生乃至散發「誹謗」之言，以爲始皇「剛戾自用」、「刑殺爲威」、「貪於權勢」，「未可爲求仙藥」，逃匿不返。始皇召聚文學之士，本欲「興太平」、「求奇藥」，誠心受欺，美志不遂而落下訕謗之言，盛怒之下，竟使御史案問諸生，將犯禁者四百六十餘人皆坑之咸陽〔註10〕。及至漢武，並沒有吸取秦皇前車之鑒，唯求仙之心更爲執著，屢次「遣方士入海求蓬萊安期生之屬，而事化丹沙諸藥齊爲黃金」，又作柏梁、銅柱、承露仙人掌等臺觀迎侯仙人。李少師、李少翁、公孫卿等方士備受尊寵，變大更

〔註9〕見《史記‧封禪書》。
〔註10〕見《史記‧秦始皇本紀》。「徐巿」，或作「徐福」；「韓眾」，疑即「韓終」。

是封將軍、妻公主、賜甲第，「見數月，佩六印，貴振天下，而海上燕齊之間，莫不搤腕而自言有禁方，能神僊矣。」〔註11〕武帝求仙，孜孜不倦，耗費鉅資，甚至封禪泰山，也「本由好仙信方士之言，造爲石檢印封之事」〔註12〕，而神仙終不得一見，不過屢受欺詐而已。雖然有時也「益怠厭方士之怪迂語矣，然終羈縻弗絕，冀遇其眞」〔註13〕，可謂專注癡迷。

　　戰國秦漢之際神仙思想廣泛傳播的結果，必然是導致以仙人、仙境爲題材的遊仙詩的誕生。屈原是已知的最早寫作遊仙詩的人。朱乾《樂府正義》云：「屈子《遠遊》，乃後世遊仙之祖。」王逸《楚辭章句》：「《遠遊》者，屈原之所作也。屈原履方直之行，不容於世，上爲讒佞所譖毀，下爲俗人所困極，章皇山澤，無所告訴。乃深惟元一，修執恬漠，思欲濟世，則意中憤然，文采鋪發。遂敘妙思，託配仙人，與俱遊戲，周歷天地，無所不到。然猶懷念楚國，思慕舊故，忠信之篤，仁義之厚也。是以君子珍重其志，而瑋其辭焉。」不少學者疑其爲漢人僞作，亦有力證其眞者。〔註14〕退而言之，即使《遠遊》爲後人僞作，《離騷》、《涉江》、《九歌》中亦多神仙語。如「朝飲木蘭之墜露兮，夕餐秋菊之落英」，朝發蒼梧、夕至縣圃，飲馬咸池、總轡扶桑，「令羲和弭節」、使望舒先驅，「折瓊枝以爲羞兮，精瓊靡以爲糧」，「駕八龍」、「載雲旗」、「登崑崙」、「食玉英」，「與天地兮同壽，與日月兮齊光」等等。尤其是《離騷》，與《遠遊》文句相重至十八處之多，可以視之爲遊仙詩之雛形。陳子展先生說《離騷》遠逝自疏一段若爲《遠遊》一篇之縮小，《遠遊》全篇若爲《離騷》此一段之擴大，倒也不無道理。無論如何，《遠遊》、《離騷》諸篇所產生的影響是不可低估的。後世以遊仙爲題材的作品，或摭拾其成句，或化用其意境，或因襲其題目，無論是謀篇布局還是遣詞立意上，不時透露出祖尙之迹象，如司馬相如《大人賦》，亦步亦趨。賈誼《惜誓》、嚴忌《哀時命》、東方朔《七諫》、王褒《九懷》、劉向《九歎》、王逸《九思》、桓譚《仙賦》、黃香《九宮賦》等文直至曹氏父子的遊仙詩，也都不同程度地繼承了《遠遊》、《離騷》的創作傳統。

〔註11〕見《史記‧孝武本紀》。

〔註12〕《後漢書‧祭祀志》。

〔註13〕《史記‧孝武本紀》。

〔註14〕前者如陸侃如《屈原》、游國恩《楚辭概論》（後有所更正）、劉永濟《屈賦通箋》等。郭沫若《屈原賦今譯》推測《遠遊》爲司馬相如《大人賦》之初稿，廖平《楚辭講義》則根本否認屈原的存在。後者如范希曾《駁〈遠遊〉〈大招〉爲東漢人僞作說》、陳子展《遠遊試解》等。

　　有人提出秦始皇三十六年（前 211）所作《仙眞人詩》爲最早的遊仙詩，最早未必，但值得重視。《史記‧秦始皇本記》云：「三十六年，熒惑守心。有墜星下東郡，至地爲石，黔首或刻其石曰『始皇帝死而地分』。始皇聞之，遣御史逐問，莫服，盡取石旁居人誅之，因燔銷其石。始皇不樂，使博士爲《仙眞人詩》，及行所遊天下，傳令樂人謌弦之。」《本紀》又載三十五年（前212）盧生遊說始皇「所居宮毋令人知」，然後眞人可致，「不死之藥殆可得」。「於是始皇曰：『吾慕眞人，自謂「眞人」，不稱「朕」。』」始皇一向醉心仙道，冀求長生不死，至以「眞人」自稱。其令人作《仙眞人詩》者，或因百姓刻隕石咒其早死，於是便造不死仙人之詩，被之管弦以壓邪僻。始皇多有此舉。三十二年（前 215），「燕人盧生使入海還，以鬼神事，因奏錄圖書，曰『亡秦者胡也』。始皇乃使將軍蒙恬發兵三十萬人北擊胡，略取河南地。」亦即此類。推其內容，蓋博士以「仙眞人」比況始皇，迎合其祈求長生之意，同司馬相如《大人賦》相似，應是早期的遊仙詩作。

　　除此之外，《樂府詩集》所載漢樂府中還保留了一些遊仙詩，茲錄數首於下：

> 《王子喬》：「王子喬，參駕白鹿雲中遨。參駕白鹿雲中遨，下遊來，王子喬。參駕白鹿上至雲，戲遊遨。上建逋陰廣里踐近高。結仙宮，過謁三臺，東遊四海五嶽，上過蓬萊紫雲臺。三王五帝不足令，令我聖明應太平。養民若子事父明，當究天祿永康寧，玉女羅坐吹笛簫。嗟行聖人遊八極，鳴吐銜福翔殿側。聖主享萬年，悲今皇帝延壽命。」

> 《長歌行》：「仙人騎白鹿，髮短耳何長。導我上太華，攬芝獲赤幢。來到主人門，奉藥一玉箱。主人服此藥，身體日康彊。髮白復更黑，延年壽命長。」

> 《董逃行》：「吾欲上謁從高山，山頭危險大難。遙望五嶽端，黃金爲闕，班璘。但見芝草，葉落紛紛。百鳥集，來如煙。山獸紛綸，麟、辟邪；其端鵾雞聲鳴。但見山獸援戲相拘攀。小復前行玉堂，未心懷流還。傳教出門來：『門外人何求？』所言：『欲從聖道求一得命延。』教敕凡吏受言，採取神藥若木端。白兔長跪搗藥蝦蟆丸。奉上陛下一玉柈，服此藥可得神仙。服爾神藥，莫不歡喜。陛下長生老壽，四面肅肅稽首，天神擁護左右，陛下長與天相保守。」

　　《上陵》:「上陵何美美,下津風以寒。問客從何來,言從水中央。桂樹爲君船,青絲爲君筰,木蘭爲君櫂,黃金錯其間。滄海之崔赤翅鴻,白雁隨。山林乍開乍合,曾不知日月明。醴泉之水,光澤何蔚蔚。芝爲車,龍爲馬,覽遨遊,四海外。甘露初二年,芝生銅池中,仙人下來飲,延壽千萬歲。」

　　《步出夏門行》:「邪徑過空廬,好人常獨居。卒得神仙道,上與天相扶。過謁王父母,乃在太山隅。離天四五里,道逢赤松俱。攬轡爲我御,將吾上天遊。天上何所遊,歷歷種白榆。桂樹夾道生,青龍對伏趺。」

淮南王劉安又有《八公操》一首:

　　煌煌上天,照下土兮。知我好道,公來下兮。公將與余,生毛羽兮。超騰青雲,蹈梁甫兮。觀見瑤光,過北斗兮。馳乘風雲,使玉女兮。含精吐氣,嚼芝草兮。悠悠將將,天相保兮。

這六首詩,有四言,有五言,有雜言,風格質樸,與《遠遊》、《離騷》氣象不同。然亦有費解處,疑年代久遠、文字訛誤所致。玩其文意,前四首殆「求長生不死之術,令天神擁護君上以壽考也」〔註15〕,當與《仙眞人詩》同類。後兩首則多寫遊仙之樂。統而觀之,均以慕仙、求仙爲其旨歸,別無寄託,在立意上與《遠遊》、《離騷》有著明顯的差異。

第二節　三曹都是無仙論者

　　漢末人對求仙表現出非凡的熱情。《三國志·方技傳》裴松之注引曹丕《典論》:

　　穎川郄儉能辟穀,餌伏苓。甘陵甘始亦善行氣,老有少容。盧江左慈知補導之術。並爲軍吏。初,儉之至,市伏苓價暴數倍。議郎安平李覃學其辟穀,餐伏苓,飲水中寒泄痢,殆至隕命。後始來,眾人無不鴟視狼顧,呼吸吐納。軍謀祭酒弘農董芬爲之過差,氣閉不通,良久乃蘇。左慈到,又競受其補導之術,至寺人嚴峻,往從問受。闔豎眞無事於斯術也。人之逐聲,乃至於是。光和中,北海王和平亦好道術,自以當仙。濟南孫邕少事之,從至京師。會和平

〔註15〕《樂府詩集》卷三十四《董逃行》郭茂倩注。

> 病死，邕因葬之東陶，有書百餘卷，藥數囊，悉以送之。後弟子夏
> 榮言其尸解。邕至今恨不取其寶書仙藥。〔註16〕

時人熱衷仙道，崇拜方士，竟至如此，甚者幾乎搭上性命。而之所以至此，乃是時代使然。

《洪範》五福，以「壽」爲首。能夠「乘雲氣、御飛龍」，「潛行不窒、蹈火不熱」，〔註17〕役使鬼神等等諸般妙處尚且不提，單是神仙說迎合人類追求自由長生的本能願望，就使它極富誘惑性和生命力。漢末社會動亂，禍不旋踵，兵燹、災荒、疾疫紛至沓來，避之不及，王公貴人尚且不免橫禍，平民百姓更有朝不保夕之感。而人的生存在變得異常艱難的同時，生命意識也往往會變得異常強烈。《古詩十九首》之所以多被認定爲漢末文人之作，其中一個因素，就是着眼於那充滿字裏行間、無處不在的慨歎人生無常的濃厚的悲情氣息。此其一。「漢自武帝頗好方術，天下懷協道藝之士，莫不負策抵掌，順風而屆焉。後王莽矯用符命，及光武尤信讖言，士之赴趣時宜者，皆騁馳穿鑿，爭談之也。故王梁、孫咸名應圖籙，越登槐鼎之任，鄭興、賈逵以附同稱顯，桓譚、尹敏以乖忤淪敗，自是習爲內學，尚奇文，貴異數，不乏於時矣。」〔註18〕東漢一代，迷信氣氛相當濃鬱。光武奉行讖緯之類，如着魔一般。百姓好淫祀，祖宗要祭祀，仙人要祭祀，鬼神要祭祀，甚至爲生人立祠。這就爲神仙之說的蔓延和興盛提供了良好的社會氛圍。此其二。漢明帝時，佛教已經傳入中國。〔註19〕然而東漢時人對佛的認識較爲模糊，只是將其視爲能夠淩空飛行、變化多端、神通廣大的神仙，就連佛教也被看作是一種神仙方術。所謂「誦黃老之微言，尚浮屠之仁祠」〔註20〕就是這種情況的歷史反映。可以說，佛教在中國的落戶，對本已盛行的神仙之說的廣泛流佈客觀上起到了推波助瀾的作用，從此，中國人不僅僅供奉國產的神仙，還使進口的「神仙」開始受用起香火來。此其三。更爲重要的是道教的創立。東

〔註16〕辟穀、行氣、補導皆神仙方術。辟穀，不食五穀而代之以服藥、食氣。行氣，亦稱煉氣、食氣、服氣，以呼吸吐納爲主，輔以導引、按摩之術。補導，又稱陰道、房中術、黃赤之道、混氣之法、男女合氣之術、御婦人之法等等，以節欲慎施、還精補腦爲其要旨。

〔註17〕《列子·黃帝篇》。

〔註18〕《後漢書·方術列傳》。

〔註19〕關於佛教傳入中國的具體時間，眾說紛紜，此據通說，以永平十年西域高僧迦葉摩騰和竺法蘭以白馬馱經卷和佛像，供奉洛陽城東白馬寺時算起。

〔註20〕《後漢書·楚王英傳》。

漢末年，黃老道逐漸衍變成爲宗教。〔註21〕其中一支是順帝時張陵在蜀地鶴鳴山所創建的五斗米道，一支是靈帝時張角在河北鉅鹿所創建的太平道。兩派的發展都很迅速。十餘年間，太平道便擁有徒眾數十萬，遍佈青、徐、幽、冀、兗、豫、荆、揚八州，旁及并、涼，並於中平元年（184）同日起事，後遭到鎮壓，組織渙散。張陵死後，子張衡、孫張魯繼續傳道，信徒遍佈巴、蜀、漢中。張魯以寬惠爲政，政教合一，雄據巴、漢近三十年，朝廷力不能征，直至建安二十年（215）降歸曹操。曹氏父子同道教的關係相當微妙。初平三年（192），曹操與百萬黃巾戰於壽張。據《三國志·武帝紀》裴松之注引《魏書》，黃巾曾移書與操，引爲同道，後戰敗乞降。曹操受降卒三十餘萬，男女百餘萬口，收其精銳，號「青州兵」。建安元年（196），又收降汝南、潁川黃巾數萬人，黃巾軍竟成爲曹操爭奪天下的心腹之師。《三國志·文帝紀》裴松之注引《獻帝傳》載張魯之言曰：「寧爲魏公奴，不爲劉備上客也。」如此鍾情曹操，令人稱奇。受降後，曹操待以客禮，拜鎮南將軍、閬中侯，邑萬戶，五子皆封列侯，並結以姻親。曹操對五斗米道既有所限制，又加以扶植，曾拔漢中民數萬戶以實長安及三輔，其後百姓自願徙洛、鄴者又有八萬餘口，其道也因而轉出巴蜀，流播北方以至江南。南朝劉敬叔《異苑》卷五曰：「陳思王遊山，忽聞空裏誦經聲，清遠遒亮，解音者則而寫之，爲神仙聲。道士傚之，作步虛聲也。」〔註22〕此事或出道教徒附會，不足取信，但也未必全是空穴來風。曹丕即位，改元黃初，確鑿無疑是爲了迎合太平道「蒼天已死，黃天當立」的讖言。道教和曹氏父子互相認可，除了黃巾所言曹操「昔在濟南，毀壞神壇，其道乃與中黃太乙（按係太平道所奉主神）同」〔註23〕外，恐怕還有曹操父祖上的原因。桓帝信奉黃老道，曹騰爲中常侍大長秋，爲其主理祭祀之事，想必也是黃老信徒。雖然五斗米道和太平道在不少方面都存在差異，卻無一例外地繼承了黃老道中的神仙思想和修煉方術，後來成爲道教正宗的五斗米道更是將其發揚光大。《魏書·釋老志》在論及道教時說：「其爲教也，咸蠲去邪累，澡雪心神，積行樹功，累德增善，乃至白日升天，

〔註21〕所謂黃老道，是神仙家以方仙道附會黃老之學所形成的一種具有宗教色彩的道家學派。

〔註22〕步虛聲爲道士於醮壇上諷誦詞章所用之曲調行腔，其聲宛若眾仙凌空虛步，故名。後世道士文人有依聲填詞者，稱步虛詞。《樂府詩集》卷七十八引《樂府解題》曰：「步虛詞，道家曲也，備言眾仙縹緲輕舉之類。」

〔註23〕《三國志·武帝紀》注引《魏書》。

長生世上。」修道成仙,是道教的宗旨,也是藉以吸引、發展徒眾的一面大旗。而宗教的號召力和影響力是巨大的。可以說,道教的創立和發展,又使得原已波及甚廣的神仙思想更加深入人心,並使人們對求仙表現出一種宗教層面上的狂熱。此其四。又《後漢書·祭祀志》:「桓帝即位十八年,好神仙事,延熹八年,初使中常侍之陳國苦縣祠老子。九年,親祠老子於濯龍,文罽為壇,飾淳金釦器,設華蓋之坐,用郊天樂也。」上之所好,下必傚之。皇帝熱衷求仙,神仙方士便備受優崇,這為他們鼓吹神仙思想,賣弄神仙方術提供了良好的社會活動空間。此其五。所有這些,都促成了漢末人熱火朝天的求仙浪潮。

對神仙的態度不外乎三種,一是深信不疑,一是半信半疑,一是全然不信。在三曹中,曹丕的態度最為明朗和堅決。他嘲諷時人爭事方士、競行仙道的荒誕行徑,指斥他們「愚謬」。《文選》卷二十一郭璞《遊仙詩》李善注引曹丕《典論》曰:「夫生之必死,成之必敗。然而惑者,望乘風雲,冀與螭龍共駕,適不死之國。國即丹谿,其人浮游列缺,翱翔倒景。然死者相襲,丘壠相望,逝者莫返,潛者莫形,足以覺也。」他認為人之形性,「同於庶類,勞則早斃,逸則晚死。」〔註24〕所謂餐瓊倒景、長生不死純屬幻想,奉勸惑者早寤。這種看法還表現在他的詩作中。《芙蓉池作》:「壽命非松喬,誰能得神仙?」《折楊柳行》:「彭祖稱七百,悠悠安可原?老聃適西戎,於今竟不還。王喬假虛辭,赤松垂空言。達人識真偽,愚夫好妄傳。追念往古事,憒憒千萬端。百家多迂怪,聖道我所觀。」彭祖、老聃、王子喬、赤松子都是傳說中的仙人,典籍多有記載,而曹丕視之為「虛辭」、「空言」,並把「妄傳」者斥為「愚夫」。不僅不信神仙,對其他形形色色的迷信思想,曹丕也是堅決反對的。黃初二年(221)六月發生日食,有司奏免太尉,詔曰:「災異之作,以譴元首,而歸過股肱,豈禹、湯罪己之義乎?其令百官各虔厥職,後有天地之眚,勿復劾三公。」話說得頗為委婉,其實曹丕骨子裏是根本不在乎所謂三公調和陰陽那一套的。針對「叔世衰亂,崇信巫史,至乃宮殿之內,戶牖之間,無不沃酹」的陋習,他下詔禁淫祀,「其敢設非祀之祭,巫祝之言,皆以執左道論,著於令典。」〔註25〕對傳言所謂「切玉之刀、火浣之布」,曹丕也不以為然,著之《典論》:「火尚能鑠石銷金,何為不燒其布?」雖然後

〔註24〕馬總《意林》引曹丕《典論》。
〔註25〕《三國志·文帝紀》。

來的事實證明了「火浣之布」（按當係石棉纖維紡織而成）的存在，他那種崇實黜虛的精神畢竟還是難能可貴的。〔註26〕

關於曹操、曹植對待神仙的態度，情形較爲複雜，因而也就衆說不一。東晉葛洪《抱朴子・內篇・論仙》曰：「彼二曹學則無書不覽，才則一代之英，然初皆謂無，而晚年乃有。」「二曹」當指曹丕、曹植兄弟，有論者誤把曹丕作曹操解，並據此證明曹操、曹植經歷了從無仙論到有仙論的轉變。唱反調的，則認爲曹操、曹植自始自終都是無仙論者，但依據並不確切和充分。對此，還是先作一番分析後再下定論。曹操、曹植詩文中牽涉神仙、長生、鬼神、迷信之類的，亦有不少，現各擇取數例，條次如下：

曹操《精列》：「厥初生，造化之陶物，莫不有終期。」

《秋胡行》其二：「赤松王喬，亦云得道。得之未聞，庶以壽考。」

《步出夏門行・龜雖壽》：「神龜雖壽，猶有竟時；騰蛇乘霧，終爲土灰。……盈縮之期，不但在天：養怡之福，可得永年。」

《善哉行》：「痛哉世人，見欺神仙。」

《掩獲宋金生表》：「臣前遣討河內、獲嘉諸屯，獲生口，辭云：『河內有一神人宋金生，令諸屯皆云鹿角不須守，吾使狗爲汝守。不從其言者，即夜聞有軍兵聲，明日視屯下，但見虎迹。』臣輒部武猛都尉呂納，將兵掩獲得生，輒行軍法。」

《讓縣自明本志令》：「性不信天命之事。」

曹植《秋思賦》：「居一世兮芳景遷，松喬難慕兮誰能仙？長短命也兮獨何怨？」

《九愁賦》：「民生期於必死。」

《贈白馬王彪》：「虛無求列仙，松子久吾欺。」

《辯道論》：「夫神仙之書，道家之言，乃云傳說上爲辰尾宿，歲星降下爲東方朔。淮南王安誅於淮南，而謂之獲道輕舉；鈎弋死於雲陽，而謂之尸逝柩空。其爲虛妄甚矣哉！……世有方士，吾王悉所招致，甘陵有甘始，廬江有左慈，陽城有郤儉。始能行氣導引，慈曉房中之術，儉能辟穀，悉號數百歲。本所以集之於魏國者，誠

恐此人之徒接奸詭以欺眾，行妖惡以惑民，故聚而禁之也。豈復欲觀神仙於瀛洲，求安期於邊海，釋金輅而顧雲輿，棄文驥而求飛龍哉？自家王與太子及余兄弟，咸以為調笑，不信之矣。然始等知上遇之有恒，奉不過於員吏，賞不加於無功，海島難得而遊，六螭難得而佩，終不敢進虛誕之言，出非常之語。……又世虛然有仙人之說。……夫帝者，……而顧為匹夫所罔，納虛妄之辭，信眩惑之說，……紛然足為天下一笑矣。」〔註27〕

《誥咎文》：「五行致災，先史咸以為應政而作。天地之氣，自有變動，未必政治之所興致也。」

《令禽惡鳥論》：「俗惡伯勞之鳴，言所鳴之家必有尸也。此好事者附名為之說，令俗人惡之，而今普傳惡之，斯實否也。……屈原曰：『鵜鴂之先鳴，使百草為之不芳。』其聲鵙鵙然，故以音名也。若其為人災害，愚民之所信，通人之所略也。」

《毀鄴城故殿令》：「鄴城有故殿，名漢武帝殿。昔武帝好遊行，或所幸處也。梁柟傾頓，棟宇零落，修之不成良宅，置之終於毀壞，故頗撤取，以備宮舍。余時獲疾，望風乘虛，辛得恍惚，數日後瘳。而醫巫妄說，以為武帝魂神，生茲疾病，此小人之無知，愚惑之甚者也。」

《說疫氣》：「建安二十二年，疫氣流行，家家有僵尸之痛，室室有號泣之哀，或闔門而殪，或覆族而喪。或以為疾者，鬼神所作。……此乃陰陽失位，寒暑錯時，是故生疫。而愚民縣符壓之，亦可笑也。」

早在任濟南相時，曹操就曾「毀壞祠屋」，「禁斷淫祀」，「除奸邪鬼神之事。」〔註28〕像他那般不信天命，掩殺「神人」以及曹植對五行致災、令禽惡鳥、魂神生疾、鬼神作疫諸說的發難，在當時那個迷信風行的時代裏，都是可歌可頌的。以此推論，曹操、曹植似乎沒有崇信神仙的可能。和曹丕一樣，他們認為生之必死，以神仙之說為虛誕之言，對世人見欺神仙痛心疾首。而曹

〔註27〕「辯道論」，或作「辨道論」，此據《三國志・方技傳》裴松之注、《後漢書・方術傳》李賢注；「郤儉」，或作「郄儉」，此據《典論》及《三國志・方技傳》。

〔註28〕《三國志・武帝紀》及注引《魏書》。

植《辯道論》，簡直就是一篇聲討神仙妄說的檄文。因此，說他們是無仙論者，應該是不錯的。認為曹植經歷了一個由不信神仙到相信神仙的轉變過程的，所依據的無非是署名曹植的《釋疑論》：

> 初謂道術，直呼愚民詐偽空言定矣！及見武皇帝試閉左慈等令斷穀，近一日，而顏色不減，氣力自若。常云可五十年不食。正爾，復何疑哉？今甘始以藥含生魚而煑之於沸脂中，其無藥者，熟而可食；其銜藥者，遊戲終日，如在水中也。又以藥粉桑以飼蠶，蠶乃到十月不老。又以往年藥食雞雛及新生犬子，皆止不復長。以還白藥食白犬，百日毛盡黑。乃知天下之事不可盡知，而以臆斷之，不可勝也。但恨不能絕聲色，專心以學長生之道耳。

此文見於《抱朴子‧內篇‧論仙》，所言與《辯道論》截然相反，宛然一個曾經誤入歧途，而今虔誠悔過的神仙道教的忠實信徒的腔調。然而兩相比較，卻頗有疑點。上引曹丕《典論》、曹植《辯道論》並云郤儉能辟穀，左慈知補導之術，而《釋疑論》卻言曹操「試閉左慈等令斷穀」，非其所長。又曹植在《辯道論》中聲稱自己嘗令甘始試以藥含生魚而煑之於沸膏中，始以藥遠不可致之由搪塞不行。《釋疑論》卻宣稱曹操令始作為此事，且極力渲染其藥之神效。這神藥從何而來，實在讓人感到困惑。總之，《釋疑論》與《辯道論》乖忤過甚。葛洪是神仙家，魏晉神仙道教之所以得以發展和興盛，他是功不可沒的。他撰述《神仙傳》，鼓吹神仙思想，在《抱朴子‧內篇》中，他還構勒了一個美妙無比的神仙世界，詳細介紹各種神仙方術，敦勸世人修道求仙。曹氏兄弟一代英傑，把他們拉到信奉神仙理論的隊伍裏，對不信、懷疑甚或攻擊神仙說的人而言是很有說服力的。這篇《釋疑論》真是曹植所作，還是另有其人因《辯道論》於己不利而捉刀代筆，反其意而言之以混淆視聽，尚有進一步推究之必要。還是退而言其次，即使《釋疑論》確是曹植「在晚年，由於自身的感受和客觀情況的變化，對於方術出現了企羨的思想情感，因此在此論裏，否定了在《辨論道》中所作的結論」。〔註29〕那也不能證明曹植就相信神仙。《釋疑論》所首肯的，是「道術」，亦即神仙方術。信不信神仙是一回事，信不信神仙方術、從什麼角度去看待神仙方術是另一回事。向神仙方術投誠，並不能說明就由無仙論者變成了有仙論者。辟穀、導引、房中等神仙方術有其虛誕的一面，也有其合理性的成份在內，這是現代科學所揭示的。在《辯道論》中，曹植就一方面說神仙方術是「奸詭」、「妖惡」之術，一

〔註29〕見趙幼文《曹植集校注》。

方面又承認郤儉辟穀之術「不必益壽，可以療疾，而不憚飢饉焉」，左慈房中之術「差可終命，然自非有志至精，莫能行也」。對神仙方術的否定本不徹底。在文章末尾，曹植又說：「然壽命長短，骨體強劣，各有人焉。善養者終之，勞擾者半之，虛用者夭之。」這和曹丕所謂「勞則早斃，逸則晚死」以及曹操所謂「盈縮之期，不但在天；養怡之福，可得永年」其實是思想一致的。他們都相信壽不可以永而久，但可以養而久，而神仙方術，某種意味上也可以視之爲養生術。西晉張華《博物志》言曹操「好養性法，亦解方藥」。他招聚方士，誠如曹植所言，有「恐此人之徒接奸詭以欺眾，行妖惡以惑民」的目的，這是從政治上着眼的。眾所周知，太平道、五斗米道的創始人張角、張陵起初都是以道術招覽徒眾的，而最終也都成了氣侯。對此，曹操不能不防，但他致養方士也決非僅限於此。《後漢書·方術列傳》云：「甘始、元放（即左慈）、（東郭）延年皆爲（曹）操所錄，問其術而行之。」曹操招納方士，並把他們組織起來〔註30〕，有問行方術之意，這是不容否認的。唐孫思邈《千金方》卷八十一載操《與皇甫隆令》：「聞卿年出百歲，而體力不衰，耳目聰明，顏色和悅，此盛事也。所服食施行導引，可得聞乎？若有可傳，想可密示封內。」亦即其證。又曹丕《與鍾繇九日送菊書》云：「故屈平悲冉冉之將老，思餐秋菊之落英，輔體延年，莫斯之貴，謹奉一束，以助彭祖之術。」由此看來，就連明確昭示不信神仙的曹丕，對於服食之類的「彭祖之術」，亦曾躬行。

要之，三曹都是無仙論者，對神仙家所謂長生不死，駕螭龍載雲霓等等虛妄不實之說是非議和嗤鄙的，但對服食、辟穀、行氣、導引、房中等等神仙方術卻將信將疑，曹操、曹植尤其如此。而有一點是與眾不同的，他們問行道術，是爲了延年而決非爲了求仙。吳主孫權則不然，他好仙樂道，禮遇介象、姚光、葛玄等方道之士，爲之立觀。黃龍二年（230），竟輕信長老傳言，「遣將軍衛溫、諸葛直將甲士萬人浮海求夷洲及亶洲」〔註31〕，結果重蹈秦皇覆轍，無功而返，貽笑後世。

〔註30〕 《後漢書·方術列傳》：「王眞、郝孟節者，皆上黨人也。王眞年且百歲，視之面有光澤，似未五十者，自云周流登五嶽名山，悉能行胎息胎食之方，嗽舌下泉咽之，不絕房屋。孟節能含棗核，不食可至五年十年。又能結氣不息，身不動搖，狀若死人，可至百日半年。亦有宝家，爲人質謹不妄言，似士君子。曹操使領諸方士焉」。

〔註31〕 《三國志·吳主傳》。

第三節　三曹遊仙詩的思想意蘊

　　曹氏父子雖然都不相信神仙，卻寫下了爲數不少的遊仙詩。這本無足怪，因爲信不信神仙與寫不寫遊仙詩之間並無必然的因果關係，正如在中國文學史上，企慕隱逸的詩文不計其數，而眞正的隱士並非很多。既然論三曹遊仙詩者每每論及他們對神仙的態度，也不妨辯明其事，爲探求曹氏父子遊仙詩的主旨提供理論基礎，避免膠柱鼓瑟，輕率地把他們的遊仙詩看作是其遊仙思想在詩歌創作中的現實反映。

　　就現存文獻而言，完整的遊仙詩，曹丕只有一首，即《折楊柳行》。《文選》卷二十八陸機《前緩聲歌》李善注引魏文帝詩曰：「王韓獨何人，翱翔隨天塗。」用韻與《折楊柳行》不同，或爲其他遊仙詩佚句。如此，則曹丕遊仙詩自不止於孤篇。曹操的遊仙詩，保存完整的，有《氣出唱》三首，《精列》一首、《陌上桑》一首、《秋胡行》二首，計四題七首，約占其現存詩歌總量的三分之一（殘篇不計，下同）。《文選》卷二十四曹植《贈白馬王彪》李善注引魏武帝《善哉行》曰：「痛哉世人，見欺神仙。」玩其文意，亦歸之於遊仙之屬，大約不會太離譜。曹植遊仙詩最多，文意足具的，有《驅車篇》、《遊仙》、《仙人篇》、《飛龍篇》、《平陵東》、《升天行》二首、《五遊詠》、《遠遊篇》、《桂之樹行》、《苦思行》，計十題十一首，約是其傳世詩歌總數的七分之一。據《樂府詩集》卷六十三引《樂府解題》，可知曹植遊仙詩尚有《上仙籙》、《與神遊》、《前緩聲歌》三篇，可惜全部佚而不傳。又《文選》卷二十六謝靈運《入華子岡是麻源第三谷》李善注引曹植《述仙詩》曰：「遊將升雲煙。」觀其詩題，察其詩句，當是遊仙之類。另《藝文類聚》卷四十一錄有《善哉行》一首，題曹植作，亦遊仙詩。其辭曰：

> 來日大難，口燥脣乾。今日相樂，皆當喜歡。經歷名山，芝草翩翩。僊人王喬，奉藥一丸。自惜袖短，内手知寒。愁無靈輒，以救趙宣。月沒參橫，北斗闌干。親友在門，饑不及餐，歡日尚少，戚日短多。以何忘憂，彈箏酒歌。淮南八公，要道不煩。參駕六龍，遊戲雲端。

此詩《太平御覽》卷四一〇、《樂府詩集》卷三十六均作古辭。《四庫全書總目·曹子建集》提要云：「而《善哉行》一篇，諸本皆作古辭，乃誤爲植作。不知其下所載《當來日大難》即當此篇也。使此爲植作，將自作之而自擬之乎？」所言甚是。《文選》卷二十三潘岳《悼亡詩》李善注引曹植《善哉行》

曰：「如彼翰鳥，或飛戾天。」句式、用韻與《藝文類聚》所錄正同。疑曹植確有遊仙詩《善哉行》一首，與古辭《善哉行》相類，李善注所引即其佚句，而《藝文類聚》誤收古辭繫其名下。僅就數量而言之，在三曹之前，遊仙詩尚且寥寥，而曹氏父子的大量創作，大大推動了這一題材詩歌的豐富和發展。

三曹的遊仙詩都是樂府詩，或襲用舊題，或自創新題，其中曹丕、曹操所作，在魏晉時代還被配樂歌唱。遊仙詩既以仙人、仙境為表現對象，立意便不可與「仙」字無涉。統觀歷代遊仙詩作，意旨大概不出兩類。一是以企慕神仙長生為主腦，別無寓意，《仙真人詩》、漢樂府中所保存的便屬此類，可稱之為表述「列仙之趣」者。二是借遊仙以寄慨，如《遠遊》之類，可稱之為「坎壈詠懷」者。而對具體作品的意蘊分析，則往往由於理解的偏差而造成觀點的分別，關於曹氏父子的遊仙詩便是如此。

一、曹丕之遊仙詩

在三曹中，丕文不如植，武不如操，處境頗為尷尬。八十年代以來，學術界開始對曹操和曹植的遊仙詩加以探究，而曹丕遊仙詩依然被「冷藏」。當然還有一個客觀原因，完整的遊仙詩，曹丕僅有《折楊柳行》一首，但這首詩卻不失為窺探曹丕人生思想的一個窗口。在漢魏文人中，曹丕是一個具有強烈生命意識和時間觀念的人。慨歎光陰易逝，人生苦短的語句在其詩文創作中歷歷可見：

《芙蓉池作》：「壽命非松喬，誰能得神仙。遨遊快心意，保己終百年。」

《善哉行》「上山采薇」篇：「人生如寄，多憂何為？今我不樂，歲月如馳。」

《丹霞蔽日行》：「月盈則沖，華不再繁。古來有之，嗟我何言。」

《大牆上蒿行》：「四時舍我驅馳，今我隱約欲何為？人生居天壤間，忽如飛鳥棲枯枝。我今隱約欲何為？適君身體所服，何不恣君口腹所嘗？……今日樂，樂未央。為樂常苦遲，歲月逝，忽若飛，何為自苦，使我心悲。」

《豔歌何嘗行》：「男兒居世，各當努力。蹙迫日暮，殊不久留。」

《曹倉舒誄》：「惟人之生，忽若朝露。役役百年，疊疊行暮。」

　　　　《與王朗書》：「生有七尺之形，死唯一棺之士，唯立德揚名，
　　可以不朽，其次莫如著篇籍。疫癘數起，士人凋落，余獨何人，能
　　全其壽？」

　　　　《與吳質書》：「年行已長大，所懷萬端。時有所慮，至通夜不
　　瞑。……少壯眞當努力，年一過往，何可攀援？古人思秉燭夜遊，
　　良有以也。」

這種對人生無常、年壽不永的悲慨，是和《古詩十九首》的格調一脈相承的。
曹丕同時也給世人提供了兩種處世之道。一是及時行樂，「遨遊快心意」，這是
就眼前計；一是「立德揚名」著書立說以求不朽，這是就身後計。二者貌離神
合，都是生命危機意識下的產物。「人生如寄」的慘澹現實，是曹丕無力改變的。
及時行樂，雖可快一時之心意，一旦念及此樂難以久長，難免就要「樂往哀來，
凄然傷懷」。〔註32〕立德著書，雖可流芳後世，而終究今生不永。曹丕所生活的
時代，神仙之說趨於泛濫，修道求仙浸以成俗。耳濡目染，使他也幻想仙童賜
藥、服食輕舉，流觀四海，長存不滅，這是對現實的超脫。但他的思想境界畢
竟高於流俗，他深知所謂彭祖、老聃、王喬、赤松的得道成仙都只不過是一派
胡言，所以隨即便從想入非非中幡然醒悟，這是對幻想的超脫。已而曹丕轉向
了對「妄傳」、妄載神仙「迂怪」的「愚夫」、「百家」典籍的責難，末了以「不
語怪力亂神」的「聖道」自勉。《折楊柳行》內容，大致如此。朱乾《樂府正義》
卷八云：「『西山』之爲《折楊柳》也，言『黯然銷魂者，惟別而已矣』，殊非得
仙人靈藥，輕舉浮雲，倏忽萬億，可以免別離之苦。顧此必無之事，追念往事，
憒憒萬端。神仙之說，俱屬迂怪，則惟有觀我聖道，順命而行。如周公之東征，
顯父之出祖，皆聖道也。約其私情，止乎理義，皆聖道也。不必如神仙之超然
境外矣。」朱氏以「免別離之苦」解說「輕舉浮雲」之趣，已失曹丕本旨，加
之「約其私情，止乎理義」的說教，不免迂腐。又朱嘉徵《樂府廣錄》：「《折楊
柳》歌『西山』，明王道也。道術之廣崇，不止求長生一事，可破秦皇之惑、漢
武之悔矣。」以「明王道」發明旨趣，亦偏離重心。統觀全詩，乃借遊仙以抒
懷，對「壽命非松喬」的冷酷現實的掙扎和無奈，是其心腎，卻是以非難神仙
妄說，趨歸聖人之道爲冠冕的。它實質是曹丕欲求長生而又明知長生不可得的
矛盾心理的流露、映照和形象再現。唯其如此，方得《折楊柳行》詩中三昧。

〔註32〕曹丕《與吳質書》。

《折楊柳行》一詩，《藝文類聚》題作《遊仙詩》，元左克明《古樂府》又題作《長歌行》。《樂府詩集》卷三十引《樂府解題》曰：「古辭云：『青青園中葵，朝露待日晞』，言芳華不久，當努力爲樂，無至老大乃傷悲也。魏改奏文帝所賦曲『西山一何高』，言仙道茫茫不可識，如王喬赤松，皆空言虛詞，迂怪難言，當觀聖道而已。」據此可知《折楊柳行》改題《長歌行》，乃是曹魏樂府所爲，因其詩意與《長歌行》古辭相通，故取《長歌行》之曲調歌之，並改奪其舊題。而被改奏的《長歌行》古辭，則未必就如《樂府解題》所言爲「青青園中葵」一篇。《長歌行》別有「仙人騎白鷹」古辭，係遊仙之作，與「西山一何高」意類相近。樂府更歌辭「仙人騎白鹿」爲「西山一何高」，似更合乎情理。

《樂府詩集》卷二十七引《古今樂錄》云：「《十五》歌文帝辭，後解歌瑟調『西山一何高』、『彭祖稱七百』篇。」揣摹其意，《折楊柳行》似原作兩篇，自「西山一何高」至「茫茫非所識」爲一篇，「彭祖稱七百」以下爲另一篇。《樂府正義》卷六：「魏文『西山一何高』一篇，亦當以『彭祖稱七百』爲《折楊柳》本辭，慨歎愚夫妄傳而作，而以『西山一何高』爲豔。必欲合而解之，則有不可通者。」朱乾所謂前爲豔，後爲本辭之說，臆測意味濃重，「合而解之，則有不可通者」，倒也未必信然，而其一分爲二，卻不無道理。樂府歌辭，多有拼湊分割而成者，合二爲一，實不足怪。然自《宋書·樂志》以來，「西山一何高」、「彭祖稱七百」皆以《折楊柳行》這一題目收錄，上下連屬，未見一析爲二者，今姑存疑。

二、曹操之遊仙詩

五十年代末，爲曹操洗臉翻案的文章層出不窮，卻大都對其遊仙詩諱莫如深。遊仙詩既然被定性爲消極避世的人生觀的副產品，要爲曹公平反，自然就要避而不談了。中國社會科學院文學研究所編撰的《中國文學史》，於曹操多有肯定，但囿於時見，對其遊仙詩還是作了如下論述：「作爲一個剝削階級的強有力者，無論如何才能出眾，但他個人的事業總是免不了碰釘子，個人的野心也總是不能滿足的。這種消極情緒，正好說明了他性格中脆弱的一面。這樣的情調在《秋胡行》等作品中也有表現。」「另一些遊仙詩，則不論思想與藝術都不足取。」這種認識和評價，是不能苟同的，不過也是時代使然，無需誚責。倘若設身處地，如今對此多所譏評的專家學者，於時恐怕也

是此種論調。但無論如何，偏見還是必須糾正的。今人爭論和分歧的焦點，大略在《秋胡行》二首，實際上這兩首詩也是把握曹操所有遊仙篇什的樞紐所在，本文還是姑且從此入手。

曹操的遊仙詩都作於晚年，這是學術界所公認的。《三國志・武帝紀》：建安二十年（215）三月，「公西征張魯，至陳倉。夏四月，公自陳倉，以出散關。」「晨上散關山」一詩即作於此時或稍後。首先需要提出商榷的是對若干字句的理解。「此道當何難」一句，黃節先生《魏武帝魏文帝詩注》云：「當何難，言不難也。」恐與曹操意旨牴牾。參酌下文，「當何難」當是感慨其難，即何其難也之義。「三老公」，《曹操集譯注》解釋：「指三位神仙。」係望文生訓。黃節先生云：「《史記》，漢王南渡平陰津，至洛陽，新城三老董公，遮說漢王。應劭《漢官儀》曰：『三老五更，代所尊也。三者，道成於天地人；老者，久也，舊也。』《漢書》，壺關三老茂，《水經・濁漳水注》作壺關三老公。詩用此，蓋取三老董公說漢王伐項羽之意也。」其注得之。「三老公」實是曹操彷彿三老董公而虛設的一位「眞人」、神仙，而能「上升天」，又使其與人間董公有「天壤之別」。「謂卿云何苦以自怨」及以下二句，黃注云「皆問三老公之言也」，似乎適得其反，此三老公詢問作者之辭。黃注又云：「蓋以寧戚比三老，而自比齊桓也。」「去去不可追，歎三老之不爲用也。《魏志》，建安十九年十二月乙未，令曰：『有行之士，未必能進取；進取之士，未必能有行。陳平豈篤行，蘇秦豈守信耶？而陳平定漢業，蘇秦濟弱燕。由是言之，士有偏短，庸可廢乎？有司明思此義，則士無遺滯，官無廢業矣。』此詩作於二十年三月，蓋有求賢之意。」又有論者證成其說，並進一步加以引申發揮，歸結曹操《秋胡行》乃至《氣出唱》等等求仙詩實即求賢詩。其遊仙詩也因而得以奪胎換骨，變頹廢消極爲積極進取。

所謂頹廢與積極的論爭，本身並不具有太大意義。即便是徹頭徹尾的求仙詩，也是人類正常欲望的反映，是無可厚非的，庸人可以寫作，偉人亦可以寫作，偉人並不因其仍有未能脫棄凡近的思想就不成就其爲偉人。生吞活剝的責難本不應有，牽強附會、矯枉過正也不足取。對曹操遊仙詩的探究，不能孤立於一章一句，而應抓住關鍵，總覽眾篇，由表及裏，方能得其神髓。

《秋胡行》其二云：「二儀合聖化，貴者獨人不？萬國率土，莫非王臣。仁義爲名，禮樂爲榮。」對此數句應當注意，它是曹操在《度關山》、《對酒》二詩中所構勒的理想社會圖景的綱目。曹操身逢漢末大亂，被堅執銳，轉戰

南北三十餘載，始得半壁河山，已無臣人之心。至於屢以文王、周公、齊桓、晉文殷殷自許〔註33〕，未必全是虛情假意，同時也是爲了杜人口實，免遭謗議而已。即便如此，其漸露之雄詐，已令孔融之輩數不能堪。曹操之所以終生不曾代漢自立，固然緣由非一。他是以匡扶漢室爲名號令天下的，麾下群臣諸如荀彧、崔琰之徒傾心輔佐，也念及他至少還打著盡忠漢室的招牌。貿然行事，眾望所歸的他也許就會眾叛親離，立陷天下共討之的窘境。況且其時三國鼎立之勢幾成，西有違命之劉備，東有不臣之孫權，此起彼伏的臣僚、民眾、異族叛亂還尚且不提。「孟德位居騎虎，勢近黏天，入世出世，不能自割」。〔註34〕即如此次西征張魯，「晨上散關山」，道艱路險，「牛頓不起，車墮谷間」，「坐磐石之上」，「意中迷煩」。困苦之中，亦曾設想遺落世事，「名山歷觀，邀遊八極，枕石漱流飲泉」，〔註35〕亦仙亦隱，逍遙幽閒。而「決絕始能蹈逆」〔註36〕，顧己又爲時勢所牽絆，世途難斷，升天難期，「沉吟不決」〔註37〕之間，目見真人（可謂作者出世意念的化身）遠去，不可追尋，「戚然興感。生此傍徨，意亦自歎。」〔註38〕此「晨上散關山」一詩意旨。至於思得寧戚之輩賢才以經圖大業之意，似乎在詩歌末尾有所流露，那是詩人惆悵自憐之中意識聳動，超然遠想爲現實斬斷折回，雄圖大略又驀然勃發的心境下自然而然產生的一貫思慮，決非本詩主旨。以點概面，以偏概全，強冠以求賢詩的溢美之辭，不應該，也沒必要。

　　曹操號稱一代梟雄，然而令其在晚年憂心如焚的，概有二端：一是「憂世不治」〔註39〕，一是憂壽將終。揣以曹操之意，統一大業受阻，代漢之事難行。所謂「車轍馬迹，經緯四極」，「吏不呼門」，「民無所爭訟」，「倉穀滿盈」，「班白不負戴」，「路無拾遺之私」，「囹圄空虛」，「人耄耋，皆得以壽終」〔註40〕的太平盛世的構想也就成了一紙空言。倘若年富力強，一匡天下也並非完全無望，糟糕的是曹操年事已高，來日不長。他深知「厥初生，造化之陶物，莫不有終期」，「周孔聖徂落，會稽以墳丘」，雖「聖賢不能免」，而自

〔註33〕見曹操《短歌行》、《讓縣自明本志令》等。
〔註34〕陳祚明《采菽堂古詩選》卷五。
〔註35〕曹操《秋胡行》其一。
〔註36〕陳祚明《采菽堂古詩選》卷五。
〔註37〕曹操《秋胡行》其一。
〔註38〕陳祚明《采菽堂古詩選》卷五。
〔註39〕曹操《秋胡行》其二。
〔註40〕曹操《度關山》、《對酒》。

己年已垂暮。憂老畏死，本是人之常情，況且曹操又是胸懷大志之人，併吞八荒的鴻圖抱負的實現，一個不可或缺的前提就是個體生命的延續。雖則盛言「何爲懷此憂」，「君子以弗憂」〔註41〕，「不戚年往」，「存亡有命，慮之爲蚩」，「戚戚欲何念」等等以自寬解，揮之不去的還是忡忡憂心；雖則捫心自問「愛時進趣，將以惠誰」，還是不能容忍自己「汎汎放逸」。〔註42〕「時過時來微」〔註43〕的現實，是曹操用現實的手段無力扭轉的。和曹丕一樣，他也藉幻想中的遊仙之樂來開釋現實中難以排遣的愁悶。在曹操筆下，仙界與仙人生活是如此美好：「出隨風，列之雨」，「金階玉爲堂，芝草生殿旁」〔註44〕，「食玉英，飲醴泉，拄杖桂枝，佩秋蘭」；「景未移，行數千」〔註45〕。詩人也恍然若仙，「東到蓬萊山，上至天之門」〔註46〕；「駕虹蜺，乘赤雲，登彼九疑歷玉門。濟天漢，至崑崙，見西王母謁東君，交赤松，及羨門」。但他並沒有得意忘形，遍遊仙境，拜訪列仙的目的在於「受要秘道」〔註47〕、「思得神藥」〔註48〕，這是他念念不忘的。惟其能夠長生不死，他才不虛此行，因而祈慕永生之意在其遊仙眾篇中無不凸顯。如《氣出唱》三首：「但當愛氣壽萬年」，「萬歲長，宜子孫」，「坐者長壽遽何央。長樂甫始宜孫子，常願主人增年，與天相守。《陌上桑》：「壽如南山不忘愆。」《秋胡行》其二：「萬歲爲期。」曹操又畢竟是不信神仙的，幻想中的遊興時而會被意識的回歸現實擊得粉碎，始才尚且與之同遊的老子、赤松、王喬得道不老的傳說也會隨即被他否定。但無論是在現實世界中向神仙方士問行方術，還是在幻想世界中向各路神仙拜求道術，其思想根源是毫無二致的，那就是曹操《秋胡行》一詩中明言的「庶以壽考」。

　　朱乾《樂府正義》卷五論曹操《氣出唱》「駕六龍」一詩曰：「嗚呼！魏武之心，漢武之心也。漢武求之外而失，魏武求之內而亦失。乾聞之：陰氣不盡不成仙。今觀魏武一生，甚處心積慮，皆陰氣也。陰氣不盡，而陽氣絕矣。分香奏技，瞻望西陵，孰爲哀哉！」又論「華陰山」、「遊君山」二詩曰：

〔註41〕曹操《精列》。
〔註42〕曹操《秋胡行》其二。
〔註43〕曹操《精列》。
〔註44〕曹操《氣出唱》其二、其三。
〔註45〕曹操《陌上桑》。
〔註46〕曹操《氣出唱》其一。
〔註47〕曹操《陌上桑》。
〔註48〕曹操《秋胡行》其二。

「此二章言功圓行滿，遨遊八極，神仙共飲，客滿行觴，所謂『滿飲醍醐常自醉也。』」視曹操為溺於仙道的陰謀家，不過借評詩對「亂臣賊子」進行口誅筆伐。而朱嘉徵《樂府廣序》論曹操《秋胡行》云：「思治也。武帝有大一統之志。爾時三分之業已定，自苦年力不逮，是其遺恨。」其概括可謂精闢，識鑒於此，方為曹操遊仙詩解人。

綜上所述，曹操遊仙詩的神髓，殆可二言以蔽之，曰：「憂世不治」，「庶以壽考」。

三、曹植之遊仙詩

曹植是中國文學史上以「遊仙」命題的第一人，不妨說到了曹植，遊仙才作為一種詩歌題材被固定和明確下來並且得到了文人的普遍接受和認可。在創作的數量上，曹植也是前無古人的，他的遊仙詩，除了《平陵東》、《桂之樹行》之外，都是工整的五言，而且絕大多數都是自創新題的樂府詩。

關於曹植遊仙詩的創作年代，學術界大致有下列幾種看法：一、作於詩人生活的後期。二、作於建安二十年（215）至黃初四年（223）五月朝京師以前的八、九年間。三、一批作於文帝黃初之年，一批作於明帝太和之年。四、一批作於黃初二年（221），一批作於黃初四年（223）年以後。除了第四種看法比較具體外，大都籠而統之，且語焉不詳，未能提供充分證據。曹植的遊仙詩，既無序言以悉其詳，又無史實可資考證，要確切定年，委實不易，不過似乎還是可以從詩中透露的蛛絲馬跡中得到一點啟示。

曹植遊仙詩中，有不少提及泰山的。如《驅車篇》：「神哉彼泰山，五嶽專其名。」《仙人篇》：「仙人攬六著，對博泰山隅。」《飛龍篇》：「晨遊太山，雲霧窈窕。」當然這也不足為怪，曹操遊仙詩《氣出唱》其一就有「東到泰山」之句。而曹植《驅車篇》又有「驅車揮駑馬，東到奉高城」，「逝者感斯征」云云。奉高為泰山郡治，西南四里有明堂，漢武帝元封二年（前109）造，以奉泰山之祀。觀此三句與《飛龍篇》「晨遊太山」之語，曹植應當親臨奉高，目見東嶽，與一般遊仙詩中心移神遊，泛泛而談泰山、蓬萊、昆侖之屬不同。黃節先生於《驅車篇》篇末注云：「《魏志》，明帝太和中，護軍蔣濟上疏曰：『宜遵古封禪。』詔曰：『聞蔣濟言，使吾汗出流足。』事寢歷歲，後遂議修之，使高堂隆撰其禮儀。子建此篇，或當時作也。」蔣濟上疏明帝封禪泰山事見《高堂隆傳》，後因隆沒而竟不成，況且此事與曹植詩中寫泰山之遊並無

必然聯繫。黃先生的推論，似嫌臆斷，而且從他提供的這則材料中，也絲毫
察考不出曹植曾經親歷泰山的迹象。自黃初以迄太和，曹植屢徙都邑，而鄄
城、雍丘、東阿都遠離奉高。魏制，「鄰國無會同之制，諸侯遊獵不得過三十
里。」〔註49〕，曹植「東到奉高城」事，於是便頗爲費解。

　　黃初二年（221），曹植因東郡太守王機、防輔吏倉輯、監國謁者灌均誣
陷獲罪。曹丕因爭嗣之事對曹植懷恨在心，意欲藉此除之，被卞太后阻止，
只好暫時削其爵土，免爲庶人。然曹丕亦不肯善罷甘休，又詔敕曹植入京，
意在重治其罪。植「抱罪即道，憂惶恐怖，不知刑罪當所限齊」，又賴太后
出面干預，方「於延津受安鄉侯印綬」。〔註50〕在被免爲庶人及受封安鄉侯
期間，曹植曾被放逐，《九愁賦》所謂「揚天威以臨下，忽放臣而不疑」即
此。而被放逐的地點，賦中不曾明言，只云「長自棄於遐濱」。這「遐濱」，
很可能是指原臨菑封地。曹植《磐石篇》云：「磐石山巔石，飄颻澗底蓬。
我本泰山人，何爲客海東？蒹葭彌斥土，林木無芬重。岸岩若崩缺，湖水何
洶洶！」《漢書・文帝紀》載中尉宋昌進曰：「高帝王子弟地，犬牙相制，所
謂磐石之宗也。」「磐石」二句，當曹植自喻位爲藩侯，不幸淪爲罪人，隨
詔徙移，飄颻如澗底之轉蓬。此前曹植寄居鄄城，鄄城屬兗州，而泰山亦爲
兗州名山。「我本泰山人」二句，又當是曹植自謂本居鄄城，而今卻客居海
東。「海東」竟指何所，由下文描述約略可知。「蒹葭彌斥土，林木無芬重」，
極寫其地之貧瘠荒蕪。《尚書・禹貢》：「（青州）厥土白墳，海濱廣斥。」鄭
玄注：「斥，謂地城鹵。」孔穎達《正義》：「海畔迴闊，地皆斥鹵，故云廣
斥。」則其地當在青州。青州與曹植頗有干係者，唯有臨菑。臨菑東臨勃海，
正與「海東」之語相合。又古臨菑東北有巨澱，水域浩大，所謂「岸岩若崩
缺，湖水何洶洶」亦似寫此巨澱情狀。同篇「經危履險阻，未知命所終。常
恐沈黃壚，下與黿鼈同」云云，又恰恰與曹植其時負罪在身、存亡未卜的境
遇若合符契。曹植又有《泰山梁甫行》一詩，朱乾謂「詠齊土之風」，「殆作
於封東阿、鄄城之日」。朱緒曾不贊成其說，言「東阿、鄄城皆非邊海之地」，
以爲該詩係「憫漢末黃巾寇亂，民人流離而作」。黃節先生云：「此詩之作，
與《遷都賦》同意，所謂連遇瘠土也。朱緒曾以『邊海』二字爲疑，則失解
矣。《爾雅》：『九夷八狄，七戎六蠻，謂之四海。』疏引孫炎云：『海之言晦，

〔註49〕《三國志・武文世王公傳》裴松之注引《袁子》。
〔註50〕參第七章第二節。

晦暗於禮義也。』《荀子・王制篇》楊倞注曰：『海謂荒晦絕遠之地，不必至海水也。』然則此詩言邊海，謂邊遠耳。」按黃說近是。曹植雖名爲皇親，徙都東阿前，生活上卻一直比較困窮，這在其《望恩表》、《轉封東阿王謝表》、《遷都賦序》、《社頌序》等作品中多有展現。《泰山梁甫行》描繪的那個「寄身於草墅，妻子象禽獸，行止依林阻」，柴門蕭條，狐兔翔宇的「邊海民」，實即曹植夫子自道，詩中之「我」，亦非代人立言之稱謂。今人以此詩爲反映民生疾苦之作，殆未深察。然黃氏詮釋「邊海」云云，亦頗覺牽強難通。觀《泰山梁甫行》、《九愁賦》描述之情形，與《磐石篇》差相彷彿，所謂「邊海」、「遐濱」蓋亦指臨菑，與「海東」相同。陳祚明《采菽堂古詩選》卷六云：「《泰山梁甫行》，寫得蕭瑟，豈徒封臨菑時耶？」曹植終生不曾以臨菑侯身份居住臨菑封地，這是陳氏有欠深考的，而能夠敏銳地覺察出此詩似作於臨菑，卻是獨具慧眼。左思《魏都賦》有云：「臨菑牢落，鄢陵虛丘。」可知歷經漢末戰亂，臨菑業已殘破不堪，備極荒涼，與曹植詩中所言亦可以互相印證。以上種種迹象表明，曹植曾被黜退至臨菑邊海之地的可能性是非常大的。假定實際情況的確如此，則《驅車篇》所謂驅駕車馬、東到奉高的疑竇便可迎刃而解。由鄄城至臨菑，奉高爲必經之地，泰山同奉高相去不遠，曹植自可過往。

五嶽之中，東嶽最尊。應劭《風俗通》云：「泰山，山之尊，一曰岱宗。岱，始也；宗，長也。萬物之始，陰陽交代，故爲五嶽長。」而其神聖不止於此。至遲從西漢時起，泰山就被人們認爲是死後靈魂歸依之所，而泰山神則司掌人之壽命長短。《孝經援神契》：「太山，天帝孫，主召人魂。」「東方萬物始，故主人生命之長短。」〔註51〕張華《博物志》同。又古者「王者受命易姓，報功告成，必於岱宗」。〔註52〕《史記・封禪書》載公孫卿之言曰：「封禪七十二王，唯黃帝得上泰山封，……上封，則能仙登天矣。」武帝取信之而行封禪之事。可見泰山之與神與仙，本有不解之緣。曹植其時若以待罪之身被流放臨菑，途次泰山，觀此魂靈繫屬之地，遙想遠古登仙之說，假遊仙以寄慨，自是水到渠成、順理成章之事。據此，曹植一些遊仙詩的創作可大略擬定於黃初二年（221），對曹植遊仙詩思想意蘊的探討，即以上述揣測爲背景。

〔註51〕《重修緯書集成》卷五。
〔註52〕《初學記》卷五引《五經通義》。

　　曹植以任性而行而「舉掛時網」〔註53〕，本無生存之望，賴母后以死相保，才倖免於難。雖身爲庶民，舉家遭受驅遣，性命之虞，猶不盡除。思量前途渺茫，生死未卜，難免有早不保夕之感。在他的遊仙詩中，有不少語句流露出對長生的企盼。如《驅車篇》：「同壽東父年，曠代永長生。」《飛龍篇》：「壽同金石，永世難老。」《平陵東》：「靈芝采之可服食，年若王父無終級。」《升天行》其二：「願得紆陽轡，回日使東馳。」《五遊詠》：「服食享遐紀，延壽保無疆。」《遠遊篇》：「日月同光華，齊年與天地。」這種對長生的企盼和諸如「人生不滿百」〔註54〕、「人生如寄居」〔註55〕的哀鳴互爲表裏，給其遊仙詩抹上了一絲濃重的悲劇色彩。曹植一生功名心切，在《請招降江東表》一文中，曹植說道：「臣聞士之羨永生者，非徒以甘食麗服，宰割萬物而已。將有補益群生，尊主惠民，使功存於竹帛，名光於後嗣。」可見他企羨長生，不是或者不僅僅是以庸俗的世俗享受爲目的，而是和他固有的強烈的功業意識密切相關的。這一點和他父親有些相像，但畢竟又有很大的不同。在禍難隨時隨地可能降臨的境地中，曹植更多的是對死亡的恐懼和對生存的渴求。《驅車篇》「魂神所繫屬，逝者感斯征」二句，已不難目見其意，前引《磐石篇》「經危履險阻，未知命所終。常恐沈黃壚，下與黿鼈同」數語更是將這種心態表露無遺。實際上，終黃初之世，曹植一直就是如臨深淵、如履薄冰、戰戰兢兢的。「昊天罔極，生命不圖。常恐顚沛，抱罪黃壚」〔註56〕的憂恐一直是胸中塊壘。所謂「憂生之嗟」是曹植遊仙詩中以期慕長生爲表象的一個重要內涵。

　　吳兢《樂府古題要解》卷下云曹植《升天行》、《五遊詠》、《飛龍》、《仙人》、《遠遊》等篇「皆傷人世不永，俗情險艱，當求神仙翱翔六合之外。其詞蓋出楚歌《遠遊篇》也。」這是很有見地的。《離騷》、《遠遊》以降，遊仙詩作罕有不受其沾潤者，而曹植尤甚。《遠遊》的著作權屬於屈原，這是古人從來不曾置疑的，而屈原「悲時俗之迫阨兮，願輕舉而遠遊」的創作意圖，更爲曹植以及後世失意文人的遊仙詩作所仿傚和繼承。曹植性情端直，下爲讒言所禍，上爲君主所忌，被迫遠赴海東，和屈原的遭遇很是相似，因而也

─────────────

〔註53〕曹植《責躬詩》。
〔註54〕曹植《遊仙》。
〔註55〕曹植《仙人篇》。
〔註56〕曹植《責躬詩》。

更容易引發共鳴。在其遊仙詩中，曹植亦託配仙人，高飛遠舉，帶瓊瑤之佩，漱沆瀣之漿，「東觀扶桑曜，西臨弱水流，北極登玄渚，南翔陟丹丘」〔註57〕，周歷天地，無所不到，「高高上際於眾外，下下乃窮極地天」〔註58〕。而在肆意遊邀的同時，曹植亦不曾完全忘懷人間，但人間卻是以闊大無垠的神仙世界的對立面出現的。《仙人篇》：「四海一何局，九州安所如。」《五遊詠》：「九州不足步，願得淩雲翔。」陳祚明《采菽堂古詩選》卷六云：「觀『九州不足步』五字，其不得志於今之天下也審矣。」可謂一語道破。曹丕即位後，對諸侯嚴加防範。曹植局蹙藩邦，過惡日聞，言其處於水深火熱之中，殆不爲過，又被遣流離，天下雖大，九州雖廣，竟無立錐之地。「昆倉本吾宅，中州非吾家」〔註59〕，他唯有向天上去尋求存身之所了，讓久經壓抑的靈魂在虛構的「去留隨意所欲存」〔註60〕的自由、和樂、永恆的神仙世界裏得到暫時的慰藉。他的「意欲奮六翮，排霧淩紫虛」是現實壓迫、迫不得已的產物，而「翱翔九天上，騁轡遠行遊」〔註61〕則寄寓著他對自由的無比嚮往之情，這是三曹遊仙詩中所特有的，或者說是尤其突出的。

在曹植的遊仙詩中，還依稀可見他此番獲罪被貶後的複雜心境。曹丕即位，耿耿於舊仇宿怨，對曹植深惡痛疾，必欲置之死地而後快，雖最終未能如願以償，亦已讓他吃盡苦頭。而曹植對曹丕的險惡用心顯然估計不足，此次無端獲罪，乃至其後的種種遭遇，他主要歸咎於讒人構陷。而之所以爲讒人所構陷，又主要在於自己信口直言，落人以柄。《苦思行》一首，就是他歷經憂患後痛苦反思的詩化，「托言隱士教以忘言，蓋安身之道，守默爲要也。」〔註62〕對曹丕，曹植當然也不無憤恨，《遠遊篇》「齊年與天地，萬乘安足多」之語，就隱約透此意向，而更多的，則是希冀忠心上達，誠心彰明，兄弟和合，重歸於好，自己也可得以重返朝廷。《平陵東》：「閶闔開，天衢通。」《五遊詠》：「徘徊文昌殿，登陟太微堂。上帝伏西櫺，群后集東廂。帶我瓊瑤佩，漱我沆瀣漿。」如此等等，都是曹植期待君臣上下合樂歡欣的內在心迹的含蓄流露，而並非純粹描寫遊仙之樂，一無託諷。

〔註57〕 曹植《遊仙》。
〔註58〕 曹植《桂之樹行》。
〔註59〕 曹植《遠遊篇》。
〔註60〕 曹植《桂之樹行》。
〔註61〕 曹植《遊仙》。
〔註62〕 朱乾《樂府正義》卷十二。

　　曹植遊仙詩中還滲透著不少道家思想，對神仙方術亦多有涉及。前者如「潛光養羽翼，進趨且徐徐」〔註63〕，「要道甚省不煩，淡泊無爲自然」〔註64〕之類，後者如餐霞、服食、乘蹻、還精補腦等等。論者或據此稱曹植幾度經受打擊磨難之後，進取之心逐漸衰竭，轉而熱衷求仙問道之事。這種論調不過是從文本表象出發，不曾或不肯去深入考察和領會詩歌所蘊含的本質意義。文人本應博涉多通，經史子集皆須觀覽。唯其如此，方可洞曉他人篇籍，也唯其如此，方可自己搖筆爲文。雖然儒家思想自漢武帝起被定爲一尊，文人所習，遍及九流百家，自不止於儒家經典。雖則囿於正統觀念，他們或許並不贊同百家之說，如曹丕就有「百家多迂怪」之言，但百家思想卻是在他們頭腦中客觀地存在著的。《老》、《莊》在諸子百家之中本來就尤見厚重，道教興起，又引以爲經典，其地位愈高，影響愈廣。落魄者稱之述之以自取慰藉，得意者述之稱之以自命清高。究其實際，少有不折不扣，超塵拔俗，篤行其道者。曹植《釋愁文》、《髑髏說》諸文，更是滿紙道家之言，而都不過是他窮愁潦倒之中的發憤之作，名副其實在於「釋愁」，在於解悶，而並非就是他功名意識淡泊了，甚或言出世思想產生了、強化了。曹植終以壯志難酬飲恨而死，就是無可置疑的鐵證。況且神仙家、道家、道教三者之間本有不解之緣，遊仙詩中多道家語、多神仙方術之名本是自然而然之事。《遠遊》有之，曹植遊仙詩有之，後世遊仙詩也不可或缺，否則遊仙詩就不名其爲遊仙詩了。

　　需要指出的是曹植作品中還有一些帶有濃厚遊仙氣息的辭賦存在，如《洛神賦》、《九愁賦》等等，它們深受楚辭影響，在意旨上和其遊仙詩也有相通之處，此不贅述。

　　總之，三曹遊仙詩主旨不同，在企羨神仙長生的共同表象下所蘊含的，曹丕是對人生苦短的深沉慨歎，曹操是對大業難成的重重憂慮，而曹植更多的則是憂生之嗟。曹氏父子的遊仙詩不無「列仙之趣」，而更主要的，乃是「坎壈詠懷」。

　　在藝術表現和創作風格上，三曹遊仙詩和他們的其他作品是基本一致的，如曹操的質樸、曹丕的清新、曹植的工麗等等，這裡就不詳細論述了。

〔註63〕曹植《仙人篇》。
〔註64〕曹植《桂之樹行》。

第五章　曹操與建安諸文士──
兼談曹操用人

第一節　「曷嘗有尺寸憐才之意」？（一）

　　早在起兵討伐董卓之時，袁紹曾問曹操：「若事不輯，則方面何所依據？」
曹操云：「吾任天下之智力，以道御之，無所不可。」〔註1〕駕御天下才士，
是曹操用以克敵制勝，成就大業的基本方略。二十年後，曹操置酒漢濱，慶
祝荊洲平定，王粲奉觴賀曰：

> 　　方今袁紹起河北，仗大眾，志兼天下，然好賢而不能用，故奇
> 士去之。劉表雍容荊楚，坐觀時變，自以爲西伯可規。士之避亂荊
> 州者，皆海内之俊傑也；表不知所任，故國危而無輔。明公定冀州
> 之日，下車即繕其甲卒，收其豪傑而用之，以橫行天下；及平江、
> 漢，引其賢俊而置之列位，使海内迴心，望風而願治，文武並用，
> 英雄畢力，此三王之舉也。〔註2〕

王粲之言不無誇飾，卻也是實情。善不善於用人，確實是曹操、袁紹以及劉
表等或成或敗的關鍵性因素。宋人洪邁不無感慨地說：「曹操爲漢鬼蜮，君子
所不道，然知人善任使，實後世之所難及。……操無敵於建安之時，非幸也。」
〔註3〕而清人趙翼有云：「人才莫盛於三國，亦惟三國之主各能用人，故得眾

〔註1〕　《三國志・武帝紀》。
〔註2〕　《三國志・王粲傳》。
〔註3〕　《容齋隨筆》卷十二「曹操用人」條。

力相扶，以成鼎足之勢。」〔註4〕曹操力挫群雄，贏得半壁江山，而終其一生也未能一統天下，一個重要的因素是在用人上，對手劉備、孫權並不比他遜色多少。

曹操以愛才著稱，求賢若渴之情，發於詩篇，《短歌行》「曲曲折折，絮絮叨叨，若連貫，若不連貫，純是一片憐才意思」。〔註5〕更為著名的，則是他分別於建安十五年（210）、十九年（214）、二十二（217）年下達的三道求賢令：

> 「自古受命及中興之君，曷嘗不得賢人君子與之共治天下者乎！及其得賢也，曾不出閭巷，豈幸相遇哉？上之人不求之耳。今天下尚未定，此特求賢之急時也。『孟公綽為趙、魏老則優，不可以為滕、薛大夫。』若必廉士而後可用，則齊桓其何以霸世！今天下得無有被褐懷玉而釣於渭濱者乎？又得無有盜嫂受金而未遇無知者乎？二三子其佐我明揚仄陋，唯才是舉，吾得而用之。」

> 「夫有行之士，未必能進取，進取之士，未必能有行也。陳平豈篤行，蘇秦豈守信邪？而陳平定漢業，蘇秦濟弱燕。由此言之，士有偏短，庸可廢乎！有司明思此義，則士無遺滯，官無廢業矣。」

> 「昔伊摯、傅說出於賤人，管仲，桓公賊也，皆用之以興。蕭何、曹參，縣吏也，韓信、陳平負污辱之名，有見笑之恥，卒能成就王業，聲著千載。吳起貪將，殺妻自信，散金求官，母死不歸，然在魏，秦人不敢東向，在楚，則三晉不敢南謀。今天下得無有至德之人放在民間，及果勇不顧，臨敵力戰；若文俗之吏，高才異質，或堪為將守；負汙辱之名，見笑之行，或不仁不孝而有治國用兵之術：其各舉所知，勿有所遺。」

在令中，曹操要求僚屬「唯才是舉」，勿廢偏短，勿拘品行，即使是不廉、不篤、不信、不仁不孝之士，也不要遺棄，似乎顯得有些重才輕德；實則「魏武選辟掾屬，皆擇當時篤行之士，世徒以求賢令為詬病，殆未之深察耳」。〔註6〕曹操的求賢令，是他在天下三分的特定情勢下，謀求最大限度地延攬人才的口號和策略，展示了他不拘一格任用賢才的誠意和氣度，是他在事業上自始至終思得賢才以為輔佐願望的集中體現。

〔註4〕《廿二史箚記》卷七「三國之主用人各不同」條。
〔註5〕吳淇《六朝選詩定論》卷五。
〔註6〕盧弼《三國志集解》卷十六《鄭渾傳》注。

曹操有急於求賢之心，天下才士，或出於主動，或出於被動，也多半爲其網羅。文士自然在才士之列，加之曹操「以相王之尊，雅愛詩章」〔註7〕，天下能文之士，多來效命，「攀龍附鳳，自致於屬車者，蓋將百計」。〔註8〕不少學者認爲，曹操對文士們頗爲重視和優待，對他們中的個別人，如王粲，甚至還委以重任，事實上並非如此。

明人胡應麟曾不無憤激地說：

> 魏武朝攜壯士，夜接詞人，崇獎風流，鬱爲正始。然一時名勝，類遭摧折，若禰衡辱爲鼓史，阮瑀曲列琴工，劉楨減死輸作。皆見遇伶優，僅保首領。文舉（孔融字）、德祖（楊脩字）情事稍爾相關，便嬰大戮，曷嘗有尺寸憐才之意！〔註9〕

本文就先從胡應麟提及的這些文士們說起。

禰衡　　據《後漢書‧禰衡傳》，衡，平原般人，「少有才辯」，「建安初，來遊許下」，孔融「深愛其才」，「數稱述於曹操」。操欲見之，而衡言行悖慢，「聞衡善擊鼓，乃召爲鼓史」，此舉如操明言，「本欲辱衡」，不料反爲衡所辱，時隔不久，又上演營門罵曹事。應該說，曹操本是有禮遇禰衡的誠意的，只是禰衡不吃敬酒，更不吃罰酒。操、衡之間，衡不遜在先是實，操辱衡在先也是實，只是曹操貴爲司空，高高在上，其於處士禰衡，生殺予奪，全在一念之間。曹操二度受辱，氣急敗壞，可想而知，但還是忍氣吞聲，沒有殺掉禰衡。個中原因，並非如傳中所言「以其才名，不欲殺之」，而有其不得已之緣故在。借用曹操自己的話說：「禰衡豎子，孤殺之猶雀鼠耳，顧此人素有虛名，遠近將謂孤不能容之。」他是怕因小失大，怕遭受物議，謂其不能容人。「是時許都新建，賢士大夫四方來集」，而曹操立足未穩，強敵四布，方當藉眾力以成事之時，殺禰衡一人事小，讓天下寒心事大。更何況殷鑒不遠，餘悸在心。「故九江太守邊讓，英才俊偉，天下知名」〔註10〕，能屬文，亦名士兼文士，禰衡之流人物。初平三年（192）或四年（193）〔註11〕，曹操在兗州，讓「恃才氣，不屈曹操，多

〔註7〕劉勰《文心雕龍‧時序》。

〔註8〕鍾嶸《詩品序》。

〔註9〕《詩藪》外編卷一。

〔註10〕陳琳《爲袁紹檄豫州》。

〔註11〕據曹道衡、沈玉成先生《中古文學史料叢考》「邊讓事迹與《後漢書》記事之誤」條。

輕侮之言」，曹操殺讓，「族其家」〔註12〕。後來陳琳爲袁紹作檄，以此作爲曹操罪狀之一，謂「自是士林憤痛，民怨彌重，一夫奮臂，舉州同聲。故躬破於徐方，地奪於呂布，彷徨東裔，蹈據無所」。文人之筆，不免渲染，而曹操族誅邊讓，不得人心，也並非虛言，變生肘腋，幾失兗州，幾至傾覆，亦與此有關。〔註13〕覆轍不可重蹈，禰衡不可再殺。整個建安前期，曹操在待人上表現出了非凡的寬容。劉備來奔，程昱建言「觀劉備有雄才而甚得眾心，終不爲人下，不如早圖之」，曹操非不自知，而終不聽；〔註14〕袁紹與楊彪、梁紹、孔融有隙，欲使曹操藉故殺之，曹操寧忤袁紹意，棄而不爲；兗州叛將畢諶、魏種、徐翕、毛暉，後皆生得，曹操皆棄嫌重用；〔註15〕陳琳《爲袁紹檄豫州》歷數曹操罪惡，上及父祖，極盡醜詆之能事，曹操也釋而不咎。〔註16〕紀、傳稱畢諶以德免，魏種、陳琳以才免，固然不容否認，卻也不得要領。曹操不殺劉備，云：「方今收英雄時也，殺一人而失天下之心，不可。」不殺孔融等，云：「當今天下土崩瓦解，雄豪並起，輔相君長，人懷怏怏，各有自爲之心，此上下相疑之秋也，雖以無嫌待之，猶懼未信；如有所除，則誰不自危？」話說得不一樣，卻都是一個意思，都是明辨時局的經驗之談。小不忍則亂大謀，是兗州之叛給予曹操的慘痛教訓。而寬宏大量、「不念舊惡」，既安了眾心，得了眾心，去追求「追

〔註12〕 《後漢書・邊讓傳》、《三國志・武帝紀》注引《曹瞞傳》。

〔註13〕 陳琳所謂「奮臂」之「一夫」，疑指陳宮。據《三國志・呂布傳》及注引《典略》，陳宮爲東郡人，「剛直烈壯，少與海內知名之士皆相連結」。邊讓陳留人，同屬兗州，可能在陳宮所連結名士之列。邊讓被族，陳宮難免不平，難免有兔死狐悲之感，因而「自疑」，乃說張邈。張邈，兗州東平人，爲漢末名士，「八廚」之一，曾任陳留太守，爲袁紹所憤恨，畏曹操終爲紹擊己，亦「心不自安」。興平元年（194），陳宮、張邈趁曹操出征之際，共叛曹操，迎呂布，鄄城、范、東阿之外，兗州郡縣無不回應。而之所以「舉州同聲」之故，除了曹操得兗州未久，根基未牢之外，更直接緣於他的濫殺。邊讓被殺，已是「士林憤痛」。中平四年（193）、興平元年（194）年，曹操二度征討徐州牧陶謙，凡所攻拔，多所殘戮。《三國志・荀彧傳》注引《曹瞞傳》云：「自京師遭董卓之亂，人民流移東出，多依彭城間。遇太祖至，坑殺男女數萬口於泗水，水爲不流。陶謙帥其眾軍武原，太祖不得進。引軍從泗南攻取慮、睢陵、夏丘諸縣，皆屠之；雞犬亦盡，墟邑無復行人。」如此，焉得不民怨沸騰！

〔註14〕 《三國志・郭嘉傳》注引《魏書》云有人勸曹操殺劉備，操以之詢問郭嘉，嘉勸操勿殺，操以嘉言爲是；而注引《傅子》則云郭嘉勸曹操殺劉備，操不聽，後備叛走，操追恨不用郭嘉之言。疑當從《魏書》。

〔註15〕 參《三國志・武帝紀》及注引《魏書》、《三國志・臧霸傳》。

〔註16〕 《三國志・王粲傳》。

賢於忿後，棄愚於愛前，四方革命，則英豪託心矣」〔註17〕的效果，又可以令一些曾經交惡或先臣後叛的才士仍舊爲己所用，可謂名利雙收。這一切，從一定意義上說，正是曹操「矯情任算」的結果。

阮瑀　陳留尉氏人，才俊之士。《太平御覽》卷三八五引《文士傳》謂瑀「少有俊才，應機捷麗，就蔡邕學，歎曰：『童子奇才，朗朗無雙』」；《文選》卷四十二《爲曹公作書於孫權》李善注引《魏志》亦謂瑀「宏才卓逸，不群於俗」。《三國志·王粲傳》裴松之注、《文選》卷六十《齊竟陵文宣王行狀》李善注引《文士傳》並云：

> 太祖雅聞瑀名，辟之，不應，連見逼促，乃逃入山中。太祖使人焚山，得瑀，送至，召入。太祖時征長安，大延賓客，怒瑀不與語，使就技人列。瑀善解音，能鼓琴，遂撫弦而歌，因造歌曲曰：「奕奕天門開，大魏應期運。青蓋巡九州，在東西人怨。士爲知己死，女爲悅者玩。恩義苟敷暢，他人焉能亂？」爲曲既捷，音聲殊妙，當時冠坐，太祖大悅。

胡應麟所謂「阮瑀曲列琴工」事，即此。此事影響雖廣，卻難以據信，謬妄之處，如不得是征長安時事，不得有焚山之事，不得造如此歌曲等，裴松之已辨明之。相形之下，《太平御覽》卷二四九引《典略》較爲近實：

> （瑀）以才自護。曹洪聞其有才，欲使報答書記，瑀不肯，榜笞瑀，瑀終不屈。洪以語曹公。公知其無病，使人呼瑀。瑀終惶怖，詣門。公見之，謂曰：「卿不肯爲洪，且爲我作之。」瑀曰：「諾。」遂爲記室。

按《藝文類聚》卷三十六「人部·隱逸」類載阮瑀無題詩：「四皓潛南嶽，老萊竄河濱。顏回樂陋巷，許出安賤貧。伯夷餓首陽，天下歸其仁。何患處貧苦，但當守明真。」發明隱逸之志，馮惟訥《詩紀》題作《隱士詩》。殆阮瑀本以隱士自許，而自視甚高，但未必真有《周易》所謂「不事王侯，高尚其事」之心。〔註18〕「建安初辭疾避役，不爲曹洪屈」，實不屑於爲洪報答書記，

〔註17〕陳琳語，見《群書治要》卷二六載《魏志·王粲傳》注引《文士傳》。

〔註18〕隱士爲世所重。東漢後期，有些人隱居，不應辟命，實則藉此邀譽，作爲將來入仕之捷徑。王粲《英雄記》即載袁紹「隱居洛陽」，中常侍趙忠謂其「坐作聲價」，並非虛言。曹操《讓縣自明本志令》稱自己「始舉孝廉，年少，自以本非岩穴知名之士，恐爲海內人之所見凡愚」，也可見此一斑。

洪告操，操召瑀，瑀或有推脫，而終究不敢拒命，遂「投杖而起」〔註19〕。曹操知其無病，憤其欺詐、做作，或有「怒瑀不與語，使就技人列」之類行事以羞之辱之。蔡邕，曹操所友，邕「善音樂」，操「與埒能」〔註20〕，而阮瑀為蔡邕之徒，亦解音。《文士傳》云阮瑀以「能鼓琴」令曹操「大悅」，恐怕也不全然是空穴來風。事竟，操辟瑀為司空軍謀祭酒，管記室。軍謀祭酒疑即軍師祭酒，史避晉諱改。〔註21〕據《三國志・武帝紀》，建安三年（198）初置軍謀祭酒，阮瑀任此職，當在是年或稍後，後轉倉曹掾屬。《三國志・王粲傳》稱軍國書檄多阮瑀與陳琳所作。瑀之所作，可知者有《為魏武與劉備書》，僅存兩句，作於建安四年（199）或八年（203）〔註22〕；《為曹公作書於孫權》，文具存，作於建安十六年（211），同年又曾為曹操作書於韓遂，文不存。建安十二年（207）從曹操征烏桓，曾受命議立齊桓公祠。〔註23〕建安十七年（212）卒。

　　劉楨　　東平寧陽人，漢宗室子孫〔註24〕，「少以才學知名」〔註25〕。俞紹初先生《建安七子年譜》鈎稽史料，推測其早年事迹如下：「初平三年（192）曹操嘗命其來歸，以年少小未就；及之獻帝東遷後，乃獨自西行至許，入於曹操府中。」說可從。關於楨之仕履，記載比較散亂。《三國志・王粲傳》：「（楨）被太祖辟為丞相掾屬。」《文選》卷二十劉楨《公宴詩》李善注引《魏志》：「太祖辟（楨）丞相掾屬。」皆語焉不詳。按《後漢書・劉梁傳》李賢注引《魏志》：「（楨）為司空軍謀祭酒，五官郎將文學，……轉為平原侯庶子。」則劉楨先為司空軍謀祭酒；建安十三年（208），曹操為丞相，楨即在丞相掾屬之列；及至「建安十六年，（曹操）世子（曹丕）為五官中郎將，妙選文學，使

〔註19〕《三國志・王粲傳》裴松之案語。

〔註20〕《三國志・武帝紀》及注引《博物志》。

〔註21〕參楊晨《三國會要》卷九。

〔註22〕《太平御覽》卷六〇〇引《金樓子》：「劉備叛走，曹操使阮瑀為書於備，馬上立成。」《三國志・王粲傳》裴松之案：「《典略》載太祖初征荊州，使瑀作書與劉備。」據《三國志・武帝紀》，劉備叛走，與袁紹連和在建安四年；曹操初征荊州在建安八年，時劉備在荊州，依劉表。則阮瑀或曾兩度為曹操作書與劉備。今傳《為魏武與劉備書》，為兩者之一。

〔註23〕參俞紹初先生《建安七子年譜》。

〔註24〕據《後漢書・劉梁傳》，楨祖父梁（《三國志・王粲傳》注引《文士傳》謂楨父梁），「梁，宗室子孫」。

〔註25〕《太平御覽》卷三八五引《文士傳》。

楨隨侍太子」〔註 26〕，任五官將文學，後世或追稱魏太子文學〔註 27〕；轉平原侯（曹植）庶子。〔註 28〕

《三國志・王粲傳》稱楨曾「以不敬被刑，刑竟署吏」。注引《典略》云：

> 太子嘗請諸文學，酒酣坐歡，命夫人甄氏出拜。坐中眾人咸伏，
> 而楨獨平視。太祖聞之，乃收楨，減死輸作。

此即胡應麟所謂「劉楨減死輸作」事，亦見《水經注》卷十六《谷水注》，《太平御覽》卷四六四、卷八〇五引《文士傳》，文字互有異同，而《太平御覽》卷四六四所引最詳：

> （楨）性辯甚。文帝嘗請同好，為主人，使甄夫人出拜，坐者皆
> 伏，而楨獨平視如故。武帝使人觀之，見楨，大怒，命收之。主者案
> 楨大不恭，應死，減一等，輸作部，使磨石。武帝嘗輦至尚方，觀作

〔註 26〕 《世說新語・言語》篇注引《典略》。

〔註 27〕 《隋書・經籍志》之於劉楨、徐幹、應瑒，皆署魏太子文學，如：「《毛詩義問》十卷。魏太子文學劉楨撰。」又：「魏太子文學《劉楨集》四卷。錄一卷。」又《晉書・閻纘傳》載纘上疏曰：「昔魏文帝之在東宮，徐幹、劉楨為友，文學相接之道並如氣類。」觀其意，劉楨等人似任太子文學。據《三國志・武帝紀》，曹丕被立為魏太子，在建安二十二年（217）十月。幾乎同時或稍後，天降疫癘，劉楨、應瑒、陳琳皆卒，《武帝紀》注引《魏書》所謂「帝初在東宮，疫癘大起，時人凋傷」可證，無暇再為魏太子文學。又史載曹丕之在東宮云云，不實者往往而有。如《三國志・文德郭皇后傳》：「太祖為魏公時，（郭后）得入東宮。」而曹操為魏公，自建安十八年（213）五月至二十一年（216）五月。《荀攸傳》：「文帝在東宮，太祖謂曰……攸曾病，世子問病……」而荀攸建安十九年卒。閻纘所稱，當亦此類，在東宮，意謂為世子。

〔註 28〕 《三國志・邢顒傳》：「太祖諸子高選官屬，令曰：『侯家吏，宜得淵深法度如邢顒輩。』遂以為平原侯植家丞。顒防閑以禮，無所屈撓，由是不合。庶子劉楨諫植曰……」而《晉書・琅邪悼王煥傳》載尚書令習協奏「昔魏臨菑以邢顒為家丞，劉楨為庶子」，稱曹植時為臨菑侯，與《邢顒傳》作平原侯不同。《資治通鑑》卷六十七謂「魏公操擊孫權，留少子臨菑侯植守鄴。操為諸子高選官屬，以刑顒為植家丞。顒防閑以禮，無所屈撓，由是不合。庶子劉楨美文辭，植親愛之。楨以書諫植曰……」同《煥傳》。按據《三國志・武帝紀》、《曹植傳》和《武文世王公傳》，建安十六年（211）曹丕封五官中郎將，曹植封平原侯，曹據封范陽侯，曹宇封都鄉侯、曹林封饒陽侯，曹袞封西鄉侯；十九年（214），植徙封臨菑侯，曹操諸子，同年封侯或徙封者，僅此一人。則「太祖諸子高選官屬」必在建安十六年，當以《顒傳》為是，重參以《後漢書・劉梁傳》李賢注引《魏志》，劉楨曾為平原侯庶子，殆可無疑。後世稱曹植，侯則習稱臨菑，王則習稱東阿、陳思，至於時間斷限，往往不甚經意，《煥傳》所記，或即此類，或劉楨就任平原侯庶子後一直在曹植官屬中並隨之轉為臨菑侯庶子，而史籍略而不書。

者，見楨故環坐，正色磨石，不仰。武帝問曰：「石何如？」楨因得
喻己自理，跪對曰：「石出自荊山懸岩之下，外有五色之章，內含卞
氏之珍，磨之不加瑩，雕之不增文，稟氣堅貞，受茲自然。顧其理枉
屈紆繞，獨不得申。」武帝顧左右大笑，即日還宮，赦楨，復署吏。

此事發生在建安十六年（211）劉楨為五官將文學時。〔註29〕按曹操「為人佻
易無威重」〔註30〕，丕、植兄弟，亦復如此。〔註31〕徐幹《中論‧法象》篇
說得好：「孔子曰：『君子威而不猛，泰而不驕。』《詩》云：『敬爾威儀，惟
民之則。』若夫墮其威儀，恍其瞻視，忽其辭令，而望民之則我者，未之有
也。莫之則者，則慢之者至矣。」在上者不持重，在下者萌生輕慢之心，乃
順理成章之事。《三國志‧王粲傳》注引《典略》在敘劉楨坐平視甄夫人被譴
之前，尚有一事：

> 文帝嘗賜楨廓落帶，其後師死，欲借取以為像，因書嘲楨云：「夫
> 物因人為貴。故在賤者之手，不禦至尊之側。今雖取之，勿嫌其不
> 反也。」楨答曰：「楨聞荊山之璞，曜元后之寶；隨侯之珠，燭眾士
> 之好；南垠之金，登窈窕之首；鼲貂之尾，綴侍臣之幘：此四寶者，
> 伏朽石之下，潛污泥之中，而揚光千載之上，發彩疇昔之外，亦皆

〔註29〕 參曹道衡、沈玉成先生《中古文學史料叢考》「劉楨籍貫、輸作及年歲」條。
〔註30〕 《三國志‧武帝紀》注引《曹瞞傳》：「太祖為人佻易無威重，好音樂，倡優
在側，常以日達夕。被服輕綃，身自佩小鞶囊，以盛手巾細物，時或冠恰帽
以見賓客。每與人談論，戲弄言誦，盡無所隱，及歡悅大笑，至以頭沒杯案
中，肴膳皆沾汙巾幘，其輕易如此。」
〔註31〕 《三國志‧曹植傳》謂植「性簡易，不治威儀」，《王粲傳》注引《魏略》載
其初見邯鄲淳事可證。而曹丕輕佻更甚。《武帝紀》注引《魏略》：「王忠，……
三輔亂，忠饑乏啖人，……五官將知忠嘗啖人，因從駕出行，令俳取塚間髑
髏繫著忠馬鞍，以為歡笑。」此為五官中郎將時事。《辛毗傳》注引《世語》：
「初，文帝與陳思王爭為太子，既而文帝得立，抱（辛）毗頸而喜曰：『辛君
知我喜不？』」此得立為魏太子後事。《明帝紀》注引《魏略》：「（孟）達以延
康元年率部曲四千餘家歸魏。文帝時初即王位，……近出，乘小輦，執達手，
撫其背戲之曰：『卿得無為劉備刺客邪？』遂與同載。」此嗣位為魏王後事。
《蔣濟傳》：「文帝……踐阼……時有詔，詔征南將軍夏侯尚曰：『卿腹心重將，
特當任使。恩施足死，惠愛可懷。作威作福，殺人活人。』尚以示（蔣）濟。
濟既至，帝問曰：『卿所聞見天下風教何如？』濟對曰：『未有他善，但見亡
國之語耳。』帝忿然作色而問其故，濟具以答，因曰：『夫「作威作福」，《書》
之明誡。「天子無戲言」，古人所慎。惟陛下察之！』於是帝意解，遣追取前
詔。」此即帝位後事。如此等等，無怪乎《晉書‧傅玄傳》謂「魏文慕通達，
而天下賤守節」。

未能初自接於至尊也。夫尊者所服，卑者所修也；貴者所御，賤者
所先也。故夏屋初成而大匠先立其下，嘉禾始熟而農夫先嘗其粒。
恨楨所帶，無他妙飾，若實殊異，尚可納也。」楨辭旨巧妙皆如是，
由是特爲諸公子所親愛。

曹丕借機嘲諷，劉楨反唇相譏，在矜莊之士看來，未免有失體統，而尚不失
爲文人雅事。宴會之際，命夫人出拜，曹丕此舉，實屬輕薄，而不無炫耀之
意。眾所周知，他的這位甄夫人，姿色出眾，而頗有傳奇色彩〔註32〕，想必
人人欲睹之而後快。劉楨「卓犖偏人」〔註33〕，又爲曹丕等所親愛，平時隨
便慣了，又是酒酣之際，遂有越禮平視甄夫人之事。倘若曹操不知，還相安
無事，曹操知道了，麻煩就大了。劉楨「減死輸作」，可謂嚴懲。當時在場
的吳質，也因此調離。曹操之所以大動干戈，顯然有殺雞駭猴的用心：爾等
不過文學侍從而已，須有自知之明，尊卑之際，不可造次。對曹丕有失檢點
之處，曹操似乎並沒有加以追究，但這件事造成的惡果已足以給他一個教
訓。而劉楨被刑，並不心服口服。《世說新語‧言語》篇：「劉公幹以失敬罹
罪。文帝問曰：『卿何以不謹於文憲？』楨答曰：『臣誠庸短，亦由陛下綱目
不疏。』」小說家言，或不可信，而觀其借石「喻己自理」之言亦可知矣。
所幸劉楨輸作不久即被赦出〔註34〕，《三國志》、《太平御覽》引《文士傳》
並云楨刑竟署吏，不云何職，揣情度理，當是平原侯庶子，即由以往的曹丕
侍從轉爲曹植侍從。在爲平原侯庶子期間，劉楨傲岸的個性似乎有所收斂。
邢顒對曹植「防閑以禮，無所屈撓」，曹植與之不和，而親愛劉楨，楨以書
諫植，其云：

家丞邢顒，北土之彥，……楨誠不足同貫斯人，並列左右。
而楨禮遇殊特，顒反疏簡，私懼觀者將謂君侯習近不肖，禮賢不
足，採庶子之春華，忘家丞之秋實，爲上招謗，其罪不小，以此
反側。

〔註32〕《世說新語‧惑溺》篇：「魏甄后惠而有色，先爲袁熙妻，甚獲寵。曹公之屠
　　　　鄴也，令疾召甄，左右白：『五官中郎已將去。』公曰：『今年破賊，正爲奴。』」
　　　　注引《魏氏春秋》：「五官將納熙妻也，孔融與太祖書曰：『武王伐紂，以妲己
　　　　賜周公。』太祖以融博學，眞謂書所記。後見融問之，對曰：『以今度古，想
　　　　其然也。』」《文選》卷十九《洛神賦》李善注引《記》：「魏東阿王，漢末求
　　　　甄逸女，旣不遂。太祖回與五官中郎將。植殊不平，晝思夜想，廢寢與食……」
〔註33〕謝靈運《擬魏太子鄴中集詩‧劉楨詩》。
〔註34〕參曹道衡、沈玉成先生《中古文學史料叢考》「劉楨籍貫、輸作及年歲」條。

劉楨戰戰兢兢，深自貶抑，當是上次被刑心有餘悸，畏懼重爲視聽所構、一罪再罪的產物。楨建安二十二年（217）死於疾疫。

孔融〔註35〕　魯國人，孔子二十世孫，「幼有異才」，早知名。而性情迂闊疏狂，與權豪勢要多不睦。何進欲遣劍客追殺之，袁紹欲借曹操之手殺之，又曾以忤董卓旨，出任北海相，而北海爲黃巾「賊沖」。融「負其高氣，志在靖難，而才疏意廣，迄無成功」，在郡數年，政散民流，不能保障四境。建安元年（196），曹操迎獻帝都許，融與操有舊，被徵爲將作大匠，遷少府，建安十三年（208）爲操所殺，妻子皆被誅。

關於孔融被殺之由，蘇軾《孔北海贊》有云：

> 文舉以英偉冠世之資師表海內，意所予奪，天下從之，此人中龍也；而曹操陰賊險狠，特鬼蜮之雄者爾。其勢決不兩立，非公誅操，則操害公，此理之常。……公之無成，天也；使天未欲亡漢，公誅操如殺狐兔，何足道哉！

意孔、曹二人，一欲存漢，一欲亡漢，勢不兩立。按自中平六年（189）董卓擅行廢立之事，政去漢室，獻帝淪爲傀儡，備位而已。孔融擁護漢帝，反對權臣篡逆，對董卓、劉表、袁術等人，都曾加以指斥。〔註36〕至於曹操，孔融曾長期予以信任，這在其詩文中表現非一：

> 《六言詩》（約建安元年作）其二：「郭李分爭爲非，遷都長安思歸。瞻望關東可哀，夢想曹公歸來。」其三：「從洛到許巍巍，曹公憂國無私。減去廚膳甘肥，群僚率從祁祁。」

> 《上書薦謝該》（建安三年作）：「今尚父（喻曹操）鷹揚，方叔（喻曹操）翰飛。」

> 《與王朗書》（建安三年作）：「曹公輔政，思賢並立。」

> 《論盛孝章書》（建安九年作）：「惟公（按謂曹操）匡復漢室，宗社將絕，又能正之。」

〔註35〕 本部分引文和事迹多參考《後漢書‧孔融傳》，作品、行事繫年多參考俞紹初先生《建安七子年譜》，不再一一注明。

〔註36〕 孔融《六言詩》其一：「漢家中葉道微。董卓作亂乘衰，僭上虐下專威。」《崇國防疏》：「竊聞領荊州牧劉表桀逆放恣，所爲不軌，至乃郊祭天地，擬儀社稷。雖昏僭惡極，罪不容誅，至於國體，宜且諱之……」《馬日磾不宜加禮議》：「袁術僭逆，非一朝一夕，日磾隨從，周旋歷歲。……不宜加禮。」

《六言詩》二首由衷讚美曹操，對曹操寄予厚望，但其眞僞或有可商，〔註37〕《上書薦謝該》等頌揚曹操，則千眞萬確，不容作僞。可惜好景不終，融「既見操雄詐漸著，數不能堪」。其始當自建安九年（204），這一年的八月，曹操大破袁尚，攻克鄴城，平定冀州，九月，孔融「奏宜準古王畿之制，千里寰內，不以封建諸侯」，力挽皇權，矛頭直指曹操。〔註38〕「操疑其所論建漸廣」，憚之，「潛忌正議，慮鯁大業」。史稱孔融對曹操「發辭偏宕，多致乖忤」，其根本就在於孔融不能容忍曹操越來越顯露的篡逆之心，在這一點上，孔、曹的矛盾確實是不可調和的。

　　然而，讓孔融丟掉性命的，決不僅僅是他和曹操在對待漢室態度上的實質上的對立：

　　　　《三國志・崔琰傳》：「初，太祖性忌，有所不堪者，魯國孔融、南陽許攸、婁圭，皆以恃舊不虔被誅。」注引《漢紀》：「（融）天性氣爽，頗推平生之意，狎侮太祖。」

　　　　《三國志・王修傳》注引《魏略》：「太祖爲司空，威德日盛，而融故以舊意，書疏倨傲。（脂）習常責融，欲令改節，融不從。會融被誅……」

這些都明明白白地說明，孔融的「恃舊不虔」，是促使曹操拿起屠刀的一個重要的因素。建安九年（204），「曹操攻屠鄴城，袁氏婦子多見侵略，而操子丕私納袁熙妻甄氏。融乃與操書，稱『武王伐紂，以妲己賜周公』。操不悟，後問出何經典。對曰：『以今度之，想當然耳。』」建安十二年（207），曹操北征烏桓，融嘲之曰：「大將軍遠征，蕭條海外。昔肅愼不貢楛矢，丁零盜蘇武

〔註37〕《四庫全書總目・孔北海集提要》：「其六言詩之名，見於本傳。今所傳三章，詞多凡近，又皆盛稱曹操功德，斷以融之生平，可信其義不出此。即使舊本有之，亦必黃初間購求遺文，贋託融作以重曹操，未可定爲眞本也。」按將孔融、曹操簡單對立，未免失之草率。不過，孔融《六言詩》也確有可疑之處。三首詩出自《古文苑》，「從洛到許巍巍」一首，章樵注云：「光武改『洛』爲『雒』，東漢人不用『洛』字，魏初下詔去『佳』加『水』。」若果爲孔融所作，不當用「洛」字，此可疑者一，不過這還可以用後人竄改作解。觀「郭李分爭爲非」一首詩意，孔融有似在長安者，思歸洛陽，瞻望關東，寄希望於曹操；而李傕、郭汜分爭相攻事在興平二年（195）（據《後漢書・獻帝紀》），時孔融自徐州還北海，領青州刺史，此尤爲可疑者二。

〔註38〕《資治通鑑》卷六十五胡三省注：「《周禮》，方千里曰國畿，其外方五百里曰侯畿。千里寰內不以封建，則（曹）操不可以居鄴矣。」

牛羊，可並案也。」又「時年饑兵興」，曹操惜穀，「表制酒禁，融頻書爭之，多侮慢之辭」。孔融嘲曹操爲子丕納甄氏，是心懷不滿的挖苦調侃；嘲討烏桓，是對曹操軍事行動的不合作；而嘲禁酒，並頻頻相爭，則是對曹操特殊政策的公開反對。曹操「性忌」，不堪侮謗，然以孔融名重天下，「外雖寬容，而內不能平」。可以說，即使沒有存漢亡漢的敵對，及至曹操對孔融的任氣狎侮忍無可忍之時，孔融被殺也是在所難免。許攸、婁圭，與曹操有舊，兼有大功，最終都是因不敬被殺〔註39〕。

　　孔融的「浮華」，也是他最終喪命的原因之一。東漢崇尚名節，「蓋當時薦舉徵辟，必采名譽，故凡可以得名者，必全力赴之，好爲苟難，遂成風俗」〔註40〕。和帝、安帝以後，又興宦遊結黨之風，人思「多務交遊，以結黨助」〔註41〕，「更相歎揚，叠爲表裏」〔註42〕。欺世盜名，名不副實的現象，在東漢，尤其是漢末相當突出。曹操是務實之人，對此甚是厭惡，建安十年（205）《整齊風俗令》：「阿黨比周，先聖所疾。聞冀州俗，父子異部，更相毀譽……此皆以白爲黑，欺天罔君者也。吾欲整齊風俗，四者不除，吾以爲羞。」他以毛玠等典選，「其所舉用，皆清正之士，雖於時有盛名而行不由本者，終莫得進」，「拔貞實，斥華僞，進遜行，抑阿黨」。〔註43〕孔融當然不是浪得虛名，而檢其少小時藉以成名之事，如冒稱通家子弟造訪李膺，巧妙應對；「喪父，哀悴過毀，扶而後起」；代替兄長藏匿逃命的張儉，事發後又攬責爭死等，卻也正是「好爲苟難」的結果。任北海相時，融「高談教令，盈溢官曹，辭氣溫雅，可玩而誦，論事考實，難可悉行」；「黃巾將至，融大飲醇酒」，而終不免於城潰；爲袁譚所攻，流矢雨集，「融憑幾安坐，讀書論議自若」，而終不免於「城壞眾亡」、「室家爲譚所虜」，如此等等，一再證實了孔融的華僞少實。入許後，又有與禰衡互相吹捧、賣弄文辭嘲諷曹操等事，都決非曹操所喜聞樂見。在孔融嘲曹操表制酒禁事後，和他不和的郗慮「承望風旨，以微法奏免融官」。曹操「因顯明仇怨」，以調和二人關係爲名，作書於融，末云：「孤爲人臣，進不能風化海內，退不能建德和人，然撫養戰士，殺身爲國，破浮華交會之徒，計有餘矣。」這實際上等於向孔融發出勿得「浮華交會」，否則

〔註39〕　《三國志·崔琰傳》注引《魏略》。
〔註40〕　趙翼《廿二史箚記》卷五「東漢尚名節」條。
〔註41〕　王符《潛夫論·務本》。
〔註42〕　徐幹《中論·譴交》。
〔註43〕　《三國志·毛玠傳》及注引《先賢行狀》。

將有殺身之禍的警告。孔融顯然沒有聽從曹操的警告。建安十三年（208），孔融復拜太中大夫，這是一個閑職，而融「喜誘益後進，及退閑職，賓客日盈其門」，以至於「海內英俊皆信服之」。這無疑犯了曹操的大忌，敦促他及早除掉孔融，而不能再顧及除掉名震天下的名士以後可能會承擔的不良後果。孔融死後，曹操進一步宣示孔融罪狀，曾明確叱責他的「虛名」、「少於核實」和「浮豔」。袁宏《後漢紀》亦云：「時中州略平，惟有吳、蜀。融曰：『文德以來之。』操聞之怒，以為怨謗浮華，乃令軍謀祭酒路粹傳致其罪。」都有助於證明這一點。

「曹操既積嫌忌，而郗慮復構成其罪，遂令丞相軍謀祭酒枉狀奏融」：

> 少府孔融，昔在北海，見王室不靜，而招合徒眾，欲規不軌，云「我大聖之後，而見滅於宋，有天下者，何必卯金刀」。及與孫權使語，謗訕朝廷。又融為九列，不遵朝儀，禿巾微行，唐突宮掖。又前與白衣禰衡跌蕩放言，云「父之於子，當有何親？論其本意，實為情欲發耳。子之於母，亦復奚為？譬如寄物缻中，出則離矣」。既而與衡更相贊揚。衡謂融曰：「仲尼不死。」融答曰：「顏回復生。」大逆不道，宜極重誅。

路粹羅織了孔融「欲規不軌」、「謗訕朝廷」、「不遵朝儀」、「跌蕩放言」，總之是「大逆不道」的種種罪狀，直接導致把孔融推上了斷頭臺。而《三國志·崔琰傳》注引《魏氏春秋》云：

> 融有高名清才，世多哀之。太祖懼遠近之議也，乃令曰：「太中大夫孔融既伏其罪矣，然世人多采其虛名，少於核實，見融浮豔，好作變異，眩其詭詐，不復察其亂俗也。此州人說平原禰衡受傳融論，以為父母與人無親，譬若缻器，寄盛其中，又言若遭飢饉，而父不肖，寧贍活餘人。融違天反道，敗倫亂理，雖肆市朝，猶恨其晚。更以此事列上，宣示諸軍將校掾屬，皆使聞見。」

曹操為平息世人哀憐孔融之死的輿論，又特意強調孔融「敗倫亂理」的一面，以此表明他是死有餘辜。正所謂欲加之罪，何患無辭！路、曹所構，如孔融意欲謀逆等，顯然其實難副，但也不全是生編亂造。「我大聖之後」、「父之與子」云云，未必不出自疏闊而又好為驚世駭俗之舉的孔融之口，至少也是有風可捕、有影可捉。孔融有《臨終詩》一首，云：

> 言多令事敗，器漏苦不密。河潰蟻孔端，山壞由猿穴。涓涓江

漢流，天窗通冥室。讒邪害公正，浮雲翳白日。靡辭無忠誠，華繁
竟不實。人有兩三心，安能合爲一？三人成市虎，浸漬解膠漆。生
存多所慮，長寢萬事畢。

有自責言語不愼，落人以柄，積重難返，以至引禍上身之意，似乎正是有
感於路粹的枉奏。《世說新語・言語》篇注引《魏氏春秋》云「融對孫權使
有訕謗之言，坐棄市」，由此看來，「言多」「不密」確是孔融「事敗」之一
由。

建安三年（198），曹操不肯爲袁紹殺掉孔融；建安十三年（208），曹操
又自己殺掉了孔融。時移勢異，十年之間，曹操廣收天下智力，掃滅群雄，
勢位已定，已經有足夠資本不必再像以前那樣畏首畏尾，忍氣吞聲。曹操以
前的度外用人，固然不能用孔融之死來說明「特出於矯僞」，也確實有其做秀
的一面。而之後的荀彧、崔琰之死則說明，曹操後期幾乎是在隨心所欲地殺
人，哪怕這人曾經爲自己立下汗馬功勞。趙翼說曹操用人是「以權術相馭」，
參曹操「以道御」「天下之智力」之言，可謂一針見血。

楊脩〔註44〕　弘農華陰人，出身名門，「有俊才」〔註45〕。建安初，
舉孝廉，除郎中。《三國志・曹植傳》注引《世語》謂「脩年二十五，以名
公子有才能，爲太祖所器」，所謂器重，無非是被曹操請署爲倉曹屬主簿罷
了，時在建安四年（199），二十年後，亦即建安二十四年（219），脩爲操
所殺。

楊脩「少有才學思幹」〔註46〕，《太平御覽》卷五一八引《郭子》載孔融
以言辭戲弄楊脩，楊脩應答機敏事：「楊脩字德祖，九歲聰惠。孔文舉詣其父，
父不在，乃呼脩，脩爲設果，果有楊梅，融指視曰：『此爾家果耶？』脩應聲
曰：『未聞孔雀是夫子家禽也。』」此事和《世說新語・言語》篇所記雷同，
只是主人公換成了晉代的梁國楊氏子和孔坦。即便《郭子》所載是張冠李戴，
也不妨說明，在人們心目中，楊脩的確是個聰慧之人。他和孔融，也是惟獨
兩個被禰衡刮目相看的人〔註47〕，而都死於非命。對於楊脩之死，《三國演義》
第七十二回有著繪聲繪色的描述，並把他的死因歸結爲「爲人恃才放曠，數

〔註44〕　參《三國志・曹植傳》注引《典略》。
〔註45〕　《後漢書・楊彪傳》。
〔註46〕　《世說新語・捷悟》篇注引《文士傳》。
〔註47〕　《後漢書・禰衡傳》：「（衡）唯善魯國孔融及弘農楊脩。常稱曰：『大兒孔文
　　　　舉，小兒楊德祖。餘子碌碌，莫足數也。』」

犯曹操之忌」。《世說新語・捷悟》篇連載脩、操間數事：操在門上題「活」
字，脩解作操嫌門太「闊」；操在一杯酪上題「合」字，脩解作操教人吃一口；
曹娥碑上題「黃絹幼婦，外孫虀臼」八字，脩片刻得其意，操行三十里乃覺；
眾人都說無用的竹片，曹操想了想，認爲可用來做竹椑楯，而脩應聲說出，
與操意同。此等或出於道聽途說，未必一一可信，卻很能說明楊脩的個性：
穎悟異常，卻又露才揚己，不懂得遮遮掩掩，韜光養晦。史稱建安中，「軍國
多事，脩總知外內，事皆稱意」，可知楊脩善解曹操之意，其成在於此，其敗
亦在於此。《後漢書・楊彪傳》：

> 脩又嘗出行，籌操有問外事，乃逆爲答記，敕守舍兒：「若有令
> 出，依次通之。」既而果然，如是者三，操怪其速，使廉之，知狀，
> 於此忌脩。〔註48〕

自己的心意被別人摸得如此一清二楚，無論是誰，可能都會感到不安。楊脩的
「料事如神」，不能不讓生性多疑的曹操生忌。再參以《曹植傳》注引《世語》，
楊脩「出行」是去曹植處，這才是眞正犯了曹操大忌，成爲他日後遭遇不幸的
根源。曹操久不立太子，在曹丕、曹植的明手暗鬥中，楊脩站在曹植一邊，爲
曹植出謀獻策，因而過從甚密，這已經是犯了交通諸侯之禁。建安二十二年
（217），曹丕最終勝出，而曹植「故連綴脩不止，脩亦不敢自絕」。建安二十三
年（218），曹操西征劉備，道經洛陽，楊脩與曹植飲醉共載，行馳道中，開司
馬門出，謗訕鄢陵侯曹彰。〔註49〕此事非同小可，曹操聞之大怒，當已經有殺
脩之心。建安二十四年（219），楊脩又做了一件驚心動魄的事。這年三月，曹
操軍臨漢中，至陽平，劉備憑險拒守，護軍不知進止何依，曹操思慮退兵，出
令「雞肋」，眾人不解，而楊脩便自整裝欲還，人問脩，脩以雞肋食之無味、棄
之可惜意對，揣定曹操將要回師。〔註50〕楊脩猜得不錯，但其言行無疑會讓曹
操難堪，形同泄密和惑亂軍心。也許是要順應春生秋殺之道，曹操於當年秋天
殺了楊脩，罪名是「前後漏泄言教，交關諸侯」。楊脩「臨死，謂故人曰：『我
固自以死之晚也。』其意以爲坐曹植也。」按楊脩「自以」爲是，他的死，「漏
泄言教」事小，「交關諸侯」事大。《曹植傳》云「太祖既慮終始之變，以楊脩
頗有才策，而又袁氏之甥也，於是以罪誅脩」，是深得要領的。楊氏自楊脩父彪

〔註48〕《世說新語・捷悟》篇注引《文士傳》所載與此小異。
〔註49〕詳見第六章第二節。
〔註50〕參《三國志・武帝紀》注引《九州春秋》、《後漢書・楊彪傳》。

至高祖震，「四世太尉，德業相繼，與袁氏並爲東京（洛陽）名族」。袁術四世五公，而楊彪與之婚姻，楊脩當即袁術之婿。曹操與袁術爲敵，因對楊彪猜忌心重，恐彪圖己。建安二年（197），袁術自稱天子，操因誣奏彪謀逆，欲除之，賴孔融等營救得免。建安十一年（206）後，「彪見漢祚將終，遂稱腳攣不復行，積十年」。因此，楊脩雖「用事曹氏」，曹操對他仍有防範之心。〔註51〕曹丕既然被立爲太子，曹操自然不能不爲之着想，顧己百年之後，「頗有才策」的楊脩倘若鼓動曹植繼續興風作浪，曹丕、曹植兄弟重演袁譚、袁尚兄弟的悲劇不是沒有可能。楊脩死於才，但足以致命的決不是他的「恃才放曠」，而是曹操爲子孫計的結果，估計子孫不能駕御他，便先下手爲強地除去他。周不疑的慘死也表明了這一點。《三國志·劉表傳》注引《零陵先賢傳》：

> 不疑幼有異才，聰明敏達，太祖欲以女妻之，不疑不敢當。太祖愛子倉舒（曹沖），凤有才智，謂可與不疑爲儔。及倉舒卒，太祖心忌不疑，欲除之。文帝諫以爲不可，太祖曰：「此人非汝所能駕御也。」乃遣刺客殺之。

野史謂曹操「諸將有計畫勝出己者，隨以法誅之」〔註52〕，未免誇大其辭，但曹操愛才是眞，忌才也是眞，是愛是忌，是生是殺，完全取決於自己利益的需要。

第二節 「曷嘗有尺寸憐才之意」？（二）

　　《三國志·王衛二劉傳》，無《魏志·文苑傳》之名而有其實。從傳中所述及的文士當中，再挑選一些曾在曹氏父子手下任職或與其頗有干係者，一一敘之如下：

　　王粲〔註53〕　　山陽高平人，「名公之胄」。年少時即爲蔡邕所激賞，稱「有異才，吾不如也」。初平三年（192），以長安擾亂，至荊州，依劉表。曾爲表作書與袁譚、袁尚，勸二人息兵和好，共對曹操。建安十三年（208），曹操兵臨荊州，劉表病卒，粲進計表子劉琮，令其降附曹操。操辟粲爲丞相掾，賜爵關內侯，後遷軍謀祭酒。十八年（213），曹操爲魏公，以粲爲侍中。二十二年（217）病卒。

〔註51〕參《後漢書·楊彪傳》。
〔註52〕《三國志·武帝紀》注引《曹瞞傳》。
〔註53〕參《三國志·王粲傳》。

宋人葛立方《韻語陽秋》卷八云：「操以粲爲軍謀祭酒，則以腹心委之矣。」按曹操所設軍謀祭酒，本無定員，前後任此職者甚眾，後世因之，列在第五品，實在算不上什麼優渥的位置。葛氏所言，不過想其當然耳。封侯本不易，至東漢末年，戰亂不息，爲賞軍功，濫封爲侯者不計其數。王粲、傅巽，皆有說劉琮之功〔註54〕，皆賜爵關內侯，關內侯本無土封，此時更淪爲虛封。但在建安諸文士中，王粲仍然可以說是備受榮寵。魏國既建，王粲拜侍中〔註55〕，侍中爲近臣，世以爲榮，曹植《王仲宣誄》稱「君以顯舉，乘機省闥。載蟬珥貂，朱衣皓帶。入侍帷幄，出擁華蓋。榮耀當世，芳風晻藹」，《三國志・王粲傳》陳壽評曰「粲特處常伯之官」，都是着眼於此。不過，王粲的榮寵，也僅僅是身爲侍中而已，沒有兼任其他任何重要職務，儘管他又在興造禮儀制度方面卓有建樹。而《三國志・杜襲傳》又云：

> 魏國既建，（襲）爲侍中，與王粲、和洽並用。粲彊識博聞，故太祖遊觀出入，多得驂乘，至其見敬，不及洽、襲。襲嘗獨見，至於夜半。粲性躁競，起坐曰：「不知公對杜襲道何等也？」洽笑答曰：「天下事豈有盡邪？卿畫侍可矣，悒悒於此，欲兼之乎？」

由此看來，王粲雖得常常跟隨曹操，卻並沒有受到實質性的尊重和器重，他曾爲此自尋煩惱，悒悒不安。王粲的榮寵，多少帶有虛寵成分。說曹操重用王粲，未免太過。

徐幹〔註56〕　　北海劇人，「未至弱冠，學五經悉載於口，博覽傳記，言則成章，操翰成文」。時靈帝末年，幹不事交結，「閉戶自守」，「秉正獨立」。後因戰亂叠起，離開舊居臨菑，至膠東、高密一帶近海之地避亂。〔註57〕復返臨菑，州郡禮命頻至，幹乃避居山谷，「潛伏延年」。約建安十二年（207）〔註58〕，力疾應曹操命。先後任司空軍謀祭酒、五官將文學、〔註59〕臨菑侯

〔註54〕巽事見《三國志・劉表傳》及注引《傅子》。

〔註55〕《隋書・經籍志》著錄《王粲集》，謂「後漢侍中」，誤，王粲實爲魏侍中。

〔註56〕參無名氏《中論序》。

〔註57〕謝靈運《擬魏太子鄴中集詩・徐幹詩》：「伊昔家臨菑，提攜弄齊瑟。置酒飲膠東，淹留憩高密。」

〔註58〕據俞紹初先生《建安七子年譜》。

〔註59〕《三國志・王粲傳》：「幹爲司空軍謀祭酒掾屬，五官將文學。」《文選》卷四十二《與吳質書》李善注引《文章志》：「太祖召以爲軍謀祭酒，轉太子文學。」按曹操所署，有軍謀祭酒、軍謀掾，無「軍謀祭酒掾屬」之職，《王粲傳》所記有誤。《文章志》所謂「太子文學」，實五官將文學。

文學〔註60〕。後稱疾引退，〔註61〕以著述爲務，生活困窮〔註62〕，「除上艾長，又以疾不行」〔註63〕。建安二十三年（218）春，遭癘疫卒。

陳琳〔註64〕　廣陵射陽人，爲徐州「才士」〔註65〕。先爲大將軍何進主簿，中平六年（189），諫進毋召外兵，云「功必不成，只爲亂階」，可謂有先見之明。何進死，琳歸袁紹，典文章，建安五年（200），曾爲紹移檄罪狀曹操。七年（202），袁紹死，尚、譚二子交爭，琳與故豫州刺史陰夔有營救崔琰事〔註66〕，琰後爲曹操所倚重。琳隨袁尚，九年（204），受尚遣，又與陰夔乞降於曹操〔註67〕，操不許。袁尚敗走，鄴破，琳歸曹操，操棄嫌錄用，與阮瑀並爲司空軍謀祭酒，管記室。軍國書檄，多琳、瑀二人所作。《三國志·王粲傳》注引《典略》云：「琳作諸書及檄，草成呈太祖。太祖先苦頭風，是日疾發，臥讀琳所作，翕然而起曰：『此愈我病。』數加厚賜。」所厚賜者，不過財物，非官祿。琳官終門下督，建安二十二年（217）遇疫卒。

應瑒　汝南南頓人。自光武中興之初，應氏「諸子宦學，並有才名」，〔註68〕瑒「兄弟俱有名，自比高陽氏才子」〔註69〕。漢末亂起，瑒「流離世故」，於建安初託身曹操。〔註70〕任丞相掾屬，轉平原侯庶子，後爲五官將文學。〔註71〕建安二十二年（217）卒於癘疫。

〔註60〕　《晉書·鄭袤傳》：「魏武初封諸子爲侯，精選賓友，袤與徐幹俱爲臨菑侯文學。」
〔註61〕　《中論序》：「疾稍沈篤，不堪王事，潛身窮巷，頤志保眞。」而吳質《答魏太子箋》云：「至於司馬長卿稱疾避事，以著書爲務，則徐生庶幾矣。」則幹有疾是眞，疾篤是假，非疾篤不堪王事，特稱疾以避王事。曹操當知其如此，而不奪其志，故《三國志·王粲傳》注引《先賢行狀》有「建安中，太祖特加旌命，以疾休息」之説。
〔註62〕　《中論序》：「環堵之牆以庇妻子」，「並日而食」。曹植《贈徐幹》：「顧念蓬室士，貧賤誠足憐。薇藿弗充虛，皮褐猶不全。」
〔註63〕　《三國志·王粲傳》注引《先賢行狀》。
〔註64〕　參《三國志·王粲傳》。
〔註65〕　《三國志·張昭傳》：「（張昭）與（王）朗共論舊君諱事，州里才士陳琳等皆稱善之。」昭、朗、琳皆徐州人。
〔註66〕　參《三國志·崔琰傳》。
〔註67〕　參《三國志·武帝紀》。
〔註68〕　《後漢書·應奉傳》。
〔註69〕　《元和郡縣志》卷九。
〔註70〕　參謝靈運《擬魏太子鄴中集詩·應瑒詩》。
〔註71〕　據《三國志·王粲傳》。建安十六年（211），五官將文學劉楨獲罪，獲釋後任平原侯庶子，而應瑒由平原侯庶子轉爲五官將文學，可能是與劉楨對調職任，參俞紹初先生《建安七子年譜》。

邯鄲淳　　潁川人，「博學有才章」，《魏略》以淳與蘇林等七人爲儒宗〔註72〕，又工於書法。初平中，由長安避難至荊州，荊州降附，曹操「素聞其名，召與相見，甚敬異之」。〔註73〕任臨菑侯文學〔註74〕。

繁欽　　潁川人，「以文才機辯，少得名於汝、潁」。〔註75〕避亂荊州，「數見奇於（劉）表」〔註76〕。建安初投奔曹操，「以豫州從事，稍遷至丞相主簿」〔註77〕。

路粹〔註78〕　　陳留人，少受學於蔡邕。建安初，以「高才」擢拜尚書郎，後爲曹操軍謀祭酒，與陳琳、阮瑀典記室。曹操殺孔融，粹有力焉。建安十九年轉爲秘書令〔註79〕。秘書令，曹操爲魏公時設置，典尚書奏事〔註80〕，可謂要職。路粹任此職，稱得上是曹操格外垂青。豈料次年即飛來橫禍，建安二十年（215），粹隨曹操至漢中，坐違禁賤請驢被殺，不得善終。「違禁賤請驢」事雖不得其詳，料非大事，只要曹操稍垂哀憐，路粹之罪不至於死，而粹竟死，曹丕「爲之歎息」。其遭際雖不爲胡應麟所注意，卻正可歸入其所謂「情事稍爾相關，便嬰大戮」之列。

丁儀、丁廙〔註81〕　　沛郡人，父沖，有開導曹操迎獻帝都許之功。曹操「辟儀爲掾」，據《三國志・桓階傳》，知爲西曹掾。《隋書・經籍志》又著錄「後漢尚書《丁儀集》一卷」，若是，則儀又曾爲漢尚書。儀弟廙，「少有才姿，博學洽聞」，初辟公府，建安中爲黃門侍郎。又《文選》卷二十四《贈丁儀》李善注：「集云與都亭侯丁翼（廙）」，則廙又嘗封侯。觀《三國志・徐

〔註72〕　參《三國志・王肅傳》注。
〔註73〕　《三國志・王粲傳》注引《魏略》。
〔註74〕　據《太平廣記》卷二〇九引《名書錄》。
〔註75〕　《三國志・王粲傳》注引《典略》。
〔註76〕　《三國志・杜襲傳》。
〔註77〕　《文選》卷四十《與魏文帝箋》李善注引《文章志》。
〔註78〕　參《三國志・王粲傳》注引《典略》。
〔註79〕　《隋書・經籍志》「後漢侍中《王粲集》十一卷」下小注：「梁有魏國郎中令《路粹集》二卷，錄一卷。」按《三國志・袁渙傳》：「魏國初建，（渙）爲郎中令，……居官數年卒。」路粹建安二十年（215）卒，不得爲郎中令，當「秘書令」之誤。
〔註80〕　《晉書・職官志》：「魏武帝爲魏王，置秘書令。」曹操爲魏王，在建安二十一年（216），而秘書令路粹死於建安二十年（215）。置秘書令，當曹操建安十八年（213）爲魏公後。
〔註81〕　參《三國志・曹植傳》注引《魏略》。

奕傳》等，知丁氏兄弟爲曹操所寵信，貴重一時，在建安諸文士中顯得分外醒目，而曹植《贈丁儀王粲》詩尚云「丁生怨在朝」。據詩題，「丁生」當指丁儀，而據李善注所引《曹植集》，又當指丁廙。無論是誰，既然爲官頗有怨言，則心下自有不得意處。

荀緯　　河內人，「少喜文學」。建安中，曹操召署軍謀掾、魏太子庶子。〔註82〕《三國志・常林傳》云：「後（并州）刺史梁習薦州界名士林及楊俊、王淩、王象、荀緯，太祖皆以爲縣長。」知緯係當地名士，曾爲梁習所薦，在并州任地方縣長，其時當在建安十一年（206）曹操征高幹，得并州，以梁習爲并州刺史之後，署軍謀掾之前。

吳質〔註83〕　　濟陰人，以「才學通博」爲曹丕及諸侯所禮愛。劉楨被譴之際，質出爲朝歌長，後遷元城令。曹丕謂其「所治僻左」，「棲遲下仕」。〔註84〕

衛顗〔註85〕　　河東安邑人。「少夙成，以才學稱」。曹操辟爲司空掾屬，除茂陵令、尚書郎，遷尚書。魏國既建，拜侍中，與王粲一併典造制度。顗文章遠不如王粲，而尚書、侍中，皆顯職，其爲曹操所重，又過於王粲。

王象〔註86〕　　河內人。少孤特，爲人僕隸，牧羊，楊俊「嘉其才質」，贖其身。前言并州刺史曾薦「州界名士」於曹操，象在其中，曹操以爲縣長。

劉廙〔註87〕　　南陽安眾人。年十歲，爲司馬徽所賞。初在荊州，後歸曹操。爲丞相掾屬，轉五官將文學。魏國初建，爲黃門侍郎，屬近臣。建安二十四年（219），魏諷謀反，廙因弟偉受到牽連，當誅。曹操以廙名臣，又賴陳群進言保全，赦而不誅，〔註88〕徙署丞相倉曹屬。

仲長統〔註89〕　　山陽高平人，「少好學，博涉書記，贍於文辭」，「游學青、徐、并、冀之間，與交遊者多異之」。過訪并州刺史高幹，幹善待之而不納其言，統去之。州郡命召，稱疾不就。尚書令荀彧聞其名，舉爲尚書郎，後參曹操軍事，復還爲郎。

〔註82〕參《三國志・王粲傳》注引《文章敍錄》。
〔註83〕參《三國志・王粲傳》注引《魏略》。
〔註84〕分別見曹丕《與朝歌令吳質書》、《又與吳質書》。
〔註85〕參《三國志・衛顗傳》。
〔註86〕參《三國志・楊俊傳》。
〔註87〕參《三國志・劉廙傳》及注引《廙別傳》。
〔註88〕參《三國志・陳群傳》。
〔註89〕參《後漢書・仲長統傳》。

蘇林〔註90〕　　陳留人，學爲儒宗，建安中爲五官將文學。

由上述可知，一、諸文士大多才、名顯著，有過人之處。二、諸文士絕大多數境遇不佳。禰衡、阮瑀、劉楨、孔融、楊脩、路粹，或受辱，或受戮。徐幹、陳琳、應瑒、邯鄲淳、繁欽、丁儀、丁廙、荀緯、吳質、王象、劉廙、仲長統、蘇林，終曹操之死，沉淪下僚。儘管也有人，如丁儀、丁廙兄弟，曾經深得曹操寵信，「貴重」一時，但有勢無位。王粲似乎位高身顯，實際上並不受器重。眞正稱得上受曹操器重的，大概只有衛顗一人。時人所仰望者，公卿州牧郡國守相。公卿州牧且不論，曹操治下文士們，自始至終，連被任命郡國守相的都沒有一個，這與後世相比，顯得很不相稱。曹操對諸文士算不上重視，更算不上重用，「憐才之意」「曷嘗」沒有「尺寸」，卻也着實不多。

第三節　不被重視和重用的背後

諸文士不會受到曹操的優厚待遇，不被重視和重用，是多重原因決定的。

一、傳統的原因

兩漢選舉多途，重在德選，通達經術，也可博取大位。至於文士，雖也不妨博得高名，地位卻相當低，以文章顯榮的少，鬱鬱不得志的多。就其著者而言之，司馬相如「爲郎數歲」，「常稱疾閒居」；東方朔「常爲郎」，在武帝左右，「詼啁而已」，「自訟獨不得大官」，終不見用；枚皋「詼笑類俳倡」，自言「爲賦乃俳，見視如倡，自悔類倡」；揚雄「三世不徙官」，以賦家「頗似俳優」，「輟不復爲」；班固「二世才術，位不過郎」。〔註91〕帝王之於文士，不過以倡優畜之，作爲虞悅耳目之具，每行巡狩，或心有所感，輒令其賦頌。即使如此，尚有議者不滿，謂之「淫靡不急」，宣帝只好強詞奪理，以辭賦「賢於倡優博弈遠矣」之義作答，以弭謗議。〔註92〕靈帝優崇文士，「引諸生能爲文賦者」，「待以不次之位」。光和元年（178），置鴻都門學，「其諸生皆敕州郡三公舉用辟召，或出爲刺史、太守，入爲尚書、侍中，乃有封侯賜爵者」，還詔中尚方爲鴻都文學樂松、江覽等三十二人圖象立贊。靈帝的特立獨行，

〔註90〕參《三國志·劉劭傳》注引《魏略》。
〔註91〕《漢書》本傳。
〔註92〕《漢書·王襃傳》。

令「有識掩口，天下嗟歎」。「士君子」恥與鴻都門學生為列，蔡邕、陽球、楊賜明確上書反對，言辭激烈。蔡邕稱「觀省篇章，聊以遊意，當代博弈，非以教化取士之本」，鴻都門作者「下則連偶俗語，有類俳優」。〔註93〕蔡邕其實也是文士，尚且如此鄙視文士。袁紹、劉表、高幹，都有禮賢之稱，好士之名，陳琳在冀州，王粲、邯鄲淳、繁欽、劉廙在荊州，仲長統在并州，都不見器用。禰衡「氣尚剛傲，好矯時慢物」，曹操不能堪，送與劉表，劉表不能堪，送與黃祖，黃祖不能堪，就把他殺了。禰衡之所以送命，是他桀驁不遜的個性所致，但也不盡然。黃祖長子黃射，史稱「尤善於衡」，「時大會賓客，有獻鸚鵡者，射舉卮於衡曰：『願先生賦之以娛嘉賓。』」〔註94〕還是把他當作虞悅耳目之具罷了。禰衡目空一切，自視甚高，卻並沒有人真正拿他當回事。過激的言行，也緣自他懷才不遇的憤激。〔註95〕一句話，兩漢文士的境況，大致可以概括為見視如倡。在這種大背景下，曹操不能厚待文士，實在是不足為奇。到了曹丕執政之後，情況就不同了，文章既然被他看作是「經國之大業，不朽之盛事」〔註96〕，文士的地位也就大有改觀。王粲、陳琳、阮瑀、路粹等亡後，新出之中，王象之才最高，任散騎侍郎，遷為常侍，封列侯，受詔撰《皇覽》，領秘書監；〔註97〕荀緯任散騎常侍、越騎校尉；衛顗任尚書，封陽吉亭侯；劉廙任侍中，賜爵關內侯；蘇林、邯鄲淳任博士給事中；吳質最顯赫，官至振威將軍，假節都督河北諸軍事，封列侯。完全有理由推定，如果阮瑀、劉楨、徐幹、陳琳、應瑒、繁欽、仲長統諸人不死，也必任顯任。曹魏以後，文士越發走俏，世俗以能文相高，朝廷以能文擢士，以文才任高官、歷顯位者不勝枚舉，明經的儒生，遠不如操觚的文士吃香。

二、現實的原因

　　文章之士，下筆琳琅，確為「英逸」、「俊才」〔註98〕，卻未必能堪經國

〔註93〕參《後漢書・蔡邕傳》、《陽球傳》、《楊賜傳》。
〔註94〕《後漢書・禰衡傳》。
〔註95〕《全後漢文》載衡文五篇，《書》僅一句，其他四篇，皆含時運不濟、志不得伸之意。《鸚鵡賦》：「嗟祿命之衰薄，奚遭時之險巇。」《魯夫子碑》：「窮達之運，委諸穹蒼。」《顏子碑》：「於時河不出圖……」《弔張衡文》：「昔伊尹值湯，呂望遇旦，嗟矣君生，而獨值漢。蒼蠅爭飛，鳳凰已散。……」
〔註96〕《典論・論文》。
〔註97〕參《三國志・楊俊傳》注引《魏略》。
〔註98〕劉勰《文心雕龍・時序》。

濟世之用。「孔融、邊讓，文學薈俗，而並不達事務，所在敗績」〔註99〕，就是顯著的例子。蔡邕之所以悍言辭賦爲「才之小者」，就是着眼於作者「康國理政，未有其能」。後世鄙薄文士、反對以文章取士者代不乏人，原因也就在識見於此。況又適逢亂世，文士更顯得不周時用。陳琳《應譏》，作於歸曹以前〔註100〕，其中有云：「今賤文德而貴武勇，任權譎而背舊章。」正可借用來形容漢末建安時期的去取情勢。

曹操「拔于禁、樂進於行陣之間，取張遼、徐晃於亡虜之內，皆佐命立功，列爲名將；其餘拔出細微，登爲牧守者，不可勝數」〔註101〕，人稱「魏武拔奇，決於胸臆，收才不問階次」〔註102〕，其所「拔」之「奇」，乃驍勇善戰之士。路粹和嚴像的例子最能說明問題：建安初，路粹和嚴像俱以高才擢拜尙書郎，像「以兼有文武，出爲揚州刺史」，粹有文無武，無緣得此榮任，只得爲曹操軍謀祭酒，典記室。〔註103〕吳質《答魏太子箋》一邊對曹丕說陳琳、徐幹、劉楨、應瑒「才學所著，誠如來命」，一邊又說「凡此數子，於雍容侍從，實其人也；若乃邊境有虞，群下鼎沸，軍書輻至，羽檄交馳，於彼諸賢，非其任也。」字裏行間，不無輕蔑之意。在吳質眼中，陳琳諸人既無「武勇」，也無武略，無用書生，只配去做「侍從」。吳質的眼光，正代表了曹操的眼光，可惜吳質本人也並沒有得到曹操的賞識和拔擢。

曹操既「貴武勇」，又「任權譎」，足智多謀之士，如荀彧、荀攸、賈詡、程昱、郭嘉、董昭、劉曄等，皆爲曹操所貴重。建安中，關中諸將招納流民，擁兵自重。衛顗留鎭關中，與荀彧書，言說「強本弱敵」之計，彧言之曹操，曹操從其計，關中服從。建安十六年（211），鍾繇求以三千兵入關，曹操使荀彧問衛顗，顗以爲不可，曹操不聽，遂有馬超、韓遂之叛。〔註104〕諸文士之

〔註99〕 葛洪《抱朴子・外篇・清鑒》。
〔註100〕《應譏》採用東方朔《答客難》、揚雄《解嘲》、班固《答賓戲》之類的假設主客答問模式。不同的是，「客」問鋒芒指向「主君」而非「主人」。「主人」自然指陳琳本人，而「主君」係指袁紹，由「孝靈既喪，妖官放禍，棟臣殘酷，宮室焚火。主君乃芟凶族，夷惡醜，蕩滌朝奸，清澄守職。既乃卓爲封蛇，幽鳩帝后，強以暴國，非力所討，違而去之」等文可知。大概當時有人譏刺袁紹「不能抗節服義，與主存亡，而背枉違難，耀茲武功……結疑本朝，假拒群奸……」，陳琳撰文爲之辯駁。
〔註101〕《三國志・武帝紀》注引《魏書》。
〔註102〕《太平御覽》卷二六五引孫楚奏書。
〔註103〕《三國志・王粲傳》注引《典略》。
〔註104〕《三國志・衛顗傳》注引《魏書》。

中，曹操獨重衛顗，正以其謀劃遠見，而非其能文。王粲、陳琳、阮瑀、劉楨、徐幹都曾任曹操軍謀祭酒，荀緯任軍謀掾，翻檢史傳，看不出他們向曹操提供過什麼軍謀良策。徐幹《西征賦》云：「伊吾儕之挺力，獲載筆而從師。無嘉謀以云補，徒荷祿而蒙私。非小人之所幸，雖身安而心危。」王粲《從軍詩》其二云：「懼無一夫用，報我素餐誠。」其四云：「恨我無時謀，譬諸具官臣。鞠躬中堅內，微畫無所臣。許歷為完士，一言猶敗秦。我有素餐責，誠愧《伐檀》人。」是自謙，亦是寫實。建安二十年（215），曹操西征張魯，大獲全勝，王粲後作《從軍詩》盛讚其事：

> 從軍有苦樂，但問所從誰。所從神且武，焉得久勞師。相公征
> 關右，赫怒震天威。一舉滅獯虜，再舉服羌夷。西收邊地賊，忽若
> 俯拾遺。陳賞越丘山，酒肉逾川坻。軍中多飫饒，人馬皆溢肥。徒
> 行兼乘還，空出有餘資。拓地三千里，往返速若飛。歌舞入鄴城，
> 所願獲無違。

而據《三國志》和洽、杜襲本傳，「太祖克張魯，洽陳便宜以時拔軍徙民，可省置守之費。太祖未納，其後竟徙民棄漢中」；曹操討張魯還，襲「拜襲駙馬都尉，留督漢中軍事。綏懷開導，百姓自樂出徙洛、鄴者，八萬餘口」。王粲搖筆粲然，而建策不若和洽，治事不如杜襲，其見敬不及二人，實在是事出有因。繁欽在荊州，與杜襲、趙儼「通財同計，合為一家」，三人以後同歸曹操，杜襲為侍中，為曹操所敬重，上已述及；趙儼又任太守，又為護軍，也是重任在肩；〔註105〕唯有繁欽，坎壈不遇。「計」不如人，奈何！

　　再回頭去看曹操所下的三道求賢令，其明令薦舉的，主要是指「有治國用兵之術」，堪與之「共治天下」的賢人才士，如管仲、陳平、蘇秦、吳起之流，或智計過人，或能征善戰，文士根本不預其流。就仕途運命而言，生不逢時，是諸文士共同的悲哀。

三、諸文士自身的原因

　　曹魏時人魚豢曾對王粲、繁欽、阮瑀、陳琳、路粹諸人「不甚見用」感到不解，向大鴻臚韋誕詢問原因，誕云：

〔註105〕參《三國志‧趙儼傳》。

仲宣（王粲）傷於肥戇，休伯（繁欽）都無格檢，元瑜（阮瑀）病於體弱，孔璋（陳琳）實自䯥疏，文蔚（路粹）性頗忿鷙，如是彼爲，非徒以脂燭自煎糜也，其不高蹈，蓋有由矣。〔註106〕

其後的劉勰、顏之推也有此類言論：

《文心雕龍・程器》篇：「略觀文士之疵：……文舉（孔融）傲誕以速誅，正平（禰衡）狂憨以致戮，仲宣（王粲）輕脆以躁競，孔璋（陳琳）憁恫以粗疏，丁儀貪婪以乞貨，路粹餔啜而無恥……諸有此類，並文士之瑕累。」

《顏氏家訓・文章》篇：「自古文人，多陷輕薄。……吳質詆忤鄉里；曹植悖慢犯法；……路粹隘狹已甚；陳琳實號粗疏；繁欽性無檢格；劉楨屈強輸作；王粲率躁見嫌；孔融、禰衡，誕傲致殞；楊脩、丁廙，扇動取斃。」

韋、劉、顏三人的看法，頗有雷同，其中如陳琳之「粗疏」等，今天已經難以坐實，但決非無根之談。《三國志・王粲傳》：「（劉）表以粲貌寢而體弱通侻，不甚重也。」《鍾會傳》注引《博物記》：「劉表欲以女妻（王）粲，而嫌其形陋而用率。」前引《杜襲傳》：「（王）粲性躁競。」「通侻」、「用率」、「躁競」與「肥戇」、「輕脆以躁競」、「率躁」大體上是一個意思。諸文士之所以不「高蹈」，之所以命運不濟，也與他們本身德行上或個性上的缺失甚至缺陷有關。

曹操雖無意崇重文士，卻將天下能文之士網羅殆盡。在《與楊德祖書》中，曹植曾不無自豪地說：「今世作者，可略而言也……吾王於是設天網以該之，頓八紘以掩之，今悉集茲國矣。」曹操此舉，可謂一箭三雕。其一，諸文士多爲「一時名勝」，齊集帳下聽用，得人才濟濟之美，自然可以看作是他曹操深得人心、深孚眾望的表現。其二，歷代以文武並用爲美，故漢武帝、漢宣帝特爲後世所稱。曹操既宣武威，又昭文德，招攬四方文士，可以坐收「崇獎風流」之名。其三，諸文士中，有一開始是在曹操的敵對陣營的，如王粲、陳琳等。曹操把天下的文士「統統搜羅起來」，不僅「省得他們跑在外面給他搗亂」〔註107〕，更可以讓他們直接爲自己效力，諸如代作書檄、爲自

〔註106〕《三國志・王粲傳》注引《典略》。

〔註107〕魯迅《魏晉風度及文章與藥及酒之關係》。

己歌功頌德、〔註108〕充當諸兒的屬官侍從等。總之,曹操招集文士,用心良多,是他用人策略的一部分,當不是因為他本人「雅愛詩章」,而出於什麼文人相惜之心。文士之外,曹操還大力招集方士,如華佗等;技藝之士,如杜夔等。這類人雖允為才士,曹操畜之,更是等而下之。

第四節 不平則鳴:諸文士的哀歌

　　諸文士歸依曹操,雖時間不一,情形不同,多是欣欣然而來,滿懷期望而來。這一點在劉楨身上表露得最為充分:

　　　　《遂志賦》:「幸遇明后(按指曹操),因志東傾。報此豐草,乃命小生。生之小矣,何茲云當。……去峻溪之鴻洞,觀日月於朝陽。釋叢棘之餘刺,踐檟林之柔芳。」

　　　　《失題詩》:「昔君錯畦時,東土有素木。條柯不盈尋,一尺再三曲。隱生實翳林,倥傯自迫速。得託芳蘭苑,列植高山足」

　　　　「青青女蘿草,上依高松枝。幸蒙庇養恩,分惠不可貲。風雨雖急疾,根株不傾移。」

　　　　「翩翩野青雀,棲竄茨棘蕃。朝食平田粒,夕飲曲池泉。猥出蔚萊中,乃至丹丘邊。」

或直白,或隱喻,說盡初投曹操時志得意滿的心態。阮瑀有被曹操強行辟用的嫌疑,而觀其《謝曹公箋》「一得披玄雲,望白日,惟力是務,敢有二心」云云,那種嫌疑已經變得不再重要。徐幹屢辭辟命,不惜潛伏山谷,而力疾

〔註108〕建安九年(204),曹操平冀州,功業日隆。其後出征,多有文士相從,作賦吟詩,記述征行,多有稱頌之辭。建安十年(205),北征幽州,應瑒作《撰征賦》;十二年(207),北征烏桓,陳琳作《神武賦》;十三年(208),南征劉表,次年軍至譙,自渦入淮,王粲作《初征賦》、《浮淮賦》,徐幹作《序征賦》,阮瑀作《紀征賦》,繁欽作《撰征賦》;十六年(211),西征馬超,王粲作《征思賦》,徐幹作《西征賦》;二十年(215),西征張魯,次年還鄴,王粲作《從軍詩》其一;二十一年(216),東征孫權,王粲作《從軍詩》其二、三、四、五;又有王粲《述征賦》、徐幹《從征賦》、應瑒《西征賦》、繁欽《述征賦》,作年不詳。其他如王粲《羽獵賦》,應瑒《西狩賦》,陳琳《武獵賦》,劉楨《大閱賦》、《射鳶》,讚美曹操出獵;王粲《太廟頌》、《行辭新福歌》、《蕤賓鐘銘》、《無射鐘銘》,頌揚曹操、魏國功德。參俞紹初先生《建安七子年譜》、《建安七子佚文存目考》等相關著述。

應曹操命。王粲偃蹇荊州十數年，作於投靠曹操次年的《初征賦》，滲透著他揚眉吐氣的喜悅：

> 違世難以迴折兮，超遙集乎蠻楚。逢屯否而底滯兮，忽長幼以羈旅。賴皇華（按指曹操）之茂功，清四海之疆宇。超南荊之北境，踐周豫之末畿。野蕭條而聘望，路周達而平夷。春風穆其和暢兮，庶卉煥以敷蕤。行中國之舊壤，實吾願之所依。

清人吳淇有云：「諸子以世亂依魏，苟全性命而已，非其本志也。」「在諸子，當漢室大亂之後，四海無家，只得事急相隨。」〔註109〕立論委實不切實際。

諸文士多有功名之心。王粲《登樓賦》：「惟日月之逾邁兮，俟河清其未極。冀王道之一平兮，假高衢而騁力。懼匏瓜之徒懸兮，畏井渫之莫食。」《從軍詩》其一：「竊慕負鼎翁，願厲朽鈍姿。不能效沮溺，相隨把鋤犁。熟覽夫子詩，信知所言非。」其二：「棄余親睦恩，輸力竭忠貞。……將秉先登羽，豈敢聽金聲。」其四：「雖無鉛刀用，庶幾奮薄身。」《從軍詩》：「被羽在先登，甘心除國疾。」陳琳《遊覽》其二：「建功不及時，鍾鼎何所銘。……庶幾及君在，立德垂功名。」應瑒《侍五官中郎將建章臺集詩》：「欲因風雲會，濯翼陵高梯。」《釋賓》：「聖人不違時而遯迹，賢者不背俗而遺功。」〔註110〕丁儀《厲志賦》：「雖疲駑而才弱，敢捨力而不攀？」他們看好曹操，期望能夠獲得曹操的器用，從而建樹一番功業。可惜事與願違，曹操對待他們，雖不至於以倡優畜之，也是「淡然處之」。對此，吳淇曾在其著作中反覆申明：

> 《六朝選詩定論》卷五：「諸子在當時，皆以文人畜之，如齊稷下士，不治事而議論。」又：「諸子在魏，猶孟子在齊，不治事而議論，魏武看諸子，俱是書生無濟，然不收之，則失人望，故用之以充文學。」

> 卷六：「魏氏與諸子，不過如富貴人家，養幾個作詩相公，陪伴自己子弟讀書，或遊戲，或飲酒，間亦教他代作些書箚，其實非憐其才而大用之也。」

話說得可能刻薄了一點，卻大體上符合實際。

〔註109〕《六朝選詩定論》卷六。
〔註110〕《釋賓》見《文選》卷三十五《七命》李善注引，僅兩句。觀題意，亦當《答客難》之類。

　　諸文士志不獲騁，鬱結幽怨之意自然發於詩文〔註111〕：

　　　　陳琳《遊覽》其一：「高會時不娛，羇客難爲心。殷懷從中發，悲感激清音。投觴罷歡坐，逍遙步長林。蕭蕭山谷風，黯黯天路陰。惆悵忘旋反，歔欷涕沾襟。」

　　　　其二：「閑居心不娛，駕言從友生。……收念還房寢，慷慨詠墳經……」

　　　　《失題詩》：「仲尼以聖德，行聘遍周流。遭斥厄陳蔡，歸之命也夫。」

　　　　「沉淪眾庶間，與世無有殊。紆鬱懷傷結，舒展有何由？」

　　　　「轗軻固宜然，卑陋何所羞。援茲自抑慰，研精於道腴。」

　　　　《大荒賦》：「覽六五之咎休兮，乃貧尼（按謂仲尼）而富虎（按謂陽虎）。嗣反覆其若茲兮，豈云行之臧否。」

　　　　《馬腦勒賦》：「初傷勿用，俟慶雲兮。遭時顯價，冠世珍兮。君子窮達，亦時然兮。」

悲憤交加，沉痛處，聲淚俱下。琳又有《客難》一文，宋吳棫《韻補》引用數句，根據題目推斷，可能也是屬於發泄牢騷、排遣苦悶的作品。

　　　　阮瑀《七哀詩》其二（或題作《雜詩》其一）：「臨川多悲風，秋日苦清涼。客子易爲戚，感此用哀傷。攬衣起躑躅，上觀心與房。三星守故次，明月未收光。雞鳴當何時，朝晨尚未央。還坐長歎息，憂憂安可忘。」

　　　　《苦雨》：「苦雨滋玄冬，引日彌且長。丹墀自殲殪，深樹猶沾裳。客行易感悴，我心摧已傷。登臺望江沔，陽侯沛洋洋。」

「客子」、「客行」之哀，與陳琳「羇客」之悲如出一轍。其他如《雜詩》、《七哀詩》其一、《怨詩》、《失題詩》「白髮隨櫛墜」等，也都寫得淒淒哀哀，以至於張溥《阮元瑜集題辭》有「悲風涼日，明月三星，讀其諸詩，每使人愁」之言。無名氏《灌畦暇語》曰：「後漢繁欽，傷世道剝喪，賢愚隱情，上之人用察不至，而小人得志，君子伏匿，於是賦《生茨》之詩。」其詞曰：

〔註111〕以下所引詩文，有些並無確證表明是歸屬曹操以後所作，但據諸文士生平來看，這種可能性是比較大的。

有茨生蘭圃，布葉翳芙蕖。寄根膏壤隈，春澤以養軀。太陽曝眞色，翔風發其蕚。甘液潤其中，華實與氣俱。族類日夜滋，被我中堂隅。

欽又有《詠蕙詩》、《雜詩》、《愁思賦》，亦此意：

《詠蕙詩》：「蕙草生山北，託身失所依。植根陰崖側，夙夜懼危頹。寒泉浸我根，淒風常徘徊。三光照八極，獨不蒙餘暉。葩葉永凋瘁，凝露不暇晞。百卉皆含榮，己獨失時姿。比我英芳發，鶗鴂鳴已哀。」

《雜詩》：「世俗有險易，時運有盛衰。老氏和其光，蘧瑗貴可懷。」

《愁思賦》：「嗟王事之靡盬，士感時而情悲。願出身以徇役，式簡書以忘歸。時陟岵以旋顧，涕漸纓而鮮晞。聽鳴鶴之哀音，知我行之多違。悵俯仰而自憐，志荒咽而摧威。聊弦歌以屬志，勉奉職於閨闈。」

應瑒有《釋賓》、《慜驥賦》，徐幹有《中論》，也在呼應著陳琳、繁欽一再書寫的徒有才志而不爲人知的主題：

《慜驥賦》：「慜良驥之不遇兮，何屯否之弘多。抱天飛之神驥兮，悲當世之莫知。……懷殊姿而困遇兮，願遠迹而自舒。……願浮軒於千里兮，曜華軛乎天衢。……展心力於知己兮，甘邁遠而忘劬。哀二哲之殊世兮，時不遘乎良造。制銜轡於常御兮，安獲騁於遐道。」

《中論·修本》篇：「遇不遇，非我也，其時也。」《爵祿》篇：「求之有道，得之有命。……君子不患道德之不建，而患時世之不遇。《詩》曰：『駕彼四牡，四牡項領。我瞻四方，蹙蹙無所騁。』傷道之不遇也。豈一世哉！豈一世哉！」

它們是他們仕途失意的注腳。而當初對曹操頗爲感念的劉楨，早已喪失了往日的激情，取而代之的，是對自己仕宦的強烈不滿：

《雜詩》：「職事相塡委，文墨紛消散。馳翰未暇食，日昃不知晏。沈迷簿領間，回回自昏亂。釋此出西城，登高且遊觀。方塘含白水，中有鳧與雁。安得肅肅羽，從爾浮波瀾。」

諸文士的哀歌，迫使我們認識道，壯志難酬的不平之鳴，是建安文學的一個重要組成內容。

第六章　曹氏兄弟爭嗣本末及其影響（上）

第一節　建安十六年（211）前

　　《春秋公羊傳》隱公元年：「立適（嫡）以長不以賢。」按照禮法，嫡長子是天然的合法繼承人。曹操共有二十五子，長子曹昂，本庶出，生母劉夫人早亡，操嫡妻丁夫人無子，以昂爲子，昂地位實同嫡子。建安二年（197），曹操南征張繡，軍敗，人、馬皆爲流矢所中，曹昂進獻所乘馬，操因得逃生，而昂遇害。曹昂不惟年長，又有捨命救父的壯舉，倘若不死，被立爲嗣，應該問題不大。昂死，丁夫人以哀怨廢，卞氏爲繼室，嫡長子爲曹丕，次曹彰，再次曹植。〔註1〕

　　曹操《諸兒令》云：

> 　　今壽春、漢中、長安，先欲使一兒各往督領之，欲擇慈孝不違吾令，亦未知用誰也。兒雖小時見愛，而長大能善，必用之。吾非有二言也，不但不私臣吏，兒子亦不欲有所私。

此令作於建安二十年（215）以後，但它所反映的對諸兒不別嫡庶、不計長幼、一視同仁、唯才是用的思想卻是曹操一貫的思想。在立嗣問題上，曹操也不願恪守故常，他早早地就看好了曹沖。此子也是庶出，少曹丕九歲，自幼「聰察岐嶷」，年方五六，智及成人。曹沖稱象的故事已經廣爲人知，劉敬叔《異苑》卷三又載其令山雞起舞事：「山雞愛其毛羽，映水則舞。魏武時，南方獻之帝，欲其鳴舞而無由。公子蒼舒（曹沖字）令置大鏡其前，雞鑒形而舞，不知止，

〔註 1〕綜合《三國志‧武文世王公傳》、《武宣卞皇后傳》及注引《魏略》、《武帝紀》、《魏書》、《世語》。

遂乏死。韋仲將爲之賦其事。」二事眞僞自不妨見仁見智，至於曹沖之早慧、多智則無可懷疑，曹丕《贈謚鄧哀侯詔》「昔皇天鍾美於爾躬，俾聰哲之才，成於弱年」云云，並非溢美之辭。除了穎悟過人，曹沖又秉「仁愛識達」之性。曹操用刑嚴重，「凡應罪戮，而爲沖微所辨理，賴以濟宥者，前後數十」，正可謂取乃父之長而補其短。加上「容貌姿美，有殊於眾」，曹沖「特見寵異」。曹操「數對群臣稱述，有欲傳後意」。孰料建安十三年（208），曹沖才十三歲時，一場疾病奪去了他的生命。失去了這位德才兼備、才貌雙全的理想繼承人，曹操哀哀欲絕。曹丕去寬慰他，曹操道：「此我之不幸，而汝曹之幸也。」假使曹沖不出意外，承曹操之後者非其莫屬。無怪乎曹丕即帝位後還常常說：「家兄孝廉（按指曹昂），自其分也。若使倉舒在，我亦無天下。」〔註2〕

　　曹丕博學能文，善騎射，好擊劍，多才多藝，亦非等閑之輩，又畢竟是嫡長子，曹操視之，異於諸子。《三國志・崔琰傳》：「太祖征并州，留琰傅文帝於鄴。」這是建安十一年（206）的事情，距離曹操平定冀州不過一年。年方二十的曹丕，已被賦予留守鄴城的重任，曹操對他不能不說是另眼相看的。時曹丕貪戀田獵，崔琰寫信勸誡，要他「身惟儲副，以身爲寶」。崔琰是把他當作曹操繼嗣的。及至曹沖已死，一個佔有壓倒性優勢的威脅業已解除，曹丕似乎可以高枕無憂了。事實上並非如此。曹操對曹丕說的那句話，很是直截了當：曹沖之死，是「汝曹」（你們）之幸而非獨「汝」（你）之幸。如此推敲，曹丕可能還會有其他競爭者，能否嗣位仍然是一個變數。諸弟之中，足以與曹丕媲美的，只有小他五歲的曹植。此君亦夙成，特善屬文，曹操嘗視其文，懷疑是他請人代作，植跪云：「言出爲論，下筆成章，顧當面試，奈何倩（請）人？」「性簡易，不治威儀」，正與曹操相類；「輿馬服飾，不尚華麗」，合乎曹操好尚；「每進見難問，應聲而對」，更愜曹操之心。曹植之「特見寵愛」，實非偶然。〔註3〕不過，至少是在建安十六年（211）前，曹植在曹操心目中的分量，還不足與曹丕等量齊觀。這一年的正月，曹丕以曹操世子，亦即嫡長子的身份被漢帝任命爲五官中郎將，置官屬，爲丞相副；七月，大軍西征馬超，曹操還是將留守鄴城的任務交給了曹丕。〔註4〕《三國志・邴原傳》注引《原別傳》云：「魏太子爲五官中郎將，天下嚮慕，賓客如雲。」趨

〔註2〕　參《三國志・鄧哀王沖傳》及注引《魏書》、《魏略》。
〔註3〕　《三國志・曹植傳》。
〔註4〕　據曹丕《感離賦序》、曹植《離思賦序》。

炎附勢，人之常情，這種情形表明，當時的曹丕正是一個炙手可熱的角色。那一年，曹植被封爲平原侯，同時封侯的還有曹據、曹林、曹玹諸人，但曹植顯然也是被另眼看待的，曹操用心爲他挑選了家丞、庶子、文學種種屬官，重點扶植他的成長，這是其他諸侯無法比擬的。然而，這時的曹植，還處於「不及世事，但美遨遊」〔註5〕的狀態，並無與曹丕爭嗣之心。曹植有《離思賦》，由賦序，知作於隨軍西征馬超途中，因「憶戀」在鄴城的曹丕而作，或許就是曹丕《感離賦》的應答之作，〔註6〕其中有云：「願我君之自愛，爲皇朝而保己。」「我君」，注者多解作曹操，誤，據題意、文意，當指曹丕。曹植用這樣的字眼稱謂曹丕，希望他能爲國家珍重自己，與崔琰的言辭遙相呼應，不能說不是把曹丕擺在一個比自己特殊的位置上。在早期所作詩文中，曹植用來稱呼曹丕的，還有「主人」、「公子」：

　　　《鬥雞》：「主人寂無爲，眾賓進樂方。」

　　　《侍太子坐》〔註7〕：「翩翩我公子，機巧忽若神。」

　　　《公宴》：「公子敬愛客，終宴不知疲。」

　　　《娛賓賦》：「欣公子之高義兮，德芬芳其若蘭。揚仁恩於白屋
　　　　兮，逾周公之棄餐。聽仁風以忘憂兮，美酒清而肴甘。」

「眾賓」、「客」，指王粲、徐幹、陳琳、阮瑀、應瑒、劉楨、丁儀、丁廙、楊脩、吳質之流。他們同曹氏兄弟一起，組成了今人所謂鄴下文人集團。建安十三年（208），王粲的加入，進一步壯大了它的力量，也是它得以最終形成的標誌。以後的三四年是它活動的高潮期。這個集團是曹操締造的，是以曹丕、曹植兄弟爲首的，曹丕較曹植年長位尊，是它的當然的領袖，這一點可以從上引曹植詩賦中得到證實。曹植衷心讚美曹丕，言其機巧若神、敬愛賓客，甚至言其「高義」、「仁恩」過於周公。而曹丕也是儼然以「主人」自居，以周公自喻，《善哉行》「朝日樂相樂」篇：「慊慊下白屋，吐握不可失。眾賓飽滿歸，主人苦不悉。」曹操自況周公，人所熟知，一見用周公意，便認作是曹操，實在是只見其一，不見其二，此詩或誤作曹操詩者以此。阮瑀、應瑒、王粲都有《公讌詩》：

〔註5〕謝靈運《擬魏太子鄴中集詩八首·平原侯植》。
〔註6〕曹丕《感離賦序》：「建安十六年，上西征，余居守，老母諸弟皆從，不勝思慕，乃作賦。」
〔註7〕題目中的「太子」係後來所追改。

　　阮詩：「陽春和氣動，賢主以崇仁。布惠綏人物，隆愛在所親。」

　　應詩：「巍巍主人德，佳會被四方。開館延群士，置酒於斯堂。」

　　王詩：「願我賢主人，與天享巍巍。克符周公業，奕世不可追。」

他們所謂的「賢主」、「主人」、「賢主人」都是指曹丕，王粲詩中的「周公」亦喻曹丕。〔註8〕王粲又有《馬瑙勒賦》，據曹丕同題賦序，知係奉曹丕之命而作，同作者還有陳琳，丕以馬瑙（即瑪瑙）飾馬勒，故稱「馬瑙勒」。賦中有云：「御世嗣之駿服兮，表騄驥之儀式。」「世嗣」，還是指曹丕。這時的曹丕，在王粲的眼裏，就是將來要嗣曹操之位的世子。總之，一般人，包括曹植本人，本來是認定了曹丕作爲曹操繼承人的地位的，曹丕本人也沒有被曹植奪去繼承人資格的危機感，這種狀況至少持續到建安十六年（211）爲止。有些學者認爲曹植兄弟立嗣之爭起自建安十三年（208），並不合乎實際。

第二節　明爭暗鬥

　　問題正出在曹操身上。《三國志‧曹植傳》：「時鄴銅爵臺（按即銅雀臺）新成，太祖悉將諸子登臺，使各爲賦。植援筆立成，可觀，太祖甚異之。」今傳曹丕、曹植集中，並有《登臺賦》，據曹丕賦序，此事發生於建安十七年（212）春。曹植之賦，來得既快又好，令曹操刮目相看，也令曹丕黯然失色。還有一點必須提及，在這篇賦中，曹植寫下了篇幅占一半以上的對曹操歌功頌德的文字，開口「明后」、接口「聖德」，歌頌之言，如滔滔江水，綿綿不絕：

　　　　天功恒其既立兮，家願得而獲呈。揚仁化於宇內兮，盡肅恭於上京。雖桓文之爲盛兮，豈足方乎聖明！休矣美矣！惠澤遠揚。翼佐我皇家兮，寧彼四方。同天地之規量兮，齊日月之暉光。永貴尊而無極兮，等年壽於東王。

〔註8〕　王粲《公讌詩》，劉楨《公讌詩》，曹植《公讌詩》、《侍太子坐》，應瑒《公讌詩》、《侍五官中郎將建章臺集詩》，陳琳《宴會詩》，曹丕《芙蓉池作》、《善哉行》「朝遊高臺觀」、「朝日樂相樂」諸詩內容相似，俞紹初先生《建安七子年譜》皆定建安十六年作，乃曹氏兄弟與諸子宴集時的作品，與曹操無礙。而《文選》李善注謂王粲《公讌詩》侍曹操讌，後人多從之，其實不然。吳淇《六朝選詩定論》卷六：「此亦侍文帝讌，舊注爲武帝，誤矣。」得之。其致誤原因，與曹丕《善哉行》「朝日樂相樂」一詩誤作曹操詩正同。

曹操看到這些，心花怒放，可想而知。再看曹丕之賦，就銅雀臺賦銅雀臺，對乃父功德，不著一字。再擴而大之，翻檢其他作品，可以發現曹植對曹操的頌揚隨處可見，如《車渠碗賦》：「於時乃有篤厚神后，廣披仁聲。夷慕義而重使，獻茲寶於斯庭。」《槐賦》：「羨良木之華茂，爰獲貴於至尊。……暢沈陰以博覆，似明后之垂恩。」曹丕也有同題賦作，仍是就車渠碗賦車渠碗，就槐樹賦槐樹，不似曹植這般浮想聯翩，由碗及「仁」，由槐及「恩」，不時把老子擡出來吹捧一下，更容易給人以「天性仁孝」的印象和感覺。曹操寵異曹植之由，上文已有論及，而主要是因爲他的「才捷」，「言出爲論，下筆成章」的稟賦，是曹丕難以企及的。曹植不僅「發言有章」，而且更善於「稱述功德」，這可能也是他比曹丕更能討得曹操歡心的原因之一。

　　建安十八年（213），曹操爲魏公，年已五十九歲的他，對立嗣問題懸而不決。顯然，曹操並不太想理所當然地立曹丕爲太子，而要在曹丕、曹植之間再進行一番抉擇。建安十九年（214），曹植徙封臨菑侯，七月，曹操東征孫權，令曹植守鄴，戒之曰：「吾昔爲頓邱令，年二十三。思此時所行，無悔於今。今汝年已二十三矣，可不勉與！」〔註9〕鄴城是曹操的老巢，昔日出征，曹丕留守，如今換成了曹植。這不簡單地是令另外一個兒子也有一次鍛煉機會的問題。諄諄告誡反映出曹操對曹植的殷切期望：這是你初次擔當重任，也是一次奠定功業和樹立威望的大好時機，儘管還年輕，一定要做得讓自己無怨無悔，讓別人無可挑剔。這等於是向曹植，也是向群臣傳遞一個信號，他可能有立曹植爲嗣的意圖。建安二十年（215），這種信號進一步加強。曹操西征張魯，留曹丕守孟津，仍令曹植守鄴。〔註10〕大約從曹操爲魏公前後，到曹丕爲太子之前的幾年時間裏，曹植之寵盛極一時，此時的他，難免沒有奪嫡之心，而曹丕斷無將太子之位拱手相讓之理，二人各有黨羽，一場明爭暗鬥在所難免。

　　在這場爭鬥中，楊脩和吳質分別爲曹植、曹丕出謀劃策，充當謀主。《三國志·曹植傳》注引《世語》：

　　　　太祖遣太子及植各出鄴城一門，密敕門不得出，以觀其所爲。

〔註9〕《三國志·曹植傳》。

〔註10〕據《三國志·鍾繇傳》注引《魏略》，曹操征漢中（即征張魯）之時，曹丕在孟津（《吳質傳》注引《魏略》「大軍西征，太子南在孟津小城」亦可證），曾託曹植向鍾繇求取玉玦，繇送上玉玦，丕與繇書，有「鄴騎既到，寶玦初至」之語，知繇與植必在鄴城。

> 太子至門，不得出而還。脩先戒植：「若門不出侯，侯受王命，可斬
> 守者。」植從之。

曹操故意設置一些情境，用來考察和比較曹丕、曹植兄弟才略高下，如此之
類，當不一而足。就這件事而言，曹丕循規蹈矩，悻悻而返；而曹植事先受
楊脩點撥，臨難制變，得出城門，佔了曹丕上風。《吳質傳》注引《世語》：

> 魏王嘗出征，世子及臨菑侯植並送路側。植稱述功德，發言有
> 章，左右屬目，王亦悅焉。世子悵然自失，吳質耳曰：「王當行，流
> 涕可也。」及辭，世子泣而拜，王及左右咸歔欷，於是皆以植辭多
> 華，而誠心不及也。

此事寫得煞有介事，活靈活現，真實性卻令人懷疑〔註11〕。但是，類似這樣
的事，即曹丕在吳質的指點下，在與曹植的較量中化被動為主動，轉敗為勝
的事必然是存在的。再看《曹植傳》注引《世語》：

> （脩）與丁儀兄弟，皆欲以植為嗣。太子患之，以車載廢簏，
> 內朝歌長吳質與謀。脩以白太祖，未及推驗。太子懼，告質，質曰：
> 「何患？明日復以簏受絹車內以惑之，脩必復重白，重白必推，而
> 無驗，則彼受罪矣。」世子從之，果白，而無人，太祖由是疑焉。

吳質於建安十六年（211）出為朝歌長，既放外任，被曹丕偷偷摸摸地召回鄴
城，既是擅離職守，又是交通諸侯。楊脩向曹操報告其事，本欲陷吳質於罪
過，陷曹丕於困窘，吳質略施小計，便扭轉了局面，反而引發了曹操對楊脩
的懷疑。吳質計高楊脩一籌，於此可見。由《顏氏家訓》所引王粲《贈楊德
祖詩》佚句，知楊脩曾出行，曹丕去給他餞別；又《太平御覽》卷七六一引
曹丕《答楊脩書》，雖然僅有「重惠流離厄，昭厚意」數字，也足知他們之間
有過書信往來。看來曹丕、楊脩之間不是沒有過「其樂泄泄」的時光，但那
恐怕早已是陳年往事了。曹丕與曹植爭嗣事起，楊脩決意扶助曹植，立場分
明，《世語》云：（脩）每當就植，慮事有闕，忖度太祖意，豫作答教十餘條，
敕門下，教出以次答。教裁出，答已入，太祖怪其捷，推問始泄。自《三國
演義》以來，人多據此稱楊脩為曹植「豫作答教」，是典型的以訛傳訛。〔註
12〕楊脩為見曹植，每每冒著擅離職守、被曹操查辦的風險，相反，他對曹丕

〔註11〕 參曹道衡、沈玉成《中古文學史料叢考》「吳質為曹丕奪嫡謀主與《世語》所
記失實」條。
〔註12〕 參徐公持《關於曹植的評價問題》，《文學遺產》1983年第1期。

必定冷落。吳質則不然，他骨子裏是站在曹丕一邊的，但他做得不動聲色，一邊盡力替曹丕謀劃，一邊儘量與曹植交好。曹植有《與吳季重書》，作於建安二十年（215），〔註13〕根據書信內容，知吳質當年因常調到鄴，與曹植「得爲密坐」，「燕飲彌日」，盡歡而散；回到朝歌，又與曹植書，希望能夠改調它任，曹植以「改轍而行，非良樂之御；易民而治，非楚鄭之政」等相勸勉。吳質復書，即《答東阿王書》，一則表達對曹植的仰慕之情，「若質之志，實在所天。思投印釋戟，朝夕侍坐」；一則仍希望曹植再發「惻隱之恩」，周全自己另謀高就。吳質做出這些舉動，正值曹丕、曹植兄弟爭鬥正酣之時，《吳質傳》注引《魏略》稱質善處曹氏兄弟之間，誠然！

有一點要說明，爭鬥歸爭鬥，曹氏兄弟還不至於到你死我活，相互之間視若寇讎的地步。曹丕在孟津，聽說鍾繇有玉玦，想據爲己有而又難以啓齒，密使在鄴城的曹植託荀閎向鍾繇轉達己意，繇即刻遣人將玉玦送往孟津。〔註14〕這種近於巧取豪奪的事情，曹丕坦然地叫曹植去做，曹植也坦然地替曹丕做了——兄弟顏面和情份還是在的。

楊脩之外，丁儀、丁廙兄弟也是曹植的死黨。丁儀有《周成漢昭論》，同題之論，曹丕、曹植都有；丁廙有《蔡伯喈女賦》、《彈棋賦》，同題之賦，曹植集中不存，曹丕集中卻能看到。看來，丁氏兄弟與曹丕交惡，也是曹氏兄弟有了嗣子之爭之後才開始的。《曹植傳》注引《魏略》：

> （操）聞儀爲令士，雖未見，欲以愛女妻之，以問五官將。五官將曰：「女人觀貌，而正禮目不便，誠恐愛女未必悅也。以爲不如與伏波子楙。」太祖從之。尋辟儀爲掾，到與論議，嘉其才朗，曰：「丁掾，好士也，即使其兩目盲，尚當與女，何況但眇？是吾兒誤我。」時儀亦恨不得尚公主，而與臨菑侯親善，數稱其奇才。太祖既有意欲立植，而儀又共贊之。

曹操「愛女」，即清河公主；「伏波子楙」，即伏波將軍夏侯惇之子夏侯楙。惇爲伏波將軍，在建安九年（204）曹操破鄴之後。曹丕自幼與夏侯楙親善，以丁儀「目眇」（一目小或盲稱眇），勸曹操將清河公主許配給楙，不能說是沒有私心，既誤了曹操，又誤了丁儀，從公主與楙婚後的情況來看，也誤了公

〔註13〕參曹道衡、沈玉成《中古文學史料叢考》「吳質爲朝歌長、元城令」條。

〔註14〕事見《三國志‧鍾繇傳》注引《魏略》。

主。〔註15〕而曹丕也爲此付出了代價，丁儀因此對他懷恨在心，而與曹植交好，屢屢在曹操面前稱道曹植「奇才」。「太祖既有意欲立植，而儀又共贊之」，丁廙亦復如此。《曹植傳》注引《文士傳》：

> 廙嘗從容謂太祖曰：「臨菑侯天性仁孝，發於自然，而聰明智達，其殆庶幾。至於博學淵識，文章絕倫。當今天下之賢才君子，不問少長，皆願從其遊而爲之死，實天所以鍾福於大魏，而永授無窮之祚也。」欲以勸動太祖。太祖答曰：「植，吾愛之，安能若卿言！吾欲立之爲嗣，何如？」廙曰：「此國家之所以興衰，天下之所以存亡，非愚劣瑣賤者所敢與及。廙聞知臣莫若於君，知子莫若於父。至於君不論明暗，父不問賢愚，而能常知其臣子者何？蓋由相知非一事一物，相盡非一旦一夕。況明公加之以聖哲，習之以人子。今發明達之命，吐永安之言，可謂上應天命，下合人心，得之於須臾，垂之於萬世者也。廙不避斧鉞之誅，敢不盡言！」太祖深納之。

丁氏兄弟深得曹操信任，一番番大肆渲染的話經他們之口娓娓道出，顯得既忠懇又中肯，使得本來就爲曹操所中意的曹植更是錦上添花。《曹植傳》稱曹操狐疑，植「幾爲太子者數矣」。曹操的狐疑，固然主要在曹操本身欣賞曹植，楊脩、丁儀、丁廙的勸動也關係甚大。

　　楊脩、吳質、二丁都是鄴下文人，早年與曹丕、曹植一同遊處，曹氏兄弟爭風，爲何三人對曹植情有獨鍾，一人黨同曹丕，卻又與曹植「藕斷絲連」？丁儀因不得婚配公主而對曹丕怨恨當然算是一個理由；丁廙與丁儀既爲手足，自然同心同德也可算是一個理由；吳質善於做人，處事圓滑也洵然不虛；那楊脩又該作何種解釋呢？曹植受到他們的青睞，必然還有更深層次的原因。首先，曹植才思敏捷，「文章絕倫」，文士讚歎之，傾慕之，折服之，在情理之中。觀楊脩《答臨菑侯箋》、吳質《答東阿王箋》，談及曹植之文，都是無與倫比、唯他獨尊、自愧不如的口氣。其他文士，如陳琳，雖頗爲自負，在曹植面前，也只有「鑽仰」的份兒。當然，在吳質《答魏太子箋》、劉楨《贈五官中郎將》其四中，也可以看到他們對曹丕之文的嘖嘖稱讚。儘管都是讚美，而且都有溢美，美化的程度還是有所差別的，曹植高居曹丕之上，即使反映在吳質文中都是如此。〔註16〕其次，也是更重要的，是曹植對待文士，

〔註15〕參《三國志・夏侯惇傳》及注引《魏略》。
〔註16〕詳見第二章第一節。

較之曹丕，更爲眞摯和體貼。與曹操以權術相馭諸文士不同，曹氏兄弟是把諸文士當作朋友看待的。他們或一同隨軍出征，或一處遊宴，鬥雞走馬，彈棋博弈，作文論辯，我唱你和，過從甚密，相處甚歡。在與吳質的書信中，曹丕曾動情地追憶昔日遊處情狀：

> 《與朝歌令吳質書》：「每念昔日南皮之遊，誠不可忘。既妙思六經，逍遙百氏，彈棋閒設，終以六博，高談娛心，哀箏順耳。馳騁北場，旅食南館，浮甘瓜於清泉，沈朱李於寒水。白日既匿，繼以朗月，同乘並載，以遊後園，輿輪徐動，參從無聲，清風夜起，悲笳微吟，樂往哀來，凄然傷懷。」

> 《與吳質書》：「昔年疾疫，親故多離其災，徐、陳、應、劉，一時俱逝，痛可言邪！昔日遊處，行則連輿，止則接席，何曾須臾相失！每至觴酌流行，絲竹並奏，酒酣耳熱，仰而賦詩。」

親密無間，酣暢淋漓，一定程度上模糊了上下尊卑長幼的界限，尚未在曹氏兄弟爭鬥陰霾籠罩下的他們，是一個和諧的整體。那個在曹植《公讌詩》、《娛賓賦》，阮瑀、應瑒、王粲《公讌詩》等文中塑造出來的「敬愛客」的「賢主人」曹丕的形象，在這裡隱約可見。《與吳質書》稱「徐（幹）、陳（琳）、應（瑒）、劉（楨）」爲「親故」，《寡婦詩序》稱阮瑀爲「故人」；阮瑀死，曹丕「傷其妻子孤寡」，作《寡婦詩》，又作《寡婦賦》，命王粲並作之，以「敘其妻子悲苦之情」；王粲好驢鳴，粲死，曹丕臨喪，命同遊各作一聲驢鳴以送之；〔註17〕劉楨臥病，曹丕視疾，「清談同日夕，情盼敘憂勤」，曹丕還是能盡朋友之道的，不然劉楨不會在《贈五官中郎將》詩中毫不拘謹地稱呼他爲「所親」、「所歡」。而吳琪《六朝選詩定論》卷五云：「丕與諸子雖往來贈答，意不甚恤，而植與諸子則篤，故其與諸子酬和之詩，皆恤其隱，頗有魏武憐才意。」又：「其（按謂曹植）贈諸子之詩，皆極致其憐惜云。」又：「子建與諸子，皆傷其不遇。」曹丕《與吳質書》說應瑒「常斐然有述作之意，其才學足以著書，美志不遂，良可痛惜」，可見曹丕是有憐才之意的，吳琪說他對諸文士「意不甚恤」，豈不大謬？但吳氏之說又不無道理。應瑒有《侍五官中郎將建章臺集詩》，感傷身世，並向曹丕表白心迹。他渴望「欲因風雨會，濯翼陵高梯」，庸俗一點說，就是渴望能夠飛黃騰達，並企盼曹丕能夠鼎力相助。曹丕身爲貴介公子，不憂不能出人頭

〔註17〕事見《世說新語・傷逝》篇。

地。他知道富貴了不能只流於逸樂，還要借著篇籍傳聲名於後世，不知道對於應瑒這等有「才學」的人而言，他們所孜孜以求的、至關重要的是功業、富貴，著篇籍實在是不急之務。曹丕為應瑒至死而著書不成而「痛惜」，從這個角度講，實在是不解風情。事實上，無論是曹丕還是曹植，在曹操當政的時候，即使想要鼎力相助諸文士飛黃騰達也是不現實的，曹操的既定策略決定了他們必然是力不從心。但曹植還是對諸文士的仕運際遇給予了較多的關注。還拿應瑒來說，他應該也是向曹植發出過類似於向曹丕發出的那種求助的；同曹丕一樣，曹植也視他為好友，《送應氏》其二：「我友之朔方。」不同的是，曹植向應瑒表達了自己無能為力的由衷的歉意：「愛至望苦深，豈不愧中腸。」顯然，他是充分理解應瑒的，應瑒看了這樣的詩句，除了感動還是感動。對於徐幹，曹丕《典論·論文》、《與吳質書》因其能成一家之言而讚賞有加。而曹植《贈徐幹》一詩展示的卻是另外一番情境：

> 顧念蓬室士，貧賤誠足憐。薇藿弗充虛，皮褐猶不全。慷慨有
> 悲心，興文自成篇。寶棄怨何人？和氏有其愆。彈冠俟知己，知己
> 誰不然？良田無晚歲，膏澤多豐年。亮懷璵璠美，積久德愈宣。

以徐幹之才之德，乃至困頓如此，曹植對此大為同情，並為自己無力扭轉這種局面而自責。人多謂徐幹淡泊，輕官忽祿，實際上他是不得不然，高官厚祿既不可得，汲汲惶惶又有何用？超然一些，還算知趣一些。但要做到時時超然，事事超然，又談何容易！徐幹心中也有不平、也有不滿，他將這不平、不滿都揉入到《中論》的寫作中去。曹植看出徐幹是因「慷慨有悲心」才「興文自成篇」，不愧是徐幹的「知己」。曹植又有贈丁廙、贈丁儀、贈王粲諸詩，也時而「致其憐惜」，「傷其不遇」：

> 《贈丁儀》：「在貴多忘賤，為恩誰能博？狐白足禦冬，焉念無
> 衣客？」

> 《贈王粲》：「中有孤鴛鴦，哀鳴求匹儔。……重陰潤萬物，何
> 懼澤不周？誰令君多念，遂使懷百憂。」

> 《贈丁儀王粲》：「君子在末位，不能歌德聲。丁生怨在朝，王
> 子歡自營。」

這種內容和情感，傳達出曹植對他們的關切，也很容易引發他們的共鳴。與此相應，則看不出曹丕也向他們傳達過這種關切，甚而，從曹丕詩集中找不出一首贈給他們的詩。詩原本是有的。應瑒《侍五官中郎將建章臺集詩》中

有「贈詩見存慰」之語，則曹丕有贈詩在先可知矣。但至少，曹丕在細緻入微體諒、關心諸文士方面做得可能沒有曹植好。曹植性情真率、自然，其交友之道，強調一個「義」字，講求敦厚、善始善終：

《贈徐幹》：「親交義在敦。」

《贈丁儀》：「親交義不薄。」

《箜篌引》：「薄終義所尤。」

曹植實際上也是這樣做的。劉楨《與曹植書》深有感觸地說：「明使君始垂哀憐，意眷日崇。譬之疾病，乃使炎農分藥，岐伯下針，疾雖未除，就沒無恨。何者？以其天醫至神，而榮魄自盡也。」對支持自己的楊脩，曹植很友好，《與楊德祖書》「數日不見，思子為勞」云云，情見乎辭。對不支持自己的吳質，曹植也相當友好，《與吳季重書》「懷戀反側，如何如何」云云，並非一味客套。在寫下《答東阿王書》後不久，吳質由朝歌長遷元城令，而這或許就是曹植從中周旋的結果。吳質親附曹丕，曹植不可能毫無察覺，即便他毫無察覺，楊脩也會提醒，在這個問題上，曹植表現出了他的寬厚和仁慈。以上所陳之事、所引之文，有些在時間上比較靠後，但並不妨礙用來說明道理。一句話，曹丕固然待諸文士不薄，而曹植畢竟才高非偶，又如此熱忱，如此夠朋友，因而更能贏得諸文士的親近和愛戴，不獨楊脩、二丁使然。誇張一點，用丁廙的話說就是，當時天下的賢才君子，不問年齡少長，都願追從曹植而為之死。這就無怪乎王粲為什麼寫《雜詩》「日暮遊西園」給曹植，表達想與他朝夕相處的願望，而不是寫給曹丕。王粲病死，曹植為作《王仲宣誄》，「吾與夫子，義貫丹青。好和琴瑟，分過友生」等語，印證了他們之間不同尋常的交情。兩年之後，王粲二子因牽涉到魏諷謀反，被曹丕誅殺，曹操歎息：「孤若在，不使王仲宣無後。」〔註18〕曹丕的絕情，是他和王粲之間雖不至於破裂但也曾經有過裂痕的有力說明。也許，在曹氏兄弟的角逐中，王粲向曹植作了傾斜。

第三節　遲遲才見分曉

建安二十一年（216），曹操繼續演繹著對曹植的偏愛。《王粲傳》注引《魏略》：

〔註18〕參《三國志・王粲傳》及注引《文章志》。

　　（邯鄲淳）博學有才章，又善《蒼》、《雅》、蟲、篆、許氏字指。
初平時，從三輔客荊州。荊州內附，太祖素聞其名，召與相見，甚
敬異之。時五官將博延英儒，亦宿聞淳名，因啓淳欲使在文學官屬
中。會臨菑侯植亦求淳，太祖遣淳詣植。植初得淳甚喜，延入坐，
不先與談。時天暑熱，植因呼常從取水自澡訖，傅粉。遂科頭拍袒，
胡舞五椎鍛，跳丸擊劍，誦俳優小說數千言訖，謂淳曰：「邯鄲生何
如邪？」於是乃更著衣幘，整儀容，與淳評說混元造化之端，品物
區別之意，然後論羲皇以來賢聖名臣烈士優劣之差，次頌古今文章
賦誄及當官政事宜所先後，又論用武行兵倚伏之勢。乃命廚宰，酒
炙交至，坐席默然，無與伉者。及暮，淳歸，對其所知歎植之材，
謂之「天人」。而於時世子未立。太祖俄有意於植，而淳屢稱植材。

曹丕和曹植都想得到邯鄲淳，儘管曹丕有求在先，曹操還是滿足了曹植的意
願。邯鄲淳見曹植一段，讓我們又一次領略了曹植的才情。曹植因此贏得了
「天人」的美譽，也贏得了又一個文士——邯鄲淳的支持。從此，邯鄲淳「見
養」曹植這位「賢侯」達四年之久，根據他所作《贈吳處玄詩》一詩內容推
測，曹操遣邯鄲淳詣曹植事應該就發生在這一年。

　　就在這一年，曹操為魏王，卻仍將繼嗣之位擱置。此後，他曾就曹丕、
曹植誰更適合為嗣的問題秘密徵求群臣意見。受訪者有楊俊、賈詡、崔琰、
邢顒、桓階等人〔註 19〕：

　　《三國志·楊俊傳》：「初，臨菑侯與俊善，太祖適嗣未定，密訪
群司。俊雖並論文帝、臨菑才分所長，不適有所據當，然稱臨菑猶美。」

　　《賈詡傳》：「太祖又嘗屏除左右問詡，詡嘿然不對。太祖曰：『與
卿言而不答，何也？』詡曰：『屬適有所思，故不即對耳。』太祖曰：
『何思？』詡曰：『思袁本初、劉景升父子也。』太祖大笑，於是太
子遂定。」

　　《崔琰傳》：「魏國初建，拜尚書。時未立太子，臨菑侯植有才
而愛。太祖狐疑，以函令密訪於外。唯琰露板答曰：『蓋聞《春秋》
之義，立子以長，加五官將仁孝聰明，宜承正統。琰以死守之。』
植，琰之兄女婿也。太祖貴其公亮，喟然歎息，遷中尉。」

<hr>

〔註 19〕邢顒、桓階應答曹操，口稱「殿下」、「大王」，知其事必在建安二十一年（216）
曹操為魏王之後，崔琰被賜死以前。

《邢顒傳》：「初，太子未定，而臨菑侯植有寵，丁儀等並贊翼其美。太祖問顒，顒對曰：『以庶代宗，先世之戒也。願殿下深重察之！』」

《桓階傳》：「魏國初建，為虎賁中郎將侍中。時太子未定，而臨菑侯植有寵。階數陳文帝德優齒長，宜為儲副，公規密諫，前後懇至。」（原注：「《魏書》稱階諫曰：『今太子仁冠群子，名昭海內，仁聖達節，天下莫不聞；而大王甫以植而問臣，臣誠惑之。』於是太祖知階篤於守正，深益重焉。」）

曹操「密訪群司」以前，本有傳位曹植的偏向，儘管已經鋪墊了數年時間，行事慎重的曹操，還不太敢貿然把它付諸實施。之所以要傾聽臣下的意見，也是要探聽一下他們對待此事的態度，大家都明白，以禮法論處，曹丕是既定的嗣位者，至於他與曹植的優劣短長並不重要。密訪的結果並不愜曹操之意，大多數人更擁護曹丕。

也就是在這一年，曹植寫下了《與楊德祖書》，其中有云：「若吾志不果，吾道不行，亦將采史官之實錄，辨時俗之得失，定仁義之衷，成一家之言，雖未能藏之於名山，將以傳之於同好，非要之皓首，豈今日之論乎！」曹植「志」之「果」否，當與爭嗣成敗密切相關。他意識到自己的志向可能會實現不了。對於失敗，他已經有了心理準備，已經作了最壞的打算。

建安二十二年（217），曹氏兄弟爭嗣之事終於塵埃落定。六十三歲的曹操，立曹丕為魏太子。《三國志・辛毗傳》注引《世語》：

初，文帝與陳思王爭為太子，既而文帝得立，抱毗頸而喜曰：「辛君知我喜不？」毗以告憲英，憲英歎曰：「太子，代君主宗廟社稷者也。代君不可以不戚，主國不可以不懼，宜戚而喜，何以能久？魏其不昌乎！」

抱辛毗之頸這種不同尋常的舉動，活脫脫地呈現出曹丕險勝曹植之後欣喜若狂的心態。辛毗之女憲英由曹丕的「宜戚而喜」推定魏祚不昌。曹魏代漢，二世而大權旁落，憲英的話不幸被言中。為太子者不可以不憂，不可以不懼，曹丕何嘗不知：

《典論・太子》：「余蒙隆寵，忝當上嗣，憂惶踧踖，上書自陳。欲繁辭博稱，則父子之間不文也；欲略言直說，則喜懼之心不達也。里語曰：『汝無自譽，觀汝作家書。』言其難也。」

只是這太子之位太來之不易了，爲了它，曹丕耗費了多少氣力，經歷了多少艱辛，只有曹丕自己最清楚。《三國志·文帝紀》注引《魏略》：「太祖不時立太子，太子自疑。是時有高元呂者，善相人，乃呼問之。對曰：『其貴乃不可言。』……後無幾而立爲王太子。」這件小事至少說明兩點：一、對自己能否成爲太子，曹丕幾乎失去了信心，特意找來相人的術士來問詢。二、在自己成爲太子前不久，曹丕一點取勝的把握都沒有。也就是說，曹操在選定曹丕之前不久還沒有下定決心。

希望很大的曹植爲何落敗？曹操爲何選定曹丕？

其一，擁立曹丕者「實力雄厚」。明顯助曹植爲嗣者，有楊脩、丁儀、丁廙、邯鄲淳、楊俊諸人，張可禮先生《三曹年譜》還列上了賈逵、王淩、荀惲和孔桂數子，可謂事出有因：

> 《三國志·曹植傳》注引《世語》：「脩與賈逵、王淩並爲主簿，而爲植所友。」

> 《荀彧傳》：「子惲，嗣侯，官至虎賁中郎將。初，文帝與平原侯植並有擬論，文帝曲禮事彧。及彧卒，惲又與植善，而與夏侯尚不穆。」

> 《明帝紀》注引《魏略》：「（孔）桂性便辟，曉博弈、蹴鞠，故太祖愛之，每在左右，出入隨從。桂察太祖意，喜樂之時，因言次曲有所陳，事多見從，數得賞賜，人多饋遺，桂由此侯服玉食。太祖既愛桂，五官將及諸侯亦皆親之。其後桂見太祖久不立太子，而有意於臨菑侯，因更親附臨菑侯而簡於五官將。」

按賈、王、荀三人與曹植友善是眞，至於是否會支持曹植爲嗣，還很難說，其中的賈逵還是輔助曹丕順利登上王位的一大功臣。孔桂承望曹操之意，親附曹植，簡慢曹丕，是典型的「便辟」小人的政治投機。這類貨色，爲了固寵和投機成功起見，有可能會向曹操說一些有利於曹植的話。助曹丕爲嗣者，除了吳質、賈詡、崔琰、邢顒、桓階，還有毛玠：

> 《三國志·毛玠傳》：「魏國初建，爲尚書僕射，復典選舉。時太子未定，而臨菑侯植有寵，玠密諫曰：『近者袁紹以嫡庶不分，覆宗滅國。廢立大事，非所宜聞。』後群僚會，玠起更衣，太祖目指曰：『此古所謂國之司直，我之周昌也。』」

以上是不完全統計。就雙方支持者的人數對比來看，孰多孰少還不好肯定。但就力量對比而言，高下之別是顯而易見的。曹植一方文士居多，雖說得上

話，畢竟大多官小職微，所謂人微言輕；而曹丕一方多爲曹操股肱大臣，位高權重，言語也就比較有分量。這對曹丕甚爲有利。何況，曹丕還有婦人援手。他的妻子郭氏，就是他爭嗣的賢內助，《文德郭皇后傳》：「太祖爲魏公時，得入東宮。后有智數，時時有所獻納。文帝定爲嗣，后有謀焉。」《曹植傳》還稱曹操「宮人左右」都爲曹丕說話，今可考者有王昭儀一人。《武文世王公傳》：「及文帝爲嗣，幹母有力。」幹即後來的趙王曹幹，其母王昭儀，有寵於曹操，一陣枕邊風吹過，可以說是有著「四兩撥千斤」的效果。

其二，曹丕具有「先天優勢」。「《春秋》之義，立子以長」，這是盡人皆知的道理。漢末儒教式微，士民秉禮，與往日不可同日而語，加上天下動蕩，在處理很多事情上不能再因循守舊，但這個「禮」還是要講的。賈詡、崔琰、邢顒、桓階、毛玠，無一例外地都是沖著這個「禮」來的。曹植是崔琰哥哥的女婿，崔琰並不含糊，甚至揚言「以死守之」。他們捍衛曹丕，也就是在捍衛這個神聖不可侵犯的禮法。立嗣是曹操家事，也是國事，事關重大。眾怒難犯，曹操也就難以一意孤行。曹植是幾度要成爲太子，也是幾度沒有成爲太子，根源主要就在於曹操一直不敢隨便越這個禮。越禮是要付出代價的。袁紹、劉表都曾是曹操的勁敵。紹長子譚，少子尚，表長子琦、少子琮，但他們都偏愛少子。二人死後，少子得立，而兄弟相爭，爲日後覆亡埋下了禍根。賈詡、毛玠不約而同地舉出袁、劉「覆宗滅國」的慘痛教訓來勸諫曹操不要「嫡庶不分」。其實，即使沒有他們的提醒，老謀深算的曹操何嘗不會想到這些血淋淋的事實，何嘗不怕重蹈袁、劉覆轍！曹操最後忍痛割愛，還是立曹丕作了太子。當王后卞氏「左右長御」爲曹丕得立太子之事向她求取重賞時，卞氏輕描淡寫地說：「王自以丕年大，故用爲嗣，我但當以免無教導之過爲幸耳，小何爲當重賜遺乎？」〔註20〕曹操曾下一道手令給曹彰，見《太平御覽》卷二四一，其云：「告子文：汝等悉爲侯，而子桓獨不封，而爲五官中郎將，此是太子可知矣。」曹操想要違反立嗣以長的成法，遲遲不立後嗣，到頭來又不得不隱隱地用立嗣以長的成法解釋和掩蓋自己的行爲。真是早知如此，何必當初！

其三，曹丕有兒子「作爲後臺」。《明帝紀》：「（帝）生而太祖愛之，常令在左右。」注引《魏書》云：「帝生數歲而有岐嶷之姿，武皇帝異之，曰：『我基於爾三世矣。』每朝宴會同，與侍中近臣並列帷幄。」明帝曹叡早慧，曹

〔註20〕《三國志·武宣卞皇后傳》。

操寵愛他，讓他呆在自己身邊。據《史記·周本紀》記載，古公有長子太伯、次子虞仲、少子季歷。季歷子姬昌，即文王，有聖瑞之德，古公愛之，欲傳位季歷以及於姬昌，太伯、虞仲知古公之意，亡奔荊蠻，文身斷髮，以讓季歷。曹操之言，就是拿自己、曹叡和古公、姬昌作比。而要傳位曹叡，曹操就必須先傳位給曹丕。曹叡，也是有利於曹丕爭嗣的一個砝碼。

其四，曹植自身的「不檢點」。以上三點都是對曹植爭嗣不利的外因，但曹操一手遮天，他將這些因素統統置之不理也未嘗不可，這樣曹植就不會敗北。可惜曹植自己也不是很爭氣，做得不是很好，自己釜底抽自己的薪，辜負了曹操的期望。《曹植傳》：

> 太祖狐疑，幾爲太子者數矣。而植任性而行，不自雕勵，飲酒不節。文帝御之以術，矯情自飾，宮人左右，並爲之說，故遂定爲嗣。

曹氏兄弟生性「簡易」，不拘小節。文人侍從、「但美遨遊」的公子哥生活，又容易助長他們自由散漫的作風。曹植具有才高八斗的稟賦，又受到曹操的格外恩寵，更容易我行我素、目空一切。邢顒德行卓著，人稱「德行堂堂邢子昂」，曹操令曰：「侯家吏，宜得淵深法度如邢顒輩。」用他作平原侯曹植家丞。〔註21〕邴原亦「以操尚稱」，曹丕門庭若市之時，原「守道持常，自非公事不妄舉動」。曹操嘉之，用他代替涼茂爲五官將曹丕長史，令曰：「子弱不才，懼其難正，貪欲相屈，以匡勵之。雖云利賢，能不惡惡！」〔註22〕史稱「太祖諸子高選官屬」，曹操精挑細選，用邢顒、邴原作爲曹氏兄弟的輔佐，正是有的放矢，他要借助這些「淵深法度」、「守道持常」之輩來「匡正」、管教、約束、影響這哥倆兒的作風。邢顒恪盡職守，對曹植「防閑以禮，無所屈撓」。曹植《贈丁廙》詩云：「蹈蕩固大節，世俗多所拘。君子通大道，無願爲世儒。」拘禮之士，本非曹植所喜，其所喜者，如楊脩、二丁、劉楨等，都非此類人物。邢顒的管束，令自由散漫慣了的曹植很是反感，二人由此不合。《晉書·安平獻王孚傳》：「魏陳思王植有俊才，清選官屬，以孚爲文學掾。植負才陵物，孚每切諫，初不合意，後乃謝之。」「負才陵物」的曹植，不僅是抗拒家丞邢顒一人的「防閑」，文學掾司馬孚的「切諫」，也令他反感。雖然後來向司馬孚道了歉，未必出自本心。針對前者，庶子劉楨曾上書進行規勸，前一章已經加以引述，重引如下：

〔註21〕《三國志·邢顒傳》。
〔註22〕《三國志·邴原傳》及注引《原別傳》。

> 家丞邢顒，北土之彥，少秉高節，玄靜澹泊，言少理多，眞雅
> 士也。楨誠不足同貫斯人，並列左右。而楨禮遇殊特，顒反疏簡，
> 私懼觀者將謂君侯習近不肖，禮賢不足，采庶子之春華，忘家丞之
> 秋實，爲上招謗，其罪不小，以此反側。

關於禮遇自己、疏簡邢顒可能對曹植造成的不良後果，劉楨講得很到位。一是顯得他「禮賢不足」，二是顯得他黜實崇華。曹植的「任性而行」，還有其他表現，使他在爭嗣中不能不落人以柄，使自己和對他偏心的曹操陷於被動。曹丕則不然。《三國志·賈詡傳》：

> 是時，文帝爲五官將，而臨菑侯植才名方盛，各有黨與，有奪
> 宗之議。文帝使人問詡自固之術，詡曰：「願將軍恢崇德度，躬素士
> 之業，朝夕孜孜，不違子道。如此而已。」文帝從之，深自砥礪。

曹丕也是自由散漫慣了，但他接受了賈詡的忠告，「朝夕孜孜」，「深自砥礪」。《邴原傳》注引《原別傳》：

> 太子（按係後來追稱）燕會，眾賓百數十人，太子建議曰：「君
> 父各有篤疾，有藥一丸，可救一人，當救君邪，父邪？」眾人紛紜，
> 或父或君。時原在坐，不與此論。太子諮之於原，原悖然對曰：「父
> 也。」太子亦不復難之。

曹操曾下令，謂邴原「名高德大，清規邈世，魁然而峙，不爲孤用」，其悖直之風，有過邢顒。眾目睽睽之下，曹丕拿危急之下救君還是救父的兩難問題詢問邴原，得到了一個沒有好氣的回答，對此，曹丕並不計較什麼，這與曹植形成了明顯反差。說他矯情也好，刻意也罷，曹丕的表面文章作得比曹植好，更多地表現出了大家風範。此外，史稱曹丕爲了取勝，還「御之以術」，要一些花招來欺騙、坑害曹植。不諳此道的曹植，可能在不知不覺之間，就誤入了曹丕爲他設下的圈套，使自己更加被動。

　　本來就不平庸的曹丕，借助諸種因素的合力，儘管曲曲折折，最終還是如願以償。隨著曹丕春風得意，失勢的曹植品味到了世態炎涼。楊脩《孔雀賦序》：「魏王園中有孔雀，久在池沼，與眾鳥同列。其初至也，甚見奇偉，而今行者莫視。臨菑侯感世人之待士，亦咸如此，故興志而作賦，並見命及。」而楊脩本人也不例外。《三國志·曹植傳》注引《典略》：「植後以驕縱見疏，而植故連綴脩不止，脩亦不敢自絕。」由此看來，身爲心腹的楊脩也曾試圖明哲保身，和曹植脫離干係，只是曹植緊抓不放，他脫不了干係。

　　曹植是爭嗣失敗了，但並沒有一敗塗地，事情還沒有完結。

　　建安二十二年（217），曹植增邑五千，並前萬戶，成了不折不扣的萬戶侯——曹操對他，仍然分外開恩。

　　建安二十三年（218），籠罩在曹植頭頂的星光開始暗淡。《曹植傳》：「植嘗乘車行馳道中，開司馬門出。太祖大怒，公車令坐死。由是重諸侯科禁，而植寵日衰。」俞紹初先生《曹植生平若干事迹考辨》〔註23〕一文對此作了精彩的考辨。事件發生於該年曹操西征劉備，道經洛陽停留之時，參照《後漢書》注引《續漢書》，知預其事者還有楊脩，係酒後所爲，被人告發。「馳道」又稱御道，是專供皇帝行馳車馬所用的道路。「司馬門」即漢宮南闕門，通吏民上章、四方貢獻及徵諸公車者。馳道、司馬門都設有相關禁令，絕不可以隨便行馳出入。正如俞紹初先生所言，恢復兩漢舊制和營治洛陽宮室是曹操晚年爲實現其取代漢室以遺子孫這個長遠政治目標所採取的具體步驟，曹植的膽大妄爲不但公然觸犯已經恢復的禁令，冒瀆了曹操的尊嚴，而且爲其苦心以求的廢漢自代的「大事」帶來了有害的影響。曹操爲此大動肝火，失職的公車令成了替死鬼，而曹植本人的處境也因此急轉直下。《曹植傳》注引《魏武故事》：

　　　　（曹操）令曰：「始者謂子建，兒中最可定大事。」又令曰：「自臨菑侯植私出，開司馬門至金門，令吾異目視此兒矣。」又令曰：「諸侯長史及帳下吏，知吾出輒將諸侯行意否？從子建私開司馬門來，吾都不復信諸侯也。恐吾適出，便復私出，故攝將行。不可恒使吾以誰爲心腹也！」

私開司馬門一事集中體現了曹植的「任性而行，不自雕勵」，也完成了曹操從認爲他是「兒中最可定大事」者到「異目」視之的轉變。對曹植的失望還連鎖引發了曹操對兒子們的不信任，以至於出行時把他們都帶上，以防不測，可見它在曹操心目中留下了多麼濃重的陰影。「植寵日衰」，由此開始。

　　這下，曹丕總該高枕無憂了吧？事實上仍非如此。曹操對曹植雖然失望，並沒有絕望。曹植雖然寵衰，並沒有失寵。私開司馬門事後的曹植，一直跟隨在曹操身邊，隨著時間的流逝，陰影漸漸消散，曹操又恢復了對他的寵愛，並對他寄予厚望。《曹植傳》：「二十四年，曹仁爲關羽所圍。太祖以植爲南中郎將，行征虜將軍，欲遣救仁，呼有所敕戒。植醉不能受命，於是悔而罷之。」

〔註23〕《鄭州大學學報》1982 年第三期。

據俞紹初先生考證，曹操派曹植去解曹仁之圍的決定，是在對關羽一戰作了
穩操勝券的估計後作出的。他的用意明白不過，就是要讓曹植藉此機會立下
軍功。毫無行兵用師經驗、但又授予很高軍銜的曹植，只消率軍前往，便會
立下赫赫戰功。這樣，曹植就可以將功贖過，曹操再要對他委以重任，就可
以理直氣壯。不料曹植竟又因「飲酒不節」不能受命，曹操只有收回成命，
懊悔不已。於是，曹植失去了最後一次與曹丕重新較量的機會。植傳注引《魏
氏春秋》曰：「植將行，太子飲焉，逼而醉之。王召植，植不能受王命，故王
怒也。」據此，則曹植醉酒爲曹丕逼飲所致。但其時曹丕遠在鄴城，《魏氏春
秋》之說，與史實不符，不可據信。不過，它所反映的情形卻是再也眞實不
過的——曹丕在爭得太子之位後，不敢稍有鬆懈，對曹植嚴加防範。他知道，
曹操對曹植並不死心，曹植隨時可能東山再起，威脅他的地位。

　　建安二十五年（220）初，曹操病逝於洛陽。之前，他急召在長安的曹彰。
《賈逵傳》：「太祖崩洛陽，逵典喪事。時鄢陵侯彰行越騎將軍，從長安來赴，
問逵先王璽綬所在。逵正色曰：『太子在鄴，國有儲副。先王璽綬，非君侯所
宜問也。』遂奉梓宮還鄴。」《曹彰傳》注引《魏氏春秋》更明確地說「彰問
璽綬，將有異志」，這是對曹丕權威的公然挑釁。但曹彰自己並沒有奪嫡的野
心。《曹彰傳》注引《魏略》：「彰至，謂臨菑侯曰：『先王召我者，欲立汝也。』
植曰：『不可。不見袁氏兄弟乎！』」曹彰受命留鎮長安，之前和曹操共處過
一段時間，對他父親的心思當有所瞭解。他對曹植說曹操召他過來就是要他
擁立曹植的，結合曹操欲遣植救仁一事的用心看，不能說曹彰完全就是無中
生有。曹操或許有過改立曹植的打算，並對曹彰有所流露，只是曹植的表現
太不堪了，加上他很快又撒手西去，這個打算便夭折了。這不是主觀臆測。《陳
矯傳》：

> 從征漢中，還爲尙書。行前未到鄴，太祖崩洛陽，群臣拘常，
> 以爲太子即位，當須詔命。矯曰：「王薨於外，天下惶懼。太子宜割
> 哀即位，以繫遠近之望。且又愛子在側，彼此生變，則社稷危矣。」
> 即具官備禮，一日皆辦。明旦，以王后令，策太子即位，大赦蕩然。
> 文帝曰：「陳季弼臨大節，明略過人，信一時之俊傑也。」

陳矯是在從征漢中途中被曹操臨時改派回鄴擔任尙書之職的，對當時的情況自
然比較瞭解。他所說的「愛子」，無疑就是曹植，他擔心曹植留在曹操身邊容易

激發變故。正是出於這種擔心，他和司馬孚、和洽〔註24〕等當機立斷，於曹操死後次日便匆匆忙忙地把曹丕扶上魏王之位。而遠在洛陽的賈逵妥善處置了軍心惶惶的狀態，〔註25〕奉曹操靈柩還鄴。至此，曹丕爭嗣之事才算大獲全勝。

　　一個耐人尋味的事情是，有著切膚之痛、費盡周折而不能按照「立適以長」的成法一帆風順地成爲繼嗣的曹丕，也一手爲兒子曹叡造就了一個和他差相彷彿的經歷。《三國志・明帝紀》：「年十五，封武德侯，黃初二年爲齊公，三年爲平原王。以其母誅，故未建爲嗣。七年夏五月，帝病篤，乃立爲皇太子。」注引《魏略》：

> 文帝以郭后無子，詔使子養帝。帝以母不以道終，意甚不平。
> 後不獲已，乃敬事郭后，旦夕因長御問起居。郭后亦自以無子，遂
> 加慈愛。文帝始以帝不悦，有意欲以他姬子京兆王爲嗣，故久不拜
> 太子。

曹叡，甄氏子，甄氏被賜死，源於曹丕之寡情，亦源於郭后之讒譖。曹丕料想曹叡對母親不得善終心懷不滿，要廢嫡立庶，以京兆王爲嗣。曹禮，徐姬子，黃初三年爲京兆王。京兆王曹禮之外，曹丕還對仇昭儀子東海王曹霖很傾心。〔註26〕《衛臻傳》：「及文帝即位，東海王霖有寵，帝問臻：『平原侯何如？』臻稱明德美而終不言。」曹叡黃初三年（222）爲平原王，此前當受封過平原侯，而《明帝紀》略而不載。《毌丘儉傳》「儉襲父爵，爲平原侯文學。明帝即位，……以東宮之舊，甚見親待」可證。衛臻用當初捍衛曹丕的「大義」委婉地捍衛曹叡。《明帝紀》注引《魏末傳》：「帝常從文帝獵，見子母鹿。文帝射殺鹿母，使帝射鹿子，帝不從，曰：『陛下已殺其母，臣不忍復殺其子。』因涕泣。文帝即放弓箭，以此深奇之，而樹立之意定。」一個偶然的機會，

〔註24〕《晉書・安平獻王孚傳》：「遷太子中庶子。魏武帝崩，太子號哭過甚，孚諫曰：『大行晏駕，天下恃殿下爲命。當上爲宗廟，下爲萬國，奈何效匹夫之孝乎！』太子良久乃止，曰：『卿言是也。』時群臣初聞帝崩，相聚號哭，無復行列。孚屬聲於朝曰：『今大行晏駕，天下震動，當早拜嗣君，以鎮海內，而但哭邪！』孚與尚書和洽罷群臣，備禁衛，具喪事，奉太子以即位，是爲文帝。」

〔註25〕《賈逵傳》注引《魏略》：「時太子在鄴，鄢陵侯未到，士民頗苦勞役，又有疾癘，於是軍中騷動。群僚恐天下有變，欲不發喪。逵建議爲不可秘，乃發喪，令內外皆入臨，臨訖，各安敘不得動。而青州軍擅擊鼓相引去，眾人以爲宜禁止之，不從者討之。逵以爲『方大喪在殯，嗣王未立，宜因而撫之』。乃爲作長檄，告所在給其廩食。」

〔註26〕參《三國志・武文世王公傳》。

曹叡用自己的睿智和眞情打動了曹丕。而曹丕「樹立之意定」，已經是他病重將死之際的事了，在時間上很遲，並不像《魏末傳》所說的那樣乾脆利落。和他父親一樣，曹叡最終也是化險爲夷。

第七章 曹氏兄弟爭嗣本末及其影響（下）

第一節 非同尋常的影響（一）——命運被這樣決定：吳質、丁儀等等

曹丕即王位的當年便代漢自立，成了唯我獨尊的大魏皇帝。從他成爲魏王時起，與爭嗣休戚相關的秋後算賬就已經開始了，一些人的命運就被它決定著、影響著。

崔琰、毛玠已卒，其他擁助曹丕的有功之臣，如賈詡、邢顒、桓階等，一個個加官晉爵，位高身顯：賈爲太尉，進爵魏壽鄉侯；邢爲侍中尙書僕射，賜爵關內侯；桓爲尙書令，封高鄉亭侯，加侍中。〔註1〕至於吳質，更是備受優寵。質志存高遠，自以才略過人，不肯庸庸碌碌作一縣長：

> 曹植《與吳季重書》：「若夫觴酌凌波於前，簫笳發音於後，足下鷹揚其體，鳳觀虎視，謂蕭、曹不足儔，衛、霍不足侔也。左顧右盼，謂若無人，豈非吾子壯志哉？」

> 吳質《答東阿王書》：「若乃近者之觀，實蕩鄙心。秦箏發微，二八迭奏。塤簫激於華屋，靈鼓動於座右。耳嘈嘈於無聞，情踊躍於鞍馬。謂可北懾肅愼，使貢其楛矢；南震百越，使獻其白雉。又況權、備，夫何足視乎？」

〔註1〕參《三國志》本傳。

「然一旅之眾，不足以揚名，步武之間，不足以騁迹，若不改
轍易御，將何以效其力哉！今處此（按指朝歌）而求大功，猶絆良
驥之足，而責以千里之任；檻猿猴之勢，而望其巧捷之能者也。」
吳質又有《答魏太子箋》，對陳琳、徐幹、劉楨、應瑒等只配「雍容侍從」的
尋常文人很是不屑。就是這樣一個有著雄心「壯志」的吳質，直到曹操死去，
也不過是一個元城令。曹丕為魏王，即刻修書一封與吳質，云：「南皮之遊，
存者三人，烈祖龍飛，或將或侯。今惟吾子，棲遲下仕，從我遊處，獨不及
門。瓶罄罍恥，能無懷愧。路不云遠，今復相聞。」「烈祖」乃「烈丹」之誤。
〔註2〕「烈」即文烈，曹休字；「丹」即子丹，曹眞字。曹休、曹眞、吳質早
年隨曹丕一同遊處南皮，前兩人因係曹魏宗親，如今已是「或將或侯」，只有
吳質一個人還「棲遲下仕」。曹丕擔心吳質心懷怨望，用「瓶罄罍恥」作喻，
暗示他盡可放心，高官厚祿指日可待。《文選》卷二十五《贈何劭王濟》李善
注引吳質《答文帝箋》殘句，云：「曹烈、曹丹，加以公室枝庶，骨肉舊恩，
其龍飛鳳翔，實其分也。」對曹丕的寬慰，吳質照例謙遜了一把。曹丕言而
有信，《三國志・王粲傳》注引《魏略》：「及魏有天下，文帝徵質，與車駕會
洛陽。到，拜北中郎將，封列侯，使持節督幽、并諸軍事，治信都。」從一
個小小的縣令，到拜將封侯，吳質不啻平步青雲。《王粲傳》注引《質別傳》：
「帝嘗召質及曹休歡會，命郭后出見質等。帝曰：『卿仰諦視之。』其至親如
此。」昔日歡會，曹丕命甄氏出見，劉楨平視，曹操降罪，吳質也被遣出鄴
城；而今歡會，甄氏讒死，劉楨病故，曹丕又命郭氏出見，質奉命仰視而無
礙，撫今追昔，變與未變之際，令人感慨良多。又：

質黃初五年朝京師，詔上將軍及特進以下皆會質所，大官給供
具。酒酣，質欲盡歡。時上將軍曹眞性肥，中領軍朱鑠性瘦，質召
優，使說肥瘦。眞負貴，恥見戲，怒謂質曰：「卿欲以部曲將遇我邪？」
驃騎將軍曹洪、輕車將軍王忠言：「將軍必欲使上將軍服肥，即自宜
爲瘦。」眞愈恚，拔刀瞋目，言：「俳敢輕脫，吾斬爾。」遂罵坐。
質案劍曰：「曹子丹，汝非屠几上肉，吳質吞爾不搖喉，咀爾不搖牙，
何敢恃勢驕邪？」鑠因起曰：「陛下使吾等來樂卿耳，乃至此邪！」
質顧叱之曰：「朱鑠，敢壞坐！」諸將軍皆還坐。鑠性急，愈恚，還
拔劍斬地。遂便罷也。

〔註2〕說見俞紹初先生《建安七子年譜》。

曹丕爲了讓吳質高興，下詔上將軍及特進以下都到他那裡去，花費由國家承擔，可謂寵之又寵。吳質敢拿貴重朝廷的上將軍曹眞、中領軍朱鑠尋開心，既不遂意，又口出狂言，無非是有曹丕給他在背後撑腰，有恃無恐。正因爲如此飛揚跋扈，吳質死後，被諡曰醜侯，幸虧有兒子替他上書伸冤，才改諡威侯。曹丕駕崩，吳質作《思慕詩》，云：

> 愴愴懷殷憂，殷憂不可居。徙倚不能坐，出入步踟蹰。念蒙聖
> 主恩，榮爵與衆殊。自謂永終身，志氣甫當舒。何意中見棄，棄我
> 歸黃壚。縈縈靡所恃，淚下如連珠。隨沒無所益，身死名不書。慷
> 慨自黽勉，庶幾烈丈夫。

曹丕遠非「聖主」，但確實讓吳質「榮爵與衆殊」。在曹氏兄弟爭嗣賭局中下注的一幫人中，吳質是最大的贏家。

擁助曹植者自是另外一番境遇。不消曹丕親自動手，曹操已經處決了楊脩。接下來就是二丁。《曹植傳》：「文帝即王位，誅丁儀、丁廙並其男口。」注引《魏略》：「及太子立，欲治儀罪，轉儀爲右刺奸掾，欲儀自裁而儀不能。乃對中領軍夏侯尚叩頭求哀，尚爲涕泣而不能救。後遂因職事收付獄，殺之。」丁儀如果有自知之明，順應曹丕的旨意，把自己結果了，家中男口或可倖免於難。無奈他求生心切，向夏侯尚磕頭求救。夏侯尚曾任五官將文學，與曹丕爲布衣之交〔註3〕，搭上很多眼淚，也沒能挽回丁儀的性命。

曹丕《典論》，有《奸讒》一篇，論證「佞邪穢政，愛惡敗俗」。所舉之例，雖置「何進滅於吳匡、張璋」一事在前，不過是拋磚引玉，其所注重，乃「袁紹亡於審配、郭圖，劉表昏於蔡瑁、張允」二事。曹丕痛斥審配、郭圖、蔡瑁、張允，篤於奸利，進讒邪之言，離人父子，隔人昆弟；也痛惜袁紹、劉表不能「顯別嫡庶」，私愛少子，釀就後來「二子相屠」的悲劇。而周昌、叔孫通、壺關三老、車千秋之流，爲阻止漢高祖、漢武帝廢掉太子，或「犯色以廷爭」，或「切諫以陳誠」，或「抗疏以理冤」，或「托靈以寤主」，「顯德」「揚聲」，名利雙收，爲曹丕所贊許，謂其「善處骨肉之間」。曹丕此文，謂推己及人也好，謂推人及己也罷，要之是有爲而作，蘊含著對曹操也不能「顯別嫡庶」的愁怨，更多的，則是蘊含著對在曹操面前撥弄是非的「奸讒」小人的入骨之恨。曹丕眼下的「奸讒」小人，首當其衝的，自然是丁氏兄弟。丁儀屢屢向曹操進讒：

〔註3〕參《三國志·夏侯尚傳》及注引《魏書》。

《三國志·桓階傳》:「又毛玠、徐奕以剛塞少黨,而爲西曹掾丁儀所不善,儀屢言其短,賴階左右以自全保。」

《徐奕傳》:「(徐奕)復還爲東曹屬。丁儀等見寵於時,並害之,而奕終不爲動。」注引《魏書》曰:「或謂奕曰:『夫以史魚之直,孰與蘧伯玉之智?丁儀方貴重,宜思所以下之。』奕曰:『以公明聖,儀豈得久行其僞乎!且奸以事君者,吾所能御也,子寧以他規我。』」

《傅子》曰:「武皇帝,至明也。崔琰、徐奕,一時清賢,皆以忠信顯於魏朝;丁儀間之,徐奕失位而崔琰被誅。」

《何夔傳》注引《魏書》:「時丁儀兄弟方進寵,儀與夔不合。尚書傅巽謂夔曰:『儀不相好已甚,子友毛玠,玠等儀已害之矣。子宜少下之!』夔曰:『爲不義適足害其身,焉能害人?且懷奸佞之心,立於明朝,其得久乎!』夔終不屈志,儀後果以凶僞敗。」

崔琰、毛玠、徐奕、何夔四人皆「剛塞」、「忠信」之士,以德行自許,以幹練著稱,自然不肯也不屑於向以「奸佞」、「凶僞」邀寵的丁氏兄弟低頭,聽任他們擺佈,所謂「道不同,不相爲謀」,崔琰、毛玠又是力保曹丕爲嗣者,與丁儀兄弟更是沒有共同語言,因而都遭到丁儀讒毀。曹操廣設耳目,可能還鼓勵告密,用以防範群僚,檢《三國志》記載曹操時事,言「某某爲某某所白」、「某某爲人所白」、「人有白者」之類甚多,曹操不信者有之,輕信者亦有之,或者明知是虛而爲了達到自己的目的而故意信從。丁儀就充當了一個深得曹操寵信的耳目的角色。徐奕失位、崔琰被誅、毛玠被害,都與丁儀的讒毀有關。對於曹丕來說,更讓他深惡痛絕的是丁氏兄弟爲把曹植推上後嗣之位而不遺餘力。《衛臻傳》:「初,太祖久不立太子,而方奇貴臨菑侯。丁儀等爲之羽翼,勸臻自結,臻以大義拒之。」如果說楊脩的工作主要是做在曹植身上,但做得並不高明,有時不免弄巧成拙的話,「見寵於時」的丁氏兄弟的工作則主要是做在曹操身上。此外,丁儀還四處出擊,竭力打擊崔琰、毛玠這樣的異己,並試圖拉攏衛臻之屬作爲同盟,對曹丕威脅要大得多。這就不難理解爲什麼曹丕一得勢就要急不可待地拿丁氏兄弟開刀,而且把他們家裏的男丁斬盡殺絕,對他們,曹丕切實痛恨。

楊俊稱曹植猶美,曹丕「常以恨之」。《楊俊傳》:「黃初三年,車駕至宛,以市不豐樂,發怒收俊。尚書僕射司馬宣王、常侍王象、荀緯請俊,叩頭流血,帝不許。俊曰:『吾知罪矣。』遂自殺。眾冤痛之。」楊俊時任南陽太守,

據散騎常侍王象說來，其「恩德流著，殊鄰異黨，繦負而至」。所謂「市不豐樂」，乃因宛令不解詔旨所致。《楊俊傳》注引《世語》：「車駕南巡，未到宛，有詔百官不得干豫郡縣。及車駕到，而宛令不解詔旨，閉市門。帝聞之，忿然曰：『吾是寇邪？』乃收宛令及太守楊俊。」就這樣，曹丕為了消解舊仇宿怨，不問青紅皂白，並無視群臣的苦苦哀求，執意要將楊俊處死，楊俊先行一步，以自殺了事。

見風使舵的孔桂，曹丕本來就「甚銜之」，而桂竟不知深淺，犯下事端，不消再找什麼藉口，曹丕就果絕地要了他的命。《明帝紀》注引《魏略》：「及太祖薨，文帝即王位，未及致其罪。黃初元年，隨例轉拜駙馬都尉。而桂私受西域貨賂，許為人事。事發，有詔收問，遂殺之。」

與曹植友善的荀惲，也是曹丕惱恨的對象，惲早卒，[註4] 不然的話，可能也是沒有什麼好下場。

曹彰與曹丕素無隔閡，建安二十三年（218），曹操召討破烏桓立下大功的曹彰到長安，彰過鄴，曹丕告誡他不要矜功自伐，彰如其言，歸功諸將，曹操聞聽，大喜過望。丕之於彰，可謂指導有方。不想事到臨頭，曹彰竟問賈逵曹操璽綬所在，要擁立曹植，則曹丕之憤憤，自不待言。延康元年（220），曹丕遣諸侯就國，曹彰本以為自己立過戰功，會受到曹丕的任用，沒想到和一般人沒什麼區別，心裏比較窩火，不等曹丕發遣，就自行離去。曹彰的意氣用事只會進一步強化曹丕內心的忌恨和恐懼。《曹彰傳》注引《魏略》云：「是後大駕幸許昌，北州諸侯上下，皆畏彰之剛嚴，每過中牟（彰居地），不敢不速。」黃初四年（223），彰朝京師時猝死。本傳謂其死於疾病；注引《魏氏春秋》謂其「來朝不即得見」，「憤怒暴薨」；《世說新語‧尤悔》篇謂曹丕設下騙局，讓他吃下毒棗，中毒而死。以情理論，自當是死於非命。彰驍壯，曹丕對他又恨又怕，除掉他，好比除掉一顆眼中釘，心裏要踏實多了。

恩怨分明的曹丕對邯鄲淳比較例外。淳屢次稱美曹植，也曾讓曹丕很不高興。所幸邯鄲淳是個文士，對於文士，除非像曹植、二丁那樣「罪大惡極」，文士氣很濃的曹丕，要顯得寬容一些。《曹植傳》注引《典略》：

> （楊）脩死後百餘日而太祖薨，太子立，遂有天下。初，脩以
> 所得王髦劍奉太子，太子常服之。及即尊位，在洛陽，從容出宮，

> 追思脩之過薄也，撫其劍，駐車顧左右曰：「此楊德祖昔所說王髦劍
> 也。髦今爲在？」及召見之，賜髦穀帛。

曹丕「追思脩之過薄」，看來，倘若曹操不加害，楊脩還有可能保全性命。邯鄲淳之「過」，還要「薄」於楊脩，何況書法、儒學又冠絕一時，日後自有用他之處，曹丕便示之以恩，既往不咎，拜他爲博士給事中。淳也識趣，從此「痛改前非」、「重新做人」。《王粲傳》注引《魏略》：「淳作《投壺賦》千餘言奏之，文帝以爲工，賜帛千匹。」《投壺賦》之外，淳又「抱疾伏蓐，作書一篇」，名爲《受命述》，一則云「聖嗣」，再則云「我皇」，歌頌曹丕「巍巍乎崇功，顯顯乎德容」。曹丕下《答邯鄲淳上受命述詔》，表示愧不敢當，賜帛四十匹作爲褒獎。一片君臣上下合樂欣欣的大好形勢。

第二節　非同尋常的影響（二）──對黃初、太和年間曹植命運和經歷的考述，兼談曹魏諸侯的處境

曹植就不能像邯鄲淳那樣例外了。他是曹丕「恨」、「銜」的根源，是危及曹丕地位的「罪魁禍首」，就是他，讓曹丕被立爲嗣的道路變得坎坷不平，甚至在登上王位的前一刻還惶惶不安。心胸比較狹隘的曹丕，怎麼可能與他善罷甘休。曹操延康元年（220）二月二十一日下葬，四月十五日左右曹丕就開始打發諸侯就國。從曹植後來所寫《鼙舞歌·聖皇篇》一詩看，諸侯就國似乎是出於三公奏請，曹丕不得已而爲之，乃對諸侯厚加賞賜，這不過是作戲罷了，比較眞切的，是詩歌結尾部分「祖道魏東門，淚下沾冠纓」和「行行日將暮，何時還闕庭」的悲涼情景。曹植名爲臨菑侯，卻並不到臨菑就國，而是寄居鄄城。〔註5〕離開了京師，也就離開了政治中心；寄人籬下，就得受人約束，這是不如曹植之意的。二十八日，曹植上《求祭先王表》，說自己「雖卑鄙，實稟體於先王」曹操，請求夏至日在鄄城之北的黃河邊上祭祀「先王」，意在「告敬」，且復「盡哀」。博士鹿優等奏，依禮，「公子不得稱先君」，「庶子不得祭宗廟」。曹丕於是拒絕了曹植的請求，說自己本想同意他的設想，迫於禮制，不能如此，並將自己的《止臨菑侯植求祭先王詔》連帶鹿優

〔註5〕一般認爲曹植就國是到臨菑，誤。參俞紹初先生《關於曹植初次就國的問題》，《鄭州大學學報》1984年第3期。

等人的奏書一併下達給曹植。曹植想必不甘心退出政治舞臺，他的上表，當有借機提醒曹丕不當把他邊緣化的意圖；曹丕答詔，也是有情有理，客客氣氣，卻暗藏著一股肅殺之氣：雙方身份已經今非昔比。曹植在上表的時候，已經做過了一些與祭祀有關的準備，一瓢涼水澆下來，他應該感覺到了這股涼意。

接下去，曹丕着手剪除作為曹植心腹的丁氏兄弟。曹植《贈丁儀》，作於這年秋天，從「在貴多忘賤，爲恩誰能博」，「子其寧爾心，親交義不薄」的詩句看，大概是丁儀在由西曹掾轉爲右刺奸掾之後，向曹植傾訴苦衷，爲自己不得升遷叫屈。曹植要他安心，並委婉地表示自己不會對他撒手不管——這時的丁儀，對自己的下場還沒有充分的估計，而曹植對自己的影響力還沒有喪失自信，還沒有意料到自身難保的厄運。很快，曹丕就示意丁儀「自裁」，看他做不到，就尋出他工作上的碴子，把他逮捕入獄。曹植這才發現自己不僅升不了丁儀的官，連他的命也保不住，只好「想入非非」，寄希望於他人，《野田黃雀行》就是這種心情的流露。而那個「拔劍捎羅網」的「少年」終究沒有出現，曹植只得聽任丁儀和丁廙遭受滅頂之災。

十月，曹丕導演了一齣漢帝禪位的鬧劇，搖身一變，變成了「天贊人和」的大魏皇帝，改延康元年（220）爲黃初元年（220）。在這舉國上下歡欣鼓舞的時刻，卻有人痛哭流涕。《三國志·蘇則傳》：

> 初，則及臨菑侯植聞魏氏代漢，皆發服悲哭，文帝聞植如此，而不聞則也。帝在洛陽，嘗從容言曰：「吾應天而禪，而聞有哭者，何也？」則謂爲見問，鬚髯悉張，欲正論以對。侍中傅巽捐則曰：「不謂卿也。」於是乃止。

注引《魏略》：

> 初，則在金城，聞漢帝禪位，以爲崩也，乃發喪；後聞其在，自以不審，意頗默然。臨菑侯植自傷失先帝意，亦怨激而哭。其後文帝出遊，追恨臨菑，顧謂左右曰：「人心不同，當我登大位之時，天下有哭者。」時從臣知帝此言有爲而發也，而則以爲爲己。欲下馬謝。侍中傅巽目之，乃悟。

當時正做著曹魏侍中的蘇則，與其說是「悲哭」漢帝，還不如說是爲了表白自己不忘故朝的高風亮節，說到底就是作秀，晉代孫盛對此看得一清二楚，批評此人「二三其德」。至於曹植「悲哭」，《魏略》說得好，是「自傷失先帝

意」、「怨激而哭」。從情感上來說，這是很正常的。早日被曹操寵得無以復加、幾次三番要被立為後嗣的曹植，就這樣被曹丕擱置在京師之外，連祭祀祭祀亡父都不獲許，昔日好友活生生被剷除，如今人家又成了至高無上的皇帝，想想以往只要注意雕勵就不難獲勝的爭嗣的細節，真是百感交集，悔恨交加，而這一切又難以言表，曹植只有把它們付諸淚水。只是這淚水流得太沒有眼光了。這一幕很快被曹丕獲知。正在興頭上的曹丕，對曹植此舉很是不滿：什麼意思？天下人都擁戴我做皇帝，親兄弟倒和我過不去。再想想以往只要稍稍不注意就全盤皆輸的爭嗣的細節，曹丕越想越氣，「追恨」之意溢於言表，但又不便點破。蘇則心虛，以為是在說自己，還是傅巽心領神會，知道曹丕不會和蘇某人計較，而是醉翁之意不在酒。曹丕一直想重重地懲治曹植，但又不好輕易下手，再怎麼說來，曹植和他畢竟是骨肉至親，他不能不顧及物議。對於皇帝的心事，明眼人心知肚明，自有人去逢迎。

《三國志·曹植傳》：

> 黃初二年，監國謁者灌均希旨，奏植醉酒悖慢，劫脅使者。有
> 司請治罪，帝以太后故，貶爵安鄉侯。其年改封鄄城侯。

曹植《黃初六年令》又稱他曾為東郡太守王機、防輔吏倉輯「任所誣白，獲罪聖朝」。據此，有被學術界廣泛認同的曹植黃初年間兩次獲罪之說，一次因灌均而起，一次因王機、倉輯而起。按所謂兩次獲罪，實際上是黃初二年（221）那同一次獲罪的兩個不同的階段。曹植寄居鄄城，鄄城為東郡治所〔註6〕。王機、倉輯，一個是當地要員，一個是負責防範輔佐他的官吏，二人聯手，足以顛倒黑白。其所誣告，當即曹植悲哭禪代之事，此事極易做大，捕風捉影、添油加醋地亂說一通，曹植就成了怨恨當今皇帝、怨恨魏氏代漢的罪人。曹丕得報，順理成章地追究此事。擔負追究任務的人，即監國謁者（朝中派出的負責監察諸侯的官吏）灌均。氣尚剛傲的曹植，自然難以接受這無中生有的造謠中傷，喝了很多的酒，又是怒不可遏之際，面對不懷好意的灌均，言談舉止難免有失當、冒犯之處。灌均迎合曹丕旨意，奏曹植「醉酒悖慢，劫脅使者」。這樣，曹植又成了罪上加罪。在討論定罪時，曹丕聽從博士等議，削奪了曹植爵土，把他免為庶人，〔註7〕並把他放逐到本國臨

〔註6〕 參楊晨《三國會要》卷八。

〔註7〕 《文選》卷二十曹植《責躬詩》李善注引《曹植集》：「博士等議，可削爵土，免為庶人。」

蓞附近的近海之地。〔註8〕對曹植來說，這個結局已經夠慘的了，但曹丕還是不解恨，覺得還是太便宜了他。於是又有人出面，請求對曹植之罪重新定奪。奉命趕往京師洛陽路上的曹植，戰戰兢兢，隱約覺得此行凶多吉少。公卿商議的結果，是把曹植交付廷尉，按元兇（首惡）問罪，也就是要把他問成死罪。〔註9〕卞蘭向卞太后傳達了這個決議。《武宣卞皇后傳》注引《魏書》：

> 東阿王植，太后少子，最愛之。後植犯法，爲有司所奏，文帝令太后弟子奉車都尉蘭持公卿議白太后，太后曰：「不意此兒所作如是，汝還語帝，不可以我故壞國法。」及自見帝，不以爲言。

先是王機、倉輯的誣白，繼之以灌均的誣奏，再接下來是博士議罪、公卿議罪，一切都是那麼煞有介事，連卞太后都不得不相信曹植是罪大惡極。但《魏書》爲了美化卞太后，說她不曾干預給曹植治罪的事，則是脫離實際的，上引《曹植傳》可證，又《周宣傳》：

> 帝復問曰：「吾夢摩錢文，欲令滅而更愈明，此何謂邪？」宣悵然不對。帝重問之，宣對曰：「此自陛下家事，雖意欲爾而太后不聽，是以文欲滅而明耳。」時帝欲治弟植之罪，逼於太后，但加貶爵。

則卞太后不僅是干預了，還是深度干預，是威逼、逼迫。想置曹植於死地而後快的曹丕，心有餘而力不足，只好順水推舟，擺出一副寬宏大量的嘴臉，下詔曰：「植，朕之同母弟。朕於天下無所不容，而況植乎？骨肉之親，舍而不誅，其改封植。」行至延津的時候，曹植接到了改封的安鄉侯印綬，不禁長出了一口氣，這條命總算是暫時保住了。按照曹丕的要求，曹植繼續前行。〔註10〕徙居洛陽，待罪南宮，〔註11〕大概是要他閉門思過，聽候進一步的發落。當其他諸侯——曹彰、曹據、曹宇、曹林、曹袞、曹峻、曹幹、曹彪、曹徽等進爵爲公的時候〔註12〕，曹植被封爲鄄城侯。然後以待罪之身前往鄴

〔註8〕參第四章第三節。

〔註9〕曹植《責躬詩》：「將置於理，元兇是率。」

〔註10〕《責躬詩》李善注引《曹植集》：「詔云：『知到延津，遂復來。』」

〔註11〕《責躬詩》李善注：「《植集》曰：『植抱罪，徙居京師，後歸本國。』而《魏志》不載，蓋《魏志》略也。」又：「《求出獵表》曰：『臣自招罪釁，徙居京師，待罪南宮。』」

〔註12〕參《三國志·武文世王公傳》。

城，很可能是到那裡接受一段時日的禁錮。〔註 13〕直到這年的冬天，曹植才離開鄴城，回到久違的鄄城，〔註14〕與以往不同的是，這次是回到他的本國，而不再是寄住之地。從以臨菑侯身份來到鄄城到以鄄城侯身份來到鄄城，不過是一年又半載左右的時間，這期間，曹植過著他一生中最險惡的日子，吃盡了苦頭，受盡了冤屈。

黃初三年（222）三月，曹彰、曹據等諸侯又進爵為王，都是清一色的郡王。到了四月，曹植才被立為鄄城王，邑二千五百戶。雖然只是個縣王，也讓心有餘悸的曹植感到了些許寬慰，便急於抖落被人潑在身上的污水。東阿魚山《陳思王墓道隋碑文》云：「三年，進立為王。及京師面陳濫謗之罪，詔令復國。」去年待罪洛陽南宮，距曹丕不過數里之遙，但曹丕不願意看到他，他根本得不到為自己辯解的機會。眼下，曹植似乎覺得情形有所改善了，要到洛陽去見曹丕，當面洗刷自己的冤枉。他還沒有趕到洛陽，行蹤就被報告到曹丕那裡，曹丕下詔阻止了他，讓他馬上回去。而且，他這種自作主張的舉動，讓曹丕大為震怒。曹植《獻責躬應詔詩表》云：「前奉詔書，臣等絕朝，心離志絕，自分黃耇，永無執圭之望。」《宋書‧禮志》：「魏制，藩王不得朝覲。」曹植拿到的，就是那個訂下藩王不得朝覲的詔書。而曹丕之所以下達

〔註13〕曹植《責躬詩》：「改封兗邑，於河之濱。股肱弗置，有君無臣。荒淫之闕，誰弼余身？煢煢僕夫，於彼冀方。嗟余小子，乃罹斯殃。」「改封」二句下，李善注引《魏志》：「帝以太后故，貶爵安鄉侯。」「煢煢」二句下，李善注引曹植《求出獵表》「臣自招罪釁，徙居京師，待罪南宮」，謂「然植雖封安鄉侯，猶住冀州也。時魏都鄴，鄴，冀州之境也。一云時魏以洛為京師，比堯之冀方也」。按「改封兗邑，於河之濱」，謂改封鄄城侯，鄄城屬兗州，又在黃河之濱。李善注以為改封安鄉侯，誤。曹植「徙居」之「京師」，李善解作鄴城，又誤。黃初元年（220）十二月，曹丕由鄴城移都洛陽，居北宮，以建始殿朝群臣，見《三國志‧文帝紀》及裴松之注。洛陽有南北二宮，《後漢書‧光武帝紀》注引蔡質《漢典職儀》曰：「南宮至北宮，中央作大屋，復道三道，行，天子從中道，從官夾左右，十步一衛，兩宮相去七里。」曹植待罪之所，就是洛陽的南宮，距曹丕居住的北宮有七里之遙。李善所謂「一云」者，是把洛陽作為當時的魏都，但又無法解釋「於彼冀方」云云，就拿「堯之冀方」作比，更是牽強難通。實際上，是曹植此詩中省略了受封安鄉侯和在洛陽南宮待罪的經歷，直接敘述以鄄城侯「於彼冀方」，即以鄄城侯身份前往在冀州境的曹魏舊都鄴城。由「乃罹斯殃」看，到鄴城不是什麼好事，大概是接受禁錮。

〔註14〕曹植《朔風詩》：「昔我初遷，朱華未希。今我旋止，素雪雲飛。」是套用《詩經》句式，也是寫實。「初遷」疑指被流放至臨菑近海之地，「旋止」謂回到鄄城。

這個詔書，恐怕正與曹植這次擅自行動有關。——曹植不僅是欲速則不達，而且是十足的弄巧成拙，本來想著能讓曹丕改善對他的印象，適得其反，曹丕對他更爲惱火。

黃初四年（223），曹植徙封雍丘王。未及遷都雍丘，曹丕詔令他及其他諸侯進京，參加立秋前的迎氣典禮。〔註 15〕前不久還自認爲到死也見不著皇帝的曹植，知道此行機會難得，力圖讓曹丕對自己的認知有所改觀。《三國志·曹植傳》注引《魏略》：

> 初，植未到關，自念有過，宜當謝帝。乃留其從官著關東，單將兩三人微行，入見清河長公主，欲因主謝。而關吏以聞，帝使人逆之，不得見。太后以爲自殺也，對帝泣。會植科頭負鈇鑕，徒跣詣闕下，帝及太后乃喜。及見之，帝猶嚴顏色，不與語，又不使冠履。植伏地泣涕，太后爲不樂。詔乃聽復王服。〔註 16〕

蒙受不白之冤的曹植，這次聰明了許多，他不再試圖爲自己開脫，而是儘量去尋求曹丕的諒解。爲了加大成功的機率，他準備向妹妹清河長公主求援。在意圖被破壞後，又不惜低三下四，光頭赤腳、背負鈇鑕跑到宮闕下請罪。就這樣，曹植終於見到了一直不肯見他的皇帝哥哥。絕情的曹丕，在這種情況下，還給他臉色看。要是沒有母親卞太后在，他可能做得更絕。曹丕已經下了諸侯絕朝的詔書，又召集諸侯來朝京師，是有預謀的。爲了鞏固自己的地位，也爲了發洩私憤，曹丕準備徹底捨棄骨肉親情，向曹彰、曹植這兩個曾經「沆瀣一氣」的親兄弟痛下毒手。六月，曹彰不明不白地死去，《世說新語·尤悔》篇載曹丕用毒棗害死曹彰後，又想害死曹植，被卞太后阻止。傳說曹丕曾逼令曹植作《七步詩》，又逼令作《死牛詩》，不成則死。前者見《世說新語·文學》篇，人所熟知。後者見《太平御覽》卷一七二，原注亦謂出《世說新語》，而實與《世說新語》所載相差甚遠：

> 魏文帝嘗與陳思王植同輦出遊，逢見兩牛在牆間鬥，一牛不如，墜井而死。詔令賦《死牛詩》，不得道是牛，亦不得云是井，不得言

〔註 15〕 曹植《贈白馬王彪詩序》：「黃初四年五月，白馬王、任城王與余俱朝京師，會節氣。」當年六月二十四日立秋。

〔註 16〕 視此，則曹植來京之初就見到了曹丕。但曹植在《獻責躬應詔詩並表》中明白地說自己一開始是「僻處西館」（又稱「西墉」），並未見到曹丕。曹植負荊請罪之事或許有之，但《魏略》所記細節，必有失實之處，今姑從之，而誌疑於此。

其鬥，不得言其死，走馬百步，令成四十言，步盡不成加斬刑。子
建策馬而馳，既攬筆，賦曰：「兩肉齊道行，頭上戴橫骨。行至凶土
頭，崥起相唐突。二敵不俱剛，一肉臥土窟。非是力不如，盛意不
得泄。」賦成，步猶未竟。」重作三十言《自愍詩》云：「煮豆持作
羹，漉豉取作汁。其在釜下然，豆向釜中泣。本自同根生，相煎何
太急。」

按曹植賦《死牛詩》事，顯屬編造；賦《七步詩》事，在有無之間，假如真有，
也必當發生在這個時候。這是曹丕最慘無人道的時候，為了達到自己的目的，
他幾乎不擇手段，以往慣用的是尋找一個合理的藉口，這時連這種合理的藉口
他都不耐煩去尋找了。曹植得以倖免，主要是出於母親的保護，也是由於他經
受一再的打擊之後已經顯得非常懦弱，危險性較小，認錯態度也非常好。

黃初二年（221）的那場禍難改變了曹植的秉性。他知道，自己沒有一罪
再罪的資本。原本豪放輕率的他，變得謹言慎行。他提醒自己不可口無遮攔：

《矯志詩》：「口為禁闥，舌為發機。門機之闓，楛矢不追。」

《苦思行》：「中有耆年一隱士，……教我要忘言。」

他將灌均枉奏他的奏章、與之相關的三臺九府的奏事、皇帝的詔書都抄錄下來，
放在座旁，「欲朝夕諷詠，以自警誡」。〔註17〕接下來在鄄城的兩年左右時間裏，
曹植閉門卻掃，形影相守，王機等雖「吹毛求瑕，千端萬緒」，卻再也抓不到他
什麼大的把柄。黃初四年（223）遷都雍丘以後，監國謁者也屢屢檢舉他的過失，
卻再也奈何不了他。〔註18〕對曹丕，曹植極其謙恭，上表上疏，誠惶誠恐，一
副感念聖恩、潛心悔過的姿態。以《上責躬應詔詩表》（黃初四年作）為例：

臣植言：臣自抱釁歸藩，刻肌刻骨，追思罪戾，晝分而食，夜
分而寢。誠以天網不可重罹，聖恩難可再恃。……伏惟陛下，德象
天地，恩隆父母，施暢春風，澤如時雨。……七子均養者，鳲鳩之
仁也。……矜愚愛能者，慈父之恩也……

雖說臣子上書，習稱皇恩浩蕩，像曹植這般，一則「恩隆父母」，再則「慈父
之恩」，總讓人覺得不是滋味。清人潘德輿就看不過去，說：「子建與子桓為
親兄弟，尊之為君，禮也；稱之為父，非禮也。……此卑而入於謬者也。」〔註

〔註17〕參曹植《寫灌均上事令》。
〔註18〕參曹植《黃初六年令》。
〔註19〕《養一齋詩話》卷七。

19〕不知曹丕是否看得過去，看了有何感想。爲了表明自己沒有任何野心，曹植向曹丕獻上了過去曹操賜給他的鎧甲、寶馬、銀鞍。〔註20〕

「精誠可以動天地金石」。曹植的表現終於觸動了曹丕的惻隱之心。黃初六年（225）十二月，曹丕在東征孫權回師途中，路過雍丘，到曹植家中看望了他，給他增加了五百戶的封邑。曹植《黃初六年令》云：

> 今皇帝遙過鄙國，曠然大赦，與孤更始，欣笑和樂以歡孤，隕涕咨嗟以悼孤。豐賜光厚，訾重千金，損乘輿之副，竭中黃之府，名馬充廄，驅牛塞路。孤以何德，而當斯惠？孤以何功，而納斯貺？富而不容，寵至不驕者，則周公其人也。孤小人爾，深更以榮爲感。何者？將恐簡易之尤，出於細微；脫爾之愆，一朝復露也。故欲循吾往業，守吾初志，欲使皇帝恩在摩天，使孤心常存入地，將以全陛下厚德，究孤犬馬之年。此難能也，然孤固欲行眾人之所難。《詩》曰：「德輶如毛，人鮮克舉之。」此之謂也。故爲此令，著於宮門，欲使左右共觀志焉。

看來，曹丕還比較動情，赦免了他的罪過，還另外給了他不少賞賜。感激涕零的曹植，寫下這道手令，把它貼到自己的宮門之上，表達自己不會恃寵驕盈，將一如既往，嚴於律己的決心。

哥倆兒的關係好不容易才改善了，不過半年之久，曹丕便一病嗚呼。

接著即位的明帝曹叡，對叔叔曹植的態度要客氣和溫和一些，但也是不放心，曹植封地也是一改再改。太和元年（227），曹植徙封浚儀王，他沒有去就國。二年（228），又復爲雍丘王。這年年初，蜀漢丞相諸葛亮出兵攻魏，三月，曹叡行幸長安，四月回到洛陽。在曹叡將回未回之際，謠言在洛陽傳播著。《三國志·明帝紀》注引《魏略》：

> 是時訛言，云帝已崩，從駕群臣迎立雍丘王植。京師自下太后群公盡懼。及帝還，皆私察顏色。卞太后悲喜，欲推始言者，帝曰：「天下皆言，將何所推？」

卞太后要追查謠言的製造者，曹叡輕描淡寫，一語帶過，在氣度上確實勝過他的父親。儘管如此，幾乎可以肯定的是，他會由此增加對曹植的疑忌——他死了，從駕群臣要迎立的是雍丘王曹植，而不是別人，雖然只是「訛言」，它至少可以說明，曹植在一些人的心目中還是具有別人不可取代的地位，這

〔註20〕曹植集中有《上先帝賜鎧表》、《獻文帝馬表》、《上銀鞍表》。

對皇權多多少少是個潛在的威脅。〔註21〕其年曹植上疏求自試,「志欲自效於明時,立功於聖世」,不果。太和三年（229）,曹植徙封東阿王。五年（231）,先後上疏求存問親戚,陳審舉之義,諫取諸國士息。他孤苦伶仃,「每四節之會,塊然獨處,左右惟僕隸,所對惟妻子,高談無所與陳,發義無所與展,未嘗不聞樂而拊心,臨觴而歎息也」。他「名為魏東藩,使屏翰王室」,卻只有為數不多的老弱殘兵,稍稍派得上用場的小孩子還險些被朝廷徵調。更可悲的是他立功自效的願望根本無從實現。其年冬,詔朝六年（232）正月。二月,曹植徙封陳王,邑三千五百戶。《曹植傳》:「植每欲求別見獨談,論及時政,幸冀試用,終不能得。既還,悵然絕望。」十一月,曹植在絕望中病逝,時年四十一歲。景初年間（237～239）,曹叡下詔曰:

> 陳思王昔雖有過失,既克己慎行,以補前闕,且自少至終,篇籍不離於手,誠難能也。其收黃初中諸奏植罪狀,公卿已下議尚書、秘書、中書三府、大鴻臚者皆削除之。撰錄植前後所著賦頌詩銘雜論凡百餘篇,副藏內外。

曹植死後數年,顯示他罪狀的奏疏被削除了,罪名卻是永遠都削除不了了——《諡法》:「追悔前過曰思。」曹植諡曰「思」,故稱陳思王——它已經與曹植密不可分。

　　爭嗣的失敗譜寫了曹植後期十餘年的悲慘人生,尤其是在曹丕當政的時期。與漢魏之際曹操寵愛曹植幾欲立他為嗣最後卻立了曹丕相彷彿,魏晉之際司馬昭也寵愛司馬攸也幾欲立他為嗣最後卻立了司馬炎。為了避免司馬攸遭到曹植式的報復,司馬昭病危之時,意味深長地向司馬炎講了曹植受苦受難的故事,臨死,拉著司馬攸的手,把他交到司馬炎的手中。及至司馬昭之妻快要咽氣的時候,也是一把鼻涕一把眼淚,千叮嚀萬囑咐司馬炎要善待自己的弟弟,千萬不能容不下他。司馬炎基本上沒有忘記父母的囑託,對司馬攸相當之好,並且委以重任,沒想到到了晚年,卻聽信讒言,強迫他離京就國,攸憤怨發病,不久就死去了。與曹丕的差可謂之無始有終相比,司馬炎可謂有始無終。但若拿曹植和司馬攸總體的榮辱禍福相比,那簡直就是有天壤之別了。〔註22〕

〔註21〕曹植詩隱約透露了這個消息。《怨歌行》（此詩有古詩、曹丕詩、曹植詩三說,今人一般作曹植詩,從之。）:「為君既不易,為臣良獨難。忠信事不顯,乃有見疑患。周公佐成王,金縢功不刊。推心輔王室,二叔反流言。」《豫章行》其二:「周公穆康叔,管蔡則流言。」

〔註22〕參《晉書·齊獻王攸傳》。

　　必須說明的是，曹植後期命運中有些悲劇性因素是當時諸侯所共有的。比照漢、晉，曹魏對待諸侯很是苛暴。歸納起來約有以下幾點：

　　一、「不欲使諸王在京都」。〔註23〕所以曹丕即王位後就急著把諸侯趕出鄴城。

　　二、「藩王不得朝覲」〔註24〕，除非有皇帝詔命。

　　三、「藩王不得輔政」。〔註25〕曹叡臨終，一度任命燕王曹宇爲大將軍輔政，劉放以此諫止之，四日後罷。

　　四、「空名而無其實」。諸侯「徒有國土之名，而無社稷之實」；朝廷爲他們配置卿士，但「僚屬皆賈豎下才」；給他們部曲，讓他們作魏藩輔，而「兵人給其殘老，大數不過二百人」〔註26〕，還要「大發士息，及取諸國士」〔註27〕，萬一有個意外，自身難保，更別提什麼屏翰王室。

　　五、「封建侯王，皆使寄地」。〔註28〕如曹彰以鄢陵侯寄地中牟，曹彪以壽春侯寄地白馬。〔註29〕當然，封建地和住地一致的情況也不罕見，言「皆」是誇張之辭。

　　六、「位號靡定，大小歲易」。諸侯封號每每變更。如曹據，從黃初三年（222）到太和六年（232），不過十年，先後徙封章陵王、義陽王、彭城王、濟陰王、定陶王、彭城王，他皆類此。封地大小也不固定。黃初三年（222），曹丕封諸侯爲郡王，五年（224），又都改爲縣王，至太和六年（232），再都改爲郡王。〔註30〕

　　七、「爲設防輔監國之官以伺察之」。防輔之官即防輔吏，監國之官即監國謁者。曹兗表現不錯，他的防輔吏說道：「受詔察公舉錯，有過當奏，及有善，亦宜以聞，不可匿其美也。」看來皇上交給他們的使命，主要是讓他們

〔註23〕　《三國志·明帝紀》載太和五年詔：「先帝（按謂曹丕）著令，不欲使諸王在京都者，謂幼主在位，母后攝政，防微以漸，關諸盛衰也。」
〔註24〕　《宋書·禮志》：「魏制，藩王不得朝覲。」
〔註25〕　《三國志·明帝紀》注引《漢晉春秋》載劉放謂明帝曰：「陛下忘先帝（按謂曹丕）詔敕，藩王不得輔政。」
〔註26〕　《三國志·武文世王公傳》及注引《袁子》。
〔註27〕　《三國志·曹植傳》注引《魏略》。
〔註28〕　《三國志·武文世王公傳》注引《袁子》。
〔註29〕　參俞紹初先生《關於曹植初次就國的問題》。
〔註30〕　參《三國志·武文世王公傳》。

監視諸侯，挑諸侯毛病的。〔註31〕曹植《贈白馬王彪詩序》：「……與白馬王還國。後有司以二王歸藩，道路宜異宿止，意毒恨之！」《作車帳表》：「欲遣人到鄴，市上覓布五十匹，作車上小帳帷，謁者不聽。」不允許諸侯同行，甚至連曹植想派人到鄴城買些布這樣的瑣事都不允許。其管轄範圍之寬、程度之嚴，令人吃驚。曹植上《求通親親表》，曹叡答詔曰：「本無禁固諸國通問之詔也，矯枉過正，下吏懼譴，以至於此耳。」但「下吏」為何「懼譴」，還不是怕自己不盡力會遭受皇上責罰。像被曹丕派來伺察曹植的「下吏」，那更不僅僅是「懼譴」，他們還想著要揣摩主子的意思，討主子的歡心。

八、「禁防壅隔，同於囹圄」。曹操的二十五個兒子，有十三個在建安年間死去，再除去曹丕、曹彰、曹植，剩下的九個，有五個在明帝時觸犯法網。曹據「坐私遣人詣中尚方作禁物」，削縣二、千戶；曹兗來朝「犯京都禁」，削縣二、戶七百五十；曹幹「私通賓客」，遭嚴詔斥責；曹彪來朝「犯禁」，削縣三、戶千五百；曹徽「使官屬撾壽張縣吏」，削縣一、戶五百。諸如「鄰國無會同」、「遊獵不得過三十里」等，都是諸侯必須遵守的禁令。「法制待藩國既自峻迫」，諸侯動輒得咎，也就見怪不怪了。〔註32〕

九、「骨肉之恩乖，《常棣》之義廢」。〔註33〕如曹叡所言，朝廷並沒有明確發佈過禁止諸侯之間互通問訊的詔書，但是有誰敢冒私下交通的風險。這就形成了曹植《求通親親表》所說的「婚媾不通，兄弟乖絕，吉凶之問塞，慶弔之禮廢，恩紀之違，甚於路人，隔閡之異，殊於胡越」的局面。

十、「公族疏而異姓親」。〔註34〕諸侯無法過問政事，得不到任用的機會，哪怕是天才、有天大的抱負也是徒然。

一句話，曹魏對諸侯實行的是嚴加防範的政策。《三國志‧武文世王公傳》載曹叡詔云：

> 自太祖受命創業，深睹治亂之源，鑒存亡之機，初封諸侯，訓以恭慎之至言，輔以天下之端士，常稱馬援之遺誡，重諸侯賓客交通之禁，乃使與犯妖惡同。夫豈以此薄骨肉哉？徒欲使子弟無過失之愆，士民無傷害之悔耳。

〔註31〕《三國志‧武文世王公傳》及注引《袁子》。
〔註32〕參《三國志‧武文世王公傳》。
〔註33〕《三國志‧武文世王公傳》。
〔註34〕曹植《陳審舉表》。

曹叡說得不錯，防範諸侯是從曹操開始的。初封諸侯，曹操訓以恭慎之言，輔以端正之士。後來又「重諸侯賓客交通之禁」，那是從曹植和楊脩私開司馬門事後開始的：《三國志·曹植傳》在記述了那個給曹植以重挫的事件後說，「由是重諸侯科禁」。楊脩之死，罪名之一就是「交關諸侯」。但曹操防範諸侯，目的是促使他們成才，防止他們犯下過失。曹丕就不一樣了。《三國志·明帝紀》載曹叡詔：「先帝（按謂曹丕）著令，不欲使諸王在京都者，謂幼主在位，母后攝政，防微以漸，關諸盛衰也。」對於曹丕不讓諸侯呆在京師，曹叡解釋得很動聽：倘若幼主嗣位，母后臨朝，諸侯都在京師，彼此生變，則國家傾危。而曹丕早在黃初三年（222）就下了《禁婦人與政詔》，杜絕后族之家擔當輔政之任，又哪來的「母后攝政」？話說回來，曹丕採取種種措施限制諸侯的權力和力量，確實也可以看作是「深睹治亂之源，鑒存亡之機」的表現，以免諸侯過於強盛，尾大不掉，釀就像西漢七國之亂那樣的不幸。問題是曹丕做得太離譜了，峻密的法禁，把諸侯置於「雖有王侯之號，而乃儕於匹夫」的境地，「王侯皆思為布衣而不能得」。〔註35〕曹丕之所以如此，首要的還是穩固自己的地位，以消除來自曹植、曹彰這樣的諸侯的威脅，而早年和曹植慘烈的爭嗣經歷無疑是促使他這樣做的強大動因。從這個意義上說，其他諸侯在某種程度上是曹氏兄弟爭嗣的受害者和犧牲品，只不過受害不像曹植那麼深，犧牲不像那麼大，但曹彰是例外的，他賠上了自己的性命。

第三節　非同尋常的影響（三）——被改寫的後期建安文學創作

重要的建安文人，有三曹、七子、邯鄲淳、繁欽、路粹、丁儀、丁廙、楊脩、禰衡、吳質、仲長統和蔡琰等。蔡琰經歷也比較特殊，在一些問題的討論上無法成為我們的考察對象。建安三年（198），禰衡被殺。十三年（208），孔融也做了刀下之鬼。十七年（212），阮瑀卒。二十年（215），路粹伏法。二十三年（218），繁欽撒手塵寰。二十五年（220年，曹丕即王位後稱延康元年，即皇位後稱黃初元年），曹操、仲長統也走到了生命的盡頭。還有八人集中死於兩大事件，一是建安二十二年（217）的那場疫癘，王粲、陳琳、應瑒、

〔註35〕《三國志·武文世王公傳》及注引《袁子》。

劉楨和徐幹分別於當年或次年遇難，它使建安文壇備受摧殘。二是曹氏兄弟
爭嗣之事，楊脩和丁儀、丁廙分別於建安二十四年（219）或次年遇害，它使
大劫之後的建安文壇再一次慘遭荼毒。此後健在者，唯有曹丕、曹植、邯鄲
淳、吳質四人，四人的遭際又與爭嗣的結局密不可分。可以毫不誇張地說，
如果沒有曹植與曹丕的奪嫡之爭，這些建安文人的命運將會被改寫，尤其是
曹植、楊脩、丁儀、丁廙。

　　曹氏兄弟爭嗣之事直接改寫了這些建安文人日後的命運，也間接改寫了
他們日後的文學創作。三個死者長已矣，活著的四個人，已不可能將往日的
賓主唱和演變成以後的君臣唱和，那個氛圍已經被爭鬥的硝煙徹底沖散；以
前，吳質與曹植還不時有書信往返，邯鄲淳甚至在曹丕受禪之初還在詩中感
念曹植的恩德，在曹丕對曹植和曹植支持者露骨的報復下，這種書信、這種
詩歌也不可能再產生了。春風得意的吳質，留存給後人的作品，只有一首完
整的為曹丕駕崩傷心的《思慕詩》和僅存二三殘句的《魏都賦》、《將論》。《魏
都賦》自是賦魏都、贊魏德之類。《將論》談命將須「詳擇」、「審授」，自然
是借助於他那「輔弼大臣，安危之本」的資歷談的，可能作於太和四年（230）
入為曹叡侍中時。〔註 36〕邯鄲淳似乎是一看形勢不妙便見風使舵，文中不見
了昔日的「賢侯」曹植，只剩下了《投壺賦》、《上受命述表》、《受命述》──
──滿紙充斥著取悅曹丕的肉麻的文字。位居九五之尊的曹丕，忙於巡狩征伐，
吟詩作賦已成不急之務。

　　曹植前期的文學創作，也稱得上豐富多彩，但數量最多的還是那些貴遊
之作，如《公宴》、《鬥雞》、《侍太子坐》、《贈丁廙》、《名都篇》、《箜篌引》、
《娛賓賦》、《遊觀賦》、《閒居賦》、《節遊賦》、《感節賦》等，它們或敘酣宴，
或美遨遊，間或也融入一點人生感慨，大多詞采華茂，也不失為梗概多氣，
但總不免給人以浮華的感覺。隨著曹丕的上臺，曹植的文學生涯步入了另外
一個時期，一個不啻於發生了滄桑巨變的時期。

　　黃初年間，曹植處於虎視眈眈的皇帝，曲意逢迎的朝臣，深文巧詆、吹
毛求疵的郡守、防輔史、監國謁者，甚至還有防不勝防的左右隨從的合圍之
中，他膽戰心驚地生活著，不知道什麼時候就會有性命之虞：

〔註36〕據《三國志・王粲傳》注引《質別傳》，當時曹叡「初親萬機」，吳質在他面
　　　　前盛讚司馬懿而鄙薄陳群，大有指點江山的味道，《將論》或許就是寫給曹叡
　　　　看的政論文字。

　　《磐石篇》：「經危履險阻，未知命所鍾。常恐沈黃壚，下與黿
鼈同。」

　　《謝初封安鄉侯表》：「臣抱罪即道，憂惶恐怖，不知刑罪所當
限齊。」

　　《責躬詩》：「昊天罔極，生命不圖。常恐顛沛，抱罪黃壚。」

　　《贈白馬王彪》：「變故在斯須，百年誰能持？」

太和年間，曹植不再有存亡之慮，生活上的困頓艱辛便凸顯出來：

　　《望恩表》：「臣聞寒者不貪尺玉而思短褐，饑者不願千金而美
一餐。夫千金尺玉至貴而不若一餐短褐者，物有所急也。」

　　《轉封東阿王謝表》：「臣在雍丘，劬勞五年，左右罷怠，居業向
定，園果萬株，枝條始茂，私情區區，實所重棄。然桑田無業，左右
貧窮，食裁餬口，形有裸露。……饑者易食，寒者易衣，臣之謂矣。」

　　《遷都賦序》：「號則六易，居實三遷，連遇瘠土，衣食不繼。」

　　《社頌序》：「余前封鄄城侯，轉雍丘，皆遇荒土。宅宇初造，
以府庫尚豐，志在繕宮室，務園圃而已，農桑一無所營。經離十載，
塊然守空，饑寒備嘗。」

曹植早年過著錦衣玉食的生活，失卻了往日的奢華，以至於常常哭窮。他的
貧窮，只是相對貧窮，決不會像他說的那樣嚴重。在《求自試表》中，曹植
則是另外一番說辭：「今臣蒙國重恩……身被輕暖，口厭百味，目極華靡，耳
倦絲竹者，爵重祿厚之所致也。」不過，曹植也可能確實存在著長期經用不
足的困擾。黃初二年（221），當被流放到臨菑近海之地時，身為庶民又備嘗
顛沛流離之苦的曹植，大概是過過一段饑寒交迫的生活的。《泰山梁甫行》一
詩，一般被說成是曹植同情人民疾苦的作品，其實，那個「寄身於草墅」的
「邊海民」，就是他本人的真實寫照。

　　從黃初以迄太和，曹植封號、封地一再改變。《遷都賦序》云：「余初封平
原，轉出臨菑，中命鄄城，遂徙雍丘，改邑浚儀，而末將適於東阿。號則六易，
居實三遷。」曹植當時可能還沒有料到，他以後還會易號陳王。不斷遷徙，居
無定所，他的處境正與飛蓬相似，所以「蓬」的意象在他的詩歌裏一再出現：

　　《磐石篇》：「磐石山巔石，飄颻澗底蓬。」

　　《朔風詩》：「風飄蓬飛，載離寒暑。」

《吁嗟篇》：「吁嗟此轉蓬，居世何獨然……」

《雜詩》：「轉蓬離本根，飄颻隨長風。」

人們習慣用「憂生之嗟」來概括曹植後期創作的內容，這是一個片面的概括，也是一個鮮活的概括，對此，選取以上三個方面加以闡述。

黃初二年（221）的那次獲罪，險些讓曹植送命，之後他一直背負惡名，並且無論是在「僚屬」還是在「兵人」配備上，都要「事事復減半」，〔註37〕無法與其他諸侯享受同等待遇，真可謂生命不息，懲處不止。對於這場飛來的橫禍，曹植刻骨銘心，文中多次述及：

《謝初封安鄉侯表》：「懼於不修，始違法憲。悲於不慎，速此貶退。」

《封鄄城王謝表》：「狂悖發露，始干天憲。」

《責躬詩》：「伊爾小子，恃寵驕盈。舉掛時網，動亂國經。作藩作屏，先軌是墮。傲我皇使，犯我朝儀。國有典刑，我削我絀。」

曹植把獲罪之由，包攬在自己身上，反復強調是自己悖妄犯法，一如灌均所奏，不作辯解。他這樣做，是迫於當時情勢，也是為了向曹丕表明自己知罪就改的誠意。直到黃初六年（225），曹丕對他有所好轉了，他才敢公開說自己獲罪是王機、倉輯「誣白」的結果，而他們之所以能夠「誣白」他，是因為他昔日「以信人之心，無忌於左右」。看來，王機、倉輯構陷曹植的證據，是來自曹植未加設防的身邊人。曹植是吃過手下人的虧的，這可以從《黃初五年令》得到證實：「自世間人從，或受寵而背恩，或無故而入叛。違顧左右，曠然無信。……『九折臂知為良醫』，吾知所以待下矣。」不過，從根本上說，他的罪還是曹丕加給他的。曹丕欲加之罪，何患無詞！但曹植似乎並不這樣認為。《太平御覽》卷七六六引《樂府歌》：「膠漆至堅，浸之則離。皎皎素絲，隨染色移。君不我棄，讒人所為。」曹植說了，他和曹丕本來好好的，無奈小人進讒，挑撥離間。這是他一貫的說法：

《朔風詩》：「繁華將茂，秋霜悴之。」

《贈白馬王彪》：「蒼蠅間白黑，讒巧令親疏。」

《當牆欲高行》：「眾口可以鑠金，讒言三至，慈母不親。」

〔註37〕《三國志‧曹植傳》。

同時，他把曹丕描繪成力排眾議免他死罪的仁義之君：

> 《謝初封安鄉侯表》：「陛下哀愍臣身，不聽有司所執，待之過厚。」

> 《獻責躬應詔詩表》：「舍罪責功者，明君之舉也。」

> 《責躬詩》：「明明天子，時惟篤類。不忍我刑，暴之朝肆。違彼執憲，哀予小子。」

> 《黃初六年令》：「賴蒙帝王天地之仁，違百僚之典議，舍三千之首戾，反我舊居，襲我初服，雲雨之施，焉有量哉！」

當然，我們盡可以大膽地推想，曹植這樣說、這樣描繪，也是迫於情勢，未必發自內心。然而，這樣的推想，只能說是似是而非。曹植是一個相當本真的人，他沒有城府，對人心險惡也認識不足，總是抱著與人為善的姿態。在爭嗣的過程中，他自己不會矯情自飾，也看不透曹丕的矯情自飾，這是曹丕「御之以術」能夠得逞的基礎，也是他爭嗣落敗的一個原因。當曹彰對他說「先王召我者，欲立汝也」的時候，他說：「不可。不見袁氏兄弟乎！」〔註38〕顧全大局，大義凜然。曹丕對他恨得咬牙切齒，他絕對沒有料到，只要看他獲罪之前的言行就可以看出這一點。那麼，對正是曹丕本人而不是他人要處心積慮地置他於死地的居心估計不出又有什麼可奇怪的呢？曹丕畢竟是曾經和他朝夕相處那麼多年的骨肉同胞。曹操奉行的是「寧我負人，毋人負我」〔註39〕，曹植正與之相反，他奉行的是「寧人負我，我不負人」。蒙著冤，受著屈，他俯首認罪，迫切地並且是想方設法地消除曹丕的怒氣，祈求曹丕能夠原諒他的過失，給他一個改過自新的機會。《獻責躬應詔詩並表》就是他這種心情的坦露。此外，他還翻來覆去，一而再、再而三地表達對曹丕的依戀和企慕之情：

> 《獻責躬應詔詩表》：「不圖聖詔猥垂齒召，至止之日，馳心輦轂。僻處西館，未奉關廷，踊躍之懷，瞻望反側，不勝犬馬戀主之情。」

> 《責躬詩》：「天啟其衷，得會京畿。遲奉聖顏，如渴如饑。心之云慕，愴矣其悲！天高聽遠，皇肯照微。」

> 《應詔詩》：「爰暨帝室，稅此西墉。嘉詔未賜，朝覲莫從。仰瞻城閾，俯惟闕庭。長懷永慕，憂心如醒。」

〔註38〕　《三國志・曹彰傳》注引《魏略》。

〔註39〕　《三國志・武帝紀》注引《雜記》。

這類表述，是曹植作品中常有的：

> 《朔風詩》：「子好芳草，豈忘爾貽？……君不垂眷，豈云其誠？
> 秋蘭可喻，桂樹冬榮……」
>
> 《贈白馬王彪》：「顧瞻戀城闕，引領情內傷。」
>
> 《九愁賦》：「雖危亡之不豫，亮無遠君之心。」
>
> 《謝入覲表》：「目希庭燎，心存泰極。」

千古絕唱《洛神賦》，據說「亦純是愛君戀闕之詞」〔註40〕。曹植將這種愛戀稱為「犬馬戀主之情」，是十分形象和貼切的。主子盡可厭棄犬馬，犬馬絕不會厭棄主子。曹丕盡可「受奸枉之虛辭」，盡可治他的罪、將他流放、對他刻薄寡恩，他對曹丕則始終是戀戀不捨。帶著這種意識、這種自覺，曹植走近了屈原，在《九愁賦》、《九詠》中，他和屈原融為一體。屈原還有「責數懷王」，「強非其人」〔註41〕的現象，在保守的批評家看來，這是不夠溫柔敦厚的。曹植則從不「責數」曹丕，無怨無悔，即便有怨，也怨得很雅、怨而不怒。對於這一點，後人甚是稱道：

> 劉克莊《後村詩話》評《白馬王彪》：「……蓋為灌均輩發，終
> 無一毫怨兄之意。處人倫之變者，當以為法。」
>
> 沈德潛《古詩源》卷五評《朔風詩》：「結意和平夷愉，詩中正則。」
>
> 何焯《義門讀書紀・文選》卷一評《洛神賦》：「……以明非文
> 帝待己之薄，忠厚之至也。」又：「……文帝以仇讎視其弟，而子建
> 睠睠若此，不敢稍有怨懟……」

曹叡待曹植也不怎麼樣，曹植對他也同樣懷有「犬馬戀主之情」，《冬至獻襪履頌表》：「情繫帷幄。」《求通親親表》更是再三致意焉：

> 至於注心皇極，結情紫闥，神明知之矣。」又：「若得……安宅
> 京室，執鞭珥筆，出從華蓋，入侍輦轂，承答聖問，拾遺左右，乃
> 臣丹情之至願，不離於夢想者也。」又：「若葵藿之傾葉太陽，雖不
> 為之回光，然終向之者誠也。臣竊自比於葵藿……」

清丁晏《陳思王詩鈔序》云曹植之文「忠君愛國，情見乎辭」，並非酸腐之論。然而正如曹植表中所言，「犬馬之誠不能動人，譬人之誠不能動天」，他的愚

〔註40〕潘德輿《養一齋詩話》卷二。
〔註41〕班固《離騷序》。

忠愚戀並沒有得到曹丕父子多少切實的回報。借用他《當牆欲高行》中的詩句說，雖然他「願欲披心自說陳」，現實卻往往是「君門以九重，道遠河無津」。曹植有不少以思婦、棄婦為題材的詩篇，如《雜詩》「西北有織婦」篇、「南國有佳人」篇，《浮萍篇》，《種葛篇》，《美女篇》，《七哀》，《閨情》。對於這類詩，古人習慣於用借男女以喻君臣的法則加以解說，今人往往不以為然。的確，很難一一指證哪首詩有寄託，哪首詩沒有寄託。但是，仍然可以肯定，它們之中有些確是曹植對自己信而見疑、忠而被謗等尷尬處境和渴望被認知、被理解的心境的曲折而無奈的流露。

在曹植後期作品中，最激動人心的是表現他志不得伸的文字。曹植一向功名心切。詩歌《白馬篇》中的那個「捐軀赴國難，視死忽如歸」的「游俠兒」，可以說是曹植年少時期功名想像的化身。在《與楊德祖書》中，曹植稱自己志在「戮力上國，流惠下民，建永世之業，流金石之功」。但整個建安時期，曹植並沒有立下什麼值得稱述的功勞，曹操給過他建功立業的良機，他也沒能抓住。黃初之世，他希望能夠戴罪立功，將功贖罪。他向曹丕表述了這個願望，《責躬詩》：「願蒙矢石，建旗東嶽。庶立毫釐，微功自贖。」願望還見於其他詩篇：

> 《鞞舞歌·聖皇篇》：「思一效筋力，糜軀以報國。」

> 《雜詩》「僕夫早嚴駕」篇：「願欲一輕濟，惜哉無方舟。閒居非吾志，甘心赴國憂。」

> 《雜詩》「飛觀百餘尺」篇：「國仇亮不塞，甘心思喪元。撫劍西南望，思欲赴太山。」

在那個苟延殘喘、生命都得不到保障的時期內，曹植應該清楚為國效力只是他一廂情願的奢望，自己不過吶喊吶喊罷了，認不得真。及至太和之世，曹植處境比以前略顯寬鬆，當今皇帝是自己的侄子，以前又沒有什麼積怨，功名心很容易滋長起來。他說：

> 士之羨永生者，非徒以甘食麗服，宰割萬物而已，將有以補益群生，尊主惠民，使功存於竹帛，名光於後嗣。〔註42〕

> 夫人貴生者，非貴其養體好服，終竟年壽也，貴在其代天而理物也。夫爵祿者，非虛張者也，有功德然後應之，當矣。無功而爵

〔註42〕《請召降江東表》。

厚，無德而祿重，或人以爲榮，而壯夫以爲恥。故太上立德，其次
立功，蓋功德者所以垂名也。〔註43〕

人生的意義就在於輔主惠民、立功垂名，這是佔據曹植一生最後幾年時間裏
的主題性思想。太和二年（228），曹植上《求自試表》，稱自己「爵重祿厚」，
但「無德可述，無功可紀」，因而「志在效命，庶立毫髮之功，以報所受之恩」，
只要能夠「效須臾之捷，以滅終身之愧，使名掛史筆，事列朝策」，死而無憾。
「如微才弗試，沒世無聞」，將與「圈牢之養物」無異。之所以敢於毛遂自薦
而不以爲恥，是因爲身在諸侯之列，與家國患難與共，懇求皇上能「少垂神
聽」。曹植表文聲情並茂，感人肺腑。但曹叡不以爲意，自以爲曾跟從曹操東
征西討南征北戰，懂得如何「行軍用兵」的曹植，無緣「當一校之隊」、「統
偏舟之任」。太和五年（231），自怨自艾、忍無可忍的曹植接二連三地上疏曹
叡，彷彿拚卻全身氣力再作最後一搏。激切的言辭，噴薄而出，是哀求，是
表白，亦是宣泄：

《求通親親表》：「至於臣者，人道絕緒，禁錮明時，臣竊自傷
也。」「臣伏自惟省，豈無錐刀之用。及觀陛下之所拔授，若以臣爲
異姓，竊自料度，不後於朝士矣！」

《陳審舉表》：「常願得一奉朝覲，排金門，蹈玉陛，列有職之
臣，賜須史之問，使臣得一散所懷，攄舒蘊積，死不恨矣！」「夫能
使天下傾耳注目者，當權者是矣。故謀能移主，威能懾下。豪右執
政，不在親戚。權之所在，雖疏必重；勢之所去，雖親必輕。蓋取
齊者田族，非呂宗也；分晉者趙、魏，非姬姓也。惟陛下察之。苟
吉專其位，凶離其患者，異姓之臣也；欲國之安，祈家之貴，存共
其榮，沒同其禍者，公族之臣也。今反公族疏而異姓親，臣竊惑焉。」
「不勝憤懣，拜表陳情。若有不合，乞且藏之書府，不便滅棄。臣
死之後，事或可思。若有毫釐少掛聖意者，乞出之朝堂，使夫博古
之士，糾臣表之不合義者。如是，則臣願足矣。」

《諫取諸國士息表》：「臣初受封，策書曰：『植受茲青社，封於
東土，以屏翰皇家，爲魏藩輔。』而所得兵百五十人，皆年在耳順，
或不逾矩，虎賁官騎及親事凡二百餘人。正復不老，皆使年壯，備

〔註43〕《又求自試表》。

有不虞，檢校乘城，顧不足以自救，況皆復芼萋罷曳乎？而名爲魏

東藩，使屛翰王室，臣竊自羞矣。」

每當接到曹植上疏，曹叡都會好言好語安慰他一番，但也僅此而已！曹植始終無法打動曹叡，讓他能夠施展自己的抱負。

曹植的壯志難酬，是曹叡對他的不信任使然，更是曹魏對待諸侯的政策使然。趙王曹幹是曹叡「常加恩意」的叔父，不存在不信任的問題，曹幹犯了禁防，曹叡下詔誡悔之，末云：「叔父茲率先聖之典，以纂乃先帝（按謂曹丕）之遺命，戰戰兢兢，靖恭厥位，稱朕意焉。」這是對曹幹的要求，又何嘗不是對曹植、對其他諸侯的要求。曹魏需要的就是小心翼翼、坐食租賦、不問朝政的諸侯。曹植汲汲於功名，不是不識時務又是什麼！對朝廷實行疏遠諸侯親用異姓政策的危險性，曹植《陳審舉表》說得很尖銳。曹植的話像讖言一般應驗了，曹叡死後不出十年，曹魏權柄便落到司馬氏手中，並最終爲其所取代。對於曹植的「遠見」，後人也有稱道：

李夢陽《曹子建集十卷本序》：「『取齊者田族，分晉者趙、魏』，意若暗指司馬氏者……」

張溥《陳思王集題辭》：「司馬氏睥睨神器，魏忽不祀，彼所綢繆者藩防，而取代者他族，思王之言不再世而驗……」

丁晏《陳思王年譜序》：「《審舉》一疏，極論當權者『謀能移主，威能懾下』，『取齊者田族，非呂宗也；分晉者趙、魏，非姬姓也』。《籍田說》以齊諸田、晉六卿、魯三桓爲諸侯之蝎。令陳王得掌朝政，必能戢司馬之權而奪其柄。」

其實，曹植發的那一番宏論，算不得什麼高見，主要是想說服曹叡信用自己和其他諸侯，未必是他見微知著，早就覺察到了司馬氏的野心。太和中，曹植作有《輔臣論》，還曾稱讚過司馬懿。司馬懿在太和時期還是忠於曹魏的，曹叡也有足夠的魄力駕馭他，曹叡死後，曹爽要算計他，自己獨攬大權，在你死我活的火拚中，司馬氏逐漸將曹魏拉下馬。

曹植《七啓》作於建安中，文中虛擬兩個人物，一個是鑽仰老莊之道、揚言「名穢我身，位累我躬」的玄微子，一個是遵從孔氏舊說，主張「君子不遁俗而遺名，智士不背世而滅勳」的鏡機子。最終，玄微子被鏡機子遊說動心，放棄了隱居。文章折射出的是曹植當年積極入世、奮發昂揚的心態。到了文、明二世，曹植作品中的老莊成分明顯增多，《桂之樹行》、《玄暢賦》、

《髑髏說》等文是比較典型的。最典型的是《釋愁文》：

> 子以愁慘，行吟路邊。形容枯悴，憂心如醉。有玄靈先生見而問之，曰：「子將何疾，以至於斯？」答曰：「吾所病者，愁也。」先生曰：「愁是何物，而能病子乎？」答曰：「愁之爲物，唯惚惟恍。不召自來，推之弗往。……」先生作色而言曰：「予徒辯子之愁形，未知子愁所由生，我獨爲子言其發矣。……所鬻者名，所拘者利，良由華薄，凋損正氣。吾將贈子以無爲之藥，給子以澹薄之湯，刺子以玄虛之針，炙子以淳樸之方，安子以恢廓之宇，坐子以寂寞之床。使王喬與子遨遊而逝，黃公與子詠歌而行，莊生與子具養神之饌，老聃爲子致愛性之方。趣遐路以棲迹，乘輕云以高翔。」於是精駭意散，改心回趣。願納至言，仰崇玄度。眾愁忽然，不辭而去。

「予」和玄靈先生是苦海中的曹植和試圖脫離苦海的曹植的一體之兩面。儒家思想、道家思想碰撞的結果是後者居上，玄靈先生的一張玄虛之方讓眩惑名位、一愁莫展的「予」豁然開朗，一切愁慘煙消雲散。而這不過是一張不切實際的釋愁之文。失意讓曹植擁抱老莊，但老莊無法讓曹植釋然。曹植終究在汲汲無歡中逝去。

內容的改變與風格的改變是相輔相成的，雖然曹植的後期創作仍然像他的前期創作那樣氣揚采飛，但是，它們脫落了浮華，它們沈鬱頓挫，哀怨動人。

爭嗣讓曹植後期的生活轉入不幸，也讓他的作品轉入深沉，在深沉中，曹植得到了升華，成爲一個傑出的文學家。

第四節　非同尋常的影響（四）——身後是非及其它

曹氏兄弟爭嗣之事，後人津津樂道，拋開今人，但論古人。關於曹植未能奪嫡的原因，葛立方《韻語陽秋》卷十云：「魏武於諸子中獨愛植，丁儀、丁廙、楊脩之徒爲植羽翼，幾代太子丕。而植狂性，不自雕勵，又太子御之有術，故易宗之計不行，蓋非遜丕性也。」繼承的是《三國志》曹植本傳的說法。《三國志》本傳的說法，不全面，但很簡明。吳淇的見解則比較新鮮，《六朝選詩定論》卷五：

> 魏武帝以子建才類己，幾欲易太子，所以子建與文帝各豎黨羽，而子建之黨猶盛。然終於不濟者，獨以未得兵權故耳。若當時假以

兵權，如唐之文皇，雖有劉景升、袁本初父子之對云云，亦奚及哉！
況武帝既沒，文帝決無假以兵權之理，而乃曉曉屢請自試，且請之
於罹罪之餘，非徒無益，更深文帝之忌耳。

吳氏意欲祖護曹植，說他當時如果像唐文皇那樣握有兵權，就會成功奪嫡。
新鮮歸新鮮，卻無異於信口開河。曹植文韜武略，和唐文皇相去甚遠，根本
沒辦法類比。疏於考證，也使這段話漏洞迭出：曹植黨羽何嘗盛於曹丕！屢
請自試也是在明帝而非文帝之世。

耐人尋味的是由爭嗣之事引發的對曹植品行的評價。《三國志·曹植傳
論》：「陳思……然不能克讓遠防，終致攜隙。《傳》曰：『楚則失之矣，而齊
亦未為得也。』其此之謂歟！」陳壽是從維護禮制的角度立論的，在他看來，
繼嗣理應是曹丕，曹植缺少謙讓之德，硬要與之爭鋒，結果兄弟反目，雙方
都有損失。這是曹魏以後少有的不利於曹植的觀點。在古人的議論中，對曹
植的偏愛佔據主流。王通的論調就與陳壽針鋒相對，《文中子·事君》篇：「陳
思王可謂達理者也，以天下讓，時人莫之知也。」《魏相》篇：「謂陳思王善
讓也，能污其迹，可謂遠刑名矣。人謂不密，吾不信也。」還是那個曹植，
在王通看來，不是爭不過曹丕，而是不願意和曹丕相爭；不是不謙讓，而是
很善於謙讓，為了達到棄讓天下的目的，不惜自己糟蹋自己，故意給人以粗
狂、不謹慎的印象。王氏之說，標新立異，明顯歪曲了歷史真實，是站不住
腳的。但在宋、明、清都有人回應：

劉克莊《後村詩話》：「曹植以蓋代之才，他人猶愛之，況其父
乎？使其少加智巧，奪嫡猶反掌爾。植素無此念，深自斂退，雖丁
儀等坐誅，辭不連植。黃初之世，數有貶削，方且作詩責躬。上表
求自試，兄不見察，而不敢廢恭順之義，卒以此自全，可謂仁且智
矣。文中子曰：『至哉，思王以天下讓！』真篤論也。」

李夢陽《曹子建集十卷本序》：「以植之賢，稍自矜飭，奪儲特
反掌耳。而乃縱酒劇晦，以明己無上兄之心，善乎？文中子曰：『陳
思王達理者也，以天下讓。』而猶哀曲莫白，窘迫歿身。」

寶香山人《三家詩》曹集卷一：「以天下讓之私曲，微文中子，
幾不白於今古。」卷二：「自任不凡以天下讓者，非縱酒疏狂之人也。」
又：「昔日甘於退讓，……」

曹植才高八斗，華藻爛然，人所仰慕。為愛者諱是中國人的傳統，為了使曹

植更加光輝燦爛，王通不惜曲爲之說，化不利爲有利。鍾愛曹植之人，也樂得順水推舟，把他的信口雌黃奉爲眞知灼見。

漢帝遜位之時，曹植發服悲哭，讓曹丕很不高興，成爲他日後獲罪的口實。明清人抓住這件事，把它看作是曹植忠於漢室的表現：

> 張溥《陳思王集題辭》：「論者又云，禪代事起，子建發憤怨泣，使其嗣爵，必終身臣漢，則王之心其周文王乎？」

> 丁晏《陳思王年譜序》：「陳王之不得立，魏之不幸，亦漢之不幸也。夫陳王固未嘗忘漢也。魏王受禪，王發服悲哭。……惟王能守臣子之節，使其嗣魏，豈有篡漢之事哉！」

更有人帶著這種意識去解說曹植詩文：

> 寶香山人《三家詩》曹集卷二論《惟漢行》：「不忘漢君，情隱意彰。可憐陳思所以不得意於其兄也。」

> 何焯《義門讀書記・文選》卷一論《洛神賦》：「按《魏志》，丕以延康元年十一月廿九日禪代，十一月改元黃初，陳思實以四年朝洛陽，而賦云三年者，不欲亟奪漢年，猶之發喪悲哭之志也，注家未喻其微旨。」

> 朱乾《樂府正義》卷八論《丹霞蔽日行》：「『炎光再幽』，蓋悲漢之亡也。而魏祚之不永，於言外見之矣。嗚呼！植其賢矣哉！《魏志・蘇則傳》：『禪代事起，子建發服悲泣。』」

> 陳沆《詩比興箋》卷一論《君子行》：「史言子建聞漢帝禪位，發喪哀哭。此詩其建安之末，知兄丕將謀禪，諷其終守臣節者乎？」

曹植《惟漢行》大概是承曹操《薤露行》首句「惟漢二十世」命名，以天道昭彰、彰善懲惡爲由勸誡人君行仁政、戒驕盈。《丹霞蔽日行》論道殷、周、秦、漢之興亡。二詩當作於太和年間，是曹植用以諷諫曹叡的。《君子行》倡導避嫌、謙恭，《文選》、《樂府詩集》均作古辭，惟《藝文類聚》云曹植作，很可能就不是曹植作品。三首詩都不可能存在什麼悲漢、保漢、不忘漢的隱情。至於何焯所發明的曹植《洛神賦序》「不欲亟奪漢年」的「微旨」，更是荒謬絕倫，不須置辯。漢帝在位時，王粲、劉楨稱曹操爲「聖君」、「元后」，明清人指責他們目無漢室；曹植稱曹操，「明后」、「神后」、「靈后」、「大人」、

「眞人」等，足可令王、劉失色，他們爲何避而不談？〔註44〕曹植集中，《魏德論》、《魏德論謳》、《慶文帝受禪表》、《慶受禪上禮表》赫然在目，都是贊成曹丕受禪的，他們爲何視而不見：

> 《魏德論》：「迹存乎建安，道隆乎延康。於是漢氏歸義，顧音孔昭，顯禪天位，希唐放堯。」

> 《慶文帝受禪表》：「陛下以聖德龍飛，順天革命，允答神符，誕作民主。」

> 《慶受禪上禮表》：「陛下以明聖之德，受天顯命，良辰即祚，以臨天下，洪化宣流，洋溢宇內。是以溥天率土，莫不承風欣慶，執贄奔走，奉賀闕下。況臣親體至戚，懷歡踊躍。」

說來說去，將曹植描畫成悲憫漢室的忠臣，同將他描畫成「以天下讓」的賢弟一樣，都是出於美化曹植的心理需求。在明清時期，曹植的品格被打造得近乎完美，與曹丕、曹操截然不同。

曹氏兄弟爭嗣之事還時不時滲透到後人對他們作品的解析中去。以曹丕《善哉行》、《雜詩》爲例。

劉克莊《後村詩話》：「魏文帝《善哉行》云：『人生如寄，多憂何爲？今我不樂，歲月如馳。』當操無恙，植以才，倉舒以惠，幾至奪嫡，謂之多憂可也……」《善哉行》「上山采薇」一詩，摹寫游子客行之感。劉氏論及的那幾句，提倡及時行樂，不要「自討苦吃」。這種提法，在漢末古詩、建安詩中屢見不鮮，曹丕本人就還有。《大牆上蒿行》：「今日樂，不可忘，樂未央。爲樂常苦遲，歲月逝，忽若飛，何爲自苦，使我心悲。」這怎麼能跟奪嫡之憂隨便牽扯到一起呢？劉克莊還只是借題發揮，趁機數落數落曹丕。吳淇可就比較較眞了。《六朝選詩定論》卷五：「想亦魏武欲易世子時作。云『上山采薇』，正也。『薄暮苦饑』，弱也。『谿谷』二句，危也。『野雉群居』，讒也……」一板一眼，逐句破解比附，把一首好好的詩弄得像猜謎一樣，讓人哭笑不得。

《善哉行》「朝日樂相樂」、「朝遊高臺觀」二篇，屬公宴一類詩，朱乾也把它們與曹丕奪嫡之憂拉扯到一塊。《樂府正義》卷八：

> 論「朝日」篇：「地危勢逼，心多憂懼，不如脫然物外之爲善也……」

〔註44〕參第二章第二節。

論「朝遊」篇：「昔魏文侯廢太子擊而立訴，其傅倉庚爲誦《晨風》之詩，而中山君得復以爲嗣。『悲鳴北林』，正文帝爲太子時危心處，與『朝日』篇同意。」

這自然是胡牽亂扯。《詩經·晨風》詩中有「北林」，曹丕詩中也有「北林」，朱氏用《晨風》詩義說曹丕詩義，似乎有那麼一點點的道理，其實不然。曹丕此詩，前面已著「東」、「西」、「南」三字，後著一「北」字，乃其刻意爲之，與《晨風》用詞相同，實屬偶然，即便不是偶然，也不會含有《晨風》含有的那種特殊的含義。

《雜詩》「漫漫秋夜長」、「西北有浮雲」二首是曹丕詩中的精品，寫游子思鄉的悲情，深得古詩神髓，和奪嫡之憂搭不上邊，可張鳳翼就能讓二者搭上邊。《文選纂注》卷十：「二詩有疑懼意，應是操欲易世子時作。而注未及，故識此以發明詩旨。」看出這種意旨的，還不止是他一人：

吳淇《六朝選詩定論》卷五：「此二首有疑懼意，應作於魏武欲易太子時。蓋太子國之副二，不可一刻離君側者也。遠出在外，而饞人居中伺隙，危道也。此詩雖云『雜詩』，而後首曰『至吳會』，前首曰『思故鄉』，可知非作於鄴中者。舊注謂文帝爲太子時曾至廣陵云。……『明月光』喻魏武。『三五』句即借《詩》『慧彼小星，三五在東』者，喻子建。……『明月』者喻丁儀王粲之徒……」

何焯《義門讀書記·文選》卷三：「此篇（按謂「西北有浮雲」一篇）恐子建奪嫡而自言欲爲泰伯而不能也。既是於黎陽作，則非自謂征吳而至廣陵也。」

張玉谷《古詩賞析》卷八：「本集，上篇枹中作，下篇黎陽作。按詩有疑懼意，應作於操欲易太子時。……而『天漢』四句，已寓群小惑君不能安身意，賦中比也……」

按《文選·雜詩二首》李善注引《曹丕集》，云上篇枹中作，下篇黎陽作，當可信。下篇有云：「吹我東南行，行行至吳會。」李善注謂：「當時實到廣陵，未至吳會。今言至者，據已入其地也。」未免膠柱鼓瑟。曹丕沒有到吳會，更沒有在那裡「久留滯」。他只是要作兩首好詩，又不是要寫實，盡可作假想之辭，當然詩中也可能融入了曹丕當時客行在外的些許感受。但如吳淇等所謂詩中暗寓「疑懼」、「欲爲泰伯」之意，純粹是無中生有。像吳淇那樣將詩中意象與現實人物一一對號入座，更是比興說詩傳統極其惡劣的體現。從對

曹丕《善哉行》、《雜詩》五首詩詩旨和句意的闡釋上，可以看出曹氏兄弟爭嗣之事是怎樣左右後世論者的神經的，也可以看出一些文學批評家，特別是清代的文學批評家在批評作品時對鈎沉索隱的熱情，但熱情太高了，也會走火入魔。

主要參考書目

1. 《曹操集譯注》，安徽亳縣《曹操集》譯注小組，中華書局，1979 年。
2. 《曹操集注》，夏傳才，中州古籍出版社，1986 年。
3. 《曹操大傳》，張亞新，中國文學出版社，1994 年。
4. 《曹丕集校注》，夏傳才、唐紹忠，中州古籍出版社，1992 年。
5. 《曹丕》，章新建，安徽人民出版社，1982 年。
6. 《魏武帝魏文帝詩注》，黃節，人民文學出版社，1958 年。
7. 《曹植選集》，俞紹初、王曉東，人民文學出版社，1997 年。
8. 《曹集銓評》，丁晏，文學古籍刊行社，1957 年。
9. 《曹子建詩注》，黃節，人民文學出版社，1957 年。
10. 《曹植集校注》，趙幼文，人民文學出版社，1984 年。
11. 《曹植新探》，鍾優民，黃山書社，1984 年。
12. 《三曹詩選》，余冠英，作家出版社，1956 年。
13. 《三曹詩文全集譯注》，傅亞庶，吉林文史出版社，1997 年。
14. 《三曹年譜》，張可禮，齊魯書社，1983 年。
15. 《三曹資料彙編》，河北師範學院中文系古典文學教研組，中華書局，1980 年。
16. 《王粲集》，俞紹初，中華書局，1980 年。
17. 《王粲集注》，吳雲、唐紹忠，中州書畫社，1984 年。
18. 《建安七子集》，俞紹初，中華書局，1989 年。
19. 《建安七子詩箋注》，郁賢皓、張采民，巴蜀書社，1990 年。
20. 《建安七子集校注》，吳雲，天津古籍出版社，1991 年。
21. 《中國歷代著名文學家評傳》，山東教育出版社，1983 年。

22. 《建安文學研究文集》，黃山書社，1984年。

23. 《建安文學論稿》，張可禮，山東教育出版社，1986年。

24. 《建安文學研究史論》，王巍，吉林大學出版社，1994年。

25. 《中古文學繫年》，陸侃如，人民文學出版社，1985年。

26. 《中古文學史料叢考》，曹道衡、沈玉成，2003年。

27. 《中國文學家大辭典‧先秦漢魏晉南北朝卷》，曹道衡、沈玉成，1996年。

28. 《魏晉文學史》，徐公持，人民文學出版社，1999年。

29. 《漢魏六朝樂府文學史》，蕭滌非，上海文化服務社，1944年。

30. 《魏晉南北朝文學批評史》，王運熙、楊明，上海古籍出版社，1989年。

31. 《魏晉南北朝賦史》，程章燦，江蘇古籍出版社，1992年。

32. 《魏晉南北朝文學研究》，吳雲，北京出版社，2001年。

33. 《中國中古文學史》，劉師培，人民文學出版社，1959年。

34. 《隋唐五代文學批評史》，王運熙、楊明，上海古籍出版社，1996年。

35. 《插圖本中國文學史》，鄭振鐸，人民文學出版社，1957年。

36. 《中國文學史》，游國恩等，人民文學出版社，1963年。

37. 《中國文學史》，中國科學院文學研究所，人民文學出版社，1962年。

38. 《秦漢的方士與儒生》，顧頡剛，群聯出版社，1955年。

39. 《魏晉神仙道教》，胡孚琛，人民出版社，1989年。

40. 《史記》，中華書局，1982年。

41. 《後漢書》，中華書局，1965年。

42. 《三國志》，中華書局，1982年。

43. 《晉書》，中華書局，1974年。

44. 《東漢會要》，徐天麟，中華書局，1955年。

45. 《三國會要》，楊晨，中華書局，1956年。

46. 《資治通鑒》，中華書局，1956年。

47. 《廿二史箚記校證》，王樹民，中華書局，1984年。

48. 《世說新語箋疏》，余嘉錫，上海古籍出版社，1993年。

49. 《文選》，上海古籍出版社，1986年。

50. 《六臣注文選》，浙江古籍出版社，1999年。

51. 《樂府詩集》，中華書局，1979年。

52. 《先秦漢魏晉南北朝詩》，中華書局，1983年。

53. 《全上古三代秦漢三國六朝文》，嚴可均，中華書局，1958年。

54. 《全後漢文》，商務印書館，1999 年。

55. 《全三國文》，商務印書館，1999 年。

56. 《全唐詩》，上海古籍出版社，1986 年。

57. 《全唐文》，中華書局，1983 年。

58. 《藝文類聚》，上海古籍出版社，1999 年。

59. 《太平御覽》，上海古籍出版社，1990 年。

60. 《太平廣紀》，中華書局，1961 年。

61. 《文心雕龍注》，人民文學出版社，1958 年。

62. 《文心雕龍義證》，詹鍈，1989 年。

63. 《文賦詩品譯注》，楊明，上海古籍出版社，1999 年。

64. 《詩品集注》，曹旭，上海古籍出版社，1994 年。

65. 《歷代詩話》，何文煥，中華書局，1981 年。

66. 《歷代詩話續編》，丁福保，中華書局，1983 年。

67. 《宋詩話輯佚》，郭紹虞，中華書局，1980 年。

68. 《宋詩話全編》，吳文治，江蘇古籍出版社，1998 年。

69. 《明詩話全編》，吳文治，江蘇古籍出版社，1997 年。

70. 《清詩話》，王夫之，上海古籍出版社，1978 年。

71. 《清詩話續編》，郭紹虞，上海古籍出版社，1983 年。

72. 《滄浪詩話校釋》，郭紹虞，人民文學出版社，1961 年。

73. 《詩藪》，胡應麟，上海古籍出版社，1979 年。

74. 《詩源辨體》，許學夷，人民文學出版社，1987 年。

75. 《古詩評選》，王夫之，文化藝術出版社，1997 年。

76. 《義門讀書記》，何焯，中華書局，1987 年。

77. 《古詩源》，沈德潛，中華書局，1963 年。

78. 《說詩晬語》，沈德潛，人民文學出版社，1979 年。

79. 《古詩賞析》，張玉穀，上海古籍出版社，2000 年。

80. 《昭昧詹言》，方東樹，人民文學出版社，1984 年。

81. 《詩比興箋》，陳沆，上海古籍出版社，1981 年。

後　記

　　本書是在我博士學位論文《建安文學專題研究》的基礎上略加補充、修改而成的。

　　2001 年，我有幸考入復旦大學中文系，師從楊明先生研習中國古代文學。深知自己天資愚鈍，在讀三年還算用功，希冀勤能補拙。學術研究理應是嚴肅的，嚴謹的，甚至是神聖的，不應也不容輕慢和褻瀆。建安文學研究領域成果濟濟，陳陳相因沒有意義，推陳出新又非易事，儘管我竭力想把論文寫好，囿於才疏學淺，識見鄙陋，最後寫就的東西和心理期待的東西還是相去甚遠。

　　鄭州大學俞紹初先生是我的碩士生導師，他是一個很好的人，很好的學者。從他那裡，我知道了什麼是學術研究，應該怎樣從事學術研究。他給我開過建安文學研究的課，論文中的有些觀點和思路就源於他的講解和啓發。

　　楊明先生有口皆碑，人品、學問，水乳交融般地和諧。它不暇言，一二十萬字的論文，當初他都一字一句地讀過、批過。我除了感動還是感動，除了感激還是感激。那些紅的黑的點、線、字，永遠不會在我心底褪色。

　　感謝花木蘭文化出版社出版拙作，也懇請讀者不吝賜教。

施建軍

2012 年 9 月